JE NE SUIS PAS CELLE QUE JE SUIS

Chahdortt Djavann est née en 1967 en Iran et vit depuis 1993 à Paris où elle a étudié l'anthropologie. Romancière et essayiste, elle est entre autres l'auteure de *Bas les voiles !*, *Comment peut-on être français ?*, *La Muette* et *Big Daddy*.

CHAHDORTT DJAVANN

Je ne suis pas celle que je suis

Psychanalyse I

FLAMMARION

© Flammarion, 2011.
ISBN : 978-2-253-06840-2 – 1re publication LGF

À mon père, même si c'est trop tard.

Longtemps j'ai cru en Dieu, pas au Dieu de tous les hommes mais au mien, mon protecteur qui veillait sur moi et allait changer, j'en étais sûre, un jour prochain, mon destin. Candidement et à mon insu, alors que je me défendais de toute croyance religieuse et me proclamais athée, au fil des années, un espoir celé s'était blotti dans mon cœur, vain, comme toute illusion, mais qui élevait ma capacité d'endurance.

Ma première grande faiblesse fut de vouloir devenir une héroïne, épique et stoïque, ma deuxième faiblesse fut d'échouer, et la troisième de recommencer, sans cesse ; mon opiniâtreté refusait l'abandon d'un tel projet. C'est ainsi que je devins une insubmersible héroïne déchue.

Il m'a fallu beaucoup de temps pour admettre que même Dieu, s'il existait, ne pouvait rien ni contre le passé ni contre la réalité ; et qu'il s'en foutait royalement de l'humanité. Ce fut peut-être là le moment décisif où j'ai voulu, aux dépens de ma vie, devenir écrivain. Mais, à bien y réfléchir, ce qui a fait vraiment de moi un écrivain, c'est ma grande capacité à survivre aux chocs, à jouir des pires souffrances et à me reconstituer après chaque anéantissement.

Les humains non plus ne peuvent changer le passé ; souvent ils le falsifient, le conjecturent, le concoctent, parfois le réinventent, l'imaginent et, au mieux, le racontent.

Quant à la réalité d'une vie, à supposer qu'elle existe, elle ne se tient pas debout sur ses pieds ; elle est à l'image de ces tables bancales qui ont besoin d'être calées, soit parce que le sol n'est pas droit, soit parce que la table est usée et a fait son temps.

Jusqu'à ce jour, tout ce que j'ai entrepris dans ma vie n'avait qu'un seul but : trahir les vérités cruelles qui se nichaient en moi et qui m'avaient façonnée.

Selon un adage persan, les enfants et les fous savent la vérité. Je possédais le savoir des fous, mais je ne le savais pas.

Mon désir est de raconter, de romancer le passé et de donner aux images mentales obsédantes des mots pour les exorciser.

À quarante ans passés, ce livre est une tentative de vie, comme on fait une tentative de suicide.

J'ai très souvent vécu à deux pas de la réalité, dans des fictions échafaudées instantanément. Dès la plus jeune enfance, mon imagination ne cessait de me dépasser, moi et le monde qui m'entourait. Je devins ainsi une suite de personnages mi-fictifs, mi-réels que j'interprétais selon les circonstances. J'étais née naturellement actrice, une actrice à qui le plus grand metteur en scène de tous les temps, le Destin, n'attribuait que des rôles tragiques.

Je jouais la vie car la vivre m'était impossible.

Voici les personnages que j'ai interprétés pendant quarante-quatre ans de carrière dans ce bas monde.

Je me présente : je ne suis pas celle que je suis ; je suis l'innomée aux identités d'emprunt. Enfant, j'ai eu des tas de noms ; on m'appelait comme on voulait, par des prénoms et surnoms variés ; plus tard, devenue adulte, j'en changeais à chaque fois que je changeais de vie, à chaque fois que mon identité m'étouffait. De vrai nom, bien à moi, je n'en ai jamais eu; au point qu'aujourd'hui, lorsqu'on me demande mon nom, j'ai un blanc; un mélange de sonorités distinctes m'envahit, quelques secondes de flottement s'écoulent avant que je puisse en prononcer un.

Au gré des années et au hasard des conjonctures, j'ai incarné des identités aux prénoms différents. J'ai vécu à travers elles, avec elles, malgré elles; j'étais elles. Je les laisserai se raconter, ou plutôt se mettre en scène; moi, je n'interviendrai qu'entre les pages, entre les lignes. Je tenterai de changer le langage de mon destin à défaut de pouvoir le changer, lui.

Avant de commencer, je dois avouer que je n'ai jamais eu l'ambition de réussir ma vie, cette vie-là ne pouvait être réussie. Je voulais juste la changer, quitte à la perdre à jamais. Je rêvais d'une autre vie. Différente. Inconnue. Je ne cherchais ni le paradis, ni le bonheur, encore moins la quiétude. Je voulais l'aventure, le risque, le danger. Je voulais partir. Loin, ailleurs. Tout laisser. Devenir une femme sans passé. Sans mémoire. Devenir un homme. Vivre comme un homme. Mais cela n'était pas possible, parce que j'étais une femme. Très femme, disaient les hommes.

La narratrice

Paris. 1994

Première séance de psychanalyse

Du creux du ciel tombent les flocons de son enfance. La neige.

En cet après-midi du mois de février, sortie fraîchement de l'hôpital psychiatrique, sur le quai d'une banlieue, elle attendait, regard fixe et perdu, le train pour Paris. Elle allait voir un psy. S'il n'y avait pas eu son bras gauche dans le plâtre pendu à son cou, on aurait dit que tout allait à merveille dans la vie de cette jeune femme aux cheveux bouclés et légèrement maquillée.

« Toutes les patientes, sans exception, tombent amoureuses de leur psychanalyste, c'est inévitable », l'avaient mise en garde plusieurs femmes hospitalisées en psychiatrie qui avaient une expérience des séances dans le cabinet des psys.

Son plan à elle était sans équivoque et radical. Elle savait pourquoi elle voulait faire une psychanalyse : ôter les artifices, les apprêts ; éviter les mensonges, les astuces, les stratagèmes ; éluder les ingéniosités, les subterfuges, les enjolivements, les détours… Se mettre nue devant un spécialiste de l'esprit. Se débarrasser de tout ce qui n'était pas elle, détecter le problème, l'éliminer et accéder enfin à la quintessence de son âme…, se libérer de tout ce qui la tourmentait, la torturait. Faire la paix avec toutes les femmes qu'elle était. Devenir enfin elle-même. Découvrir la vérité. Elle psalmodiait toutes ces bonnes résolutions faciles à dire et impossibles à réaliser.

Elle arriva à Paris, puis chez le psy. Elle sonna.

Dès l'instant où la porte s'ouvrit, deux mots jaillirent dans sa tête, comme une lampe s'allume :

« Aucun danger ! »

Elle avait en face d'elle le stéréotype de l'idiot du village. Et c'était lui son futur psychanalyste. Des grands yeux bleu pâle et sans expression, des poils courts, hirsutes, qui ne dissimulaient guère les traits irréguliers de son visage mal rasé au milieu duquel un nez couvert de points noirs écrasait la bouche quasiment sans lèvres.

« Aucun danger ! Je ne risque pas de tomber amoureuse d'un homme à ce point dépourvu de charme. »

Lorsqu'il lui tourna le dos et entra dans son bureau, en la laissant seule, elle faillit quitter les lieux. Comment prendre pour psy quelqu'un qui, non content de ne pas en avoir la tête, avait plutôt celle d'un idiot ? Elle se raisonna :

« Peut-être que c'est mieux ainsi. Un idiot n'est-il pas l'exemple même d'un esprit sans artifice ? Et puis, au moins, le piège de la séduction est éliminé d'emblée. »

Elle demeura dans le petit vestibule qui servait de salle d'attente.

Il vint la chercher et l'invita à pénétrer dans l'antre.

De ses grands yeux noirs et expressifs, elle parcourut rapidement les lieux. De gauche à droite, de droite à gauche. Un divan couvert d'un tissu aux couleurs chaudes et aux motifs orientaux. Deux fauteuils, celui du psy et celui de l'analysant, identiques, face à face. Une bibliothèque remplie de livres de psychanalyse. Une table dans le coin, à gauche de la porte, sur laquelle apparaissaient quelques livres et dossiers, soigneusement rangés. Un grand vase aux motifs chinois sans fleurs. Deux tableaux abstraits au mur.

Et rien entre eux.

Il se cala dans son fauteuil, croisa les jambes. Elle s'assit sans croiser les jambes, garda son sac sur ses genoux. Ne rien laisser dépasser de soi. De lui à elle, il y avait à peine deux mètres. Le chemin à parcourir pour prendre possession du fauteuil de l'autre était on ne peut plus court et sans embûches, au moins à l'œil nu.

La sérénité feinte du psy n'échappa pas aux regards scrutateurs de celle qui était déterminée, quelques secondes plus tôt, à se défaire de tout subterfuge. Sans le moindre signe d'aménité, le visage de l'idiot se voulait impassible. Bien qu'il fût confortablement installé dans son fauteuil, son expression trahissait pourtant le malaise de quelqu'un qui ne savait où se mettre.

Où doit se tenir le psychanalyste ?

Rien n'était plus artificiel et saugrenu que cette scène, en apparence, naturelle. Aller voir un psy, en théorie, soit ; mais se trouver seule, assise dans une pièce, face à un parfait inconnu, qui plus est un étranger, et se mettre à parler de soi, sans préambule, qui plus est encore dans une langue étrangère, Dieu du ciel, quelle idée ?!

Cela s'appelait se faire face à soi-même en présence de l'immuable instance symbolique que prétend incarner le psychanalyste.

Ne sachant que dire ni par où commencer, elle se para d'une grimace de sourire qui faisait remonter ses lèvres d'une façon dissymétrique vers la gauche. Un trait mal dessiné et mal accueilli par l'idiot qui la regardait sans la regarder. Elle referma la bouche.

Silence.

Elle le jaugeait. Il portait un jean moulant, une chemise verte, une veste en velours aux carrés orange et marron qu'il avait peut-être achetée au marché aux puces et des chaussures vernies extravagantes. Sapé comme un perroquet, il lui manquait quelques plumes ici et là. Assez jeune, une petite quarantaine, il avait un corps svelte et sportif. Son regard, bleu fade, inexpressif, contrastait radicalement avec les regards noirs et insistants des hommes orientaux.

Le psy se racla la gorge. Une vaine invitation, discrète, à la parole.

Silence pesant.

Son bras dans le plâtre et ses multiples bandages révélaient ce qu'elle tenait inutilement à dissimuler. Même si elle se donnait l'allure de quelqu'un qui ne savait pourquoi elle se trouvait là, justement, pour en arriver là il fallait quelques bonnes raisons.

Il n'était pas difficile de présumer qu'une jeune femme fraîchement immigrée qui avait été enfermée dans un service psychiatrique parce qu'elle s'était taillé veines, tendons et nerfs était la plus désespérée des femmes. Profondément asociale, rétive à la rencontre, inapte à la communication… voilà ce qui serait venu à l'idée de n'importe qui. Pas besoin d'être psy.

— Je vous écoute, prononça-t-il.

Elle remarqua que l'œil du perroquet s'était porté sur son bras. S'il avait suffi d'amputer totalement ce bras pour que les problèmes disparussent, elle l'aurait fait.

Il décrocha son regard du plâtre et le posa sur elle. Effectivement, sans ce bras qui clochait, il l'aurait prise pour une bourgeoise BCBG.

— Je pourrais dire que c'était un accident, mais la

16

vérité, c'est que je voulais vérifier si le sang coulait bien dans mes veines ; alors je les ai ouvertes avec un cutter, ironisa-t-elle, en se moquant d'elle-même avec un mépris non retenu, un accent à couper au couteau et très probablement en faisant quelques fautes d'article : en féminisant l'accident et virilisant la vérité : « une » accident et « le » vérité.

Le psy ne réagit point.

Silence embarrassant.

Elle parcourut à nouveau la pièce des yeux, puis fixa le mur, oubliant qu'elle était là. Son inaptitude à faire confiance creusait un abîme d'hostilité entre elle et le monde. Elle se retrancha dans les zones les plus reculées de son être, rentra dans sa coquille, dans son mutisme quasi autiste.

Un vide se creusa entre eux.

Quelques minutes…

Il se racla à nouveau la gorge.

Elle sortit de sa torpeur.

Il prit l'air de quelqu'un qui allait parler.

Elle le regarda.

Il hésita, attendit.

Elle fixa à nouveau le mur.

Il se décida et fit une tentative pour rétablir le courant. Il respira fort pour attirer l'attention de la jeune femme et lui demanda :

— Connaissez-vous cette expression française : jouer les gros bras ?

« Oui », allait-elle mentir tout naturellement, mais, à son étonnement, un « Non » définitif sortit de sa bouche.

Ils se regardèrent pendant quelques secondes.

Il ne savait que dire. Sa tentative avait échoué.

Silence énervant.

« Va-t-il s'expliquer ou voulait-il juste mesurer l'étendue de mon désert linguistique en français ? » se demandait-elle en substance.

La partie commençait mal. Comme s'il n'y avait pas assez de problèmes, comme si la première séance n'était pas déjà suffisamment difficile avec une patiente suicidaire et apparemment compliquée, ils avaient en outre sur les bras des problèmes de langue.

« Ça va être impossible d'engager un travail psychanalytique avec quelqu'un qui ne parle pas le français, je ne vais pas lui faire un cours de langue quand même », se disait-il pour se consoler du décrochage de sa future éventuelle analysante qui le regardait bêtement.

« Ses points noirs sont visibles même à distance, il devrait se frotter le nez avec un gant », pensait-elle en persan, pour se distraire du marasme langagier et se défaire d'une sorte d'angoisse sournoise qui l'envahissait peu à peu.

Un autre sourire, différent du premier, se dessina sur ses lèvres et elle en tira la satisfaction de la méchanceté gratuite.

« Comment quelqu'un qui ne connaît même pas le langage ordinaire en français, sans parler des expressions, des jeux de mots, des mots d'esprit, des proverbes, de la poésie... peut-il entamer un travail analytique fondé essentiellement sur la langue ? » se demandait-il.

« C'est insensé, je ferais mieux de partir. Qu'est-ce que je peux dire à cet idiot ? » râlait-elle toujours en persan, de son côté.

Son sourire narquois encore sur les lèvres, elle planta ses yeux dans les siens et le défia frontalement dans un silence hostile.

Il demeura imperturbable.

Elle esquissa un geste pour se lever, quand, soudainement, au moment où son corps se trouvait dans une position déséquilibrée, mi-redressée mi-assise, elle faillit tomber par terre en se levant du fauteuil.

Elle allait éclater de rire dans cette situation qui rappelait les scènes comiques des films de Charlie Chaplin lorsqu'un clivage divisa son être :

Lame d'un bistouri qui incise net.

Le psy l'observait, impassible.

Comment est-il possible de garder l'équilibre lorsque, dans une même fraction de seconde, quelqu'un en vous se lève alors qu'une autre en vous s'y oppose et reste assise ?

Elle n'en revenait pas ! Son rire nerveux avait cédé la place, en un éclair, et malgré elle, aux deux grosses larmes qui s'étaient échappées de son corps et brillaient dans ses yeux.

Dites-moi, des deux, qui était l'idiot ?

Elle aurait inventé n'importe quoi pour expliquer cette incompréhensible attitude, inattendue et inconvenante, mais le poids du monde écrasait sa cage thoracique et allait l'étouffer. Impossible de prononcer un mot. Gorge serrée. Elle essuya les deux larmes qui la trahissaient honteusement. En rage contre elle-même et contre cette faiblesse qui l'avait surprise et poignardée à l'instant où elle avait baissé la garde, elle se reprit en main, se tint debout, droite. Yeux bien secs.

Il la regardait.

Elle aurait voulu le tuer.

La psychanalyse allait-elle commencer sous un mauvais augure ?

Il resta assis quelques secondes, hésita, puis se leva.

— Combien je vous dois ?

— Cent francs.

Voix posée et satisfaite.

— Cent francs !

Ahurie et vexée.

Elle sortit de son sac un billet de cinquante, un billet de dix, et deux billets de vingt, tout en se répétant sans voix : je suis stupide, je suis stupide… !

— Je peux vous recevoir mercredi à dix-huit heures, proposa-t-il avec aplomb.

« Qu'est-ce qui vous amène à croire que je reviendrai ? » allait-elle protester, mais elle s'entendit dire docilement :

— D'accord !

Dans la rue, elle s'emporta violemment contre elle-même.

«Je suis la plus stupide des stupides… Ouvre les yeux, bordel, regarde autour de toi. Tu es en France, c'est fini, l'Iran, Téhéran… Des centaines de millions de gens rêvent de venir à Paris, d'y vivre, et toi, qu'est-ce que tu fais? Tu veux mourir, tu ne penses qu'à te donner la mort. Pourquoi, alors, es-tu venue ici? Ne pouvais-tu pas te suicider à Téhéran? Mais regarde! La vie bouillonne dans cette ville.»

Dans les bistros, les gens prenaient un verre, discutaient, lisaient… Elle regardait autour d'elle, mais l'accès à la réalité parisienne lui restait bloqué. Un arsenal d'images mentales obsédantes accaparait toute son attention, s'interposait entre elle et le réel et perturbait la connexion entre sa rétine et son cortex. N'est-il pas vrai qu'on voit rarement ce qu'on a sous les yeux? Comme la lettre volée d'Edgar Poe!

Face aux archipels du passé, solides et insubmersibles, le présent incertain et précaire perdait toute consistance. Le réel ne résistait pas aux reflux de la mémoire. Il faut arriver à un âge mûr pour admettre que rien n'est plus insaisissable que l'existence du présent.

Depuis ses années d'adolescence, elle souffrait de maux de tête terribles, de maux d'estomac, de nausées, d'indigestions, de colites, de faiblesse chronique, d'arthrose des vertèbres cervicales, d'insomnies… et, de temps à autre, d'hallucinations gravement handicapantes. Dans le vingt-quatre mètres carrés de sa banlieue lointaine, la douleur, brutale, l'assaillit. Le socle de son être vacillait. Vertige. Allongée, elle craignait de tomber. Tomber dans le puits de soi.

Verrouillée à double tour, aux autres et à soi-même, elle pouvait contrôler plus au moins la situation, mis à part les tentatives de suicide, mais, une fois les serrures de sécurité sautées, elle ne savait à quoi elle devait s'attendre.

N'en avait-elle pas connu assez, de misères ? Était-ce une bonne chose que de vouloir analyser le passé ? Se martyriser ? Que pouvait-il en sortir de bon ? Ouvrir les cahiers de souffrance, était-ce salutaire ?

N'était-il pas plus prudent de regarder vers l'avenir, de couper les ponts avec le passé ? Hélas ! la Prudence et tout ce qui avait de près ou de loin un rapport avec ce mot lui restaient définitivement hors de portée.

Et puis, franchement, quel avenir pouvait se dessiner à l'horizon de cette banlieue lointaine de Paris où il n'y avait rien, où elle ne connaissait personne, où elle n'avait rien à faire et où elle se sentait comme un arbre desséché ? Que pouvait-elle, sans argent, sans amis, sans famille, dans cette vie française qui ne ressemblait point à ses rêves de Paris ? Que pouvait-elle dans ce pays où tout lui était étranger, la langue comme les gens, les Français comme les autres immigrés ? Quel espoir pouvait subsister dans ce lieu de désolation ? Oh ! qu'on sous-estime les souffrances d'une vie exilée.

Dépossédée d'elle-même, il ne lui restait plus rien ; même sa langue ne lui servait à rien. À qui voulez-vous qu'on parle en persan en France ?

« Non mais, cent francs ! Presque deux mille tomans ! Juste pour verser deux larmes honteuses devant un Français ? Mais c'est du vol ! C'est comme ça que les Occidentaux exploitent les malheurs des Orientaux et les pillent ! Autant pleurer tranquillement et, surtout, gratuitement, sur mon oreiller… »

Elle s'était sentie humiliée devant le psy de ne pas connaître l'expression française « jouer les gros bras ». Lorsqu'on débarque dans un pays dont on ne parle pas la langue, pendant les premières années d'apprentissage, à tort ou à raison, on se sent facilement humilié.

« Je n'y remettrai plus jamais les pieds. De toute façon, vu le prix, la question ne se pose même pas. Il ne faut plus penser au passé mais seulement à l'avenir. » Tel fut son verdict.

De la fenêtre de son studio, l'avenir paraissait plus compliqué que ce qu'elle avait envisagé. Où trouver un travail dans une banlieue où même ceux qui y étaient nés demeuraient désœuvrés ? Marcher trois kilomètres dans ce froid de février pour arriver à la gare et prendre le train pour Paris à la recherche d'un emploi, rebrousser chemin le soir, sans succès, et recommencer le lendemain, exigeait la volonté d'Ahura Mazda, le Dieu zoroastrien.

On imagine mal, voire pas du tout, l'effort qu'il faut à ceux qui ont grandi dans des ghettos pour en sortir. Sans aucun attachement à ce lieu de malheur, de pauvreté et de laideur, décamper était, peut-être, plus facile pour elle.

L'éventail des choix qui s'offrent à un immigré désargenté est bien limité. Au mieux, il s'agit d'un studio, équipé d'une salle de douche, d'un WC, d'un placard et d'une kitchenette dans un immeuble en béton

23

avec un ascenseur souvent en panne, dans une banlieue regorgeant d'immigrés pauvres venus des quatre coins du tiers-monde ; ou alors d'une chambre de bonne, sans WC, sans douche, sans placard et sans kitchenette, dans un immeuble parisien, accès par l'escalier de service. Rien d'autre au menu. Rien de tout ce dont on rêve lorsqu'on abandonne pays, famille et amis pour s'aventurer vers une vie française. Rien d'une vie en rose…

— Il faut absolument que je trouve une chambre à Paris ; ici, rien n'est possible. Il faut absolument que je trouve un travail.

En attendant une chambre de bonne et un boulot, pour oublier la banlieue, elle ouvrit le Robert d'occasion qu'elle avait acheté chez Gibert dès son arrivée en France, pour découvrir ce que signifiait « jouer les gros bras ».

Elle lut, relut, décortiqua une colonne et demie dans le petit Robert sur « jouer » et ne trouva aucune trace de l'expression « jouer les gros bras ». Mais « Jouer » exprimait et résumait à merveille sa vie. Ce verbe était le sien : jouer. N'était-ce pas ce qu'elle avait fait toute sa vie ? Et personne ne pouvait mieux le dire que le Robert. Jouer sa vie, jouer avec sa vie. Jouer des rôles, des personnages qui n'étaient pas elle. Jouer des comédies. Jouer les durs, les héros. Elle avait tellement joué qu'elle ne savait vivre la vie sans la jouer. Elle s'était perdue entre les rôles qu'elle avait interprétés. Elle avait joué le tout pour le tout et elle avait tout perdu. Et la vie, elle aussi, s'était jouée d'elle. Plus d'une fois…

Comble de tous les malheurs, elle avait le malheur de détester ce qu'elle était devenue. Bonne à rien. Des nuits et des jours de résolutions, de décisions fermes n'y changèrent rien. Incapable de franchir la porte de son studio, elle allait s'y enterrer pour de bon. Elle ne se rendait plus aux séances de kinésithérapie indispensables pour retrouver la mobilité de ses doigts et l'autonomie de sa main. Une semaine passa, une autre, puis la troisième et la quatrième. Elle avalait des somnifères et bien d'autres médicaments, mangeait des conserves, des biscuits et dormait nuit et jour. À peine levée, elle retournait au lit. Gagnée par une faiblesse généralisée, elle ne parvenait même plus à rêvasser. Elle crut que son cerveau se désintégrait. Combien de temps pouvait-elle encore tenir enfermée sans voir un être humain, sans télévision, au milieu de nulle part ? Combien de temps ?

Elle n'avait plus la force ni les moyens de se donner la mort. N'était-elle pas déjà morte ? Que faudrait-il de plus pour mourir ?

Au bout de cinq ou six semaines, au lieu de se rendre au dispensaire pour faire renouveler son ordonnance par le psychiatre, elle décida d'arrêter le traitement ; d'un coup, brutalement. Elle endura des maux de tête coriaces, des insomnies vivaces, des délires hallucinatoires, des impulsions violentes…

Pousser jusqu'à l'extrême, dépasser la limite du supportable, franchir la ligne rouge, frôler le danger mortel, acculée à soi-même. La folie.

— Tu es faite des gènes sauvages de ton père, lui as-
sénait sa mère quand elle était enfant et adolescente.

Les Turcs sont considérés par les Iraniens comme
des sauvages. Son père était un vrai Turc et sa mère une
vraie Persane.

Être «sauvage» ne présageait rien de bon. Et dans la
bouche de sa mère, ce mot incarnait une condamnation
sans appel et sans sursis.

— Qu'est-ce que j'ai fait au bon Dieu pour mériter
une fille comme toi? ajoutait-elle pour préciser sa pensée, et elle formait parfois un vœu pieux: Que les feux
de l'enfer t'emportent!

Elle y était justement, dans les feux de l'enfer, dans
cette banlieue parisienne: affaiblie, amaigrie, esseulée
et délirante.

Sauvage aux racines increvables, destinée à durer, à
triompher de tout, rien ne réussirait à la déterrer. Le
malheur, le mal de tête, le mal d'estomac, la fièvre, le
vertige, la nausée, l'isolement... aucun mal n'était plus
fort que ce «Mal» qu'elle était. Elle sortait vainqueur
de tous les maux, comme ces plantes sauvages qui n'ont
besoin d'aucun soin pour perdurer et renaissent après
le passage des tempêtes et des longues nuits d'hiver.

Elle se savait, quoi qu'elle fût, fît ou dît, accusée
d'avance. Convaincue d'être habitée par le Mal, elle

vivait la condamnation et les châtiments comme des conséquences naturelles et tout à fait méritées de son existence. Elle s'était toujours vue plus forte que tout, profondément et inconsciemment sans limites, increvable, immortelle ; elle se croyait Dieu, sinon le Diable. Elle se pensait dotée du souffle d'Ahriman, Dieu du Mal chez les zoroastriens.

Malheureuse ? Oui, elle l'était, très souvent, presque toujours. Heureuse ? Oui, aussi, elle l'était ; parfois ; très rarement. Ce Mal intrinsèque et impérissable faisait d'elle, d'emblée, non seulement une Coupable innée, mais aussi un être particulier, une enfant pas comme les autres, plus forte, supérieure, et cette distinction engendra dans son cœur, dès son enfance, un mépris pour les humains et leur monde ainsi qu'une addiction à la jouissance perverse, dangereuse et, bien sûr, atrocement douloureuse. Une jouissance aiguisée, tranchante, qui frôlait tantôt la terreur, tantôt la mort et tantôt la folie.

Pendant ces quelques semaines, elle avait défié à la fois la vie et la mort, la douleur physique, la solitude extrême dans une banlieue qui n'avait rien à envier au trou du cul du monde. La douleur physique soulageait la douleur psychique. Elle aimait ces moments d'alternance entre la fièvre brûlante et les frissons violents qui secouaient son corps recroquevillé sous la couette. Les pulsions destructrices diminuaient dans ce corps amoindri qui tour à tour tremblait et brûlait. Elle avalait des Doliprane.

Il existe des moments dans une vie qui s'éternisent, gravent la mémoire à jamais, emplissent les yeux où qu'ils se portent, écrasent le réel de leur présence et constituent le temps impérissable, architectural, qui bâtit la charpente d'un être humain. Des moments dans une vie qui nous font devenir, malgré nous, ce que nous serons une fois adultes. Des moments qui nous créent à notre insu.

À la fin de la septième, huitième ou neuvième semaine, à l'aube, elle prit son sac à dos et quitta la banlieue qui dormait encore, prit le premier train, débarqua par une matinée du mois de mai à Paris pour trouver un boulot et une chambre en se jurant qu'elle ne retournerait pas le soir dans son studio maudit.

De petites annonces en petites annonces, de coups de téléphone en rendez-vous, des dix-huitième et dix-neuvième arrondissements au seizième en passant par les cinquième et sixième, elle erra pendant quelques jours à Paris, à la recherche d'une place de baby-sitter et d'une chambre de bonne. La nuit, elle dormait, emmitouflée dans ses pulls et dans son manteau, dehors, ici ou là, quelque part, sur un banc, dans des quartiers chics et logiquement moins dangereux, là où son intuition le lui suggérait. Le matin, tôt, avec un culot sans égal et son allure altière, elle entrait dans un hôtel quatre étoiles – jamais le même –, se dirigeait vers les toilettes brillantes de propreté où il y avait savon, serviettes, eau de toilette…, ressortait fraîche et reprenait la suite de sa recherche. Jamais elle ne se sentit aussi forte que pendant ces jours de total dénuement à Paris ! Sa vie de SDF ne dura pas longtemps, tout au plus une semaine. Elle fut embauchée par une famille du seizième arrondissement pour s'occuper de deux enfants contre une chambre d'à peine dix mètres carrés et mille cinq cents francs par mois. Aucune kinésithérapie ne s'avérait plus efficace que l'obligation et la nécessité d'utiliser sa main et ses doigts qu'elle ne pouvait encore bouger.

Elle menait une vie de recluse. Après son travail, elle se réfugiait dans sa chambre qui se trouvait dans le même immeuble. Ses soirées, sans exception, elle les passait en compagnie du Robert. Elle entreprit de le lire d'un bout à l'autre. Elle quittait sa chambre pour habiter le dictionnaire. Travailler les mots, tous les mots. Il y avait des mots récalcitrants, qu'elle ne parvenait pas à dompter, d'autres lui restaient étrangers, avec lesquels le courant ne passait pas ; soit la sonorité lui paraissait incongrue, soit la signification fade ; et enfin, il y en avait qui lui allaient droit au cœur ; dès la première énonciation, dès les premières explications, c'était le coup de foudre. Elle passait la soirée à lire, à relire la colonne, à répéter le mot, à apprendre les phrases des écrivains cités en exemple. Le premier mot dont elle tomba amoureuse se trouvait à la lettre A, à la deuxième page du Robert. Un amour douloureux comme le sont les grandes amours. «Abandon». «Abandonnée», elle l'était, et «Abandonner», elle l'avait fait. Est-ce stupide d'avouer que ce mot la fit pleurer ? «Abandonner un enfant». «Ses forces subi-

29

tement l'abandonnèrent »… Elle avait tout abandonné. Nul besoin des êtres humains, nul besoin des Français pour apprendre le français.

À l'écart de la civilisation, à l'abri des humains, fuyant toute rencontre, évitant la moindre communication, éludant toute forme de vie sociale, faisant abstraction de la ville, seule, avec les mots de son Robert, elle se construisait des châteaux. Jamais le monde et les hommes ne manquèrent aussi peu à quelqu'un. Des semaines passèrent ainsi. Elle aurait bien vécu avec son travail, sa solitude et sa folie si seulement d'autres problèmes n'étaient survenus.

Il lui arrivait de repenser à cette séance dans le cabinet du psy. L'air de rien, quelque chose s'était passé dans ce lieu. Ses larmes l'avaient surprise. Comme beaucoup de jeunes femmes de son âge, d'une part elle était attirée par la psychanalyse, sans savoir vraiment ce que c'était, et d'autre part elle s'en méfiait comme de la peste.

Thérapie par la parole et seulement par la parole.

Pouvait-on se guérir de sa vie juste avec des mots ?

Les mots sauront-ils dire les souffrances ?

De quoi sont-elles faites, nos souffrances ?

Peut-on mettre en mots l'indicible ?

Mettre l'horreur en mots nous en délivre-t-il ?

Ne passait-elle pas ses soirées à écrire, à réfléchir à la syntaxe de ses phrases, à l'aide du dictionnaire ? Oui, mais cela était gratuit et s'avérait salvateur pour la maîtrise de son français. Chaque nuit, elle ressentait une petite satisfaction car elle avait appris quelques mots, et, malgré ses cauchemars, au moins la grammaire lui faisait moins peur. Elle ferait mieux de s'aérer de temps en temps, d'aller flâner. Ce n'était pas très sain, cet enfermement, raisonna-t-elle sagement.

Elle se promenait du côté du Trocadéro, sans s'éloigner trop. Parfois, elle était rentrée en catastrophe, la tête baissée, le regard rivé au sol. La tête des gens se déformait et elle n'y pouvait rien. Était-ce un problème mental, visuel, ou les deux ? Elle n'en savait rien. Prise de panique, suffocante, elle avait beau cligner des yeux, regarder d'autres gens, rien ne changeait. Le monde réel devenait un film d'horreur. Allait-elle devenir folle pour de bon ? Une fois arrivée chez elle, la porte de sa chambre fermée à clé, le souffle retrouvé, elle se rendait compte que ce qu'elle avait vu ne pouvait exister, c'était dans sa tête, mais justement, comment faire sortir ces images de la tête ? Comment faire pour que le réel ne se défigure pas dans son champ de vision à elle ? Comment se débarrasser des hallucinations ?

Elle se réveillait en sursaut, tout en sueur ; des cauchemars hantaient ses nuits, mais au réveil elle ne se souvenait absolument de rien, au point qu'elle était incapable de dire si elle avait fait le même cauchemar ou un autre.

Elle retourna, elle ne savait pourquoi, chez le psy. À l'époque, elle ne se doutait pas qu'en entamant une psychanalyse elle ajouterait à l'exil géographique et linguistique l'exil de soi. Mais elle savait d'instinct une chose :

La naissance ne suffit pas, il faut se créer.

Deuxième séance

Crispée, mal à l'aise, elle entra à regret dans le cabinet. Elle s'était décidée à parler. D'angoisse et de saisissement elle resta interdite quelques instants. Un tribunal militaire, le purgatoire ne l'auraient pas effrayée autant. La tension psychique allait faire éclater son cerveau en mille morceaux, et ses battements de cœur allaient rompre à jamais la circulation du sang.

Allait-elle parler ou s'évanouir ?

Un long silence.

Tous les mots du Robert avaient disparu !

Pour que le cerveau pût commander l'acte de parler, pour que les mots pussent s'aligner les uns derrière les autres et permissent à des phrases audibles et compréhensibles de se construire et de sortir de sa bouche, donc de son corps, il fallait absolument que la dissension qui la divisait radicalement diminuât d'un cran, que la tension l'abandonnât un instant, qu'une minuscule cohésion mentale existât.

Depuis vingt-six ans, elle avait toujours vécu contre elle-même. Quels que fussent la décision, l'acte, la parole, l'intention, l'initiative, il y avait toujours une autre en elle pour critiquer sévèrement, se moquer méchamment et condamner définitivement. Elle n'avait jamais fait corps avec elle-même, en rien, à aucun moment de sa vie, et là, dans le cabinet du psy, chacune de celles qui prenaient de temps à autre possession de son être sortait les couteaux, déclarait une guerre ouverte et voulait se présenter au psychanalyste.

— Je vous écoute, émit le psy.

Tombée dans un guet-apens, sans défense, elle ne savait si elle s'en sortirait indemne. Si un mot, une phrase réussiraient à s'échapper de la forteresse assiégée qu'était son corps.

Angoisse. Le sentiment d'étranglement.

«Dis. Parle. Vas-y. Sors quelque chose. Un mot. Un seul. Bordel de merde. Parle. Allez, vas-y. Un deux trois, parle. Dis. Parle. Parle. Merde.»

La voix intérieure hurlait en elle, en persan, alors qu'un silence imperturbable s'affichait à l'intention du psy.

Le psy, justement, installé confortablement dans son fauteuil, l'observait. Il était sûr de son pouvoir maintenant qu'elle était revenue après quelques semaines. D'expérience, il savait que, tôt ou tard, malgré sa résistance, elle parlerait, et c'était à vrai dire la seule chose qu'il savait. Pour autant que cela constituât un «savoir». Il regardait le visage de la jeune femme sans avoir la moindre idée de la guerre sans merci qui avait lieu en elle. Il essayait de ne penser à rien de précis, de ne pas imaginer ce qui avait pu causer ce retour tardif auquel il ne s'attendait plus. Avec ou sans parole, de toute façon, comme il la ferait payer cent francs à la fin de la séance et qu'elle aurait le sentiment de n'en avoir pas eu pour son argent, elle reviendrait puisqu'elle était déjà revenue.

Pour éviter de déserter le lieu mentalement, pour garder éveillée son attention flottante et surtout pour ne pas s'endormir après une longue journée de travail, il inspirait fort et expirait l'air de ses poumons comme s'il allait souffler des mots à la jeune femme muette.

— Dites, chuchota-t-il.

La respiration bruyante du psy ponctuait son angoisse grandissante, comme dans ces films d'horreur où on sent le danger s'approcher insidieusement. Elle était tantôt rouge, tantôt pâle ; tantôt brûlante, tantôt frigorifiée. Au bout de vingt minutes d'alternance d'états psychiques extrêmes, à nouveau rouge et brûlante, étranglée, elle prononça enfin une phrase :

— Je n'en peux plus.

De grosses larmes coulaient sur son visage.

— Ouiiii… approuva-t-il en se donnant une voix chaude et grave qui sortait du ventre, la voix de quelqu'un qui venait de jouir.

Deux minutes plus tard, debout face au psychanalyste, elle lui donnait deux billets de cinquante francs et un merci !

En prenant l'argent, il proposa :

— Je peux vous recevoir mercredi à dix-sept heures.

— Je ne peux pas, je travaille jusqu'à dix-huit heures et il me faudrait une demi-heure pour le trajet.

— Alors venez jeudi à vingt heures.

— D'accord.

En sortant, elle marchait comme un zombi. Elle prit le métro, rentra chez elle. Exténuée, elle s'allongea sur le lit sans avoir la force d'ouvrir le Robert.

Elle se blâmait de n'avoir pas parlé.

« Tu es très faible, tu es incapable de gérer la situation. J'irai, moi, la prochaine fois ! »

Iran. Bandar Abbas. 1990

Armand, un jeune étudiant, rencontra dans une soirée une jeune étudiante, Donya. Ils discutèrent beaucoup ce soir-là. Ils fréquentaient la même université et
ils se revirent plusieurs fois dans d'autres soirées. Ils
parlèrent de littérature, de poésie, du monde et de la
vie. Une amitié naquit entre eux et le désir s'en mêla.
À vingt ans, la libido est assez puissante et ne laisse
pas en paix deux âmes de sexes différents qui s'ai-
ment et se plaisent. Ils se voyaient souvent ; entre deux
étreintes, ils parlaient avec passion de Tolstoï, Dostoïevski, Balzac, Alexandre Dumas et Romain Rolland, dont
L'Âme enchantée et *Jean-Christophe*, très en vogue en
Iran, avaient fait, sous le manteau, le tour de l'université. Il jouait de la musique, du tar, l'instrument traditionnel, et elle ne chantait pas mal. Ils s'étaient créé
un petit coin de paradis dans l'enfer des mollahs. En
dépit de leur relation amoureuse et de leurs affinités,
un conflit allait pourtant s'installer entre ces deux êtres
que tout séparait.

Armand était fils unique ; ses parents, polyglottes,
étaient d'esprit ouvert et moderne. Son père, ambas-
sadeur à l'époque du Chah, avait vécu avec sa famille
dans différents pays européens et, avant la révolution
islamique, il avait pris sa retraite anticipée à cause d'un

35

cancer. Armand ne vivait pas à la cité universitaire, son père lui avait acheté un appartement à Bandar Abbas.

Donya venait d'une famille atypique, dernière fille d'un père très vieux, polygame, qui aurait pu être son arrière-grand-père, un ancien grand propriétaire terrien, un des derniers Pachas, un féodal totalement ruiné. En réalité, ces différences d'appartenance familiale ne constituaient qu'une petite partie des vraies antinomies qui séparaient ces deux amants. Comme l'immense majorité des jeunes, ils rêvaient de quitter l'Iran et comme beaucoup d'étudiants, ils cherchaient à obtenir une place dans une université américaine ou canadienne, processus long et très souvent voué à l'échec. «Bien né», fils de bonne famille, il avait eu une éducation privilégiée qui l'aidait à supporter le climat de prohibition qui régnait dans le pays tandis qu'elle, elle étouffait partout. Les réprimandes et les humiliations infligées aux filles les contraignaient à rester quotidiennement aux aguets. Des femmes ensevelies entièrement sous le noir, entrées à l'université à la faveur des quotas réservés aux agents du gouvernement, veillaient au respect des règles arbitraires ; elles dénonçaient celles qui menaçaient l'ordre établi, par exemple avec une mèche rebelle dont le danger potentiel représentait une force subversive aux yeux des dirigeants de ce pays.

Le régime faisait alterner depuis toujours les périodes de détente et de répression. Les filles laissaient échapper les mèches de cheveux, se maquillaient, raccourcissaient les manteaux… et un beau matin, sans préavis, la répression frappait dur, les arrestations se multipliaient, les unes et les autres étaient sévèrement châtiées… Ce faisant, comme tout système totalitaire, le pouvoir, en appliquant tantôt «tolérance» tantôt «sévérité», justifiait le système de contrôle et de répression dans le pays, de sorte que la vie strictement privée et individuelle de chacun, surtout celle des femmes, devenait une affaire politique, une affaire d'État. On aurait dit que dans ce pays, après huit années de guerre, nul problème n'existait, et que les dirigeants n'avaient d'autre chat à fouetter qu'à veiller à la bonne distance entre les femmes et les hommes.

La vie sous un tel régime ne ressemble en rien à la vie dans une société occidentale, et quiconque n'a jamais eu réellement cette expérience ne saurait l'imaginer.

Troisième séance

Cheveux bien brossés, légèrement maquillée, elle se mit en route. En arrivant chez le psy, elle se donna l'air le plus déterminé qu'elle pût.

Elle sonna.

Il ouvrit la porte.

— Bonjour.

Elle lui serra la main et le suivit d'un pas ferme dans le cabinet.

Le psy remarqua le changement.

À peine assise dans le fauteuil, elle se lança ; elle prit soin de garder pendant tout le temps que dura son cinéma une expression suffisamment affable et triste à la fois.

— J'ai toujours voulu faire une psychanalyse, depuis..., depuis mes quatorze ou quinze ans, ou même plus jeune.
Vous savez, j'ai toujours cru que j'étais très douée pour ça...

Vive protestation d'une voix intérieure : « C'est vraiment stupide de dire ça. »

Elle eut un blanc, reprit pêle-mêle en soutenant sa tête de la main droite :

— Depuis que j'ai perdu mon père..., je l'ai perdu il y a un peu plus de deux ans..., ç'a été très dur...

Un autre blanc.

— Nous étions très proches. Enfin, pas comme toutes les relations père-fille…
C'était, c'était assez particulier… C'était un homme impressionnant…

Elle crut avoir fait une faute, tenta de se rappeler les formules qu'elle avait préparées, comme quelqu'un qui lors d'un examen essaie de se souvenir de la bonne réponse à une question.

— Ce n'était pas toujours facile de l'approcher…

«Mais qu'est-ce que tu racontes ? Nous étions très proches et ce n'était pas facile de l'approcher ! Tais-toi, je reprends, moi !»

— Mon père était un enfant posthume. Être né orphelin en 1900 et des poussières, ce n'était pas un cadeau du ciel… C'est comparable à une enfance au Moyen Âge en France… Il avait connu la Première et la Seconde Guerre mondiale et l'occupation russe en Azerbaïdjan.
Je ne sais si vous pouvez imaginer le genre d'enfance qu'il a dû avoir…

«Mais pourquoi tu racontes tout ça ?» ; les voix protestataires se multipliaient en elle.

Elle changea de registre.

— Nous jouions ensemble au jacquet et aux échecs, je trichais parfois pour gagner. Il y avait de très grands moments d'intimité entre nous.
Il me parlait de lui, de son enfance, de sa jeunesse…
Même si j'étais la plus jeune des enfants, c'est moi qu'il prenait pour confidente…
Lorsque j'étais petite, il aimait que je danse. Il me disait que j'étais la plus intelligente…
Malgré la vie qu'il avait eue, il était parfois joyeux ; même vieux, il riait comme un soleil qui brille…

Il me manque beaucoup…

. Elle retint les larmes qui embuaient son regard.

Elle déversa, en fixant le divan, les phrases qu'elle avait mentalement répétées la veille, sans toutefois parvenir à en respecter l'ordre.

Elle regarda le psy qui la regardait, puis, sans que ç'ait été préparé et décidé, d'une voix absente elle parla :

— Mon père avait assisté enfant à des scènes terribles… Les Russes ne sont pas des tendres, ils avaient commis des crimes inimaginables dans les villages.
Un soldat russe avait mis sa baïonnette sur la gorge d'un bébé qui hurlait ; il avait hésité ; son supérieur qui était entré au même moment dans la pièce avait enfoncé la baïonnette en disant au soldat que la prochaine fois il ne lui pardonnerait pas sa faiblesse.

Un court silence.

— Mon père m'a raconté cette scène des dizaines de fois, il était adolescent, il s'était caché dans un coin et avait tout vu…

Elle s'interrompit un instant.

— Chaque fois, j'avais l'impression que l'acte se déroulait sous ses yeux et, du coup, moi aussi j'assistais avec lui à la scène… Il y avait dans sa voix et dans son regard un mépris pour la faiblesse du soldat et une admiration pour le sang-froid avec lequel l'officier russe avait tué le nourrisson sans le moindre état d'âme… Avoir le cran de commettre l'inimaginable…

Elle ajouta d'une voix absente à elle-même :

— Le nourrisson, sa vie, sa mort ou sa souffrance n'avaient aucune importance…
Le bébé n'était dans le récit de mon père qu'un exemple

40

qui démontrait la détermination inébranlable de l'officier.

Dans son élan, elle avait oublié où elle était et ce qu'elle disait.

Elle revint à elle, s'arma de son visage plutôt affable que triste, et, mal à l'aise, s'excusa :

— Pardonnez-moi ; je ne sais pour quelle raison je vous raconte tout ça ; c'est insensé. C'est… c'est…, enfin, ce n'était quand même pas la faute de mon père si l'officier russe avait tué le nourrisson, et certainement ce n'était pas le seul enfant massacré… Depuis la nuit des temps, l'humanité commet des crimes sauvages…

Elle se tut net. Surprise.

La sentence de sa mère « Tu es faite des gènes sauvages de ton père » avait résonné dans sa tête. Elle se força à sourire pour la reléguer dans le coin obscur de sa tête d'où elle s'était échappée.

Elle opta pour le silence.

Le psy, de son côté, étonné par la métamorphose de cette jeune femme soudain volubile qui n'avait pas grand-chose en commun avec celle qu'il avait eue en face de lui les deux séances précédentes, l'avait écoutée sans avoir eu le temps ou l'occasion de sortir un son.

Elle s'en voulait déjà. Elle n'avait pas respecté ce qu'elle s'était ordonné. Elle s'accablait de reproches :

« C'est quoi ça ? Pourquoi as-tu raconté cette histoire ? Qu'est-ce qu'il va penser maintenant ? C'est insensé de sortir ça devant un Français bourgeois qui ne comprend rien à rien. »

La confusion de la jeune femme n'échappait pas au psy. Il prit l'initiative :

— Voulez-vous ajouter quelque chose ?

— Non, oui, enfin non… Je ne sais pas pourquoi je vous ai raconté ça, ça n'a pas de sens. C'est… c'est sans importance…

— Vous trouvez que c'est sans importance ?

— Non… je veux dire… ce n'est pas très grave… Ce n'est pas ça, c'est que, c'est une histoire très ancienne…, voilà, je, je ne sais pas, je veux dire… je ne vois pas l'intérêt…

Perturbée de plus en plus, elle avait perdu totalement le contrôle de la situation.

« Ta gueule, ferme-la. Juste la ferme… » lui ordonnait, menaçante, la voix intérieure.

Silence.

— Bon, on en reste là pour aujourd'hui, conclut doctement le psy en se levant.

Elle le paya et quitta à toute vitesse le cabinet.

Dès qu'elle franchit la porte, elle s'emporta contre elle-même.

« Mais as-tu perdu la tête ? Es-tu vraiment folle ? Tu n'es même pas capable de respecter quoi que ce soit. Tu es nulle. Tu es folle à lier. Tu es tarée. Tu es grave, ma fille. Tu es malade. Tu es, tu es…, non, mais vraiment… c'est quoi, ça ? Aller voir un psychanalyste et lui débiter la scène que ton père t'a racontée il y a des années. Deux secondes sans surveillance et voilà le résultat… Mais enfin, bon sang, payer si cher pour gaspiller le temps, au lieu de parler de, de… je ne sais pas, moi, de ce qui était convenu, de quelque chose de plus… au moins de plus récent. »

« Si tu sais faire mieux, tu n'as qu'à y aller toi-même la prochaine fois… »

« Ça, tu peux compter là-dessus ! »

42

Le psy, en attendant son dernier analysant, qui était en retard, pensait que ça n'allait pas être facile. La façon dont elle avait parlé montrait qu'elle s'imposait une censure implacable.

En proie à une dépression, Donya ne suivait plus les cours à l'université. Au début de sa rencontre avec Armand, l'amour l'avait enthousiasmée, mais sitôt apaisée la fièvre des premières étreintes, elle s'était trouvée face au vide.

Selon les lois en vigueur en Iran, mais aussi dans la mentalité de l'immense majorité des gens, voire de tous, coucher avec un garçon sans être mariée, pour une fille qui n'est pas officiellement une pute, c'était être une pute. Fouler aux pieds les lois et l'hypocrisie des conventions lui procurait autant de plaisir que faire l'amour, sinon plus. Mais on ne peut construire sa vie dans la clandestinité et pour le seul plaisir de transgresser. Se croire audacieuse, insoumise, rebelle avait suscité chez elle un sentiment de supériorité et une excitation qui s'émoussaient avec le temps, car elle savait qu'elle aussi trichait. Elle aussi dissimulait sa relation intime avec l'homme qu'elle aimait, elle aussi faisait semblant de n'avoir pas de relations sexuelles, et qu'est-ce qu'elle savait au juste de ce que ses copines lui cachaient ? La peur d'être jugée sévèrement, condamnée par l'opinion publique, d'être dénoncée auprès des autorités et châtiée, rôdait autour de chacun, avait créé un rideau de fer, invisible mais tangible. Avoir un copain, flirter innocemment, bien que ce fût illicite selon les règlements de l'université et de toute la société, était admis parmi les étudiantes non religieuses, mais sortir vraiment avec lui et, Dieu nous en garde, se donner avant le mariage, ah, ça non, personne ne l'aurait avoué. Enfreindre les interdits était une chose, mais revendiquer le droit à une vie sexuelle devant autrui en était une autre. Nulle ne l'osait.

Donya se sentait seule, bien qu'elle partageât à la cité universitaire un deux-pièces avec trois autres étudiantes. Même si elles étaient camarades de classe et de chambre, même si elles avaient le même âge, elles avaient peu de choses en commun. Elles s'amusaient parfois ensemble à se raconter des blagues à propos de la religion, du sexe et surtout des mollahs, ce qui était la distraction favorite des Iraniens. On ne savait jamais qui inventait les blagues, mais il en circulait des centaines à travers le pays.

L'appartement d'Armand était devenu une maison de plaisir privée où filles et garçons se retrouvaient. On élude comme on peut les interdits d'une société qui encourage la tricherie. Ils avaient loué des boîtes aux lettres à la poste, qui leur servaient à communiquer en toute sécurité. Quatre billes de quatre couleurs différentes ; chacune correspondait à l'une d'entre elles. Donya était la bille rouge. Armand vérifiait chaque jour sa boîte aux lettres ; s'il y avait des billes, il savait que des filles passeraient chez lui dans la soirée, toujours vers dix-huit heures, et il prévenait les copains. S'il n'y avait que la bille rouge, cela voulait dire que Donya viendrait seule. Il guettait par la fenêtre du salon ; dès qu'il les apercevait dans la rue, il inspectait les escaliers ; si la voie était libre, il tirait le rideau à moitié, les filles pressaient le pas et montaient rapidement sans faire de bruit, s'il y avait des gens dans les escaliers, il tirait complètement le rideau, alors elles comprenaient que la voie était dangereuse. Elles faisaient un tour et attendaient que le rideau bouge. Une fois à l'intérieur, elles traversaient le salon à quatre pattes pour éviter que l'ombre de leur silhouette ne soit vue de la rue. Ils se réunissaient dans la chambre de derrière. Elles ôtaient leur manteau et leur voile. Ils avaient l'impression de s'évader, de préserver leur petit univers, même s'ils risquaient gros. Ce huis clos leur permettait d'échapper, pendant quelques heures, au monde dans lequel ils étaient condamnés à vivre, et il constituait leur lieu de liberté.

Dès que le psy ouvrit la porte, il fut étonné.

Elle était habillée d'une robe légèrement décolletée, bien maquillée, portait des chaussures à talons.

— Bonjour, dit-elle en lui tendant la main, tout sourire, charmante et charmeuse.

— Bonjour, répondit-il en lui serrant la main.

Elle prit place dans le fauteuil, parcourut du regard la pièce comme si elle la découvrait pour la première fois. Croisa les jambes, posa son sac par terre et regarda le psy droit dans les yeux.

Silence tranquille.

Elle bougea un peu et s'adossa plus fermement au fauteuil, fit le tour de la pièce du regard, d'une façon ostentatoire. Elle posa les yeux sur le tableau abstrait qui était accroché au mur juste au-dessus du divan.

Elle respira profondément.

Lui aussi.

Elle mordit légèrement le coin de sa lèvre inférieure, jeta un coup d'œil au psy, ouvrit à peine la bouche, fit mine de parler, referma sa bouche et garda le silence dans un soupir qui fit monter et descendre son décolleté et ses seins pigeonnants, un peu trop à l'étroit dans son soutien-gorge.

Elle affecta de faire une autre tentative pour parler, mais opta à nouveau pour le silence.

Il observait les mimiques, écoutait la respiration de la jeune femme, en se parant d'un air indifférent. Et au bout de cinq minutes, il sortit le fameux «Je vous écoute» des psys. Elle soupira à nouveau, puis, minaudant :

— Ce n'est pas facile, la première séance ! C'est beaucoup plus difficile qu'on ne le croit... Se mettre à parler devant un parfait inconnu, ce n'est pas évident.

— Oui ?!

— Je ne sais par où commencer...

Ébauche de sourire aux lèvres. Hésitante.

Un bref silence.

— Dites ce qui vous vient, proposa-t-il.

— Vos tableaux me plaisent. Je n'arrive pas à les comprendre..., je ne comprends pas grand-chose à la peinture moderne, c'est très occidental... mais j'aime assez les couleurs et ces formes abstraites, ça me touche. Comment on dit en français : ça me parle ? C'est ça ? Ça me parle...

— Ça vous parle ? répéta l'idiot.

— Oui... je crois... je préfère celui de gauche. J'aurais beaucoup aimé pouvoir dessiner et peindre. C'est plus facile que les mots... Je crois que je souffre beaucoup de ne pas avoir ce talent, surtout depuis que je vis en France et que je dois me bagarrer avec la langue pour pouvoir parler correctement.

Elle pensa que le psy interviendrait pour la rassurer en la félicitant de son français, mais rien. Il ne broncha point.

— La peinture est un langage universel, tandis que chaque langue est un univers à part.

Silence.

Le psy l'écoutait sans l'écouter. Visage fermé.

Elle sentit sa réprobation ; voulut changer de sujet mais continua en improvisant :

— La peinture peut être totalement abstraite, incompréhensible, incohérente… il n'y a pas de règles intransigeantes et strictes comme celles de la grammaire. On peut dessiner ce qu'on veut, n'importe comment, même d'une façon délirante, on peut dessiner dans le délire, on peut dessiner même le délire…, mais pour « dire » un délire, il faut respecter la syntaxe, les règles de la grammaire.

— Quelle différence existe-t-il entre dessiner le délire et dire le délire pour vous ? lui demanda-t-il.

— Je ne sais pas…, mais je crois que la plupart des tableaux modernes expriment les états d'âme du peintre au moment même où il travaille ; parfois eux-mêmes n'y comprennent rien. Ils mélangent les couleurs, ou inventent de nouvelles formes… et ça donne quelque chose et ça peut être très beau. Comme Kandinsky ou Pollock, ou Miró… Enfin je préfère de beaucoup Kandinsky. L'âme tourmentée russe plutôt que l'âme formatée occidentale… Mais si vous mettez les mots en désordre les uns après les autres, ça ne donne rien… La langue est beaucoup plus difficile que la peinture ou le dessin… La langue ne pardonne rien, la grammaire est impitoyable, et puis, une fois que vous savez dessiner, votre tableau peut être exposé, vu par des gens du monde entier, on n'a pas besoin de la traduction.

Tandis que si vous changez de langue, c'est monstrueusement difficile de se dire dans une langue étrangère, et encore plus difficile de devenir écrivain dans une langue étrangère…

Visage animé, elle s'était lancée dans une tirade, sa

voix avait monté d'une octave et ses lèvres maquillées essayaient de bien articuler les mots qui sortaient de sa bouche. Elle s'essouffla, puis se lança à nouveau, pour remplir le silence, le temps et l'espace.

— Il faut avoir un minimum de talent pour dessiner, je sais, surtout moi qui n'en ai aucun ; je dessine pire encore qu'un enfant de trois ans. J'attends… !

Elle s'entendit et, après une fraction de seconde d'étonnement, elle reprit :

— Non, je n'attends pas, je…

Elle agita les mains.

— Je cherche un autre verbe…

— Vous attendez quoi ? dit le psy en soulignant le lapsus.

— Je n'attends rien, je voulais dire ; c'est quoi l'autre verbe pour dire… Arriver… Atteindre, voilà c'est ça, atteindre ! je voulais dire atteins. J'atteins dans les sommets de nullité ; c'est comme ça qu'on dit ?

La formulation erronée de l'expression allait faire rire le psy, mais il effaça promptement le sourire qui se dessinait sur son visage. Il dit en détachant les mots :

— Il me semble que vous attendez et que vous êtes loin d'atteindre.

— Je ne comprends pas, dit-elle.

— En êtes-vous sûre ?

— Puisque je vous le dis. Vous savez, je fais beaucoup de fautes de langue, vous vous en êtes certainement aperçu.

— Êtes-vous sûre qu'il s'agissait d'une faute de langue ?

— Oui, bien sûr…

— Eh bien, pas moi. On en reste là.

Il se leva.

Elle se leva.

— Combien je vous dois? demanda-t-elle avec un naturel déconcertant.

Le psy hésita quelques secondes, il allait dire: «comme la dernière fois», mais à la réflexion se contenta de:

— Cent francs.

— Ah! fit-elle en sortant deux billets de cinquante de son sac.

Elle lui serra la main et quitta le cabinet.

Lapsus ou faute de langue ? se demandait-elle dans la rue. Quoi qu'il en fût, elle était plutôt contente de sa séance. Elle avait su mener le jeu.

Mais qu'est-ce qu'elle « attendait » au juste de la psychanalyse ? Qu'est-ce qu'elle voulait « atteindre » ?

« N'est-il pas délirant d'aller voir un psy pour lui parler de son tableau en le payant ? Je suis quand même bien timbrée. Et puis c'était quoi, cette espèce de délire à propos du délire… peindre le délire, peindre dans le délire… Je délire, ma foi. Je ferais mieux de me faire soigner au lieu d'aller voir un psy ! » se murmurait-elle dans le métro.

Le psy essayait de ne plus penser à sa nouvelle analysante par qui il était intrigué. D'expérience, il savait que tôt ou tard les paroles vraies se feraient jour. Il trouvait, même s'il ne le lui avait pas dit, qu'elle s'en sortait très bien en français pour quelqu'un qui vivait en France depuis seulement un an. Il était curieux de savoir ce qui avait pu pousser cette femme belle et intelligente à se charcuter avec un cutter. Se marquer ainsi à jamais par des cicatrices pour que les blessures de sa vie se voient, même si elle s'acharnait à les dissimuler. Qu'est-ce qui avait pu causer une telle violence contre elle-même ? Il pensait aussi aux métamorphoses de cette jeune femme qui n'était ni tout à fait la même ni tout à fait une autre d'une séance à l'autre. «Je dois en parler lors de ma prochaine séance de contrôle. C'est loin d'être un cas facile.»

Comme d'habitude, il rentra à pied. En marchant d'un pas rapide de la rue des Écoles, où il avait son cabinet, jusqu'au boulevard Henri-IV, où il habitait, il mettait un quart d'heure; ce qui lui permettait de se vider la tête et de se dégourdir les jambes après être resté des heures assis à écouter. Il descendait jusqu'au quai, traversait le pont de Sully et continuait tout droit. Avant d'arriver au quai d'Anjou, il s'arrêtait pour contempler la vue : la sublime Notre-Dame plantée au milieu de la Seine. Souvent, il n'avait pas envie de rentrer chez lui, mais sa famille et son fils l'attendaient. Son mariage aboutissait à une impasse, il ne désirait plus sa femme et depuis des années souhaitait partir, mais il continuait sa vie conjugale par habitude et aussi parce que souvent les hommes n'ont pas le courage de partir.

Pendant ses heures de repassage, elle pensait à ce qu'elle dirait lors de la prochaine séance tout en faisant attention à ne pas brûler le linge de la famille dont elle gardait les enfants. Ses soirées se passaient dans les dictionnaires et les trois volumes du Lagarde et Michard. XVIIIe, XIXe et XXe siècles. Elle travaillait la langue pour se montrer éloquente et intelligente chez le psy. Pour pouvoir payer ses séances, elle déposa des petites annonces dans presque tous les supermarchés de Paris et dans une centaine de boulangeries, proposant des cours privés de chimie, de mathématiques et de physique. Sur chaque annonce, elle précisait qu'elle avait une licence en maths et une licence en physique chimie. Les mensonges n'ont jamais tué personne. Elle trouva cinq élèves, acheta les manuels scolaires, les révisa, et ses capacités pédagogiques s'avérèrent efficaces. Un garçon de quinze ans à qui elle donnait des cours de physique et de maths lui apprit avec enthousiasme que le premier de sa classe était un Iranien.

Un soir, dans la cuisine, en préparant une omelette aux tomates et aux oignons, Donya décida d'aborder frontalement un sujet épineux.

— Je n'en peux plus de cette vie.

Armand, qui connaissait sa nature impulsive, pensa qu'il valait mieux opter pour le silence et attendre que l'orage passe.

— Pourquoi ne dis-tu rien ? reprit-elle.

— Je t'écoute.

— Alors tu as entendu ce que j'ai dit… Quelle alternative proposes-tu ?

— À quoi ?

— À quoi ? On dirait que tu ne vis pas dans ce pays.

— Si, et j'essaie de me protéger le mieux possible.

— C'est ça se protéger ? Se cacher comme des rats ?

— Qu'est-ce que tu veux ? C'est la situation de tout le monde et encore, nous, au moins, nous avons l'audace de transgresser les règles…

— L'audace ? Il ne t'en faut pas beaucoup pour te sentir audacieux, ma parole. Avons-nous la moindre audace ?

— Oui, je le pense, nous nous retrouvons ici alors que nous connaissons le risque que nous courons.

— Pourquoi n'admets-tu pas que nous mentons aux autres et à nous-mêmes ?

— Mais ça ne regarde personne, notre vie privée.

— Si ça ne regarde personne, alors explique-moi pourquoi, à l'université et à l'hôpital, on fait semblant de ne pas se connaître alors qu'on baise ensemble ?

— Qu'est-ce que tu peux être grossière parfois ! Tu sais très bien qu'à l'université et à l'hôpital c'est interdit d'adresser la parole à l'autre sexe, si ce n'est par stricte nécessité médicale. Tu veux quoi au juste ? Que nous soyons fouettés au centre de la ville, puis expulsés de l'université, pour le seul plaisir d'avoir enfreint publiquement les règlements ? C'est ça que tu appelles être audacieux ? Eh bien moi, je pense que ces enfoirés de fanatiques n'en valent pas la peine. Je n'ai pas envie de foutre ma vie en l'air juste pour m'opposer inutilement. Qu'est-ce que je vais y gagner ? Et puis, tout le monde triche. Nous vivons dans ce pays et il faut faire avec.

— Toute une nation triche. C'est lamentable. Par notre soumission, nous sommes devenus, tous, des êtres méprisables et chacun en impute la faute aux autres. Si le matin, à l'université, tous ensemble, on se disait bonjour entre filles et garçons, si on se serrait la main, qu'est-ce qu'ils pourraient faire, expulser tout le monde, fouetter tout le monde ? Emprisonner tout le monde ? Le problème, c'est que nous nous sommes résignés sans la moindre résistance à être traités pire que du bétail. Nous sommes des clandestins dans notre propre pays.

— Tu as raison, mais comment rassembler les gens ? Partout ils ont des espions ; ils ont réussi à instaurer une ambiance délétère et chacun voit l'autre comme un ennemi potentiel, un délateur. Personne ne fait confiance à personne. C'est pour ça que je veux qu'on se marie ; comme ça, notre relation sera officielle et nous pourrons vivre tranquillement.

— En somme, tu veux qu'on se marie parce que nous vivons sous un régime qui régit nos sentiments et nos vies intimes et nous refuse le simple droit à la vie…

— Non, je veux qu'on se marie parce que je suis amoureux de toi. Je voulais te faire une demande plus romantique…

— Franchement, tu as choisi ton moment. Je n'ai pas envie de devenir à vingt-deux ans la femme de quelqu'un parce qu'il faut l'autorisation officielle des mollahs pour avoir le droit d'aimer.

— Alors maintenant voilà que je suis « quelqu'un » ?

— Ça n'a rien à voir avec toi… On se voit furtivement, comme des criminels ; on n'allume même pas la lumière dans le salon de peur qu'un voisin nous dénonce. Si on pouvait marcher dans la rue ensemble sans la crainte d'être arrêtés, si on pouvait aller au cinéma… si on pouvait nager, que sais-je moi, toutes ces choses que les gens normaux dans les pays normaux sont autorisés à vivre…, tu ne m'aurais pas demandée en mariage.

— Si, je l'aurais fait.

— Mais tu es fou !

— Qu'est qu'il y a de fou là-dedans ?

— Nous n'avons que vingt ans et nous sommes étudiants…

— Et alors, coupa-t-il, où est le problème ?

— Le problème c'est que dans dix ans, tu vas me maudire. On se détestera, on deviendra comme tous ces couples qui ne se supportent plus et qui restent ensemble faute de choix.

— Tu crois que tu vas me détester dans dix ans ? demanda Armand en la prenant dans ses bras.

— Je parlais pour toi ; moi, je vais te détester dès la première année de notre mariage.

Ils s'enlacèrent, s'embrassèrent, puis firent l'amour. Au lit, se dégageant des bras de son amant, elle reprit :

— J'étais sérieuse lorsque je disais que je n'en peux plus.

Elle se leva, enfila la chemise d'Armand.

— Je veux et dois quitter ce pays.

— C'est ce que je veux aussi, mais on ne peut pas partir comme ça, sans rien.

— Pourquoi pas ?

— Parce que ce serait de la folie d'abandonner tout pour partir sans projet, sans savoir où aller.

— C'est quoi ce « tout » que tu as du mal à abandonner ?

— Je ne peux pas abandonner mes études comme ça. Et puis sans visa, sans inscription dans une université occidentale, qu'est-ce que je vais devenir ? Chauffeur de taxi ? Épicier du coin ?

— Tu veux partir avec des garanties, une sécurité assurée, sans prendre aucun risque, mais tu sais très bien que le régime contrôle l'admission des étudiants dans les universités étrangères. Seuls ceux qui acceptent de répandre leur idéologie là-bas ont une chance.

— Je sais, mais je ne veux pas partir au risque de tout perdre, je n'ai pas le couteau sous la gorge ici.

— Moi si.

— Ah bon ?

— Oui, j'étouffe, je ne peux plus supporter tout ça, j'en ai assez. Jouer à cache-cache ne m'amuse plus. Amour caché, relation cachée, sentiments cachés, même ma tête doit être cachée sous ce putain de voile !

— On pourrait partir une fois mariés et une fois finies nos études.

— Dans dix ans, c'est ça, je serai morte.

— Mais pourquoi ? On n'est pas bien ensemble ?

— Non, on n'est pas bien, je ne suis pas bien.

— Alors, c'est quoi le vrai problème, dis-le ouvertement.

— Je suis prête à prendre des risques. Faire du ménage pour gagner ma vie dans un pays libre et recommencer tout à zéro ne me fait pas peur. Et si tu veux tout savoir, je ne veux pas avoir des enfants dans un pays où à douze ans on est assez grande pour être lapidée et à vingt ans pas assez grande pour disposer de son cul.

Armand se leva, enfila une robe de chambre.

— Je te comprends. Mais je perçois dans tes paroles un pessimisme qui n'a rien à voir avec la situation politique. Tu penses que mon amour n'est pas sincère et ne peut pas durer.

— Il est sincère maintenant, mais le jour où tu te lasseras de notre vie commune, le jour où tu te sentiras écrasé par les difficultés de la vie quotidienne et ne seras plus amoureux de moi, crois-moi, tes regrets seront encore plus sincères.

Armand n'avait pas vraiment envie de partir. Il allait être quelqu'un dans quatre ans, lorsqu'il décrocherait son diplôme de médecin. Il jouissait d'une situation privilégiée et ne voulait pas perdre ses prérogatives ni essuyer les humiliations réservées aux immigrants du tiers-monde dans un pays occidental. En outre, le bruit courait que les mollahs seraient bientôt renversés, surtout après les huit ans de guerre Iran-Irak et la mort de Khomeiny. Khamenei, qui lui avait succédé comme guide, ne bénéficiait pas de sa popularité, même au sein des ayatollahs. Ce qui avait divisé, disait-on, la classe dirigeante. Bref, dans ces années-là, 1988-1992, on pré-disait que le régime en aurait tout au plus pour un an. Et chaque année on rallongeait la durée de sa survie de six mois ou au maximum d'un an supplémentaire, mais pas plus ! Dans la rue, dans les taxis et les bus, dans les queues interminables pour acheter des produits ali-mentaires, tout le monde exprimait son ras-le-bol. Le régime était à genoux et il ne pouvait plus utiliser le prétexte de la guerre pour faire taire les protestations grandissantes. Pour Armand, il était hors de ques-tion de renoncer à sa situation assurée dans l'Iran de demain qu'on prédisait libre, pour une situation déclas-sée, précaire et humiliante en Occident.

Quant à Donya, on ne pouvait convaincre sa nature sceptique si facilement. Elle pensait que les dirigeants étaient capables de tout pour rester au pouvoir, que, malgré la situation explosive du pays, ils ne se laisse-raient pas déloger.

Les deux décennies qui suivirent lui donnèrent, hélas, raison.

Cinquième séance

Elle portait sa robe, ses chaussures à talons, s'était maquillé les yeux encore mieux que la dernière fois. Ses cheveux bouclés, brillants et soyeux, lui donnaient l'air d'une actrice des années cinquante. Assise, elle croisa les jambes, s'arma de son sourire et regarda sa victime.

— J'ai pensé à ce que j'ai dit sur votre tableau et la peinture en général ; j'ai un peu exagéré à propos de mon « désir » de peindre.

Elle prononça le mot désir avec une certaine malice.

— Je crois que ce « désir » est dû au fait que j'affronte des problèmes purement linguistiques. C'est un « désir » dû à la frustration et non pas un vrai « désir ». ... En fait, depuis toute petite, j'ai toujours voulu devenir écrivain.

Elle soupira.

— Je voulais devenir beaucoup de choses, mais, par-dessus tout, un écrivain.
L'écriture, c'est l'acte le plus noble, le plus sublime qui puisse exister, et ce n'est pas comparable avec la peinture. Un peintre a affaire à la matière, aux couleurs ; c'est une activité artistique plus manuelle que cérébrale... tandis que l'écriture ne se réduit jamais à la matière, elle relève entièrement du symbolique.

Les mots sont quand même autre chose que des pots de peinture, des pinceaux et des crayons, non ?

Un bref silence.

Sa voix changea, se fit discrète, un peu sourde, et encore une fois ce qui n'était pas prévu sortit, malgré elle, de sa bouche.

— Je détestais, enfant, les heures de dessin à l'école ; ça m'ennuyait à mort... C'était tellement stupide, l'institutrice dessinait une pomme sur le tableau, et il fallait l'imiter... ou alors il fallait dessiner une maison, avec des fleurs et le soleil... c'était vraiment nul.

Elle se souvint tout d'un coup des quelques jours où elle avait travaillé en bénévole avec des enfants dont les parents étaient incarcérés. Un dessin n'est jamais nul, leur avait-elle dit, en pensant qu'un crayon et un papier leur permettraient au moins de gribouiller leur angoisse. Elle leur avait acheté des cahiers et des crayons de couleur... Perturbée par ce souvenir qui avait surgi d'une façon inopportune, son visage prit une expression hostile et, sans qu'elle s'en rendît compte, les mots la transportèrent dans le passé :

— Je n'avais jamais de crayon, jamais de cahier à l'école. J'oubliais toujours mon cartable quelque part, je le perdais sans cesse...

J'étais toujours punie. Les institutrices mettaient trois crayons entre mes doigts et les serraient.

Celles de CE1 et de CM1 étaient de vraies malades.

Ses yeux brillaient.

— Elles croyaient me faire mal, mais elles ne pouvaient m'atteindre...

Voici le verbe « atteindre » qui revient, nota le psy.

— Je les regardais droit dans les yeux pendant qu'elles serraient les crayons entre mes doigts.

Je ne les détestais même pas, je les méprisais trop pour les détester.

Et le plus drôle, c'est que mes doigts étaient couverts d'hématomes, mais que je ne ressentais aucune douleur. J'étais à peine retournée à ma place que je riais, et ça, ça les rendait folles de rage.

Elle prononça cette dernière phrase dans un éclat de rire nerveux, puis reprit, d'une voix plus mesurée :

— Dans un pays comme l'Iran où jusqu'en 1920 quasiment aucune fille n'était scolarisée et où la punition physique restait le meilleur moyen d'éduquer les enfants, ce genre d'incident était une banalité. C'est comme il y a un siècle ou deux ici, en France.

J'allais à l'école dans un quartier ancien devenu populaire.

Mon père était ruiné.

À son époque, c'était pire encore, l'Iran était un pays entièrement rural et seuls les fils des grandes familles féodales étaient scolarisés dans des maktabes. Les élèves passaient une bonne partie de la journée suspendus à une perche horizontale, poings et pieds liés, comme un mouton rôti, et les maîtres frappaient leurs pieds à coups de badine pour les faire saigner.

Silence.

Le psy, sans rien dire, bougea dans son fauteuil pour faire acte de présence, ce qui la ramena à elle.

Embarrassée, elle reprit :

— Je suis partie de la peinture pour arriver aux plaies de mon père ! Je... je veux dire aux pieds de mon père... Je ne comprends plus moi-même ce que je raconte.

— Vous parliez des plaies de votre père.

— Oui, mais je voulais dire des pieds.

Remarquez, il avait certainement beaucoup de plaies aux pieds, sous les coups de badine.

Rire nerveux.

Les traits de son visage crispés, tendus à se rompre.

«Pourquoi tu ris ? Il n'y a rien de drôle dans cette histoire, espèce d'idiote. Arrête», la réprimanda la voix intérieure.

— Et les vôtres ? demanda le psy.

— Quoi les miens ?

Elle fit mine de ne pas comprendre.

— Vos plaies à vous, il faut peut-être que vous vous en occupiez.

Silence oppressant.

Son visage se durcit. Elle n'avait pas suivi le plan qu'elle avait mis au point. Elle était en colère contre elle-même.

Elle tirait sur sa robe pour dissimuler ses jambes.

— On en reste là.

La fin de la séance venait d'être annoncée.

Elle le paya et partit.

«Pourquoi tu vois un psy si ce n'est pas pour aller mieux? commença-t-elle à raisonner en fixant le tunnel noir du métro qui défilait à travers la vitre. Il faut essayer d'être heureuse. Si tu te mets à raconter le passé, tu en auras pour vingt ans. Et puis ça coûte cher. Tu es irresponsable. Moi, je travaille toute la journée pour que tu ailles claquer l'argent en racontant des conneries. Je ne peux même pas aller boire un verre à cause de ta psychanalyse hors de prix. Et puis si tu crois que c'est ça, faire une psychanalyse, tu te trompes. Alors, dès la prochaine séance, tu commenceras à aller mieux, sinon tu arrêteras cette comédie. As-tu compris?»

Le psy était plutôt satisfait de la séance. Elle avait révélé des choses sur son enfance. Il ne pouvait imaginer ni l'Iran ni ce qu'était la vie dans un quartier populaire de Téhéran, encore moins en Azerbaïdjan en 1900, mais bon, l'appareil psychique de l'être humain devait fonctionner plus au moins de la même façon. Et puis, il pensait que c'était incroyable, pour quelqu'un dont le français était une langue étrangère, de faire déjà tant de lapsus significatifs. Avoir en analyse quelqu'un qui venait d'une autre langue et d'une autre culture s'avérait une expérience intéressante pour lui.

L'inconscient est structuré comme le langage, soit,

mais qu'en est-il de la langue maternelle dans une psychanalyse ? Aurait-elle dit les mêmes choses si elle
devait parler en persan ? Il attendait chaque séance
avec intérêt. Il trouvait, en outre, que c'était distrayant
d'avoir une jeune femme en face de lui qui parlait d'une
façon inhabituelle et avec un accent charmant. Mais il
effaça cette dernière pensée aussitôt.

Bandar Abbas

Selon la charia en application en Iran, la femme est juridiquement inférieure à l'homme, éternelle mineure dont la vie vaut la moitié de celle d'un homme, elle-même ne valant pas grand-chose. En écrasant les femmes, la moitié de la population, en inculquant aux hommes l'idée de la supériorité masculine, en leur accordant quelques piètres droits, notamment celui du pouvoir de tutelle sur celles-ci, les dirigeants étaient parvenus à instaurer un climat de hiérarchie, de frustration et de haine entre les deux sexes.

Donya avait toujours voulu être un garçon ; la condition féminine détestable, la dégradation des droits des femmes depuis l'arrivée de Khomeiny avaient accentué son déni, elle ne se voyait pas fille, du moins pas entièrement. Elle n'avait jamais rêvé de la robe blanche de mariée, mais de voyages à travers le monde, comme un homme ; elle aspirait à la découverte d'autres contrées, elle voulait partir, devenir un globe-trotter, alors qu'elle n'avait aucun moyen de quitter le pays qui lui inspirait l'horreur. Elle avait fini par attribuer, à tort, son mal de vivre au seul fait d'être fille sous un régime théocratique et totalitaire.

Dans l'insomnie des nuits tropicales et moites de Bandar Abbas, des idées folles traversaient son esprit, l'obsédaient. Parfois, elle montait dans un bateau de contrebande pour passer de l'autre côté du golfe Persique, à Dubaï, qui se trouvait à quelques dizaines de kilomètres. Parfois, elle abandonnait la voie maritime et prenait la voie terrestre vers la Turquie. Chaque soir, elle fantasmait sur les aléas du voyage houleux et clandestin, tantôt en bateau pour Dubaï, tantôt en bus, en camion, à pied ou à cheval pour la Turquie. Son imagination restait impuissante à échafauder la suite de l'histoire ; que ferait-elle une fois arrivée en Turquie ou à Dubaï, où vivrait-elle ? Comment gagnerait-elle sa vie ? Par quel miracle obtiendrait-elle le visa pour les États-Unis ?

Faute de miracle, elle partit quelques jours à Téhéran, invitée au mariage d'un cousin. Une fête grandiose dans une salle publique sous la surveillance des hommes du comité d'un quartier chic de Téhéran. L'alcool coulait à flots, l'orchestre jouait à fond, filles et garçons dansèrent jusqu'à l'aube. Une de ses cousines lui prit la main et l'amena sur la piste de danse. Aussitôt qu'elle put, elle s'échappa dans un coin et passa une grande partie de la soirée à boire, discrètement, du whisky, et la deuxième partie, vers l'aube, à vomir, toujours discrètement, dans les toilettes.

Au cours de cette soirée, une femme de l'âge de sa mère ne cessa de la dévisager. Elle avait trouvé Donya belle et pudique et apprécié que, pendant la fête, elle se fût contentée de regarder sagement le spectacle. Elle ne se doutait bien évidemment pas des verres de whisky vidés l'un après l'autre. Et Donya ne se doutait pas qu'une chance inattendue allait se présenter à elle. Elle vit cette femme se déplacer vers sa mère. Elles chuchotèrent pendant toute la soirée.

Le lendemain, vers midi, elle se réveilla avec un fort mal de crâne ; sa mère, tout en lui versant du thé dans une grande tasse, la mit au courant de la proposition de celle qui l'avait remarquée. Elle décida de ne pas laisser passer cette occasion en or et répondit favorablement à la demande.

Quelques jours plus tard, à son retour à Bandar Abbas, elle retrouva Armand et lui annonça :

— Je vais partir en Turquie et si tout se passe bien, peut-être que je partirai dans quelques mois en Angleterre.

— Par quelle voie magique ?

— Par la voie du mariage.

Il demeura sans voix et crut à une plaisanterie qu'il trouva de très mauvais goût.

Il ne réagit pas. Donya reprit.

— Je pars en Turquie le mois prochain pour y rencontrer le fils d'une amie de ma famille qui m'a vue au mariage de mon cousin.

Armand tenta de ne pas céder à cette provocation.

— Et le mariage, c'était bien ? Raconte, as-tu séduit beaucoup de pauvres garçons ?

— J'ai gagné en tout cas le cœur de la mère de mon probable futur époux, qui m'a trouvée parfaite pour son fils.

Elle cherchait à le faire sortir de ses gonds. Elle voulait connaître sa réaction.

— Tu veux bien arrêter de jouer ?

— Je suis sérieuse. J'ai vu sa photo, il s'appelle Dara ; il m'a téléphoné de Londres, on s'est parlé deux fois… rien à dire… à part qu'il a un accent quand il parle persan et emploie parfois les mots d'une façon approximative… Il a été envoyé en pension à Londres à douze ans, bien avant la révolution. Il a trente ans. On va se voir à Istanbul et s'il n'est pas trop mal je l'épouserai.

— J'espère que tu plaisantes.

— Non.

— Es-tu en train de me dire sérieusement que tu vas rencontrer un homme que tu n'as jamais vu, dans le but de l'épouser «s'il n'est pas trop mal»?

— Oui. Comme toutes ces filles qui se marient avec un Iranien qui réside en Occident.

— Je croyais que tu ne voulais pas te marier.

— Je ne le veux pas, mais si c'est la seule voie pour quitter ce pays, je le ferai.

— Et nous, notre histoire, moi, ce que nous vivons ensemble, ça compte pour toi?

— Bien sûr que ça compte, et ça comptera toujours.

— Est-ce qu'il t'arrive de comprendre quelque chose à ce que tu débites? Est-ce que tu réalises à quel point tu peux être cassante, délibérément blessante, méprisante? Tu dénigres notre amour, ce lien que tu appelais, il y a encore quelques semaines, indéfectible, pour aller te marier avec un connard que tu ne connais même pas.

— Je veux quitter ce pays, avec ou sans toi. À toi de décider.

— Mais partir comme ça est un acte suicidaire.

— Au contraire, c'est un acte libérateur. Je ne sais comment te faire comprendre que partir est vital pour moi; je ne peux envisager ma vie ici, je finirai à l'hôpital psychiatrique ou en prison; remarque, la différence est infime.

— Je m'attendais à tout de ta part, mais pas à ça; ça dépasse mon entendement…

— Je suis prête à prendre tous les risques pour partir. Ici, je ferai de ma vie un désastre et de la tienne aussi.

— Notre amour compte si peu pour toi ? Méprises-tu notre relation au point de tout gâcher sur un coup de tête ?

— Ce n'est pas juste, ce que tu dis... si tu le veux, partons ensemble. Ici je ne saurais être une femme pour toi. D'ailleurs, je ne sais si je peux être une femme pour qui que ce soit.

— Et celui que tu vas épouser, tu le pièges, en somme ?

— Je ne le connais pas et je n'ai aucune raison de m'inquiéter de son sort. Il est d'une famille riche qui l'avait éloigné dès l'adolescence de ce pays ; s'il est assez con, alors qu'il vit à Londres, pour vouloir se marier avec une fille qu'il n'a jamais vue, c'est son problème ; moi, je sais pourquoi je fais ça ; je ne dispose pas d'autre moyen de quitter ce pays. Signer un papier ne représente rien à mes yeux.

— La morale te dit quelque chose ?

— Tu t'inquiètes du sort de ce type ? Et puis, je ne vois pas ce que la morale vient faire là-dedans. J'imagine qu'après en avoir eu assez de la liberté sexuelle à Londres, il veut s'offrir une vierge ; je trouve que ce qu'il fait est plus immoral que ce que je lui prépare.

— Tu vas le faire payer.

— Je ne le fais pas dans ce but, je m'en fous éperdument de lui ou des dizaines de milliers d'Iraniens comme lui, qui, après en avoir soupé de la vie de débauche en Occident, demandent à leurs frangines de leur trouver une bonne fille sage et docile. Je le fais parce que je veux partir coûte que coûte, je n'en suis pas spécialement fière, mais je ne crois pas que ce soit si immoral que ça ; toutes celles qui se marient de cette façon, et tu sais comme moi qu'il y en a des tonnes, le font pour la même raison, mais moi je le reconnais.

— Je m'en fous, des autres filles. Toi, tu prétends m'aimer et tu vas en épouser un autre pour partir à Londres ; je vais te dire très franchement, j'aurais préféré que tu te prostitues officiellement, parce que ce que tu fais, ça ne vaut pas mieux, c'est simplement plus hypocrite ; tu vas te prostituer pour partir. Ou alors tu t'es prostituée en sortant avec moi.

Les paroles d'Armand la frappèrent durement, elle explosa.

— Je ne m'attendais pas à ça de ta part ; de toute façon, dans votre crâne, une fille qui couche avec vous avant le mariage, c'est une pute, j'aurais dû penser à ça et me faire payer ; j'aurais gagné l'argent nécessaire pour partir et je n'aurais pas été obligée de me prostituer avec un autre connard, comme tu dis.

— Voilà enfin que la vérité sort de ta bouche.

— La vérité ? Tu veux connaître la vérité ? Eh bien, je vais te la dire : c'est vous, les hommes, qui êtes les pauvres hypocrites. Peux-tu me dire comment, mathématiquement, il est possible que tous les garçons de ce pays aient des relations sexuelles multiples, alors que toutes les filles de ce pays prétendent être des vierges invétérées ? Soit vous êtes des pédés ou des zoophiles, soit au moins la moitié des femmes de ce pays sont des putes professionnelles. Et, si tu veux savoir, je me suis toujours reconnu le droit à la liberté, y compris la liberté de faire l'amour. Et peu m'importe d'être jugée sévèrement par toi ou par quiconque. J'ai droit à la vie. Être née fille dans ce putain de pays ne fait pas de moi une criminelle.

Elle partit en claquant la porte.

Sans maquillage, allure austère, visage défait. Voix morose. Elle prit place dans le fauteuil.

— Je peux aller sur le divan ?

— Je crois qu'il est temps.

Allongée, elle soupira, le psy aussi, en guise de réponse, pour signifier qu'il était bien là, derrière, même si elle ne le voyait pas.

— J'ai toujours voulu être quelqu'un de bien, mais pour ça il faut d'abord soi-même aller bien.

… Rien ne m'attache à la vie. Rien.

… À quoi ça sert de vivre ?

— Hmmm ?

— J'ai toujours eu peur de finir folle, définitivement enfermée dans un hôpital psychiatrique.

Je vois parfois la tête des gens déformée, comme dans les dessins de Goya ou les toiles de Bacon.

Un bref silence.

— La première fois, ça s'est produit… j'étais justement dans un centre psychiatrique et j'avais, je ne sais pas, neuf ou dix ans, peut-être huit, je ne sais pas, mais c'était… c'était sans raison.

Respiration du psy.

— On avait des fous dans la famille. La plupart des

Iraniens sont fous, mais l'état de deux de mes cousines était bien grave…

J'avais peur de finir comme elles.

Je croyais qu'en quittant l'Iran j'irais mieux, mais en fait je n'ai jamais été aussi mal que depuis que je suis à Paris.

Là-bas, il y a le régime qui empoisonne la vie… Ici, malgré la démocratie, la liberté et l'abondance, les gens ont l'air déprimés et déprimants, crispés, comme si une certaine oppression sociale réglementait tout… Ou peut-être c'est moi, c'est peut-être dans ma tête.

Un autre «Hmmm» du psy.

— Je ne sais pourquoi je continue.

Ce n'est pas facile de se débarrasser de soi.

Elle ajouta :

— J'ai eu beau essayer, je suis encore là.

Ricanement sarcastique.

— Je suis increvable. De la mauvaise herbe, je vous dis.

Le psy, après une longue soirée très arrosée, avait peu dormi. Il se forçait à ne pas bâiller. Il avait les yeux mi-ouverts et écoutait d'une oreille distraite. Tout l'après-midi, il avait reçu des patients plus déprimés les uns que les autres. Il avait envie de rentrer, de manger un morceau et de se coucher tôt.

— Faire une psychanalyse, c'est si incongru dans la culture iranienne…

La famille est tout, elle est sacrée et personne ne dit du mal de ses parents. Celui qui oserait serait rejeté par toute la société.

Silence.

Il avait les yeux fermés, et la voix dolente de la jeune femme lui servait de berceuse.

— J'aurais préféré que mes parents s'abstiennent, en ce qui concerne ma fécondation…
En fait, mes parents n'avaient pas la tête à ça, et ça, c'était moi.

Le psy fut frappé par ces derniers mots. Comme il piquait du nez, il n'avait pas bien entendu. Le mot «ça» et la formule «ça, c'était moi» avaient attiré son attention. Il aurait bien voulu savoir ce qui précédait. Il demanda à tout hasard :

— Pourquoi?

— Je ne sais pas… c'était comme ça.
Peut-être parce qu'ils avaient tout perdu, ils étaient vieux et ne s'aimaient plus…
Je ne sais pas.

La tentative du psy avait échoué. Il y a toujours des formules intéressantes qui sortent de temps en temps de la bouche des analysants, il faut être aux aguets et les noter. Ça sert dans les conférences et séminaires. C'est bien connu, c'est des analysants que les psychanalystes apprennent le peu qu'ils savent. Freud était le premier à l'admettre.

Elle le paya et partit aussi déprimée qu'elle était venue.

Le psy trouva en face de lui une créature extravagante. Elle portait une robe décolletée, sans soutien-gorge. Les lèvres d'un rouge vif. Une allure qui convenait davantage à une boîte de nuit qu'au cabinet d'un psy.

Ils en voient de toutes les couleurs, les psys, et ce n'était pas une robe courte et des lèvres bien rouges ou une paire de seins sans soutien-gorge qui allaient le déstabiliser.

Elle entra. Regard lumineux. Elle le dévisagea. Elle avait décidé de le séduire, de le réduire, de le détruire. Elle s'assit dans le fauteuil et se lança.

Le psy pensa l'inviter à s'allonger sur le divan, comme lors de la séance précédente, mais il s'abstint.

— Vous savez, si je vous avais rencontré dans la rue ou dans une boîte…

Elle n'avait encore jamais mis les pieds dans une boîte à Paris.

— … Je n'aurais jamais pu imaginer que vous soyez un psy. Vous êtes plutôt jeune pour un psychanalyste.

Il remarqua que le bout de ses seins avait durci ; il essaya de ne pas les regarder.

Provocatrice, elle ne se défaisait pas de son sourire.

— Êtes-vous psychiatre, psychothérapeute ou simplement psychanalyste ?

Pas de réponse.

— Comme vous n'avez pas d'enseigne, j'aimerais savoir si je consulte un psychiatre psychanalyste, un psychologue psychanalyste, un psychothérapeute psychanalyste ou simplement un psychanalyste tout court.

Toujours pas de réponse.

— Je ne comprends pas pourquoi vous ne répondez pas. J'ai quand même le droit de savoir, je vous paie après tout.

Calé au fond de son fauteuil, il essayait de ne pas laisser paraître son agacement.

— Avez-vous perdu votre langue ? dit-elle en le défiant.

Aucune aguicheuse ne pouvait minauder plus que ça. Yeux dans les yeux. Un, deux, trois, quatre... dix secondes. Effrontée, elle le fixait, et finalement il se déroba, en baissant les yeux.

— Je ne comprends vraiment pas la raison de votre silence. Il me semble que j'ai tout à fait le droit de savoir qui je consulte... Il paraît qu'en France il y a autant de psys que de charlatans. Je ne veux pas dire que vous en êtes un, mais je veux savoir à qui j'ai affaire.

En vérité, cela lui était égal qu'il fût médecin, psychologue, psychothérapeute... Elle se méfiait des psys de tout genre. Depuis son enfance, elle en avait vu un bon nombre. Elle cherchait avec beaucoup de mauvaise foi des arguments prouvant l'incompétence de ce type pour se convaincre de mettre fin à cette entreprise. Elle se montrait agressive pour le faire dérailler, elle cherchait un prétexte suffisamment valable pour interrompre une psychanalyse qui l'angoissait de plus en plus. Alors elle continua sur sa lancée.

— Je vous pose cette question car, malgré les cent francs que je vous ai payés à chaque séance, je n'ai pas encore entendu une seule phrase qui vaille dix francs...

Elle sentit une irritation grandissante chez son interlocuteur mutique et se crut sur le bon chemin :

— C'est quoi un psychanalyste ? Je veux dire, quelles sont les qualifications nécessaires ?
Suffit-il d'avoir deux oreilles pour être psychanalyste ?

Elle allait dire : suffit-il de « ressembler à l'idiot du village », mais elle se retint.

— Il paraît qu'en France n'importe qui peut devenir psy à condition d'avoir fait soi-même une psychanalyse. C'est quand même trop facile, non ?
Avec cette règle minimale, on peut être boulanger et psychanalyste ! Chauffeur de taxi et psychanalyste, barman et psychanalyste ! D'où peut-être l'expression « psychanalyse de comptoir »...

Avec un sourire mutin elle ajouta :

— Si vous travaillez dans un bar, donnez-moi l'adresse, je vous paierai un verre, ça coûtera moins cher, et surtout c'est plus gai et on pourrait causer toute la nuit.

Elle attendit quelques secondes qu'un mot sorte de la bouche du psy.

— Puisque vous ne répondez pas, j'en conclus que vous avez des choses à cacher et j'en déduis que vous n'êtes pas un vrai psy.

Aucune réaction. Il la regardait. Si elle n'avait pas été son analysante, il n'aurait pas supporté longtemps cette provocation. Il poussa un soupir langoureux en se recalant dans son fauteuil.

— Que veut dire ce soupir ? C'est drôle, c'est la première fois que vous ne sortez même pas un de vos « Oui ». On ne vous a pas appris à dire « Non » ? C'est peut-être ça, être un psy : en prendre plein la gueule et ne jamais protester. Que des « Oui »… Toujours oui… Remarquez, pour le prix que ça coûte, peut-être que ça vaut le coup de garder le silence. Savoir se taire en toutes circonstances et ne pas réagir : c'est ça être psychanalyste ? Faire semblant ? Ne pas laisser paraître ce que vous pensez, ce que vous ressentez ? Faire semblant d'être imperturbable ? Mais, vous savez, vos regards vous trahissent.

Elle avait surpris plusieurs fois le regard du psy sur ses seins sans soutien-gorge dont elle-même sentait maintenant les tétons dressés et durs.

— Et pour tout vous dire, je trouve que vous portez un jean trop moulant pour un psychanalyste. Vous devriez prendre exemple sur les curés… En soutane, vous feriez un bon saint.
Et puis arrêtez de mater mes seins quand je vous parle.

Sur le visage pourpre du psy allait se dessiner un sourire qu'il réprima aussitôt. Elle ne manque pas d'air, celle-là, se dit-il, lèvres bien closes. Sans mots, juste avec son silence, ses respirations et ses regards, il participait à ce jeu de séduction. Son regard, son visage avaient perdu leur expression impassible.

Elle pensa un instant que ses yeux bleu pâle n'étaient pas si fades que ça. Un quelque chose brillait dans son regard, surtout quand il s'efforçait de ne pas sourire. Elle le regarda droit dans les yeux :

— Vous savez, ce n'est pas interdit de rire… Toucher, si.

Pas un mot ne sortit ce jour-là de la bouche du psy.

Vers la fin de la séance, elle se sentit mal à l'aise dans une robe décolletée et sans soutien-gorge. La provocation n'avait pas récolté la réaction escomptée.

Son visage maintenant fermé, elle semblait déprimée.

Le psy perçut ce changement, il était persuadé qu'elle allait enfin parler, mais elle garda le silence.

Il se leva.

Elle aussi. Elle le paya sans lui serrer la main et sans dire merci.

À peine sortie dans la rue, elle se précipita dans une cabine téléphonique et composa le numéro. Le psy allait éteindre les lumières lorsque la sonnerie retentit. Il décrocha.

— Oui ?

— Oui, c'est moi, dit-elle d'une voix précipitée.

— Je vous écoute.

— C'est moi. C'est moi qui voulais venir, c'est moi qui voulais venir aujourd'hui, mais elle a pris ma place. Elle ne me laisse pas venir.

— Alors, la prochaine fois, c'est vous que j'attendrai.

Elle resta un moment le téléphone en main. Soulagée, elle murmura « d'accord » du fond de sa gorge nouée.

En raccrochant, il se félicita. Il avait raison ; malgré sa résistance, elle allait enfin parler. Après ce moment de satisfaction vaniteuse, il pensa sérieusement qu'elle souffrait de graves troubles de la personnalité. « Je est un autre, je est mille autres, et personne n'est un. » Il essaya de mettre bout à bout ce qu'il savait déjà d'elle : séjours en psychiatrie, tentative de suicide violente et grave, une résistance puissante, une enfance certainement difficile, un père très vieux, personnage complexe

pour qui elle avait une grande admiration. Image paternelle peut-être trop omniprésente… Un deuil donc non
accompli. Les problèmes liés à l'immigration, encore
que, pour une jeune femme belle et intelligente, l'in-
tégration ne devait pas être si difficile. Il ne savait pas
encore grand-chose d'elle. Il ne savait même pas comment elle gagnait sa vie. Il avait remarqué qu'elle exer-
çait une autocensure implacable et essayait de contrôler
ce qui sortait de sa bouche. Il attendait la prochaine
séance avec beaucoup de curiosité.

Qui aurait-il cette fois-ci en face de lui ?

Bandar Abbas

Donya aurait voulu quitter Bandar Abbas sur-le-champ. Aimait-elle Armand? Ils avaient partagé des moments inoubliables, comment pouvait-elle tout laisser tomber comme ça? N'était-ce pas cruel de lui avoir annoncé si brutalement sa décision? Pourquoi n'avait-elle pas attendu? Pourquoi cette précipitation? Avait-elle à dessein provoqué la dispute pour donner un motif valable à leur rupture? Le cœur rempli de chagrin, elle se sentait coupable et s'en voulait de lui avoir fait du mal.

«J'aurais dû essayer de lui expliquer avec les mots de la raison qu'il ne s'agissait pas d'un enthousiasme soudain et puéril, d'un feu de paille, que mes sentiments pour lui n'étaient nullement altérés, que je souffrais déjà à l'idée de le quitter et de sacrifier notre amour, mais que mes démons intérieurs me poussaient à partir. J'aurais dû lui expliquer que j'avais besoin d'aller ailleurs, que c'était pour moi une nécessité vitale de devenir une autre pour pouvoir me connaître. J'aurais dû lui dire que je l'aimais et que je l'aimerais toujours pour ce qu'il est. Pourquoi ai-je provoqué une dispute au lieu de me confier à lui? Pourquoi ai-je voulu tout enlaidir?»

Elle marchait dans la rue, ses pas la conduisirent au

bord de la mer, dans laquelle les filles n'avaient pas le droit de se baigner. Une nuit, pendant la grande marée, loin de tous, ils avaient fait l'amour sur la plage. Elle avait adoré l'audace de leur folie. Elle avait aimé les longues heures où ils parlaient passionnément de la littérature, de l'art, de la vie, du pays et de la politique, les silences apaisants, les heures où, allongés côte à côte, chacun lisait un livre. Elle avait adoré lorsqu'elle lui lisait des poèmes à voix haute, lorsqu'il jouait du tar et qu'elle fredonnait des chansons anciennes. Elle aimait ses baisers, ses bras, ses mains. Elle avait aimé chaque seconde avec lui et elle savait d'emblée que tout cela allait lui manquer terriblement.

Pourquoi ne pouvait-elle se contenter de ce bonheur ? Pourquoi l'amour ne lui suffisait-il pas ? N'idéalisait-elle pas l'Occident ? Ne sous-estimait-elle pas les difficultés de cette vie étrangère dont elle n'avait aucune idée ? Ne se méprenait-elle pas sur elle-même ? Elle allait tout perdre et elle ignorait ce qu'elle allait gagner. Londres ?

À dix ans, elle avait lu un livre très connu en Iran, *Le Petit Poisson noir*, un conte de Samad Behrangi, l'histoire d'un petit poisson noir né dans un ruisseau qui s'y sent à l'étroit et rêve de la mer, de l'océan. Il décide de partir contre l'avis et le conseil des poissons vieux et sages qui le préviennent des mille et un dangers qui le guettent. Il se sent emprisonné dans le ruisseau et tente l'aventure malgré les risques. Elle s'était toujours identifiée à ce petit poisson noir. Avide de connaissance, de découverte, d'aventure, elle rêvait d'ailleurs et ne pouvait concevoir sa vie dans cette prison qu'était devenu l'Iran. Elle se dit qu'avec le temps, il la comprendrait et lui pardonnerait, qu'avec le temps, il en aimerait une autre, une fille qui saurait le rendre heureux, mais elle ne parvenait pas à éloigner le visage d'Armand, son regard sombre et orageux.

Lui, il passa une grande partie de la nuit à errer dans les rues. Il se sentait humilié, rejeté, abusé. Il aurait voulu pouvoir l'empêcher de partir, la soumettre à son désir, il aurait voulu lui casser le cou, lui faire l'amour, violemment, il aurait voulu la dominer. Il avait du mal à respirer ; bien que non-fumeur, il s'arrêta pour s'acheter un paquet de cigarettes et un briquet.

Comment avait-elle osé se moquer de lui avec une telle indifférence ? Comment avait-elle pu être à ce point égoïste ? Comment avait-il pu se laisser berner par ses déclarations d'amour, être à ce point idiot ? Rien n'avait vraiment compté pour elle, aucun des moments qu'ils avaient vécus ensemble. Son impuissance le mettait dans une colère noire. Il alluma une cigarette d'une façon compulsive.

Et s'il faisait connaître publiquement leur relation intime et provoquait une arrestation par les gardiens ? Elle serait bien obligée de l'épouser, et là, il la ferait payer, il la ferait souffrir. Il se comporterait comme un salaud, la réduirait à rien, il lui ferait comprendre qui était l'homme et qui était la femme. Comment avait-elle pu mépriser à ce point son amour pour elle ? Le sentiment de colère, de jalousie le disputait à son désir. Un désir plus violent que jamais puisque bafoué. Depuis quand son histoire avec ce type à Londres durait-elle exactement ? Des semaines, des mois ? Et pendant tout ce temps, peut-être même dès le début, elle n'avait fait que l'utiliser ; c'était pour ça qu'à chaque fois qu'il essayait, naïvement, de gagner sa confiance elle le repoussait ; c'était parce qu'elle avait quelqu'un d'autre. Il n'avait jamais compté pour elle ; sinon, comment aurait-elle pu lui annoncer, sans aucun égard, qu'elle le quittait ? Elle l'avait frappé impitoyablement, la douleur l'accablait. Il la désirait ardemment et désirait se venger.

Donya savait la douleur qu'elle avait causée, le mal qu'elle avait infligé à l'être qu'elle aimait. Elle reprit son chemin, d'un pas ferme, vers la cité, pour rentrer avant l'heure de la fermeture, mais, sans y avoir pensé, elle se retrouva devant l'immeuble d'Armand. Elle respira et monta l'escalier, sonna à la porte, plusieurs fois. Elle redescendit et repartit sans laisser un mot. À deux pas de la cité, ils s'aperçurent, il marchait en sens inverse, elle ne pouvait prendre le risque de lui adresser la parole dans la rue. Elle se précipita dans la cité.

Dès qu'il ouvrit la porte, il fut frappé par son changement radical.

Sans maquillage, cheveux attachés élégamment, elle portait un pantalon, une veste noire. Visage sérieux, un air intello.

Elle dit bonjour en lui serrant la main. Entra. Prit place dans le fauteuil.

— Je sais que c'est elle que vous attendiez aujourd'hui, mais elle n'a pas pu venir, elle va très mal.

Le psy tenta de ne pas laisser transparaître son étonnement.

— Je suis venue pour elle ; elle ne sait pas que je suis ici.

— Oui...

— Je suis venue parce que ça ne peut plus continuer ainsi. Il faut que quelqu'un l'aide, sinon elle va commettre une autre tentative de suicide. Je n'exagérerai pas en disant qu'elle est née suicidaire. Mais tout n'est pas sa faute.

— Oui... répéta le psy, intrigué.

— Elle préfère crever plutôt que de cracher la vérité. Elle a tellement menti depuis toujours qu'elle est incapable de dire un mot de vrai.

Elle marqua un bref silence, puis reprit :

— Non qu'elle soit menteuse, il ne s'agit pas de mensonge, mais peut-être d'un mécanisme de défense. Dès l'enfance, elle inventait des mondes parallèles, au point qu'aujourd'hui elle est quasiment incapable de distinguer ce qui a réellement eu lieu de ce qui n'était que sa création à elle.

J'ai essayé de l'aider, de prendre soin d'elle, mais vous savez, ce n'est pas facile, et puis je n'étais pas toujours là.

Le psy restait cloué à son fauteuil ; il essayait de comprendre si cette mise en scène était une farce, un délire, ou s'il s'agissait d'un véritable clivage. Se moquait-elle de lui ? Était-ce un autre jeu ? Elle n'avait ni la même intonation ni le même timbre de voix que lors des séances précédentes.

— Vous savez, pour vous décrire la situation, je dois dire qu'elle a tellement joué dans la vie qu'elle ne sait pas vivre sans jouer...

Je ne sais pas ce que je peux pour elle. Je connais son histoire et je sais ce qu'elle a pu vous raconter. Elle m'en voudrait à mort si je vous révélais son vrai passé, mais je pense que c'est mon devoir de le faire...

Un court silence.

— Puisqu'elle suit une psychanalyse, au moins que ça serve à quelque chose ; je ne sais si vous pouvez l'aider, mais en tout cas, seule, elle ne s'en sortira pas, et moi je ne peux plus grand-chose pour elle...

Elle est la personne la plus autodestructrice qui puisse exister. Deux tentatives de suicide, et chacune était d'une violence inouïe.

Le psy attendait qu'elle en vienne au fait au lieu de tourner autour du pot, mais il savait que la moindre maladresse, le moindre signe de curiosité de sa part pouvaient tout foutre en l'air ; elle aurait fait marche arrière. Il savait qu'elle traînait en longueur exprès, pour le tester.

Elle garda un silence prolongé, puis reprit en scrutant attentivement le visage du psy.

— Je ne sais si je peux vous faire confiance ; après tout, il s'agit de sa psychanalyse à elle, mais si je suis venue vous voir, c'est parce que, sincèrement, j'ai pensé qu'il fallait que j'intervienne.
Je ne lui ai jamais voulu de mal, moi.

Elle semblait sous-entendre qu'il en existait « d'autres » qui lui voulaient du mal.

— Pourrais-je vous faire confiance ?

Le psy hésita, puis, sans fuir le regard de la jeune femme, prit une voix sourde :

— Je crois que, si vous êtes venue, c'est parce que vous saviez que vous pouviez tout dire ici.

Silence songeur…

— Ce n'est pas pour moi ; après tout, ce n'est pas mon histoire, mais la sienne.
Elle ne me pardonnera jamais si elle apprend que je suis intervenue ici. Elle est intransigeante.
Je sais que vous ne direz à personne ce que je vais vous confier, mais je me permets d'insister car elle est tellement orgueilleuse.
Elle n'a jamais raconté sa vie, jamais, à personne. Je ne suis même pas sûre qu'elle connaisse toute l'histoire. Elle a vécu dans le déni total.

Elle regarda le psy et ajouta :

— Je ne supporte plus de la voir souffrir dans une solitude absolue.

Elle se mura dans un silence dont la durée agaça le psy.

Il allait dire : alors je vous écoute, mais se contenta d'un «hmm» à peine audible.

Il l'observait pendant qu'elle fixait le divan. Les traits de son visage s'étaient détendus. Son regard, bien que perdu, exprimait une sérénité qu'il n'avait jamais constatée auparavant.

La sonnerie retentit. Il ouvrit la porte.

La présence d'une autre personne qui attendait créa un sentiment d'inconfort qu'elle ne dissimula pas.

Le psy décida de prolonger la séance pour lui donner une chance de parler.

Elle regarda sa montre.

— Le temps a filé très vite. Je ne veux pas être en retard, elle va se demander où je suis passée. Je ne veux pas qu'elle me soupçonne.

Elle se leva.

— Je vous dois combien ?

Le psy, un peu irrité, se dit : «Combien de fois va-t-elle me poser cette question ?»

— Cent francs, répondit-il, sec.

— Cent francs ?! C'est très cher pour elle, et pour moi aussi.

Elle lui tendit deux billets de cinquante.

— J'aimerais revenir demain, si vous pouvez me recevoir.

— Demain, venez à vingt heures.

— Parfait.

Elle se dirigea vers la porte ; avant de l'ouvrir, elle se retourna brusquement vers lui.

Il fit un pas en arrière précipitamment, pour garder une distance convenable.

Elle avait fait «chanceler» le psy. Elle en tira avantage et lui déclara tout de go, d'un ton ferme et sérieux :

— C'est vraiment très cher pour moi de vous payer cent francs la séance, et comme elle vous paie aussi… Si nous venons trois fois par semaine, serait-il possible de baisser votre tarif ?

— Pouvez-vous payer quatre-vingts francs ?

— Oui. Merci.

Le psy attendait la même, mais ce fut une jeune femme effacée qui, tête baissée et silhouette recroquevillée, entra dans le cabinet.

Elle se blottit dans le fauteuil.

Il s'assit aussi.

Il remarqua son teint blême.

Quelques dizaines de secondes.

Des larmes coulaient sur son visage dans un silence de deuil.

Le psy se faisait autant que possible discret.

Des larmes et des larmes.

Le psy bougea dans son fauteuil.

Le déluge continuait, ininterrompu.

Cinq minutes plus tard, il se leva en disant :

— Bien.

Elle se leva, toujours en larmes, sortit l'argent, le paya et quitta le cabinet. Sans un mot.

Elle devait partir pour la Turquie dans deux semaines, mais décida de quitter Bandar Abbas le lendemain. Impulsive, elle ne supportait pas de vivre là-bas sans aller retrouver Armand.

Sa famille connaissait Armand, mais ne savait pas qu'ils faisaient l'amour ensemble. Selon les conventions, tous les parents croient leur fille vierge avant le mariage. Elle ne reçut aucun appel de lui et elle ne le rappela pas.

Elle partit avec sa mère à Istanbul. Toujours selon les conventions, une fille ne peut aller rejoindre seule un prétendant dans un pays étranger. Dans l'avion, avant l'atterrissage, elle se sentait déjà loin ; son histoire d'amour était derrière elle, appartenait au passé, même si les yeux noirs de jais au regard mélancolique d'Armand resteraient à jamais dans sa mémoire.

Dès qu'elles descendirent de l'avion, elle enleva son voile, ce fut la première fois depuis l'âge de treize ans qu'elle se montrait dans un lieu public tête nue. Rien que ça, ça en valait la peine : marcher dans la rue sans ce chiffon sous lequel elle était obligée de se dissimuler. Qu'est-ce que les hommes peuvent comprendre à cette humiliation subie par les femmes, à ce voile qui symbolise la culpabilité d'habiter un corps féminin, comme si les femmes devaient avoir honte de leur crâne ? Est-ce une vie digne d'un être humain que de se sentir coupable par le simple fait d'exister ? Elle enfonça ses doigts dans la masse de ses cheveux libérés.

Dara les attendait à l'aéroport. Il était encore moins beau que sur la photo. En le voyant, elle commença à prendre conscience de ce qui se passait. Jusque-là, tout était abstrait : elle allait se marier à Istanbul avec un prénommé Dara afin d'obtenir le visa pour Londres. Elle avait abordé tout ça comme une simple affaire de papiers, une procédure administrative déplaisante. Obnubilée par son désir de quitter l'Iran, bien qu'elle eût vu sa photo, lui eût parlé au téléphone, elle n'avait jamais, pas une seule seconde, pensé à lui comme à un homme. Tout cela n'était qu'une affaire entre elle et elle ; elle n'avait tout simplement pas pris la mesure de la réalité, de l'implication d'un homme dans cette histoire.

Serrer la main à Dara, voir en chair et en os l'homme qui allait devenir dans quelques jours son mari, la remplit d'un sentiment de panique et de désarroi. Dans le taxi qui les emmenait, sous la pluie battante, à leur hôtel, assise à côté de lui, elle se blottit contre la portière pour éviter tout contact.

Habillée comme l'as de pique. Des taches sur sa chemise boutonnée jusqu'au cou, le pantalon déformé et large. Cheveux attachés sévèrement. Le cou dans les épaules, elle entra dans le cabinet sans serrer la main du psy. Sans bonjour, la tête baissée, comme un âne.

«À combien de défilés aurai-je droit?» se demandait-il, sachant que celle qu'il avait en face de lui était à nouveau une autre.

Assise, elle tirait sur les manches de sa chemise pour cacher ses mains. Les yeux rivés au sol, regard terne, les traits du visage crispés. Respiration courte, haletante.

Son anxiété n'échappa pas au psy.

— Elle se croit intelligente, brillante, très forte, épargnée. Elle se croit indemne. Mais qui peut la croire? Elle se veut compréhensive. Comme si elle était sa mère. Elle m'énerve.

Le psy comprit que ce «elle», dans la bouche de cette jeune femme, était celle qui était présente deux séances plus tôt.

— Elle se mêle de tout; si elle va si bien que ça, alors pourquoi elle ne vit pas sa vie en nous laissant tranquilles?

Elle est manipulatrice. Elle veut vous impressionner, vous séduire par son intelligence, par sa bonté?

Vous croyez, vous, à la bonté?

À l'opposé des autres, elle ne regardait jamais le psy en parlant. Elle ne souriait pas. Son visage exprimait la frustration, la souffrance et l'hostilité.

— Eh bien, moi, au moins, j'assume ma méchanceté. Je ne suis pas hypocrite. Je n'ai rien à cacher. Je ne les aime pas. Aucune d'entre elles.
Je sais ce qu'elles vous racontent, elles cherchent à vous plaire. Toutes débitent des mensonges.
Rien n'est vrai de ce qu'elles vous racontent.
Elles sont toutes fausses.

Haine et violence. Pendant qu'elle parlait, son visage s'était déformé. Aucune trace de beauté.

Le psy, perturbé, ne s'attendait pas à cette transformation. Il ne savait s'il devait sortir ses «oui» ou garder totalement le silence pour ne pas entraver le déversement des mots virulents.

— Moi, je le dis ouvertement, je hais tout le monde, et ça ne me dérange pas qu'on me haïsse. Le sentimentalisme et les chichis ne sont pas pour moi. Le monde, il est ce qu'il est et il faut en tirer les conséquences, c'est tout. Quand on fait la guerre, il faut avoir des couilles, pas la trouille.
Voilà, je suis venue vous mettre en garde; ne vous faites pas piéger par madame Je sais tout qui se prend pour mère Teresa. Elle comprend tout, elle pardonne tout, elle analyse tout. Elle est douce…
Je les déteste, elle et sa bienveillance.
Je crois même que je la déteste encore plus que cette espèce d'insupportable pleurnicheuse qui ne sait que chialer, et quant à l'autre… c'est une vraie pute, avec sa robe…
Et moi, à chaque fois, je me trouve à faire le sale boulot. Mais, au moins, je ne me déguise pas, je ne mens pas, et

quand les autres foutent le camp, je reste là à encaisser les coups.

Le psy tentait de ne pas laisser paraître son malaise. Que rien ne trouble l'élan de cette femme. Aussi désagréable que fût sa présence, c'était elle qui aurait le courage de dire les paroles que les autres évitaient.

— C'est moi qui lui ai ouvert les veines. Je l'ai fait face au miroir, pour qu'elle puisse voir.

Je n'allais pas la priver de cette scène.

J'ai serré le garrot autour de son bras et j'ai tranché les veines à coups de cutter. C'était tellement excitant. Pour une fois, j'ai pu prendre ma revanche.

Cette femme, perverse introvertie, jouissait des souffrances extrêmes qu'elle s'infligeait, se dit le psy.

— Elle est increvable, ironisa-t-elle, avec la méchanceté tranquille d'un psychopathe qui jouit en torturant sa victime.

Elle n'avait pas détaché ses yeux du sol. Elle avait détecté, cependant, une gêne grandissante dans le silence du psy.

Pour la première fois, elle leva les yeux vers lui et surprit sur son visage, qui se voulait toujours impassible, un signe de crispation. Satisfaite de voir qu'il ne l'aimait pas, elle le défia avec une dureté sans mesure. Pour exister, elle avait besoin de créer la réprobation, sinon le rejet de l'autre.

Le psy ressentit quelque chose de fort désagréable. Cette femme avait essayé de susciter un vrai déplaisir chez lui et elle y était parvenue. Il lui avait laissé voir, malgré lui, qu'il ne l'appréciait pas.

Il avait failli.

Elle avait gagné.

Son but atteint, elle opta pour le silence.

Le psy sut que la partie était perdue ; mécontent de lui-même, il se leva :

— On en reste là pour aujourd'hui.

— C'est bien, vous n'êtes pas muet ! se moqua-telle avec un mépris ostentatoire et d'un air qui signifiait : moi non plus, je ne vous aime pas.

— Combien je vous dois ?

Il hésita un instant, allait dire cent francs, par instinct et peut-être pour la dissuader de revenir, mais il prononça :

— Quatre-vingts francs.

Elle sortit quatre billets de vingt. Quitta le cabinet comme elle était entrée, sans lui serrer la main, ni même lui dire au revoir.

En fermant la porte derrière elle, il passa la main dans ses cheveux, lâcha un « ouf ! » de soulagement, alla dans la cuisine, but quelques gorgées d'eau et croqua quelques amandes en pensant : ça va être dur. « C'est une femme dans un état mental limite. Je dois absolument en parler dans ma prochaine séance de contrôle. Pourvu que celle-là ne revienne pas la prochaine fois. »

Il fut étonné en constatant que dans sa tête il les avait séparées.

Elle ne voyait ni ne fréquentait personne, n'avait même pas le téléphone dans sa chambre. À l'époque, il n'y avait pas de téléphone portable. Une vraie vie de recluse. À elle seule, elle était trop peuplée, et personne ne lui manquait.

Elle adora Istanbul, le Bosphore, la ville magnifiquement belle, aux cent collines vertes, vivante, gaie. Les filles, toutes différentes les unes des autres par la manière de se coiffer, de s'habiller et de se maquiller, se promenaient librement au bord du Bosphore. En 1991, il n'y avait ni gouvernement islamique en Turquie ni filles voilées à Istanbul. Le soir, les bistros qui bordaient le quai étaient bondés de jeunes ; filles et garçons fumaient, buvaient des bières, riaient aux éclats, discutaient, vivaient. Comment son pays, l'Iran, qui était, à l'époque du Chah, aussi avancé que la Turquie, avait-il pu basculer dans le fanatisme et l'obscurantisme religieux ? Comment les femmes iraniennes, après avoir connu la liberté, avaient-elles pu accepter, sans une vraie résistance, sans lutte, les conditions dégradantes que leur avaient imposées les mollahs ?

Dans la soirée, Dara proposa une promenade. Ils longèrent le quai dans le très chic quartier de Bebek. Il essayait d'entamer une conversation. Ébauche de sourire aux lèvres, il espérait un signe d'amabilité. Donya, lointaine, perdue dans le Bosphore et les collines alentour, ne répondait à aucun de ses regards. Il tenta, non sans maladresse, de lui prendre la main ; elle croisa les bras, ralentit le pas pour mieux marquer la distance. Depuis l'âge de treize ans, c'était la première fois qu'elle se promenait sans la tenue islamique, sans craindre l'intrusion des gardiens de la morale ; depuis l'âge de treize ans, c'était la première fois qu'elle flânait librement dans une ville ; ce qu'elle vivait ressemblait à la première promenade d'une détenue libérée après plusieurs années d'emprisonnement, et cette expérience-là ne pouvait être partagée.

Ils arrivaient de deux mondes différents à tout point de vue. Ils avaient deux expériences de vie opposées. Rêveuse, elle respirait l'air frais de la sublime nuit d'Istanbul. Il comprit que sa compagnie n'était pas bienvenue. Il continua la promenade sans rien dire et elle oublia complètement sa présence. Au retour à l'hôtel, avant de se quitter, ils se souhaitèrent bonne nuit sans se toucher ni se serrer la main.

Elle entra sur la pointe des pieds dans la chambre pour ne pas réveiller sa mère qui dormait à poings fermés. Elle se trouvait face à un dilemme : se marier avec un homme pour qui elle n'avait aucune affection et n'éprouvait aucune attirance ou tirer une croix sur son rêve le plus cher et retourner à Bandar Abbas. Toute la nuit, elle se retourna dans son lit et pensa qu'elle aurait mieux fait de se marier, comme beaucoup de filles en Iran, par procuration, sans exiger de le rencontrer. Elle aurait été mise devant le fait accompli. Elle ne savait quelle décision elle allait prendre. Sa mère ronflait dans le lit d'à côté.

Le lendemain matin, Dara lui présenta son ami, qui avait fait le voyage de Londres pour servir de témoin au mariage. Il s'appelait Peter, était de mère indienne et de père anglais, ce qui lui avait bien réussi ; sa beauté, son charme, son charisme attiraient tous les regards. Un physique d'acteur. Étrange idée que de venir épouser une fille qu'on n'a jamais rencontrée et de se faire escorter par un ami mille fois plus beau et séduisant, pensa Donya. La présence de Peter détendit l'atmosphère.

Elle évitait autant que possible la compagnie de Dara, s'affairait avec sa mère ou s'ingéniait à discuter en anglais avec Peter. Elle avait accepté ce mariage pour quitter l'Iran, et elle était prête, croyait-elle, à payer le prix, s'il le fallait, de sa personne.

Si Paris valait bien une messe, Londres valait bien un mariage ! Après tout, le divorce existe.

Séance

Rien ne perturberait cette fois le déroulement « normal » de la séance, s'était-elle juré. Je garderai la situation sous contrôle. Il faut que je « travaille » « sérieusement ». C'est quoi cette effusion d'incohérence ! Il faut que, d'une façon suivie, étape par étape, l'analyse progresse, et quelqu'un doit veiller sur l'évolution positive du processus analytique.

Sous contrôle, elle entra dans le cabinet, lui serra la main, dit bonjour et s'assit dans le fauteuil. Tout allait bien. Tout était sous contrôle. Calme.

Une simple ébauche de sourire en signe de politesse.

Deux, trois, dix, trente… cinquante… cent… secondes de silence.

Elle les comptait afin de rester concentrée.

Le psy la regardait.

Elle était vêtue d'un pantalon, d'une chemise… rien de particulier. Elle paraissait quelqu'un de tout à fait « normal ».

Pendant cinq minutes, malgré ses efforts, aucune des phrases qu'elle avait préparées et répétées ne réussit à sortir de sa bouche.

« Parle. Parle. Parle, bordel. Vas-y, parle, dis-le… parle. »

À force de se faire violence, elle fut saisie d'un

101

malaise. Elle changea de couleur. Rouge, violette, jaune, comme quelqu'un de gravement constipé qui ne parvient pas à faire sortir ce qui l'encombre. Mal à l'estomac, aux intestins! Elle eut soudainement besoin d'aller aux toilettes.

De temps à autre, elle souffrait de colites qui se déclenchaient violemment et sans raison apparente.

Elle se tordait sur le fauteuil. Des tiraillements de plus en plus puissants.

On peut peut-être contrôler le fonctionnement langagier, mais nul ne contrôle le fonctionnement biologique.

Elle finit par dire:

— Je ne me sens pas bien. Pourrais-je utiliser vos toilettes?

Un peu déconcerté, le psy répondit: oui.

Elle se leva, quitta la pièce, entra dans le vestibule et se précipita dans les chiottes.

Le psy avait en effet remarqué le malaise physique qui s'était emparé d'elle.

Au bout de trois minutes, elle se nettoya, tira la chasse d'eau, se lava les mains, mais avant de sortir, elle ressentit des coups violents dans les intestins. Ce n'était pas la constipation, mais une diarrhée aiguë. Elle passa plus de dix minutes là-dedans.

Le psy, en l'attendant, se demandait ce qui avait pu déclencher ça!

Ce n'était pas difficile à interpréter: ce qui nous encombre et doit sortir trouvera son chemin, soit par le haut, soit par le bas.

Était-ce cela, le stade anal?!

Lorsqu'elle eut enfin fini, de honte elle n'osait sortir. Visage blême, confuse, elle ne savait que dire.

— Je suis vraiment désolée, je suis, je crois que je suis malade. Je vous prie de m'excuser…

Voulant diminuer son embarras, le psy commit une erreur en lui répondant :

— Ce n'est pas grave !

Si « ça », remplir de merde le cabinet du psy, ce n'était pas grave, qu'est-ce qui serait grave, alors ?

Elle reprit son sac, qu'elle avait laissé dans la pièce, lui tendit quatre-vingts francs et quitta précipitamment les lieux sans lui serrer la main !

En descendant les escaliers, elle grommela :

« Il aurait pu ne pas me faire payer. Les toilettes publiques coûtent deux francs. »

Lorsqu'elle arriva chez elle, les douleurs d'intestins avaient disparu. Elle attribua son malaise à son déjeuner. Elle se coucha tôt.

Le premier mardi du mois, à midi, le psy faisait une séance de contrôle avec un des présidents du groupe psychanalytique dont il était membre. Il abordait les problèmes qu'il rencontrait face à certains de ses analysants, la difficulté du contre-transfert, etc.

Il parla de son analysante iranienne. Il décrivit en gros ses caractéristiques...

— Soit c'est une actrice hors du commun, soit elle est vraiment dans un état psychique critique... C'est difficile à cerner...

— Il faut rester autant que possible neutre, observer les changements d'attitude en détail et surtout ne pas tirer de conclusions hâtives. Certains symptômes peuvent être accentués ou au contraire atténués du fait qu'elle parle une langue étrangère. Il ne faut pas sous-estimer l'importance de la langue. Ce n'est pas rien de faire une psychanalyse en français pour une étrangère qui parle notre langue depuis peu. Les mots énoncés ne sont pas chargés de vécu et ne portent pas l'empreinte des expériences primitives et originelles. Il est probable que le français crée pour cette femme une double distance entre les mots et leur portée symbolique et émotionnelle.

— J'ai pensé à cette hypothèse. En effet, il se peut que le français l'aide à jouer la comédie. Elle entre dans mon cabinet un peu comme une comédienne qui monte sur scène et interprète des rôles différents.

— Restez un spectateur neutre. Écoutez sans vous laisser influencer par son jeu.

— Oui… dit-il, pensif. Il lui arrive aussi de basculer, d'une façon abrupte, de l'éloquence dans un silence pythagorique. La parole s'interrompt brusquement alors que rien ne le laissait présager, comme si un obstacle soudainement obstruait le déroulement… je me demande si c'est dû à la langue ou…

— C'est assez intéressant d'avoir une jeune femme étrangère en analyse. C'est une expérience particulière.

— Oui…

Il paya à son tour et quitta le cabinet du ponte pour qui il avait de l'estime. Ça ne l'avait avancé en rien, mais le fait d'avoir partagé ses impressions et ses doutes l'avait un peu réconforté.

Le soir, quand il retrouva sa femme et son fils, son analysante iranienne lui était sortie de la tête.

Avant leur départ, elle avait commandé chez une couturière deux robes sur mesure qui mettaient en valeur sa taille fine et sa silhouette, mais en les essayant devant le miroir de la chambre d'hôtel, elle se sentit déguisée, trop femme. Elle enfila un pantalon beige en toile, à six poches. La masse de ses cheveux d'un noir brillant, longs et bouclés, entourait l'ovale de son visage et lui donnait une allure très féminine, ce qui contrastait avec son pantalon aux formes masculines. Ce mélange de garçon manqué et de féminité naturelle accusait son air fier et quelque peu impressionnant : la fille à qui on ne la fait pas. Le matin, avant de quitter l'hôtel, elle glissa dans ses poches ses papiers, de l'argent, et sortit sans sac, ce qui contraria sa mère. Ces jours de liberté lui étaient une promesse de paradis. Bras ballants, tête haute, la démarche assurée, elle défiait la vie.

Épris de Donya, Dara se montrait attentionné, délicat. Il lui avait acheté, selon la tradition iranienne, des bijoux en or et des diamants qu'il lui offrit, dès le deuxième jour, pour preuve de son engagement. Un bracelet, une bague et un collier. Elle les accepta, le remercia poliment, mais ne les porta pas. Tout lui avait paru facile et tout devenait difficile. Elle n'avait tout simplement pas imaginé, pas une seule seconde, que la moindre hésitation pût affaiblir sa volonté, que le doute pût s'installer dans son esprit. Si au moins il était séduisant... comme Peter...

Elle avait vu sa photo, elle savait qu'il n'était pas beau, elle ne ressentait rien pour lui, mais ne rien ressentir pour une photo n'a rien à voir avec ne rien ressentir pour un homme en chair et en os qui sera votre mari dans quelques jours. L'idée même d'être au lit avec ce type lui donnait la chair de poule. Impossible. Comment avait-elle pu à ce point se méprendre sur son propre compte ? Elle ne savait de quoi elle serait capable.

De cette contradiction, de cette lutte intime résulta une hostilité violente dont l'objet n'était autre que son pauvre supposé futur mari. Elle n'avait rien de commun avec ce gosse de riche, gâté et pourri, qui avait connu une vie privilégiée ; envoyé adolescent en pension à Londres, il avait reçu tout ce dont elle avait été privée, tout ce qu'elle avait désiré ardemment pendant plus de dix ans. Oui, durant toutes ces années où la jeunesse iranienne, privée des libertés les plus élémentaires, subissait les pires humiliations, lui, ce morveux, glandait en toute liberté à Londres. Pendant que les jeunes comme son cousin étaient envoyés sur les champs de mines pour frayer un chemin aux combattants, lui, il buvait des bières avec des Anglaises dans des pubs. Il appartenait à ceux qui ont l'apanage de la richesse et de la chance et croient que tout leur est naturellement dû. Elle ressentait une profonde frustration. Il n'aurait pas fallu grand-chose pour que sa colère éclatât. Tout chez ce type l'agaçait, la mettait hors d'elle, même sa bienveillance et son élégance british.

Face à lui, elle était saisie d'un complexe d'infériorité, comparable, en partie, à celui d'un villageois se trouvant face à un citadin aux attitudes condescendantes et à l'éducation distinguée. Lui et ses dix-huit années de vie en Angleterre accusaient trop les privations qui affligeaient Donya. Elle le voyait comme un rival, pire encore : comme un ennemi. Elle guettait la première occasion de le mettre en pièces.

Ils avaient passé la matinée à visiter le vieux bazar d'Istanbul. Elle aurait voulu qu'Armand et ses amies soient là. Ç'aurait été formidable, ils se seraient amusés comme des fous… Elle marchait en avant, à un mètre de distance d'eux pour ne pas s'encombrer de leur présence inopportune. Les deux hommes accompagnaient sa mère qui marchait d'un pas lent. Ils s'arrêtèrent dans un restaurant traditionnel pour déjeuner. Dara ne se sentait pas très à l'aise et se mit à critiquer le laisser-aller et les manières des Turcs.

— Avec quelle insistance ils essaient de te faire entrer dans leur magasin pour t'arnaquer, ces gens-là ; ils sont assez rustres, les Turcs.

Peter, lui aussi, dit quelque chose en anglais qu'elle ne comprit pas. Elle mangeait son kebab accompagné de taboulé et de germes de blé, en mordant dans le pain bien chaud, avec un appétit de lionne. Dara continua :

— … Remarque, c'est quand même beaucoup mieux qu'en Iran.

— Es-tu jamais retourné en Iran ?

— Oui, une fois, mais ce fut une expérience tellement décevante que je ne suis pas près de l'oublier.

— Ah bon, pourquoi ?

— Les gens sont devenus si médiocres… je ne sais pas comment le dire, mais c'était tout simplement insupportable ; les filles, on dirait des gamines de quatorze ans ; les gens sont devenus mauvais, méchants, menteurs. Tout le monde est devenu escroc… J'étais étonné de voir que la corruption s'infiltrait partout.

Il se tut pendant quelques instants, puis reprit :

— Dans une soirée que mes parents avaient organisée pour moi, une fille m'a dit d'un air stupide : alors comme ça, tu vis dans le pays d'Elvis Presley ? Mais tu imagines ! Elle le croyait anglais !

Son ton ironique et son sourire moqueur déplurent à Donya. Elle se sentit visée, attaquée.

— Et alors ? dit-elle du ton le plus sévère qui fût.

— Et alors ? Mais tu vois à quel point elles sont ignorantes et superficielles.

— Non, je ne vois pas, je ne vois pas en quoi c'est être superficielle et ignorante que de ne pas connaître la nationalité de Presley. Les filles anglaises connaissent nos musiciens et nos chanteurs ?

— Mais ça n'a rien à voir !

— Et pourquoi ?

— Elvis Presley était une star mondiale, le roi du rock.

— Eh bien moi, je ne savais pas qu'il était le roi du rock, je ne connais aucune de ses chansons et je n'écoute jamais de rock, dit-elle avec toute la mauvaise foi du monde.

— Tu peux ne pas aimer le rock, mais prétendre adorer Elvis Presley et ne pas savoir qu'il était américain et pas anglais…

Elle ne lui laissa pas le temps de terminer sa phrase. Avant de mettre sa première cuillère de kadaïf au miel dans la bouche, elle rétorqua :

— Les Anglais, eux, ils ne friment jamais ? Et cet air hautain que tu affiches pour parler des Iraniens, de leur médiocrité… Crois-tu que tu aurais été mieux qu'eux

109

si tes parents ne t'avaient pas envoyé à Londres, si tu avais été traité comme du bétail dans les écoles et les universités ? Aurais-tu été mieux qu'eux si tu avais subi les mêmes frustrations ?

Peter, ne connaissant pas un traître mot de persan, n'avait cessé de tourner la tête tantôt vers Donya, tantôt vers Dara, pour essayer de comprendre l'objet de cette discussion animée dans laquelle il n'avait détecté que le nom d'Elvis Presley.

Quant à sa mère, elle n'avait cessé de donner par-dessous la table des petites tapes sur la cuisse de sa fille pour la calmer.

D'un air vainqueur, Donya porta la cuillère remplie de kadaïf moelleux à sa bouche et la savoura. Rien de mieux qu'un dessert sucré et parfumé pour effacer l'amertume et la colère.

Au retour, marchant toujours seule, elle pensait au genre de vie qu'il avait mené à Londres. Dans son confort londonien, il n'avait certainement pas imaginé la vie de ses semblables en Iran.

Seule une vie de privations pouvait-elle nourrir l'imagination ? L'imagination serait-elle l'apanage de ceux qui sont privés des privilèges, la voie magique de la consolation et du réconfort ? Piètre et chimérique récompense. L'imagination ne nous servait-elle qu'à nous berner et ne reflétait-elle que notre crédulité ? Qu'à peindre des rêves en couleurs pour nous faire oublier la réalité hostile, nous aider à la subir sans révolte, dans l'obéissance ? Était-ce cela, la clé des rêves ? Était-ce pour cette raison que la poésie persane était remplie d'allégories et d'images féeriques ? Après tout, pourquoi un esprit sain perdrait-il son temps à imaginer une vie lugubre et dépourvue de toute espérance ?

Elle n'avait aucune réponse à ces questions. Elle s'était mise dans une situation on ne peut plus contradictoire, des sentiments troubles l'assaillaient.

Dès qu'elle prit place dans le fauteuil, un flux de paroles se déversa.

— Vous savez, c'est un vrai problème que de faire une psychanalyse en français pour moi…

Le psy fut étonné qu'elle abordât la question de la langue alors qu'il en avait justement parlé lors de sa séance de contrôle.

Existe-t-il des ponts invisibles entre les inconscients ?

— C'est assez frustrant. Je ne sais pas si en persan j'aurais dit les mêmes choses, ni ce que j'aurais ressenti en faisant une psychanalyse avec un homme iranien.
Oh ça, non, ça n'aurait pas été possible, ni d'ailleurs avec une femme iranienne. Oh mon Dieu, l'idée même m'en est insupportable.
Je hais les Iraniens… Je ne supporte pas leur hypocrisie, leur… leur côté infatué, leur prétention, leur fourberie, leur fanatisme ; des gens manipulateurs, tricheurs, char-latans, des… des purs hypocrites, des êtres vils, tous des collabos…

Le psy remarqua son visage pourpre de rage ; elle allait suffoquer ; que serait-ce si elle parlait en persan ? pensa-t-il.

— … Non, faire une psychanalyse en persan, ça n'est même pas imaginable.

Je n'aurais pas supporté… Les mots sont chargés de trop de souffrance, de trop de haine et de laideur.

Si j'avais commencé une psychanalyse avec un psy iranien, le transfert négatif aurait été si puissant que dès la troisième séance je l'aurais tué.

Elle se tut et, après un bref silence pendant lequel son visage était resté concentré, elle reprit :

— Les mots français n'ont pas la même signification et la même puissance pour moi que leurs équivalents en persan. Dire par exemple : « je les hais », c'est beaucoup moins violent, beaucoup moins haineux que le mot « haine », « *Néfrat* », en persan.

Faire une psychanalyse en persan m'aurait rendue définitivement et dangereusement folle. C'en aurait été trop pour être supportable.

Elle soupira, comme si elle se déchargeait d'un poids qui lui pesait, puis, d'une voix plus calme elle continua :

— Mais, d'un autre côté, se dire en français est artificiel. C'est ridicule de vérifier les mots dans le Robert et les verbes dans le Bescherelle chaque soir afin d'être capable de parler ici, et Dieu sait combien de fautes je dois commettre.

Remarquez, au moins vous pouvez vous rendre utile en me corrigeant ; comme ça, tout ne serait pas perdu…, plaisanta-t-elle, dans un demi-sourire amer.

Un silence.

— Ça ne sert à rien… Pensez-vous qu'une langue étrangère puisse sauver quelqu'un de sa langue maternelle ?! De sa… de… de sa… qu'est-ce que j'ai dit ?

— Vous avez dit : si une langue étrangère pouvait sauver quelqu'un de sa langue maternelle.

— C'est n'importe quoi… je voulais dire de sa vie…

Elle perçut dans le visage du psy le désaccord, elle tenta des explications.

— Ça n'a pas de sens d'être sauvé de sa langue maternelle, mais, comme je parlais de la langue persane, enfin, de ma langue maternelle, alors j'ai fait cette erreur.

— En êtes-vous sûre ?

Il se donna un air dubitatif.

— Oui, enfin, je crois… mais, d'un autre côté, comme chaque être humain vit son enfance dans sa langue maternelle et comme il se trouve que j'ai vécu vingt-trois ans de ma vie en persan, en un sens ce n'est pas tout à fait idiot ce que j'ai dit, même si j'ai fait une erreur.

— Ce n'était ni idiot ni une erreur. Et vous avez tout à fait raison de poser cette question.

— Malgré mes efforts, je suis loin de maîtriser le français, ce que je dis me reste étranger à moi-même…

Le psy pensa : « Les paroles énoncées nous restent étrangères. »

— Je ne fais pas corps avec ce que je dis, les mots français qui sortent de ma bouche ne sont pas ceux de ma mémoire ou de mes souvenirs ; ils ne sont pas les mots de mon passé et de mon enfance…

— Oui ?

— J'ai l'impression d'être un perroquet. Je répète les mots des autres.

Un silence.

— Se sentir à ce point dépossédée engendre une souffrance supplémentaire. Je crois que jamais les mots français ne pourront dire l'enfance que j'ai vécue. C'est impossible. Ça ne colle pas. Ce sont deux mondes étrangers. Deux mondes parallèles.

C'est triste… C'est sans espoir.

Silence morose.

— Bien, on en reste là.

Elle le paya et partit.

Après avoir mis les quatre-vingts francs dans sa poche, et avant de recevoir sa prochaine analysante, il prit quelques notes rapides pour ne pas oublier le fil conducteur des réflexions que lui avait inspirées cette séance. Sur une feuille, il griffonna :

« … Sauver le sujet parlant de sa langue maternelle ?… Cette phrase mérite d'être approfondie : le rapport étroit existant entre les études linguistiques et les études analytiques montre que le fonctionnement psychique d'un être humain doit s'adapter au fonctionnement langagier et symbolique du monde qui l'entoure, donc aux mots et à la grammaire de la langue maternelle avec lesquels l'enfant nomme et fait exister le monde. L'appréhension et la structure de la pensée obéissent à la structure de la langue et à la grammaire. Dans le cadre de cette structure, le lien entre l'enfant et la réalité se crée. L'échec de ce processus aboutit à l'autisme ou à de graves perturbations précoces… »

En rentrant chez elle, le mot « perroquet » qu'elle avait employé dans la séance résonna dans sa tête. La première fois, elle avait trouvé que le psy s'était habillé comme un perroquet. Elle prit des notes dans son cahier. Ses séances souvent se prolongeaient le soir chez elle.

« Parler en persan retourne le couteau dans la plaie. Je ne suis pas la même en français et en persan. L'univers iranien m'étouffe. Le persan m'oppresse, m'étrangle, il me fait souffrir jusqu'à l'os, il appartient à un passé trop douloureux.

Peut-être que c'est une vraie chance de faire une psychanalyse en français dont les mots ne colportent pas des souvenirs horribles… Enregistrer mon histoire dans une autre langue… Peut-être que raconter mon passé avec les mots étrangers pourrait l'exorciser, le laisser passer.

Serai-je capable de m'arracher à mes souffrances ? Serai-je capable de me couper de ce monde rempli de démons ? Ces mots que j'écris dans ce cahier sauront-ils me créer un nouveau monde, une nouvelle vie ? Mon passé, un jour, me laissera-t-il passer ? »

En sortant du Bazar, toujours un mètre devant les autres, ce qui énervait particulièrement sa mère qui trouvait le comportement de sa fille insolent et irrespectueux envers son futur mari, elle se demandait si elle avait aimé Armand. Oui, sans aucun doute, et elle l'aimerait toujours, mais son amour n'avait rien de passionné, elle n'avait jamais senti de pincement dans le ventre. Imaginer d'autres filles dans ses bras ne la rendait pas malade de jalousie. Elle l'aurait quitté tôt ou tard, elle n'était pas amoureuse de lui comme une femme, elle l'aimait comme un frère, enfin, comme un cousin, c'était moins incestueux.

Si elle n'avait pas vécu dans un pays malade, elle n'aurait jamais eu à commettre un acte aussi insensé. Si, en tant que jeune Iranienne sans fortune, elle avait eu la moindre chance d'obtenir le visa d'un pays occidental, si les lois internationales lui avaient reconnu le droit à la libre circulation, elle n'aurait pas été obligée d'avoir recours au mariage avec un inconnu. Son acte était avant tout un acte politique, la seule voie possible pour déjouer les lois occidentales qui lui refusaient le visa. Elle méprisait les «bien-nés», ceux qui n'ont aucun mérite et naissent avec une cuillère en argent dans la bouche. Ce mariage représentait une occasion de changer son destin, il ne fallait pas la laisser passer. Au diable le jugement des autres, le moralisme puritain, le bien et le mal, se dit-elle en balayant le doute d'un revers de main.

« Oui, je l'épouserai, même si je ne l'aime pas, même si j'éprouve de l'hostilité à son égard. Oui, je l'épouserai, même si je le méprise, et dès que j'aurai mes papiers à Londres, je le quitterai. Même si cela n'a rien d'honorable et de noble. Je n'ai pas à être sincère avec lui ; l'important, c'est d'être sincère avec moi-même et je le suis. Je ne me mens pas, je sais pourquoi je fais cela ; mon objectif est clair et précis. Je sais pourquoi j'accepte ce mariage arrangé : parce que, tout simplement, cela m'arrange. Je ne lui dois rien à ce gosse de riche qui, après avoir mené une vie libertine à Londres, veut se payer une vierge choisie par sa mère. Tout ce que je déteste. Il va être bien déçu. »

Elle décida de ne plus laisser place au doute qui assombrissait l'allégresse de ses promenades. Elle pensa aux mariages décevants de ses cousines et de ses copines en Iran ; même celles qui s'étaient crues amoureuses au début avaient goûté à l'amertume de la désillusion quelques mois ou quelques années plus tard. Elles n'étaient pas heureuses, aucune, mais se résignaient à une vie qui ne leur laissait pas d'autre alternative que le divorce. Le droit au divorce est l'apanage des hommes en Iran, et la situation des divorcées n'est pas enviable. Et puis, dans les années quatre-vingt-dix, se trouver un mari en Iran était devenu un luxe ; huit années de guerre avec l'Irak, une boucherie à l'image de la guerre de 14-18, avaient entraîné une pénurie d'hommes. Les filles devaient se contenter des photos des martyrs ou des rescapés grièvement handicapés. Plus d'un million de jeunes avaient été massacrés, des centaines de milliers comme Dara avaient fui le pays, plusieurs centaines de milliers d'autres avaient été exécutés par le régime ou croupissaient dans les prisons, sans parler des centaines de milliers qui périssaient à feu doux dans la drogue – les héroïnomanes, dont le nombre grandissant devenait un vrai fléau pour le pays. Celles qui appartenaient à des familles religieuses et traditionnelles acceptaient d'épouser un homme déjà marié et devenaient la deuxième, la troisième ou la quatrième épouse. La polygamie, depuis l'instauration du régime islamique, s'était répandue. La pénurie d'hommes avait fait monter l'âge moyen du mariage des filles, même si, selon la loi, elles étaient bonnes à marier dès l'âge de neuf ans. C'est dire que, dans ces années-là, il était difficile de se trouver un mari. Et celles qui étaient élues par des Iraniens installés en Occident étaient considérées comme très chanceuses. Franchement, dans de telles circonstances, il n'y avait pas de quoi faire toute une histoire pour un mariage sans amour qui lui garantissait au moins la libération : valeur sûre.

Pendant plusieurs séances, elle passa la terre entière en revue, pour éviter de parler d'elle. Elle s'en prenait aux Iraniens, aux Américains, aux Anglais, aux Français, aux Russes... Elle critiquait la Realpolitik des gouvernements occidentaux...

Un jour, alors qu'elle s'était lancée dans une de ces tirades interminables, accusant les dirigeants anglais et américains de tous les maux, le psy perdit patience :

— En quoi les événements politiques concernent-ils votre analyse ?

— En quoi ? On dirait que vous n'écoutez pas un mot de ce que je raconte. Pourquoi je me trouve ici, en France ? Si le président des États-Unis n'avait pas chargé la CIA d'aller chercher ce fanatique de Khomeiny en Irak et ne vous avait pas obligés, vous, les Français, à l'accueillir comme le Guide de la révolution iranienne avant de nous l'expédier en grande pompe comme un vrai chef d'État, je ne serais pas ici, moi !

— Il me semble que votre désir de faire une psychanalyse a des raisons plus personnelles.

— Oui, mais j'aurais très bien pu la faire à Téhéran, sans y ajouter les problèmes de l'exil et de la langue, sans être obligée d'enchaîner des boulots alimentaires pour vous payer...

Le psy eut envie de lui rappeler qu'elle-même avait reconnu être incapable de faire une analyse en persan avec un Iranien. Mais il garda le silence.

Elle reprit :

— Le problème de la psychanalyse, c'est qu'elle ne prend pas en compte les conditions historiques, sociales et politiques. Elle s'enferme entre quatre murs et elle se retire du monde.

Elle lui laissa le temps de répondre, mais le psy ne réagit pas au reproche. Elle continua.

— Pour vous, les Occidentaux, ça fait des décennies que la vie est un long fleuve tranquille.

— Je vous rappelle qu'il y a eu dans toute l'Europe ce qu'on appelle la Seconde Guerre mondiale et l'extermination des Juifs.

— Oui, mais pour vous et votre génération, c'est déjà l'Histoire, vous l'avez apprise dans les livres, dans les documentaires, dans les romans, vous ne l'avez pas vécue.

Il admit qu'elle avait raison.

Elle ajouta :

— L'Histoire, la politique n'ont pas décidé de votre destin. Vous ne pouvez pas comprendre.

Il y avait aussi des séances où elle faisait le clown. Tout lui était bon pour parler d'autre chose que d'elle-même. Elle rentrait tout sourire et partait tout sourire, racontant parfois carrément des plaisanteries.

— Quand même, il exagère, votre Freud : tout se résume, dans la vie des femmes, à l'envie du pénis.
Je reconnais que j'ai toujours voulu être un garçon, mais parce qu'ils avaient tous les droits et les filles aucun ; ça n'avait rien à voir avec votre « envie de pénis ».

— Hmmm…

— Sans blague, je trouve que Freud considère les femmes et la question de la féminité d'une façon totalement conformiste qui allait dans le sens des préjugés de la bourgeoisie européenne.
… C'était un homme de son époque.
Faire tout un plat du pénis, quand même c'est exagéré d'autant que, la plupart du temps, ça ne vous sert pas à grand-chose.
Ça vous sert à quoi ? À pisser, c'est tout.

— Hmm…

— Je trouve que la psychanalyse a une vision très phallique de la vie…
Tenez, justement, vous connaissez celle-là : la vie, ce n'est pas une bite, elle est toujours dure.

Le psy ne put s'empêcher de sourire.

Le soir, après le dîner, ils sortirent prendre un verre en tête à tête dans un bar branché à l'ambiance très occidentale. La lumière feutrée et les fauteuils rouges donnaient à ce lieu un côté cosy, intime. Ils dégustèrent un gin tonic. Elle gardait le silence et avait presque oublié la présence de Dara. Elle promenait son regard sur les murs couverts de fresques représentant des femmes aux cuisses démesurément épaisses évoquant la peinture de Fernand Léger, mais avec une touche orientale, un je-ne-sais-quoi de chaleureux, de sensuel, qui tenait à la manière de laisser la chair bronzée des cuisses s'échapper des jupes serrées et courtes aux couleurs vives qui attisaient le voyeurisme du regard.

Dara cherchait la réconciliation ; la discussion du déjeuner l'avait fait réfléchir. Il commença avec la maladresse qui lui était propre et sans aucun prélude :

— Je ne voulais pas juger les jeunes Iraniens, et je comprends que tu te sois sentie concernée...

Elle baladait toujours son regard sur les fresques. Il parlait et elle ne l'écoutait pas. Finalement, il posa la main sur son genou et se pencha vers elle.

— Tu sais, je comprends tes sentiments.

— Ah bon, lesquels ? rétorqua-t-elle, contrariée.

123

— Ma mère m'a raconté l'histoire de ta famille, ce que ton père a enduré. Ça devait être très difficile de tout perdre d'un coup, les biens, la position sociale, le respect… Je sais qu'il était un aristocrate maudit par le régime. Ma mère m'a dit qu'il avait été condamné comme «*Mofsed é fel Arz*», féodal et pervertisseur de la morale, et emprisonné par ce psychopathe d'ayatollah Khalkhali qui a exécuté des dizaines de milliers de gens. Je sais qu'il a échappé de peu à l'exécution…

Elle n'aidait en rien ce pauvre garçon qui essayait désespérément de gagner sa sympathie. Elle but une gorgée de son gin tonic. Pourquoi ne la laissait-il pas tranquille ? Pourquoi voulait-il à tout prix gâcher son plaisir ?

— J'imagine que ça ne devait pas être facile pour toi, adolescente, de vivre une situation matérielle difficile… Comment as-tu vécu tout ça ?

— Difficile ou pas difficile, ça passe.

— Tu ne veux pas me parler ?

Il s'appliquait à faire des phrases cohérentes et sans fautes, mais son langage restait enfantin.

— Qu'est-ce que tu veux savoir ?

— Ça m'intéresse de savoir qui était ton père… il était quelqu'un, quand même…

— Je n'ai jamais connu l'époque glorieuse de mon père ; il avait déjà perdu une grande partie de ses biens pendant les réformes agraires, avant que je naisse. Il a été assez fou, au moment des grands développements urbains, où la terre coûtait trois fois rien à Téhéran, pour retourner en Azerbaïdjan, sa terre natale, et acheter des villages entiers dans le but de les reconstruire et de les moderniser ; il y a investi beaucoup d'argent et, quelques années plus tard, il a perdu des centaines de milliers d'hectares de terre et des villages entiers, alors qu'à l'époque il aurait pu acheter la moitié de Téhéran. Après la révolution, on lui a collé l'étiquette de «Grand féodal», ce qui n'était pas faux. Il a été emprisonné par l'ayatollah Khalkhali, un des bourreaux les plus criminels du régime. Étant, lui aussi, azéri, il connaissait mon père et le haïssait depuis toujours. Il a réquisitionné tous ses biens et exigé une rançon faramineuse pour le libérer. Mon père fumait de l'opium trois fois par jour et ne pouvait survivre en prison. Il ne l'a pas exécuté car le spectacle de la déchéance physique, économique et sociale de celui qu'il avait toujours haï comme le grand Seigneur lui procurait plus de satisfaction que son élimination. Quand mon père, à presque quatre-vingts ans, est sorti de prison, il ne possédait pas un centime. La seule chose qu'ils n'avaient pas réquisitionnée, c'était un appartement qui appartenait à ma mère. Sinon, on se serait retrouvés à la rue.

— On sent, on voit tout de suite que tu es la fille d'un grand seigneur.

— Un grand seigneur, je ne sais pas, mais un grand polygame, oui. Il a épousé quarante femmes et il a engendré à tout va et sans compter. Il aimait les femmes, et quand on aime on ne compte pas.

— Quarante femmes !?

— Oui. Ce qui était largement suffisant pour ruiner un homme, sans réforme agraire et sans révolution ni réquisitions.

— Et ta mère est… ?

— Je crois la trente-cinquième ; il en a épousé cinq après ma mère, puis il a arrêté. À soixante-quinze ans, il commençait à avoir un âge canonique pour un jeune marié.

— Dis donc, c'est un vrai roman.

— Peut-être, mais il vaudrait mieux l'avoir lu que vécu.

— Tu en veux à ton père?

— Pas pour ça, mais je ne peux pas dire que j'en étais fière.

— Mais ça n'a rien à voir avec les polygames de maintenant ou avec ceux qui ont eu trois, quatre femmes; pour pouvoir avoir quarante femmes, il fallait être quelqu'un; seuls les rois Qajar ou les grands personnages ont eu une telle histoire.

— J'aurais préféré que son histoire soit réputée pour d'autres raisons. J'avoue qu'à l'école je ne disais jamais la vérité sur ma famille, ni d'ailleurs plus tard à l'université.

— Mais ton père est un homme d'une autre époque. Cette histoire a quelque chose de monumental. C'était un pacha et il a vécu comme un pacha.

— Pas les dix dernières années de sa vie.

Elle était étonnée. Il avait réussi à la faire parler. Elle avait toujours gardé l'histoire de son père secrète et cela bien avant la révolution. Depuis son enfance, elle vivait condamnée à la clandestinité; elle veillait sans cesse à ce que rien, dans son attitude ou dans ses mots, ne laissât transparaître les secrets de sa famille. Elle n'avait jamais pu dire, pas même à ses plus proches copines, qu'elle avait un père qui avait épousé quarante femmes. Son récit atypique relevait de l'inavouable. Elle venait d'une famille qui ne ressemblait en rien à celles de ses camarades. Elle n'appartenait pas au monde des autres.

Et ce soir-là, ses mots, malgré elle, l'avaient entraînée loin, là où elle n'avait jamais osé aller. Était-ce le bar, le gin, l'ambiance feutrée, Istanbul, ou Elton John et son «*Sorry seems to be the hardest word*»?

Elle but avec délectation une bonne gorgée de son

breuvage alcoolisé en regardant Dara pour la première fois avec sympathie.

Ravi, il affichait un large sourire. Elle lui trouva un certain charme et admit qu'il n'était pas si laid que ça.

— J'ai beaucoup pensé aux problèmes liés à la langue. Je crois que le vrai problème réside dans l'acte même de faire une psychanalyse.

J'ai quitté l'Iran pour m'éloigner de mon passé, pour aller de l'avant, et voilà où j'en suis aujourd'hui…

Après avoir fait des milliers de kilomètres, après avoir changé de langue, après toutes les folies que j'ai pu commettre, je me trouve face à mon passé; où que je regarde, je ne vois que les jours anciens.

Comme si le présent n'existait pas. C'est quand même insensé…

Elle s'interrompit.

Le psy, qui pensait qu'elle était en train d'aborder des sujets intéressants, pour éviter qu'elle entre dans un de ses silences prolongés, se racla doucement la gorge, puis, d'une voix pensive et suggestive, prononça:

— Vous croyez?

— Je ne crois pas, j'en suis sûre. C'est rare qu'une Iranienne fasse une psychanalyse seulement après un an de vie en France… ça n'existe pas…

Remarquez, c'est rare aussi de commettre une tentative de suicide après huit mois à Paris.

Il y a, il y a une mélancolie particulière à Paris, cette

ville ressemble à un magnifique poème nostalgique et triste.

Même si comparer une ville à un poème paraissait incongru, cette phrase rappela au psy le *Spleen de Paris* de Baudelaire.

— Je ne sais pas, peut-être qu'il faut que je continue la route au lieu de m'installer. Marcher et ne jamais m'arrêter.

Avancer sans répit.

Ne pas laisser à la mémoire le temps de prendre le dessus…

Peut-être que Paris n'est pas assez loin.

— Pas assez loin ? répéta le psy, avant de demander : loin de quoi ?

— Loin du passé.

J'ai l'impression que ma vie s'est arrêtée. Je ne sais pas ; peut-être que dans la vie il y a un temps pour agir et un temps pour réfléchir, analyser et comprendre. Comme la digestion : un temps pour manger et un temps pour digérer.

— Hmm…

— On ne peut pas avaler sans arrêt. Je n'ai pas digéré ce que j'ai absorbé pendant des années, je veux dire psychiquement.

Il s'est passé tellement de choses dans ma vie que lorsque je regarde derrière j'ai le vertige. Je reste tétanisée sur place, je ne peux continuer.

… Ma vie s'est arrêtée, voilà, je ne peux pas le dire mieux que ça. Elle s'est arrêtée et la caméra est tournée vers le passé.

… Comme si j'étais en deuil et que vivre m'était interdit. Je porte le deuil de ma vie.

Finalement, peut-être qu'on subit le fonctionnement

du cerveau et que nul ne peut contrôler le système nerveux…

Silence.

— J'avais une cousine qui était folle, enfin deux.
L'une d'elles, un jour, après la mort de sa mère, avait
dit : « Je veux entrer dans la lampe », et après ça, elle n'a
plus jamais prononcé une phrase cohérente. Les ponts
entre elle et le monde étaient coupés.

Silence dubitatif et pensif.

— Lorsque j'étais petite, on disait que je lui ressem-
blais beaucoup.
Moi, on m'appelait Djinn.
Vous savez ce que c'est, un djinn ?

Le psy ne répondit pas.

Elle attendit… puis s'énerva.

— Pourquoi vous ne répondez pas ? C'est quand
même une question simple que je vous pose.

Elle ne dit plus rien, lui non plus.

Elle le paya et quitta la pièce sans lui serrer la main.

Elle entra dans la pièce, perturbée, les traits tirés. Elle s'allongea sur le divan.

— J'ai «vu» hier soir un rêve.

Elle respira fort.

— C'était un cauchemar.

— Oui?

— J'en «vois» tout le temps. D'habitude, au réveil, je ne me les rappelle jamais; mais hier, en pleine nuit, je me suis levée et les images étaient encore là, comme s'il s'agissait du réel.

— Oui?

— J'étais saisie de père, de peur, je veux dire.

Le lapsus n'échappa pas au psy qui sortit un autre «oui», bien appuyé.

— Lorsque je me suis rendormie, j'ai «vu» la suite du rêve. Il y avait quelqu'un, couteau en main, qui me courait après. C'était dans une rue étroite sans fin et obscure, je ne sais si c'était ici ou à Téhéran, et je me disais dans le rêve: regarde, cette fois-ci, ce n'est pas un rêve, c'est de la réalité! J'essayais de crier, mais ma voix ne sortait pas et je ne connaissais pas le mot «au secours», ni en persan, ni en français, ni en anglais, ni en turc...

D'émotion, elle se tut. Puis reprit:

— Dans ma tête, je savais qu'il fallait que je

demande de l'aide, mais je n'avais ni les mots ni la voix… Et puis, j'étais à la fois celle que je suis maintenant, et aussi l'adolescente que j'étais autrefois.

— Hmmm…

— Je me suis réveillée en sueur et j'avais l'impression que je courais encore et qu'il me poursuivait. Il m'a fallu quelques secondes pour que je réalise que c'était encore un rêve.

— Qu'est-ce que vous en pensez ?

— Ça n'avait rien de sexuel, c'était terrifiant, ne sortez pas vos clichés : couteau égale sexe masculin, patati patata…

Le psy ne réagit pas.

— Voici les bienfaits de l'analyse : avant je « voyais » des cauchemars, mais, une fois réveillée, c'était fini ; maintenant, malgré le réveil, les cauchemars me poursuivent.

Un court silence.

— À cause de vous et de ces séances, ma vie entière est devenue un cauchemar et je ne sais où me réfugier.

Un autre silence, angoissant.

Sa voix sourde se fit entendre ; les mots qui sortirent de sa bouche l'étonnèrent au plus haut point.

— C'était mon père ! C'était mon père ! Il voulait me tuer !

Le psy pensa au lapsus du début de séance.

Aussitôt, pour clarifier les choses, elle ajouta :

— Il n'y a jamais eu le moindre geste déplacé de la part de mon père. Il n'était pas, je veux dire, il n'y avait pas… ce n'est pas du tout ce que vous croyez.

Elle éclata de rire et ajouta :

— C'est la phrase stupide qu'on sort instantanément lorsqu'on a été surpris au lit avec quelqu'un.

Ce n'est pas drôle, je sais ; en fait, je «vois» souvent ce rêve.

Mais pourquoi ?

Il est mort, il y a plus de trois ans. Je vis à Paris…

Pourquoi mes nuits sont-elles hantées par des cauchemars insensés ?

— Qu'est-ce que vous pensez de ce rêve ?

— Je ne sais pas… C'est vrai que je n'ai pas fait le deuil et… et…

Elle se tut.

— Et ? insista le psy.

— Et rien.

Elle se mura dans un silence définitif.

Il attendit deux minutes, puis se leva.

— Bien.

Après les quatre-vingts francs et l'au revoir, elle quitta le cabinet encore plus perturbée.

Pour la première fois, à sa sortie, elle entra dans un café, presque vide à huit heures trente du soir, l'heure du dîner. Face à une bière, assise à une table devant la vitre, elle regardait les passants. Elle n'aurait jamais cru connaître de telles tristesses à Paris. Le cœur esseulé, elle se leva et prit le métro puisqu'il le fallait.

On a autant de préjugés et d'idées reçues sur soi-même que sur les autres. On croit se connaître, mais on se trompe souvent. Les situations extrêmes et extraordinaires nous révèlent, à notre grand dam, notre vraie nature, notre courage ou notre lâcheté. Seuls nos actes, dans des circonstances exceptionnelles, nos choix face aux dilemmes nous prouvent qui nous sommes vraiment.

Leur séjour à Istanbul devait durer un peu plus d'une semaine, le temps de réaliser le mariage qui aurait donné le droit à Dara, dès son retour à Londres, de procéder à la demande de visa pour sa femme. Elle tentait de ne pas gâcher ces jours de liberté, de ne penser qu'à Londres, mais, malgré ses efforts et sa volonté, le doute et l'incertitude, comme des nuages qui surgissent soudainement dans un ciel bleu, l'assombrissaient. En dépit de sa détermination, elle ne savait où l'amèneraient les jours à venir.

Le lendemain, ils se dirigèrent vers l'ambassade d'Iran pour leurs respectifs certificats de célibat, indispensables à un mariage civil selon les lois laïques en Turquie. En Iran, le mariage est religieux et seules les femmes en ont besoin, les hommes en sont dispensés car la charia leur reconnaît le droit naturel à la polygamie.

La famille de Dara lui avait acheté son service militaire. Ceux qui avaient quitté le pays sans avoir fait la guerre Iran-Irak devaient racheter au prix fort leur fuite à l'étranger. Son père avait payé une somme faramineuse ; il ne risquait plus rien et n'était pas accusé de désertion.

Avant d'entrer à l'ambassade, elle mit son voile. Son visage retrouva son expression sévère. Ils faisaient la queue et attendaient leur tour en discutant à voix basse. Un des employés de l'ambassade les apostropha :

— Mais vous vous croyez où ? Et cache tes cheveux convenablement, porte ton voile correctement ; c'est quoi, cette allure décadente et honteuse ? hurla-t-il en pointant Donya d'un geste de la main.

Elle n'avait aucun maquillage, mais n'avait pas attaché, contrairement à la coutume, ses cheveux ; par inadvertance, quelques mèches sortaient de son voile, tout près des oreilles. Elle lui décocha son regard le plus sombre et fit rentrer les mèches récalcitrantes sous son voile.

Les trois heures passées à l'ambassade avaient suffi à recréer le climat de terreur qui régnait en Iran ; l'insécurité permanente qui transforme chacun, par essence, en accusé. En sortant, elle claqua la porte de cet enfer où les prétendues lois d'Allah régnaient.

À l'extérieur, un autre monde s'offrait à eux. Elle arracha son voile, enleva son manteau et les fourra dans son grand sac.

— Ils sont malades, ces gens-là, dit Dara. C'est une ignominie, ce n'est pas possible d'agresser et d'humilier quelqu'un à cause de quatre cheveux qui sortent d'un voile. Ils sont gravement atteints. Des vrais psychopathes. Il faut créer une nouvelle science pour étudier la maladie de ces gens-là.

Donya, visage pourpre, avait la gorge serrée et retenait des larmes de colère. Une rage folle l'avait pénétrée jusqu'à la moelle des os. Fragile et vulnérable, elle marchait le dos courbé ; on aurait dit que sa colonne vertébrale s'était pliée, qu'elle allait s'effondrer dans la rue.

Nul besoin d'être un opposant politique sous le régime théocratique de l'Iran pour que votre vie quotidienne soit pavée de tortures psychiques. Vous vivez, dès l'enfance, à l'école, sous l'influence d'une idéologie qui vous inculque l'infériorité du sexe féminin, l'impureté du corps, l'obscénité du désir, le péché du plaisir. Une idéologie qui efface, interdit les différences et vous enferme dans une identité musulmane fabriquée de toutes pièces, une identité qui s'érige contre les valeurs décadentes de l'Occident. Les femmes recrutées au service de cette idéologie, qui ne laissent ni un seul cheveu, ni un fragment de leur peau apparaître aux regards des hommes, inculquent aux jeunes écolières que les Occidentales sont soumises au diktat de la beauté pour être utilisées comme de vulgaires produits de la publicité, qu'elles sont devenues des objets salaces en Occident, dont l'influence menace les valeurs sublimes de la religion. Les femmes ensevelies sous le noir enseignent l'émancipation par le voile aux écolières ; elles leur expliquent que c'est dans le but de sauver les jeunes âmes musulmanes que l'islam leur demande de porter le voile, expression même de la pure foi ; ce voile qui leur procure une identité digne d'une femme qui se respecte et qui est respectée, puisqu'elle n'est pas salie par les regards impurs et concupiscents. Les frontières entre pur et impur sont définies et claires. Les fillettes appartenant aux familles religieuses traditionnelles, en règle générale, intègrent ces dogmes comme s'ils

136

leur étaient intrinsèques, et celles qui ne sont pas d'un milieu religieux vivent dès l'enfance dans une atmosphère d'insécurité qui leur inspire la méfiance. Elles sont ballottées entre le dénigrement de soi et le rejet des autres, entre la crainte et la suspicion, la dissimulation et la délation.

Vous devenez, avec le temps et à votre insu, un être digne de mépris. Quelque grande que soit votre résistance intérieure, vous finissez par vous sentir comme un rouage du système. Tous vos faits et gestes doivent se conformer à l'arbitraire des règles. Votre intimité n'a rien d'intime, les plus anodines de vos attitudes prêtent à interprétation idéologique. L'absurdité des causes pour lesquelles vous êtes réprimandée et la brutalité des agents de la morale font que la répression devient banale et enveloppe votre vie dans sa totalité. À force d'être accusée perpétuellement et sans raison, on finit par se croire coupable par essence. Une culpabilité génétique. Congénitale.

Elle proposa de rentrer à pied, elle avait vraiment besoin de marcher. Rien ne vous vide mieux la tête qu'une longue promenade. Dara héla un taxi et demanda à Peter de raccompagner la mère de Donya à l'hôtel. Elle lui donna le sac qui contenait son foulard et son manteau. Ils marchèrent ensemble d'un pas cadencé.

Au bout de deux heures de silence et de marche forcenée, il proposa de manger un morceau. Ils entrèrent dans une gargote. Assoiffés, ils commandèrent deux bières. Devant les énormes chopes, d'un coup, un fou rire nerveux et convulsif s'empara d'elle.

Le ridicule de la situation qu'ils venaient de vivre à l'ambassade surpassait le surréalisme. Il défiait l'imagination la plus fertile. Quelle scène absurde aurait-on pu inventer pour mieux dépeindre les tares, la bassesse et le déshonneur humains ?

Entre deux gorgées de bière, elle s'esclaffait. Mélange de tragique et de grotesque. Il commanda deux sandwiches turcs, *donar kebab*, et deux autres chopes. Elle mordait dans cette masse de viande enrobée d'un pain chaud, telle une louve qui planterait ses crocs dans la gorge d'un mouton !

Sur le chemin du retour, à moitié saoule, volubile, elle raconta les dernières blagues qui couraient en Iran.

Notamment celle-ci :

Le soir même de sa mort, Khomeiny est reçu en grande pompe par Allah.

Allah lui annonce qu'il va passer sa première nuit avec Marilyn Monroe.

Khomeiny se prosterne :

— Merci, Allah, pour cette magnifique récompense, je n'en espérais pas tant.

Et Allah de répondre :

— Il ne s'agit pas de ta récompense, Khomeiny, c'est l'ultime châtiment que j'ai réservé à Marilyn depuis des années, et j'attendais ta venue.

Ils rirent à en mourir.

Elle lui dit merci dans le hall de l'hôtel, en prenant congé, sans savoir exactement de quoi elle le remerciait.

Sa mère faisait une sieste, elle se laissa tomber sur le lit et s'endormit elle aussi.

— Ça va durer combien de temps, ma psychanalyse ? demanda-t-elle dès qu'elle s'assit.

Pas de réponse.

— Je sais qu'une psychanalyse est longue, mais je
voulais savoir s'il n'y a pas… enfin, je ne sais pas… mais
j'ai l'impression que la psychanalyse me fige dans le
passé et je ne sais pas si, si c'est bon pour moi. Je veux
dire, j'ai déjà perdu vingt-sept années…

— Pourquoi perdu ? demanda-t-il d'une voix posée.

— Parce que ça ne me sert à rien. Parce que je dois
recommencer tout à zéro. Parce que… pour des tas de
raisons…

— Qu'est-ce qui vous fait croire cela ?

— Tout. Tout ce que j'ai vécu, les études que j'ai
faites ; même ma langue ne me sert à rien. Et puis, ce
n'est pas seulement ça, j'ai l'impression qu'il y a quelque
chose d'oriental dans la psychanalyse.

Le psy aurait voulu lui signaler que, voilà quelque
temps, elle avait reconnu que c'était très incongru de
faire une psychanalyse en Iran, et que maintenant elle
prétendait que c'était très oriental, mais sa fonction de
psy lui interdisait une intervention frontale ; alors il se
contenta de :

— Expliquez-vous ?

139

— Venir ici pendant plusieurs années et juste parler, ça fait oriental. Ça va m'avancer à quoi ? À quoi ça va me servir ?

Pas de réponse.

— En Orient, on passe sa vie à bavarder. On n'a pas la même notion du temps qu'ici. Il est éternel, immuable. On a du temps à revendre au monde entier.

— Hmmm...

— Ici, le temps est celui de l'horloge ; là-bas, celui du passé, de la mémoire, ou alors de l'avenir...
Je ne sais pas comment expliquer, mais par exemple, ici on dit : « Le temps, c'est de l'argent » ou « Ne perds pas ton temps... »
Il m'arrive de penser parfois que je perds mon temps et mon argent en faisant une psychanalyse et que ça ne sert à rien.

Silence.

— Vous, les Occidentaux, vous croyez que c'est Freud qui a découvert l'inconscient, mais qui a lu les poètes persans sait que le temps du cerveau n'est pas celui des jours et des saisons.
Il y a des morceaux de temps qui nous emprisonnent...
Je ne sais pas si c'est une bonne chose que de revenir sur ces temps-là... Je délire peut-être, mais il me faut passer outre ces temps conservés dans mon cerveau...
Il n'y a rien de gai là-dedans.
Et puis, ça me fait peur.

— Bien, prononça-t-il en se levant.

Elle le paya et partit.

Le psy s'était disputé avec sa femme. Il avait décidé de dormir dans son cabinet. Tous deux supportaient mal la promiscuité. Sa femme le soupçonnait de la tromper, ce qui était le cas. Il l'avait fait plus d'une fois ; avec une collègue, avec une fille qu'il avait rencontrée dans le séminaire, avec une autre dans un cours de tango… mais rien de sérieux. Il baisait ailleurs parce qu'il ne baisait plus sa femme. Artiste peintre sans succès, elle avait eu une liaison pendant un an avec un peintre serbe réfugié à Paris depuis la guerre en Yougoslavie. Elle s'était crue amoureuse, elle l'était, mais ça n'avait pas duré. En dépit de leur relation extra-conjugale et malgré leur mariage voué à l'échec, ils étaient, tous les deux, bons parents. Leur fils de douze ans se sentait bien dans sa peau.

— J'ai fait encore le même rêve. J'ai regardé dans le dictionnaire et j'ai appris que vous dites : «J'ai fait un rêve»… Je trouve que «voir un rêve», comme on dit en persan, même si ce n'est pas correct en français, c'est plus érotique… poétique, je voulais dire…

— Ouiiii…

— Décidément je ne suis pas foutue de parler correctement.

— Vous croyez ?

Elle ignora la remarque du psy et continua.

— Cette fois, celui qui me poursuivait, c'était tantôt mon père, tantôt un autre. Le même homme avait la tête de mon père et celle d'un inconnu. Vous savez, comme dans ces rêves bizarres où une personne change de tête et représente à la fois plusieurs personnes. Tout ça, c'était dans un magma d'autres rêves, mais je ne me les rappelle pas.

Elle marqua un silence, puis continua :

— La nuit, je m'endors le plus tard possible pour éviter le cauchemar, mais ça ne marche pas… Je me réveille en sursaut.

Hier, j'ai écrit le rêve en détail et, en le transcrivant, je me suis souvenue de quelque chose.

Une longue hésitation.

— Un soir, je devais avoir sept ou huit ans... j'étais devant la porte de notre maison dans la rue. La police était là, chez nous ; notre voisine m'a demandé ce qui s'était passé ; je lui ai raconté qu'il y avait eu un voleur chez nous. Je ne sais pas exactement ce qui s'était passé, je ne me souviens pas d'avoir vu le voleur...

Le visage ébahi, d'une voix gênée, elle dit presque dans un murmure :

— Mon pyjama était mouillé !

Elle demeura interdite un moment, puis, aussitôt, d'une voix revendicative, se défendit :

— Je ne faisais jamais pipi au lit. Le pyjama mouillé me collait aux jambes, je ne voulais pas que la voisine voie ça...

— Hmm... pensif du psy.

— Ça n'a rien à voir avec le rêve, mais en écrivant le rêve, cette scène m'est venue...
C'est stupide.

— Vous trouvez ?

— Peut-être pas... je ne sais pas...
Je ne me souviens pas bien ; j'étais petite ; ce qui est bizarre, c'est que transcrire le rêve a diminué mon angoisse et que ce souvenir m'a plongée dans une autre angoisse.

— Oui ?

— Et puis il n'y a pas mon père dans mon rêve... je veux dire dans mon souvenir...

Un autre oui du psy pour souligner le lapsus.

— Je pense qu'il était là parce que je disais à la voisine que mon père avait attrapé le voleur et que c'était pour ça que la police était venue.
En fait, je ne me souviens ni du voleur, ni de mon père... Je me rappelle moi, devant la porte, racontant tout ça à la voisine.

C'est n'importe quoi…, je ne sais pas pourquoi ça m'angoisse…

Et puis le pyjama mouillé… j'avais peur que quelqu'un le remarque, comme si ça me trahissait…

C'est absurde… je ne sais même pas ce que je raconte.

— En quoi, pour vous, le rêve et le souvenir sont-ils liés ?

— En rien ! Je ne crois pas qu'ils soient liés !

— Vous dites que le souvenir vous est venu en écrivant le rêve.

— Oui, mais c'est sans rapport… Seulement…

Sa voix tremblait.

— Dans le rêve, mes jambes perdaient de leur force, je n'arrivais plus à courir, et au moment où je me suis réveillée en sursaut, j'allais faire pipi au lit !

La peur crépitait dans ses yeux. De saisissement, son cœur battait la chamade.

Le psy lui accorda le temps de se reprendre.

Il finit par sortir son « Bien », en se levant.

Elle le paya et utilisa les toilettes pour faire pipi avant de partir.

Dara cherchait à gagner le cœur de Donya; l'incident à l'ambassade les avait rapprochés. Dans la soirée, il leur annonça qu'il les emmènerait dans un restaurant dancing. Donya prit une douche, sécha ses cheveux, les brossa longuement devant le miroir, passa une chemise à carreaux et enfila son pantalon à six poches. Elle se regarda dans le miroir et se gourmanda à voix haute :

« Mais pourquoi gardes-tu cette allure militaire et hostile ? Contre qui es-tu en guerre ? Cette sévérité à laquelle tu t'accroches te protège contre quoi ? Contre qui ? Il n'y a pas ici de ces pétasses frustrées et haineuses avec leur tchador noir dans la rue; laisse-toi vivre, amuse-toi. Laisse-toi aller. Ose. »

Elle se maquilla les yeux au crayon noir, redessina ses lèvres avec un rouge à lèvres discret, puis enleva son pantalon et sa chemise, essaya une des robes qu'elle avait apportées. « Non, c'est trop chargé. » Son tissu rouge à grosses fleurs et la coupe évasée de la robe ne convenaient pas à une soirée dansante. Elle essaya la seconde, de couleur violette, moulante, taille cintrée, légèrement décolletée. Découvertes, ses épaules sculpturales au teint mat lui donnaient une silhouette élégante et altière. À l'aise dans cette robe, elle enfila des chaussures à talons et se parfuma. La porte de la salle de bains s'ouvrit et sa mère, dans une robe de chambre blanche, apparut au milieu d'un nuage de vapeur. À la vue de sa fille, elle s'exclama : « Enfin, Dieu soit loué, tu as enlevé ce pantalon ! » Cette phrase suffit à la faire douter. Pour être sûre qu'elle n'allait pas changer d'avis et surtout pour ne pas avoir à écouter les commentaires de sa mère, elle lui dit : « Je vais vous attendre en bas, dans le hall de l'hôtel. » Elle sortit de la chambre sans lui laisser le temps de réagir.

Peter était au bar et buvait une bière. Il ne put dissimuler sa surprise. Une féminité sensuelle et séduisante s'était substituée à son allure austère de garçon manqué. Il se leva : « *Woh !! you are…you are very beautiful.* » Elle lui répondit d'un sourire et d'un : « *Thank you* », en se disant : merde, j'en ai fait trop. Elle s'assit et commanda une bière.

Ils buvaient et discutaient en anglais autour d'une table basse, enfoncés dans des fauteuils de cuir. Elle rayonnait, ses yeux brillaient, la lumière tamisée du bar rendait son visage fantomatique. Elle se voyait belle dans le regard de Peter et cela la faisait rougir, ce qui la rendait encore plus belle. Elle éprouvait un plaisir trouble en compagnie de cet homme dont elle comprenait difficilement la langue. Ils avaient presque oublié qu'ils attendaient les autres, et lorsque Dara apparut, elle se crut un instant prise en flagrant délit. Il ne fut pas moins surpris et admiratif en la voyant et la complimenta. Elle le remercia, mais sans ce quelque chose de vibrant qui avait résonné dans sa voix lorsqu'elle avait répondu à Peter, et elle fut la première à s'en rendre compte. Elle se leva, demanda pardon et se dirigea vers les toilettes.

« Je n'aurais jamais dû me déguiser comme ça. C'est quoi, cette allure ? Je n'aurais jamais dû porter cette robe ; à quoi je ressemble ? À une fille qui cherche un mec », se reprocha-t-elle dans le miroir.

Elle avait eu beau ôter, dès son arrivée à Istanbul, ce voile qu'elle détestait, elle ne s'était pas défaite de son attitude effarouchée, ni complètement affranchie des prohibitions auxquelles elle avait été assujettie des années durant. En outre, elle avait toujours vécu dans le déni de sa féminité, cette féminité qui la condamnait au voile. Elle méprisait les minauderies des filles qui ne cherchaient qu'à plaire aux hommes. Elle s'en voulait d'être femme. Elle s'en voulait d'être belle. Mais ce n'était pas la première fois qu'elle portait une robe, se maquillait ; elle l'avait fait en quelques occasions, notamment pour le mariage de son cousin, où la mère de Dara l'avait rencontrée. Alors, d'où venait son émoi ? Elle se sentait coupable de plaire à Peter, et coupable parce qu'il lui plaisait.

« Mais nom de Dieu, pourquoi il s'est fait accompagner d'un apollon, il n'avait pas d'amis moins beaux ? » grommela-t-elle.

C'était l'homme le plus séduisant qu'elle eût jamais vu, mis à part des acteurs de cinéma ; comme le mythique Dean Martin auquel ce métis anglo-indien ressemblait comme une goutte d'eau. Comment était-il possible qu'elle fût attirée par un homme avec qui elle était incapable de tenir une conversation digne de ce nom ?

Au dancing, la performance de l'orchestre, la musique, le vin et l'ambiance de fête, à n'en point douter, l'enivrèrent. Ses tourments disparurent, elle dansa dans la griserie de la joie et de la gaieté. Pur plaisir du corps qui se libère, s'abandonne au rythme et à l'harmonie de la musique qui le traverse. Cette parenthèse d'allégresse se ferma trop vite. L'exaltation de la soirée l'empêcha de dormir ; elle passa une nuit agitée.

Le lendemain, ils devaient se présenter à la mairie pour le mariage civil à quatorze heures. Advienne que pourra, se dit-elle, après s'être retournée dans son lit pendant des heures.

«Ça va être difficile», se dit le psy dès qu'elle entra.

Habillée comme l'as de pique, sans lui serrer la main, sans bonjour, d'un pas ferme elle entra dans la pièce. Elle s'assit dans le fauteuil en rentrant le cou dans les épaules. Crispée.

Elle garda le silence.

Sa respiration, son regard et les traits du visage exprimaient l'hostilité. Elle donnait l'impression de réprimer sa parole.

Après trois minutes d'un silence pesant, le psy eut l'imprudence de dire:

— Je vous écoute.

Cela déclencha une hargne sans mesure chez elle.

— Oh! Vous écoutez?! Je vous écoute... le singea-t-elle.

Le psy fut désagréablement surpris.

— Vous êtes ridicule. Vous êtes-vous jamais regardé dans un miroir pour voir à quel point ça ne vous va pas de jouer au psy? Vous êtes grotesque quand vous prenez l'air de monsieur Je sais tout. Je vous donne un conseil: ne vous prenez pas pour ce que vous n'êtes pas. Vous n'êtes rien d'autre qu'un type qui gagne sa vie sur le malheur des autres...

Elle l'imita encore en faisant des grimaces :

— Je vous écoute. C'est avec ça que vous voulez guérir les gens. Mais qu'est-ce que j'ai à en foutre de votre écoute ? Vous vous donnez trop d'importance, ma foi. Par votre incompétence, vous m'obligez à venir ici, alors que ce n'est pas mon genre d'aller voir un psy. J'ai un cerveau qui fonctionne, moi…

— Et qu'est-ce qui vous a fait venir ? osa-t-il demander.

— Si vous m'écoutiez, comme vous le prétendez, vous auriez compris. C'est votre incompétence qui m'a obligée à venir. Vous ne comprenez rien à rien. Vous ne pigez rien.

Elle se tut, le regarda et reprit :

— Elle ment. Elle a toujours menti. Tout ça, c'est du cinéma. Elle ne raconte que des mensonges. Remarquez, si j'étais à sa place, peut-être que j'aurais menti, moi aussi, mais ce qui me surprend, c'est votre incapacité à… à débusquer ses mensonges.

Le psy ne disait rien. Il tâchait de rester impassible, de ne pas montrer son exaspération afin de ne pas renforcer l'agressivité de celle qu'il avait en face de lui.

— Elle a pris son indépendance alors qu'elle est trop fragile pour pouvoir assumer quoi que ce soit, et elle va mettre tout le monde dans la merde.

… Moi, je l'ai laissée faire parce que j'ai pensé qu'après tout un psy pouvait lui faire dire la vérité, mais non : vous êtes assis là et vous gobez tout ce qu'elle vous balance. Franchement, je me demande si elle ne devrait pas changer de psy, parce que là, elle est tombée sur un naïf.

— Et vous ? Vous dites la vérité ?

— Je dis ce qui s'est passé. Je ne distords pas la réalité. Tout ça, c'est à cause de sa faiblesse. Elle a toujours été peureuse. Elle restait là, tétanisée, muette, et pissait sur elle, et à chaque fois c'était pareil ; voilà tout ce dont elle était capable…

Maintenant, elle rêve de conneries et prétend ne pas se souvenir de ce qui s'est passé. Ce n'est pas étonnant, elle s'acharne à ne pas s'en souvenir… Eh bien, voilà, la vérité est simple : à chaque fois elle devenait muette, paralysée, et pissait sur elle-même.

Le psy n'était pas sûr de comprendre ce qu'elle racontait. Il ne savait pas à quoi renvoyait ce « à chaque fois ». Il n'aimait pas la façon méprisante dont elle parlait. Son attitude était un mélange délibéré de sadisme et de masochisme. Mais qui était la victime et qui était la tortionnaire ?

— Je suis venue juste pour vous mettre au parfum – c'est comme ça qu'on dit en français ? Je déteste moucharder, mais vous ne me laissez pas le choix.

Elle défia le psy du regard.

— Vous êtes censé l'aider, non ? Ou alors, elle gaspille son argent. Croyez-vous que vous allez la guérir avec vos « oui » et vos « je vous écoute » ?

Elle vit l'enfer, et vous… Si seulement elle était un peu plus forte. Je déteste sa faiblesse.

Un silence.

Elle reprit en secouant la tête.

— La psychanalyse devait l'aider, mais elle ne fait qu'empirer son état.

Je ferais mieux de partir. De toute façon, il n'y a pas de solution pour quelqu'un qui a eu une histoire comme la sienne.

Elle se leva d'un bond. Elle sortit l'argent, le jeta sur la table sans regarder le psy, quitta la pièce sans attendre qu'il se lève et claqua la porte derrière elle.

Le psy ne savait comment s'y prendre. Il soupira. Un doute était sur le point d'assombrir ses pensées – suis-je qualifié pour ça ? Sa vanité balaya rapidement le doute.

Effectivement, la plupart du temps, le psy, pour prouver qu'il écoutait, et aussi pour ponctuer les paroles ou les silences de ses analysants, émettait des oui comme tous ses confrères en affectant le i de oui d'un point d'orgue à valeur tantôt incitative, tantôt interrogative, tantôt dubitative, tantôt approbative, tantôt expectative… et rarement admirative. Il n'interprétait pas les rêves, n'analysait pas les paroles, ne dirigeait pas les séances, n'encourageait pas, ne soutenait pas psychologiquement… comme les psychothérapeutes le font avec leurs patients.

Quelqu'un qui fait une psychanalyse est un « analysant », et non pas un patient. C'est à lui qu'incombe le travail d'interprétation et c'est pour cela qu'une psychanalyse peut durer de longues années.

L'analysant dit, redit, raconte, répète, ressasse, tourne autour du pot, élude, refuse de parler ou alors revient sur les mêmes sujets des dizaines et des dizaines de fois, prend des chemins différents pour exprimer le même sentiment, la même crainte, la même angoisse… Il tente de chercher, à travers les lapsus, les rêves, les actes manqués et les associations d'idées, le sens du récit de sa vie.

Le rôle de psychanalyste consiste à créer un « cadre analytique », à rester neutre, à écouter sans juger, à donner le temps à son analysant de se dire librement, sans entraves. Tout peut se dire dans une psychanalyse, même les paroles les plus condamnables.

Le psychanalyste ne s'implique jamais et n'a aucune responsabilité face à ses analysants. Que ceux-ci se suicident, prennent le chemin de la perdition ou de la folie, ou opèrent toute autre forme de « passage à l'acte », cela reste leur problème.

Elle avait décidé d'éviter Dara et Peter pendant la matinée ; mais au petit déjeuner, d'une façon inopinée, elle proposa à Dara une promenade pour discuter. Ils quittèrent l'hôtel à dix heures. Les rayons du soleil et le sillage des bateaux laissaient traîner de longs colliers de perles qui se dispersaient dans les eaux vert-bleu du Bosphore. Spectacle d'un monde féerique aux couleurs de paradis. Regard fixé sur le rivage, ils marchèrent d'un pas lent. Comme le silence devenait pesant, il lui demanda :

— De quoi voulais-tu qu'on parle ?

— Je ne sais pas, bredouilla-t-elle, embarrassée, regrettant déjà l'incongruité de sa proposition, c'est, c'est…, c'est qu'on va se marier dans quelques heures sans avoir eu vraiment l'occasion de se parler, je veux dire… on ne se connaît absolument pas, et ça fait…

Elle ne savait pas ce qu'elle voulait dire ni d'ailleurs ce qu'elle cherchait à savoir. Dans son esprit, tout était clair et il n'y avait place pour aucun doute, surtout après la matinée passée à l'ambassade.

Alors que sa phrase restait en suspens, Dara vint à son aide.

— Que veux-tu savoir ? Si tu as des questions à me poser, vas-y, j'y répondrai avec franchise.

Elle n'avait aucune question, elle se moquait comme d'une guigne de lui ou de ses sentiments, mais elle lui demanda :

— As-tu la carte de séjour en Angleterre ?

— J'ai la nationalité british.

— Oh ! c'est facile de l'obtenir ?

— En vérité, je l'ai obtenue par mariage. J'étais marié à une Anglaise, mais ça n'a pas duré longtemps.

— Pourquoi ?

— Pour être honnête, si j'avais eu la nationalité anglaise, je ne me serais pas marié avec elle, même si on sortait ensemble. Le mariage est presque la seule voie pour obtenir la nationalité, et tous les Iraniens qui, en Europe ou aux États-Unis, sont naturalisés ont dû se marier.

— Ah bon !

— Tout le monde le sait.

— Tous ceux qui vivent à l'étranger, tu veux dire ?

— Non, les filles qui se marient avec des Iraniens résidant à l'étranger le savent aussi.

— Je ne le savais pas, ta mère et ta sœur n'ont rien dit à ce sujet.

— Es-tu choquée ?

— Pas le moins du monde.

— Ça n'a pas compté pour moi ; être avec une Anglaise, ce n'est pas la même chose qu'être avec une fille iranienne.

— Quelle est la différence ?

— Tout est différent. On n'a rien en commun, au niveau culturel, je veux dire ; elles ne sont pas affectueuses, elles sont… froides.

Il a dû en connaître plus d'une pour en parler comme ça, pensa-t-elle in petto.

— Crois-tu que tu as beaucoup en commun avec

une fille qui a grandi sous le régime islamique, crois-tu que vous avez des expériences, des références, des souvenirs communs ? Qu'est-ce que quelqu'un comme toi, qui as été dans une pension anglaise, qui as eu une éducation anglaise dans une école privée, qui as fait des études à Cambridge, peut bien avoir en commun avec une fille comme moi ? Qu'est-ce que tu sais au juste de ce que nous subissons en Iran, toi qui as vécu librement à Londres ?

— Je rentrais quand même chaque été au pays pour les vacances. Lorsque Khomeiny est arrivé, j'ai vu les changements ; ce n'est qu'à partir de l'année suivante, à cause de la guerre, que je ne suis plus revenu, et puis, même si je vis cent ans à l'étranger, je resterai toujours un Iranien.

— Un Iranien qui sait à peine écrire le persan et qui fait des fautes à chaque phrase.

Elle avait mis le doigt sur sa faiblesse.

— C'est vrai, j'ai perdu un peu la langue, depuis l'âge de douze ans, je n'ai pratiquement pas écrit en persan. Tu sais, ça n'a pas toujours été facile pour moi, d'être seul, en pension, dans un pays étranger. Je me suis senti parfois délaissé... et puis il y avait un choc culturel et émotionnel assez fort.

Donya ne pouvait supporter qu'il joue les victimes alors qu'il avait eu la vie dont des millions de jeunes Iraniens rêvent. Elle lui rentra dedans sans ménagement.

— Oh ! ce n'est donc pas facile d'être gosse de riche et de mener une vie de privilégié ? Tu vas me faire pleurer : ce n'est pas facile d'avoir toutes les chances, d'être dans une pension européenne, de bénéficier de la meilleure éducation, de toutes les libertés... Tu te rends compte qu'il y a eu des centaines de milliers de gamins qui ont été massacrés dans cette putain de guerre qu'on t'a épargnée dès les premiers jours ?

— Oui, je sais, mais ce n'est pas ma faute. Ce n'est pas moi qui ai décidé de quitter l'Iran, c'est mes parents qui m'ont envoyé à Londres et c'était bien avant la guerre et la révolution, et puis, je ne vois pas pourquoi je devrais avoir honte d'avoir été épargné.

— Tu pourrais au moins avoir la décence de ne pas jouer les victimes et de ne pas te plaindre alors que tu as eu la vie la plus privilégiée qui soit pour un Iranien de ton âge.

Abasourdi, il s'arrêta :

— C'est pour me dire ça que tu as voulu qu'on se parle ?

— Non, je voudrais savoir pourquoi un homme qui vit dans un pays libre, où il existe des millions de filles, décide d'épouser quelqu'un qu'il ne connaît pas et n'a jamais vue.

— Mais toi aussi, tu as décidé de te marier avec moi alors que tu ne m'avais jamais rencontré.

— Oui, mais peut-être que j'ai mes raisons.

— Moi aussi.

— Alors je t'écoute.

— Je... Je préfère, je te l'ai dit, je préfère vivre avec une Iranienne, pour des raisons culturelles... je me sens iranien et... et avec une Anglaise, c'est, je ne sais pas, mais ça ne colle pas. Les Anglais n'ont pas la même notion de la famille que nous.

— Et il n'y a aucune Iranienne en Angleterre ?

— Si, mais...

— Mais quoi ?

— Mais... elles ne sont plus vraiment iraniennes, je veux dire... je ne sais pas... D'abord, il n'y en a pas tant que ça qui ne soient pas mariées ; celles qui le sont pour la plupart sont divorcées ; et puis… et puis elles ont changé culturellement.

— Toi aussi, tu es divorcé. Et comment cela se fait-il que toi, en ayant quitté l'Iran à douze ans, tu sois resté iranien, et elles pas ?

— Je ne dis pas ça ; moi aussi j'ai changé, mais je préfère me marier avec une vraie fille du pays, c'est peut-être par nostalgie.

— Qu'est-ce que tu appelles une vraie fille du pays ?

— Je ne sais pas, c'est un ensemble…

— Un ensemble ! Une fille soumise…

— Non, pas du tout.

— En tout cas, j'aimerais te dire d'emblée que je ne sais ni coudre, ni repasser, ni tenir une maison. Je ne sais même pas cuisiner et suis très bordélique…

— Ce n'est pas grave. Ce n'est pas pour me faire la cuisine ou pour me repasser les chemises que je veux me marier avec toi, je sais faire tout ça moi-même.

— Alors, si c'est pour avoir une Iranienne qui n'ait jamais connu d'autres hommes, je dois te dire que j'ai vécu ma vie librement ; malgré les interdits, j'ai eu une vie amoureuse et sexuelle, revendiqua-t-elle, pensant qu'il allait enfin se dévoiler.

— Mais c'est tout à fait ton droit ; comme à tout être humain, ton passé t'appartient ; je ne cherche pas une vierge, mais une fille avec qui je pourrai construire une vie à deux. Un foyer, une famille.

Rien ne pouvait la désarmer davantage. Étonnée, elle le regarda avec plus d'indulgence et eut honte de son attitude. Elle avait pensé que sous ses apparences civilisées et courtoises se dissimulait la masculinité archaïque d'un Oriental qui ne reconnaît pas aux femmes le droit à la jouissance et au plaisir avant le mariage, l'apanage des hommes. Elle le croyait malhonnête, roublard et à dire vrai, elle aurait souhaité qu'il en fût ainsi; elle découvrait soudainement que des deux, c'était elle qui l'utilisait. Elle avait parlé de sa vie sexuelle pour qu'il se sente, comme la majorité des Iraniens, déshonoré, et elle avait cherché à lui fournir une raison valable d'annuler le mariage. Elle aurait voulu l'humilier, lui jeter à la figure que, malgré sa bonne éducation, dans un pays démocratique, il serait toujours un pauvre type borné, dont l'identité et l'honneur resteraient à jamais coincés entre les cuisses des femmes. Ainsi, elle se serait montrée supérieure à lui, car elle aurait eu le courage d'être honnête et de revendiquer son droit à la vie.

Alors qu'elle se morfondait dans le silence, Dara se sentit libéré.

— Je suis content qu'on ait eu cette discussion avant le mariage, je n'aurais pas voulu que tu m'épouses avec une telle idée de moi; tu es satisfaite, maintenant, j'espère?

Il lui prit la main.

Donya la retira d'un mouvement brusque.

Il fut foudroyé.

Elle s'arrêta. Sans le regarder et d'une voix monocorde, elle lui déclara:

— Ce ne sera pas un mariage à mes yeux, je ne me sentirai pas ta femme après ce passage à la mairie et rien ne peut avoir lieu entre nous.

— Bien sûr, je comprends que c'est difficile de se marier comme ça, sans qu'il y ait une vraie intimité, surtout après l'idée que tu te faisais de moi; je suis désolé, j'aurais dû te parler de mes intentions et de mes raisons bien plus tôt… je comprends que tu aies besoin de temps…

— Non, ce n'est pas ça.

Il la regardait sans savoir où elle voulait en venir. Elle, les yeux fixés sur un bateau qui se rapprochait du quai, continua :

— Pour moi, ce mariage n'en est pas un. Je l'ai accepté dans le seul but de quitter l'Iran. À mes yeux, ce n'est qu'une démarche administrative, rien de plus.

Pourquoi cette franchise qui frôle la stupidité ? lui reprocha instantanément sa voix intérieure.

— Je comprends que tu aies besoin de temps, et je respecterai ça. Je ne vais pas te sauter dessus tout de suite en sortant de la mairie, on peut attendre que tu viennes à Londres, on apprendra à se connaître, à devenir intimes, à s'aimer…
Enfin, en ce qui me concerne, c'est déjà fait, ajouta-t-il avec un sourire timide.

Plus il se montrait aimable et compréhensif, plus elle se sentait acculée à elle-même. Elle s'arrêta net, lui planta son regard droit dans les yeux, et, de sa voix orgueilleuse et sans détour, précisa :

— Si je viens cet après-midi à la mairie, c'est juste pour que tu puisses faire la demande de visa pour moi ; dès que j'arriverai à Londres, je m'en irai, on se séparera. Ferais-tu ça pour moi ? Un faux mariage ?

Il essaya de sourire, ce qui donna à son visage une expression d'agressivité retenue ; il répondit :

— Mais comment peux-tu savoir ? Je veux dire… Tu veux dire qu'il n'y a aucune chance qu'on…

— Il n'y a aucune chance. Mais je te serai infiniment reconnaissante si tu acceptes de m'aider pour que je puisse quitter l'Iran.

— Tu es d'une franchise terrifiante, dit-il d'une voix sourde.

Il respira profondément, vida bruyamment ses poumons, la dévisagea, attendit quelques secondes, puis, d'un ton résolu, s'exclama :

— Je ne peux pas faire ça.

Sa voix se fit vindicative, il ajouta, en détachant chaque syllabe :

— Je n'ai pas envie de faire ça.

La discussion s'acheva. Plus un mot. Ils marchèrent d'un pas rapide, côte à côte. Ils se séparèrent dans le hall de l'hôtel. Il se dirigea vers le bar. Elle monta dans sa chambre.

Sa mère, habillée, impatiente, prête pour aller marier sa fille, l'attendait.

— Où étais-tu passée ? Prépare-toi. On va être en retard pour la mairie… et enlève enfin ce pantalon…

— Le mariage n'aura pas lieu, annonça-t-elle avec indifférence à sa mère.

— Quoi !? dit-elle, en bondissant de son fauteuil.

Donya entra dans la salle de bains et ferma la porte.

Elle s'allongea sur le divan.

— J'ai eu beau changer de vie, de pays, de langue…
mon destin ne change pas…

Respiration du psy.

— Les parents sont les dernières personnes sur terre
qui devraient avoir des enfants, a écrit un humoriste
anglais… Surtout les miens…

— Ouiii…

— Mes parents ont eu des enfants comme on peut
avoir des regrets…

Ils n'étaient pas faits pour ça…

Respiration un peu bruyante du psy. Il avait pris
froid et avait mal à la gorge.

— Je me suis toujours considérée comme une erreur
de la nature… une faute en soi… une existence illégi-
time. J'étais abandonnée à moi-même comme un animal blessé dans une jungle.

Au milieu de cette famille immense, j'ai grandi dans
l'isolement. C'était chacun pour soi.

Ma mère était déprimée et mon père n'était jamais là.

J'étais le mouton noir, la négresse… J'étais la seule à
être brune comme ça, les autres avaient toutes la peau
diaphane et l'allure slave.

Le psy toussa et se moucha discrètement.

— Je ne sais que faire avec la vie, elle me reste sur les bras…

Silence morose.

— Comment font les gens ?

Pas de réponse.

— Je suis très déprimée… trop déprimée pour faire une psychanalyse… C'est trop tard…

— Vous croyez ? finit-il par sortir d'une voix enrouée.

— La volonté ne suffit pas pour mourir…

Pas de réaction.

— Finalement, ceux qui ne sont pas nés ont beaucoup de chance…

Je suis piégée dans une existence qui m'encombre.

… Parfois, j'ai l'impression que vous êtes un prof, et que je passe un examen… Le premier où je vais échouer…

Silence.

Elle le paya et partit.

La veille, le psy avait été appelé aux urgences. Il avait dû annuler ses trois derniers analysants et s'était dépêché de se rendre à l'hôpital. Son fils avait eu un accident de vélo, percuté par une voiture. Même si, au téléphone, l'infirmière avait précisé que ce n'était pas grave, il avait eu peur. Dans la salle d'attente, à cause du courant d'air et peut-être des microbes qui y circulaient, il avait pris froid. Le gamin s'en était sorti avec trois points de suture à l'arcade sourcilière, des pansements sur le genou et un coude bien égratigné.

Toute la journée, pendant les séances, las sous l'effet du rhume et du Doliprane, il s'était laissé aller à ses pensées. Ce qui lui était resté de cette longue soirée d'attente, c'était l'image de la jeune femme dont il avait fait connaissance. Rousse, un peu forte et assez belle, elle avait amené sa fille de huit ans aux urgences. Une enfant problématique qui se blessait souvent. Elle était enseignante dans un lycée à Paris. Ils avaient pris un café ensemble, discuté de tout et de rien. Elle lui avait plu tout de suite et, avant de récupérer leurs progénitures respectives, ils avaient échangé leurs numéros de téléphone.

— Vous vous souvenez, je vous ai dit que j'égarais souvent mon cartable. J'étais sans cahier, sans manuel, et toujours punie.

Dès que je posais mon cartable quelque part, dans la rue, dans la cour de récréation, ou à la maison, je ne le retrouvais plus.

Parfois il était à sa place, mais je ne le voyais pas.

Une fois, en CM1, mon institutrice, une de celles qui mettaient des crayons entre mes doigts et les serraient… vous vous souvenez ? m'avait interdit de revenir à l'école sans cartable. À la maison, personne ne se rendait compte de rien. Ma mère, elle dormait le matin lorsque j'allais à l'école et elle dormait aussi lorsque j'en revenais… Je sortais le matin, j'errais dans les rues et je rentrais quand l'école était finie.

C'était l'hiver, il faisait froid, je jouais dans la neige, je faisais des bonshommes de neige… mais c'était trop lent… Je rôdais autour de l'école, j'attendais dans le froid que les heures passent, que l'école finisse pour rentrer.

Quand j'arrivais à la maison, j'avais les mains et les pieds tellement gelés que je ne les sentais plus, et ça faisait très mal lorsque je les collais au poêle à pétrole pour les réchauffer…

Une douleur que j'aimais beaucoup et dont le souvenir m'est resté d'une façon quasi tangible.

— Oui.

— Mon cartable, je ne sais comment, a réapparu, et lorsque je suis retournée à l'école, mon institutrice m'a réprimandée et m'a demandé pourquoi j'avais été absente pendant tout ce temps.

J'ai ouvert la bouche pour lui répondre que c'était elle-même qui m'avait dit de ne pas revenir à l'école tant que je n'avais pas mon cartable… mais je me suis entendue dire que ma mère était morte.

Des larmes coulaient sur mon visage.

— Oui…

— J'avais peur, comme si, avec ma phrase «Ma mère est morte», je tuais ma mère.

— Hmm…

— La première fois où j'ai vu *Les Quatre Cents Coups* de Truffaut, en vidéo, j'avais vingt ans, et j'étais encore en Iran; la scène où Antoine dit à l'école: «Ma mère est morte» m'a fait beaucoup pleurer.

Silence.

Il se leva.

— La semaine prochaine, je ne serai pas là, je serai absent jusqu'à la fin août. Je reprends le premier septembre.

— Pourquoi?!

— Ce sont les vacances d'été.

— Et moi, qu'est-ce que je fais?

— Eh bien, vous revenez le premier septembre.

Mère et fille partirent changer leur billet afin d'avancer leur retour. Elles trouvèrent deux places sur le premier vol du lendemain matin. En chemin, elle tentait de consoler sa mère qui avait l'air préoccupée. Elle ne lui avait rien dit de la discussion qu'elle avait eue avec Dara, mais, sans lui donner d'explications, elle prétendait que c'était mieux ainsi, que ça n'aurait jamais marché entre eux, qu'elle ne ressentait rien pour lui et qu'il valait mieux annuler le mariage qu'essuyer un divorce précoce et se retrouver seule à Londres. Être seule à Londres, c'était pourtant ce qu'elle désirait ardemment, mais pour consoler sa mère, elle mettait tant de sincérité dans ses propos et argumentait avec une telle conviction qu'elle-même n'en revenait pas.

— Que vont dire les gens ? Ils vont jaser.

— Ils diront ce qu'ils voudront. On ne doit rien à personne.

— Mais tout le monde va demander pourquoi le mariage n'a pas eu lieu.

— Eh bien… vous direz que les deux intéressés ne se sont pas plu. Après tout, nous étions venus à Istanbul pour nous rencontrer, rien n'avait été décidé, sinon je me serais mariée par procuration, sans le voir, comme le font tant de filles.

— C'est toi qui as dit non ?

— C'est tous les deux ; nous avons compris que nous n'étions pas faits l'un pour l'autre.

— Que va dire ton père ? On part en Turquie pour marier sa fille, et puis voilà…

— Qu'y a-t-il de mal à ne pas se marier ? Je me chargerai de répondre à mon père et à la famille.

Leur avion partait très tôt le matin. Dans la soirée, ils prirent un thé ensemble, elle rendit à Dara les bijoux qu'il lui avait offerts, et ils se dirent au revoir cordialement. À l'aéroport, avant d'arriver devant le stand d'Iran Air, Donya et sa mère se voilèrent, comme toutes celles qui faisaient la queue.

Alors qu'elles attendaient leur tour pour enregistrer leurs bagages et retirer la carte d'embarquement, elles entendirent quelqu'un les saluer : *Hi !* Elles furent stupéfaites de voir apparaître Peter. En même temps qu'elle essayait de comprendre ce qu'il lui disait en anglais, sa mère ne cessait de lui demander ce qu'il faisait là. Remarquant la présence d'un étranger qui parlait anglais, les Iraniens dans la queue les dévisageaient avec curiosité. Pour être tranquille, elle chuchota à sa mère de l'attendre quelques minutes et, sans lui laisser le temps de protester, s'éloigna avec Peter. Elle n'était pas sûre de saisir ce qu'il lui disait. Il parlait vite et elle ne déchiffrait sur ses lèvres qu'à peine un mot sur deux, ce qui était largement insuffisant pour deviner ce qu'il était venu faire à l'aéroport à une heure si matinale. Elle crut entendre, elle crut comprendre : *I love you, I really do.* Elle pensa d'abord que c'était Dara qui l'avait envoyé pour la tester, pour se moquer, qu'il s'agissait d'un coup arrangé entre mecs et qu'il les épiait de loin. Peter la regardait dans les yeux en parlant et, même si elle ne comprenait pas tout, elle lisait de la passion dans son beau visage.

« Il joue bien, il n'a pas seulement une gueule d'acteur, il a aussi du talent », pensa-t-elle en persan.

— *I don't understand, what do you want ? Why are you here ?*

Parmi les phrases qui sortaient précipitamment de sa bouche, elle ne comprenait que les plus simples …

— *I came to tell you that I love you… I loved you since I saw you …; but I couldn't say because I thought you wanted marry Dara… Now you are free… Give me your telephone number, please… I'll come to Iran… I'll come to Iran…*

Perplexe, elle ne parvenait pas à décider s'il s'agissait d'une farce ou pas. Elle le regardait d'un air un peu stupide, son anglais rudimentaire rendait la situation encore plus compliquée. Il y avait quelque chose de comique dans cette scène : dans une langue qui nous est familière, le ton, l'intonation, la façon dont chaque phrase est prononcée nous en apprennent autant que le sens et nous permettent de percer l'intention de celui qui parle ; outre qu'elle ne connaissait que la moitié des mots, les nuances de son propos lui échappaient ; rien dans cette déclaration ne la touchait ; ce n'était qu'un très bel homme anglais qui parlait anglais, comme dans une scène de cinéma.

— *Dara has my telephone number, you can ask him.*

— *He is so unhappy … I couldn't…*

Il lui prit la main : « *Please…* »

Jamais rien de si étrange ne lui était arrivé. Elle se sentait flattée, et il lui plaisait que l'attirance fût réciproque, mais la situation était pour le moins surprenante. Peter continuait à parler. Dans sa confusion et dans le tohu-bohu de l'aéroport, elle ne parvenait pas à se concentrer et ne comprenait plus un traître mot de ce qu'il disait ; elle renonça à comprendre et pensa que sa mère devait se demander ce qu'elle fabriquait. Après tout, elle ne risquait rien en lui donnant son numéro. Elle sortit de son sac son agenda et un crayon, déchira une feuille, écrivit son numéro de téléphone et lui tendit le papier. Il attrapa le papier et la prit dans ses bras. Ce fut un choc, ce contact physique. Cette chaleur qui vous saisit d'un coup, qui vous rappelle que vous êtes un corps de femme, un corps de femme dans les bras d'un homme ; dans les bras de l'homme que vous désirez sans oser l'admettre. Il la serrait dans ses bras et un pincement serra son cœur ; une secousse quasi électrique parcourut son corps. Elle n'avait jamais ressenti rien de pareil. Son cœur battait en bas de son ventre ! Était-ce cela, le coup de foudre ? Il mit un baiser sur ses lèvres, puis un autre, un long baiser amoureux. Elle crut un instant qu'elle faisait un rêve érotique, mordit les lèvres de Peter et se libéra de ses bras.

— *I have to go…*

Elle sut dès cet instant que ces bras et ce baiser allaient lui manquer. Il la regardait s'éloigner. Elle se retourna pour le voir une dernière fois. Elle tremblait de désir. Elle rejoignit sa mère qui s'inquiétait déjà.

— Qu'est-ce qu'il voulait ? Pourquoi est-il venu ?

Elle essaya de se maîtriser, de paraître naturelle. Elle posa la main sur ses lèvres pour dissimuler la trace du baiser qui avait enflammé son corps et son cœur.

— Je n'ai pas bien compris, il est venu… il est venu pour changer leur billet… son billet je veux dire.

— À cette heure-ci ?

— Je crois qu'il y a eu un… un problème et il doit retourner à Londres le plus rapidement possible.

— Ils se sont disputés avec Dara ?

— Mais non, il... il – elle ne savait quel mensonge inventer –, je n'ai pas tout compris, je crois qu'il a reçu une mauvaise nouvelle de sa famille... quelqu'un a eu un accident...

— Et pourquoi il était venu te le dire à toi ?

— Il n'était pas venu ici pour me le dire, il nous a vues par hasard et il... il, je ne sais pas moi, je ne comprends que très peu d'anglais...

Sa mère n'avait pas l'air très convaincue et regardait sa fille avec suspicion. Elle avait intercepté des regards de Peter plusieurs fois pendant ces trois jours, notamment le soir où sa fille dansait. Elle était naïve, mais pas à ce point.

Elles parlaient à voix basse pour que les gens dans la queue ne les entendent pas.

— C'est pour lui que tu as dit non à Dara ?

— Mais non... pas du tout. Où vous allez chercher ça ? Je ne savais même pas qu'il... je veux dire, ça n'a rien à voir...

Son air perdu, son regard qui cherchait Peter dans la foule, son visage bouleversé contredisaient ses mots.

— ... De toute façon, on rentre... continua-t-elle, tout en se blâmant intérieurement :

« Pourquoi je me suis précipitée pour changer les billets ? À force de vouloir être rapide, je deviens stupide. »

Du quinze juillet à la fin août, elle quitta rarement sa chambre. Sans lire, sans travailler les mots, elle s'enferma dans un état semi-végétatif. La plupart du temps, elle restait allongée sur le lit. La famille dont elle gardait les deux enfants était partie aussi en vacances. Ce fut un été lugubre, comme il en existe chaque année pour les gens désargentés et seuls. Elle en voulait à son psy de lui avoir imposé ce sevrage douloureux, mais le premier septembre, lorsqu'elle se retrouva dans son cabinet, l'exaltation l'emporta.

Elle avait parlé de tout et de rien, surtout de rien. Des considérations générales. Le psy avait écouté puis écourté la séance. La fois d'après, elle était déprimée. Elle demeura sans paroles et n'ouvrit la bouche qu'après un long silence.

— Depuis que j'ai quitté l'Iran, j'ai vécu sur le fil du rasoir… J'ai sans cesse changé d'emploi, déménagé, vécu dans la précarité. J'ai eu des vies radicalement différentes…
En vérité, depuis que je suis née, je vis sur le fil du rasoir… Je me suis toujours sentie menacée… Vous pouvez comprendre ça ?

Pas de réponse.

— Comment pourriez-vous comprendre ce qu'est une vie menacée à chaque instant?

Seuls ceux qui sont passés par là peuvent comprendre. Il faut avoir traversé la mer par une nuit de tempête pour savoir ce qu'est la tempête loin de la terre.

Aucune réaction émanant du psy.

La sonnette retentit. L'analysant suivant attendait son tour.

— Franchement, je ne sais pourquoi je continue à venir vous parler... parfois, j'ai l'impression que je parle à une pierre, et que cette pierre est un homme, enfin un homme... vous, quoi...

Vous êtes pire qu'une pierre. Parce qu'une pierre, quand on en a marre, on peut la balancer, la jeter loin... Mais vous, vous êtes là où vous êtes, et là, c'est nulle part.

Vous ne vous donnez même pas la peine d'entrer dans le monde de vos analysants. Vous restez à votre place, sans bouger.

Il ne broncha point.

— Ce que vous appelez la psychanalyse est en soi une souffrance infligée aux patients... Votre méthode de vous murer dans le silence crée une nouvelle souffrance.

Il resta de marbre.

— Vous ne dites rien, parce que vous vous en foutez.

— Eh bien, on en reste là pour aujourd'hui.

Elle le paya et partit.

Chaque premier mercredi du mois, à vingt et une heures, le psy assistait au séminaire de psychanalyse du groupe auquel il appartenait. Un groupe «freudien lacanisé», comme il en existe beaucoup. Ce soir-là, il avait prévenu son collègue et ami qu'il ne pouvait y participer.

Il devait retrouver la belle rousse dans un troquet à vingt heures trente. Et il avait écourté sa dernière séance pour ne pas être en retard à son rendez-vous galant. Gai, impatient et plein d'entrain, il s'était beaucoup ennuyé toute la journée à écouter les analysants se plaindre les uns après les autres. Enfin, à écouter distraitement.

Il s'agissait de leur deuxième rendez-vous depuis la soirée, avant les vacances d'été, où ils s'étaient rencontrés à l'hôpital. La première fois, ils en étaient restés aux préliminaires, ce qui avait attisé son désir. C'était un homme sexuellement puissant qui ne pouvait se passer du sexe. Une nuit, après avoir éteint la lumière, il avait essayé d'approcher sa femme – ils dormaient toujours dans le même lit –, mais elle l'avait repoussé. Ça commençait à être difficile et il avait du mal à gérer le contre-transfert pendant certaines séances avec les jeunes femmes qu'il avait en analyse.

Il avait décidé, par prudence, de l'emmener, pour cette première fois, dans un hôtel et non pas dans son cabinet. Elle lui plaisait vraiment beaucoup. Pulpeuse, elle avait un corps généreux et ferme. Il n'avait jamais fait l'amour avec une rousse. C'est qu'il n'y a pas beaucoup de belles rousses. Lorsqu'il arriva, elle était déjà là, à l'attendre en sirotant un verre de pouilly fumé. Après son travail, elle avait fait quelques courses et, comme il pleuvait, depuis presque une heure elle lisait *Libé* dans le bistro. Il l'embrassa. Il lui demanda ce qu'elle buvait et décida de commander la même chose, mais le garçon de café, très occupé, ne répondait pas à ses signes. Il renonça à son verre et proposa de quitter ce lieu qui était très bruyant. Il l'emmena dans un hôtel deux étoiles, tout près, dans le cinquième ; elle aurait préféré un endroit plus chic. Le réceptionniste, un peu pervers et peut-être envieux, les fit attendre en s'affairant sur l'ordinateur et prit son temps pour leur donner la clé. Une belle femme et un homme sans aucun bagage, qui se collent l'un à l'autre avant de monter dans la chambre, ça donne des idées. Il régla en liquide : quatre-vingt-dix francs.

Dès qu'il eut fermé la porte, ils s'embrassèrent... se déshabillèrent et firent longuement l'amour. Il savait s'y prendre avec les femmes. Il n'avait pas un beau visage mais un très beau corps, et surtout un sexe qui bandait comme celui d'un âne. Ils firent l'amour, une fois, deux fois, sans préservatif. La première fois, il ne put se contrôler et commença à éjaculer en elle avant de se retirer. Mariée et mère de deux gosses, elle n'était pas du genre à vouloir piéger un homme et à lui faire un enfant dans le dos.

Deux heures plus tard, ils prirent une douche et quittèrent la chambre. En partant, ils étaient moins collés l'un à l'autre ; le réceptionniste leur dit au revoir lorsqu'ils franchirent la porte.

Il l'invita dans un petit restaurant chinois, toujours dans le cinquième et à deux pas de l'hôtel. Elle s'étonna de ce choix. Elle n'aimait pas la cuisine chinoise, mais elle n'en laissa rien paraître. Elle mangea très peu et but à peine. Le rouge en pichet qu'il avait commandé était âpre. Elle avait besoin de perdre quelques kilos et pensa qu'un dîner qui lui coupait l'appétit, ce n'était finalement pas mal.

Il paya en cash, trente-deux francs, et laissa cinquante centimes de pourboire. Il l'accompagna jusqu'au métro, l'embrassa et rentra à pied.

Dans l'avion, la tête contre le hublot, elle ne cessa de penser à Peter, à l'instant où il l'avait prise dans ses bras ; ses deux baisers se répétaient à l'infini. Elle ne voulait qu'une chose, être dans ces bras-là, et le reste lui importait peu. Elle caressait la trace de ses baisers sur ses lèvres. Le désir. Le corps. Elle n'était qu'un corps de femme qui désire.

Le retour à Téhéran fut pénible. Cinq jours de liberté et les quelques minutes avec Peter rendaient encore plus irrespirable l'air de ce pays. Le fanatisme dans le regard des gardes, le sentiment de frustration et le désir de vengeance mal dissimulé des gens, sous la lumière blafarde de la grande salle de l'aéroport aux murs blancs et sales, transformaient ce débarquement en scène cauchemardesque.

Pour survivre sous ce régime, vous devez vous plier à la volonté de ceux que vous haïssez, obéir à ceux que vous méprisez. Femme, vous devez tout voiler, votre corps, vos cheveux, vos pensées, vos désirs, vos sentiments. Vous ne disposez pas de vous-même. Vous êtes spoliée de tout, de votre vie comme de votre histoire. Vous n'êtes bonne qu'à vous soumettre, qu'à subir. Pénétrée à nouveau par le sentiment d'insécurité qui lui était si familier, comme à toute jeune femme qui se

177

trouve dans un lieu public en Iran, elle avançait d'un pas craintif. Le désir avait cédé la place à la répulsion. Le corps du désir s'était métamorphosé en corps d'angoisse. Sur son visage, une expression rigide, cadavérique. À l'image d'un condamné sur qui la porte de la prison se referme, elle comprit que toute chance de liberté lui avait été enlevée à jamais par sa propre bêtise. Elle regretta amèrement, profondément, d'avoir dit non à Dara, d'avoir précipité leur retour.

« Même une écervelée aurait mieux géré la situation. Quelle stupidité ! Je ne peux blâmer que moi-même. »

Avant d'aller chercher leurs bagages, elles se dirigèrent toutes les deux vers les toilettes. Devant la porte, une femme de l'âge de sa mère suppliait deux gardiennes : « Elle vient de se marier, le vernis rouge était pour son mariage, elle n'a pas eu le temps de l'enlever. » Une autre gardienne avait traîné la fille dans les toilettes ; elle lui gueulait dessus pendant que la malchanceuse frottait ses ongles avec un coton imbibé d'acétone. Douche froide à l'iranienne après la lune de miel en Turquie.

Une méthode efficace a été mise au point pour faire renoncer les jeunes filles au vernis à ongles : leur plonger les mains dans un sac en plastique rempli de cafards. Les cafards peuvent ainsi grouiller tranquillement sur les jolies mains des jeunes filles. Une femme qui attendait pour aller aux toilettes grommela : « Elle a de la chance, elles n'ont pas le sac de cafards aujourd'hui. » À la vue de la fille en larmes près du lavabo, qui enlevait avec le vernis rouge la trace de son mariage et la joie des jours passés en Turquie, un fou rire convulsif s'empara de Donya. Une des gardiennes hurla : « Qu'est-ce qu'elle a, celle-là ? » Elle se précipita dans les toilettes et ferma la porte. Seule, enfin elle était seule.

Elle s'était préparée à affronter son père, mais celui-ci ne réagit point comme sa mère l'avait prédit. Lorsqu'elles rentrèrent, il les accueillit chaleureusement avec un « Bienvenue ! » et il sourit à sa fille : « La maison est plus gaie avec vous. » Il ne l'interrogea jamais. Le téléphone sonnait sans arrêt et sa mère ne cessait de répéter à toutes les femmes de la famille, tantes, cousines, demi-sœurs… non sans embarras, que le mariage n'avait finalement pas eu lieu.

Outre les lois des mollahs, il y a le poids de la tradition et de la famille. En Iran, nul ne vit pour soi. L'annulation de son mariage prouvait que le futur mari avait changé d'avis. Le harcèlement téléphonique de toutes celles qui voulaient connaître à tout prix les vraies raisons de l'annulation donnait l'impression à Donya d'être une marchandise renvoyée.

Son père l'appela dans sa chambre et lui dit qu'il ne fallait pas prêter attention aux commérages de bonne femme, que la seule chose qui lui importait, c'était son bonheur, et qu'il était sûr qu'elle avait pris la bonne décision. Ces mots la surprirent, la réconfortèrent, et elle ne les oublia jamais. Elle avait jusqu'alors de lui l'image d'un père autocrate qui n'avait pensé qu'à lui et avait ruiné la vie de ses femmes et de ses enfants. Elle prenait toujours la défense de sa mère contre lui. Mais, elle le découvrait, bien qu'il ne fût point un père tendre, il n'était point non plus tel que sa mère avait toujours essayé de le lui faire croire.

— C'est étrange comme on devient étranger à soi-même... J'ai l'impression que c'est quelqu'un d'autre qui a vécu à ma place...
Soit j'étais absente à ce qui se tramait dans ma vie, soit j'étais totalement happée...
Excessive, extrême, divisée, opposée... voilà les mots qui caractérisent ces vingt-sept années...

— Ouii ?

— À quatorze ans, je croyais que je serais quelqu'un quand j'en aurais vingt-cinq, et regardez où j'en suis aujourd'hui... Nulle part...
Silence.

— Je ne sais pas me laisser aller, les vraies paroles sont bloquées, ce n'est pas moi qui les bloque, c'est elles qui me bloquent...

— Hmm !?

— Je n'ai jamais eu personne à qui dire la vérité, personne à qui ne pas mentir... Je me suis toujours sentie seule, même entourée, parce que ce qui me liait aux autres était faux...
Alors, comment voulez-vous que, d'un coup, parce que je suis allongée sur un divan, la vérité sorte...
D'où pourrait-elle sortir ?... Ce n'est pas moi qui la

détiens… Je ne la connais pas… Je ne sais même pas quand je me prête à un jeu et quand je suis vraie…

— Hmmmm…

— Je ne sais ce qui est vrai ou faux en moi…

— Oui?

— C'est impossible de faire sortir les paroles vraies ensevelies sous des montagnes de mensonges…
On vous ment, on vous demande de mentir, et finalement vous vous rendez compte que vous-même, vous n'êtes qu'un Mensonge… Et les années passent… Elles s'en foutent de vous, de votre vérité ou de vos mensonges…

— Ici, c'est le lieu où vous n'avez pas à mentir; vous pouvez tout dire, prononça le psy en détachant chaque mot d'une voix rassurante.

— Comment pourrais-je savoir quelle parole est la vraie? Je ne le sais pas moi-même… Je n'ai pas seulement menti aux autres, mais aussi à moi-même, et je n'ai aucune confiance en moi…
De toutes celles qui sont en moi, je ne sais pas laquelle est moi.
J'ai dû me diviser, inventer des subterfuges, fuir, nier, annuler. J'ai dû m'absenter de moi-même…
Je ne sais qui je suis… Je ne suis personne… Je n'ai même pas une identité… Je suis un sac de nœuds… Inextricable.
Je ne sais par quel bout m'y prendre…
Et puis, je me sens menacée… par le monde extérieur et par ce qui se passe en moi…

— Ici, rien ne vous menace et vous pouvez vous sentir en confiance.

— Je ne sais pas… Quoi que je dise, quoi que je fasse, il y a toujours quelqu'un en moi pour le contredire, pour s'y opposer…

181

C'est épuisant d'être à ce point divisée, de n'être jamais une personne... Je me dispute sans arrêt... C'est la guerre en moi.

... Comme une armée attaquée sur plusieurs fronts, j'ai dû me diviser et maintenant il est trop tard pour me rassembler... Je suis une chose et la seconde d'après son contraire... J'éprouve d'une minute à l'autre des sentiments extrêmes et opposés... Et les uns sont tout aussi vrais et tout aussi faux que les autres...

Je vous dis, c'est la guerre en moi... Même en sortant d'ici, à chaque fois je me blâme de ce que j'ai dit, de ce que je n'ai pas dit et que j'aurais dû dire...

Je ne suis jamais d'accord avec moi-même.

Un bref silence, le temps de reprendre son souffle.

— J'ai commis des actes insensés... C'est comme si quelqu'un d'autre les avait accomplis à ma place... Je ne porte pas de jugement moral. Encore que... Tout simplement je ne comprends pas comment j'ai pu être capable de telles choses...

C'est comme dans un film où des événements improbables font basculer la vie de quelqu'un et entraînent une série de drames en cascade.

— Ouii?

— Finalement, on sait si peu ce dont on est capable...

— Vous avez absolument raison, approuva-t-il.

— Hmmm, fit-elle.

Il ajouta :

— Il me semble que, dans votre analyse, vous pouvez faire place aux sentiments opposés qui vous envahissent.

En payant, elle le remercia.

Téhéran

La sœur cadette de sa mère, la femme la plus fouineuse de toute la famille, vint avec son mari, un soir, dîner chez eux. Elle menait son interrogatoire, avec une minutie digne d'un détective privé, afin de percer la vérité sur l'annulation du mariage, tout en jaugeant d'un coup d'œil, de temps à autre, sa nièce, qui, à n'en point douter, avait été renvoyée.

Donya n'aimait pas la famille de sa mère, des gens traditionnels, hypocrites, faussement gentils et sournois, à l'opposé de la famille de son père, des Azéris, des gens droits, directs et sans détours. L'avantage de sa famille paternelle, il faut l'avouer, tenait surtout au fait que la plupart de ses membres étaient déjà morts et que ceux qui étaient encore en vie ne mettaient jamais les pieds chez eux.

Après le dîner, dans la cuisine, sa tante, dont le mari était très riche et qui pour cette raison se croyait tout permis, revint à la charge avec autorité. La mère de Donya ne voulait pas froisser sa sœur et pour la satisfaire lui racontait les jours passés à Istanbul en détail, ce qu'ils avaient fait, où ils étaient allés, dans quel restaurant ils avaient mangé, dans quel hôtel ils étaient logés… Par précaution ou par instinct, elle n'avait jamais mentionné à personne l'existence de Peter, nul ne savait qu'il y avait un Anglais dans cette histoire. Sa tante, insistante et insatisfaite, qui soupçonnait que le voyage ne s'était pas si bien passé que sa sœur le prétendait, demanda quel défaut on avait trouvé à Dara, sous-entendant quel défaut il avait trouvé à Donya.

Elle, qui préparait le thé pendant que sa mère rangeait les restes du repas en poursuivant le récit de leur séjour, n'en pouvait plus ; la mollesse de sa mère l'énervait ; elle interpella très sèchement sa tante :

— Mais en quoi cela vous regarde ? Si vous voulez tout savoir, il n'y avait rien à lui reprocher, seulement il ne me plaisait pas et je ne lui plaisais pas, et on n'allait pas se marier pour faire plaisir à la famille, c'est tout. Il n'existe pas d'autres explications. Et sans vouloir vous offenser, il me semble que c'est à moi de décider avec qui je veux me marier.

Son insolence blessa la vanité de sa tante qui se retourna vers sa sœur et lui reprocha :

— C'est comme ça que tu élèves tes enfants !

Donya lui rétorqua :

— Cela fait longtemps que je ne suis plus une enfant.

Sa tante quitta la cuisine, ordonna à son mari et à ses filles de se lever ; ils partirent sans prendre le thé.

Elle ruminait son court séjour à Istanbul ; rien ne s'était déroulé comme elle l'avait escompté. Elle avait agi à l'opposé de ce qu'elle avait planifié. Souvent, elle avait l'étrange impression que quelqu'un usurpait son identité, agissait à l'encontre de sa volonté, lui volait sa vie et sabotait ses projets ; quelqu'un en elle luttait contre elle. Si elle avait pu rembobiner le temps, elle aurait agi autrement ; si seulement elle pouvait reprendre depuis la matinée de leur promenade avec

Dara ! Elle se serait tue, elle n'aurait jamais révélé ses sentiments, elle se serait mariée, oui, elle se serait mariée pour partir.

Mais pourquoi, ciel, faisait-elle toujours le contraire de ce qu'elle voulait, de ce qu'elle avait décidé ? Pourquoi ce vertige de vouloir tout détruire, jusqu'à la moindre chance ? Pourquoi cette force destructrice en elle, qui agissait toujours contre elle ? Pourquoi n'avait-elle pas le courage de ses décisions ? S'agissait-il réellement d'un manque de courage ? Pourquoi sa volonté s'évanouissait-elle face à ses pulsions ?

Cette nuit-là, elle regretta amèrement d'avoir laissé passer sa chance. Si elle s'était mariée avec Dara, elle serait encore à Istanbul… avec Peter !… Elle rougit de honte et de désir à cette pensée, mais continua sur sa lancée. À Londres aussi, elle aurait pu le voir… Se marier avec un homme pour être auprès d'un autre ! Ces jours à Istanbul avaient décidément bouleversé sa vie !

Elle se rappela leur première rencontre, l'instant où Dara les avait fièrement présentés l'un à l'autre : « Mon meilleur ami, ma belle fiancée. »

Dès le premier instant, elle était tombée sous le charme de Peter.

Dès le premier regard, une attirance irrésistible l'avait surprise. Elle se rappela les quelques minutes passées en tête à tête avec lui dans le bar, elle se rappela tous les regards, tous les sourires qu'ils avaient échangés. Oui, elle l'avait désiré dès le premier instant, mais n'avait osé se l'avouer. Elle s'était sentie en faute et avait essayé d'étouffer son désir coupable.

Elle s'allongea sur le divan.

Soupir.

— Oui, dit le psy.

— Pendant toute mon enfance, j'ai entendu : « Elle est diablement intelligente… » Tout le monde répétait : « Intelligente et rapide comme elle est, elle ira très loin, cette petite. »

Un autre soupir.

— Ce très loin n'est qu'une chambre de bonne à Paris et des petits boulots… Et à vingt-sept ans…

Elle reprit, en ironisant :

— Remarquez, c'est quand même loin de l'Iran…

Puis, d'une voix moqueuse :

— Intelligente ! Je suis surtout idiote. À force de me croire obligée d'être intelligente, je suis devenue totalement idiote.

Une intelligence qui frôle l'idiotie la plus attardée.

Un court silence.

— Je suis éreintée comme si j'avais dix mille ans.

— Oui ?

— Vous vous souvenez, je vous ai dit qu'on m'appelait Djinn.

Djinn, c'est un être surnaturel, immortel, il est partout et prend la forme de n'importe qui. Il sait tout et il domine l'esprit humain. Il apparaît et disparaît d'un coup.

On m'appelait Djinn parce qu'on disait que j'étais rapide comme l'éclair, que je savais tout et n'étais pas une enfant comme les autres.

On m'appelait aussi le singe savant.

En fait, enfant, j'étais philosophe. C'est en grandissant que je suis devenue comme ça.

…Une déception… Une vraie désolation, voilà ce que je suis devenue. Une ruine.

— Je ne crois pas, dit le psy.

— C'est parce que vous ne me connaissez pas et ne savez pas grand-chose de moi.

Elle fut réveillée le lendemain matin par la sonnerie du téléphone. Elle crut que c'était encore quelqu'un de la famille et ne se leva pas pour répondre ; la sonnerie insistait. Sa mère était dans la salle de bain. Finalement, son père, qui répondait rarement au téléphone, décrocha. Il l'appela :

— C'est pour vous. Il y a quelqu'un qui parle anglais.

Elle sursauta, courut dans le salon, prit l'appareil et entendit la voix de Peter. Le sang lui monta au visage ; elle comprenait encore moins l'anglais au téléphone. Son émotion n'échappa pas à son père qui se tenait là. «*I'll come as soon as possible. I love you.*» Ce fut presque tout ce qu'elle put saisir. Elle répondit : «*I love you too*», puis, voyant que son père était encore dans le salon, pensa que, même s'il ne comprenait pas l'anglais, avec «*I love you*» on ne savait jamais ; elle se contenta de répéter plusieurs fois : «*Me too, me too.*»

Son père ne lui posa aucune question, et elle remercia le ciel que sa mère se trouvât sous la douche. Il allait venir, il allait venir, c'était la seule chose qui importait.

À l'époque, en 1991, il n'y avait guère de touristes étrangers qui s'aventuraient en Iran. À supposer qu'il parvînt à Téhéran, qu'est-ce qu'ils pourraient faire ? En outre, elle ne pouvait rester à Téhéran et l'attendre, elle devait retourner à Bandar Abbas et poursuivre ses études ; s'il téléphonait à nouveau, elle ne serait même pas là. « Quelle idiote… j'aurais dû lui demander son numéro pour pouvoir le rappeler. »

Elle décida de retarder son retour à l'université. Aussi stupide que cela fût, dès ce matin-là, quand le téléphone sonnait, son cœur s'emballait ; elle courait pour décrocher et, chaque fois, déçue, passait l'appareil à sa mère.

Elle n'avait jamais été proche de ses cousines, ni de personne dans sa famille. Deux amies de lycée avec qui elle avait une vraie affinité étaient parties à l'université, chacune dans une ville différente ; elles s'écrivaient, mais la séparation avait creusé une distance considérable entre elles. Le passage du lycée à l'université, de l'adolescence à la jeunesse, nous change beaucoup plus qu'on ne le croit. Sans confidente, elle n'avait personne à qui parler de Peter.

De peur de rater son appel, elle restait enfermée à la maison et chaque minute attendait son coup de fil. Après une très longue semaine, le téléphone sonna pour la centième fois et ce fut lui. Elle avait écrit sur une feuille de papier, en anglais et à l'aide du dictionnaire, ce qu'elle voulait lui dire et avait répété ses phrases plusieurs fois pour s'assurer une bonne prononciation. Elle avait pensé, en outre, à lui demander son numéro de téléphone et un numéro de fax pour pouvoir lui envoyer un mot. Il n'y avait pas encore Internet à l'époque. Il lui répéta qu'il l'aimait, qu'il essayait d'obtenir le visa et qu'il viendrait *as soon as possible*… La chance et le hasard voulurent que sa mère fût à nouveau absente, ce qui lui épargna des explications.

Dès qu'elle eut raccroché, elle lui envoya un fax pour lui expliquer la situation en Iran : elle devait retourner à l'université dans une autre ville et il ne pouvait la joindre par téléphone car elle vivait à la cité universitaire et les appels des filles étaient écoutés. Elle lui donnait les coordonnées de sa boîte aux lettres au bureau de poste de Bandar Abbas, où elle pouvait recevoir du courrier en toute sécurité. À la fin, elle ajouta *I love you. I cannot wait to see you.*

Que valait ce « *I love you* », Dieu seul le savait. Qu'elle le désirât, oui, certainement ; qu'il s'agît d'une passion amoureuse, oui ; qu'elle fût éprise de son charme, oui ; que ses bras et ses baisers lui manquassent, oui ; qu'elle fût malade de désir, oui ; mais qu'elle vît en lui l'incarnation de l'amour, ça non ; elle le savait, elle le savait sans vouloir l'admettre. Que valent les phrases dénuées de charge émotionnelle qu'on articule dans des langues qui nous sont étrangères et inconnues, dans des langues que nous ne parlons pas et qui ne nous parlent pas ? Que valent les phrases répétées dans une langue étrangère dont la prononciation approximative accuse la distance entre ce qui est dit et ce qui est ressenti ? « *I love you* » n'avait pas la même force que son équivalent en persan. Cette phrase en anglais ne contenait pas toute la gravité du mot amour et du verbe aimer en persan. Être amoureuse en persan était autrement plus profond, sérieux et tragique. Tout ça constituait un jeu érotique avec un Anglais métis fort séduisant. Londres avec un étranger qu'elle désirait était cent fois plus attrayant qu'avec un Iranien dont elle ne supportait pas la promiscuité. Était-ce vraiment Peter, ou Londres, dont le désir l'obsédait ? Quoi qu'il en fût, ce bel Anglo-Indien, ses baisers, ses bras, ses mots avaient rendu à nouveau possible le rêve de Londres. Sans penser aux nombreux obstacles, elle se voyait déjà au bras de Peter dans les rues de Londres.

Improbable, délirante, voilà comment un esprit sain aurait qualifié cette histoire. Un epsilon de rationalité et de bon sens aurait suffi pour se rendre compte que rien ne pouvait tenir debout dans ce rêve, mais, que voulez-vous, nul argument en elle n'osait s'opposer à sa passion.

Au-delà du Prince charmant sur son cheval blanc et autres mièvreries du même genre, cette histoire avait quelque chose d'absolument rocambolesque. Elle avait, depuis ses années d'adolescence, imaginé toutes sortes de traversées, des histoires plus invraisemblables les unes que les autres, pour quitter l'Iran ; elle passait la frontière, tantôt à pied, tantôt sur le dos d'un chameau avec des passeurs, avec son cousin, ou seule... mais qu'un Anglais, le cœur enflammé, accourût à son secours, ça non, elle ne l'aurait jamais rêvé. Elle vivait un film en direct.

— J'ai lu récemment le livre d'Alphonse Daudet, *Le Petit Chose*. Je pourrais très bien faire mienne sa formule «J'étais la mauvaise étoile de mes parents.»
… Ma naissance a déçu ma mère au point qu'elle ne s'en est jamais vraiment remise.
Elle ne m'a jamais prise dans ses bras, jamais allaitée.
Elle avait les mains sublimes d'une vraie aristocrate, mais elles ne m'ont jamais touchée, je ne connais pas le contact physique avec ma mère.
Je ne connais même pas son odeur.
Une mère sans odeur… c'est terrible.

— Oui…

— On m'a raconté des dizaines de fois que l'accouchement avait été très difficile et qu'à cause de moi elle avait failli mourir. Une partie du placenta était restée à l'intérieur et elle a eu une grave hémorragie.

Un silence.

Elle reprit :

— Je ne voulais pas naître… je savais que je n'étais pas bienvenue et que rien de gai ne m'attendait à l'extérieur.

— Hmmm ?

— Quand je suis née, mon père commençait à tout perdre. Il avait eu un grave accident… Tout allait mal.

Et ma mère est restée couchée plusieurs années après ma naissance.

Elle était très belle, très grande, avec des jambes interminables, mais je l'ai rarement vue debout pendant mon enfance.

Je ne comprends pas : comment peut-on dormir nuit et jour, pendant des années, sans être alcoolique, sans être drogué ou malade...

— Hmmm... ?

— J'ai été élevée un peu par tout le monde, sauf par elle.

Un silence.

— En fait, je n'ai été élevée par personne.

J'ai grandi parce que les mois et les années passaient, c'est tout.

J'errais dans les rues, comme un chat, je rentrais et sortais sans que personne s'en aperçoive.

J'aimais plutôt cette liberté-là. Je pouvais glander comme les garçons.

— Oui.

— Parfois, les après-midi, je fantasmais que ma mère était morte, j'imaginais son enterrement, je pleurais un bon coup, puis, apaisée, je me sentais méchante d'imaginer de telles choses.

Bandar Abbas

À son retour à l'université, ses copines de chambre la trouvèrent totalement transformée. Métamorphosée. Plus trace de son humeur changeante et souvent massacrante, de ses tristesses soudaines, de son pessimisme invétéré, de ses attitudes distantes. La passion l'avait rendue idiote, mais aussi rayonnante, souriante, gaie et pleine d'espoir. Elle n'avait rien à voir avec celle qui avait quitté Bandar Abbas trois semaines plus tôt. Elles attribuèrent ces grands changements aux effets miraculeux du mariage et de son prochain départ de l'Iran, et lorsqu'elles apprirent que le mariage n'avait pas eu lieu, elles restèrent perplexes devant l'incongruité de son humeur enjouée.

En secret, Donya, croyant sa vie en Iran transitoire, réconfortée par le rêve qu'elle chérissait dans son cœur, faisait preuve, face au monde qui l'entourait, d'une indifférence qu'on ne lui connaissait pas. Plus rien ne la mettait hors d'elle. L'université et ses interdits, les mouchardes et leur espionnage, les mollahs et leur logorrhée... tout lui était égal. Elle se voyait déjà à Londres, elle n'appartenait plus à ce monde ; plus rien ne pouvait l'atteindre. Elle se croyait l'élue. Cependant, une chose la tourmentait, elle essayait de l'ignorer. Depuis son arrivée, elle avait évité Armand. Après une semaine, elle trouva un mot de lui dans sa boîte aux lettres : «Je sais que tu es rentrée, viens ce soir, je t'attends. » Elle se rendait chaque jour à la poste dans l'espoir de trouver une lettre de Peter, et voilà ! Elle ne savait que faire. Le rencontrer, ou tout simplement lui écrire, mais que lui dire ? Comment expliquer une situation aussi inextricable ? Elle-même était encore sous le choc.

Bien évidemment, Armand avait interprété ce retour à son avantage. Aucun doute à ses yeux : elle avait refusé le mariage par amour pour lui. Il pensait que c'était par orgueil qu'elle se dérobait à sa vue, pour qu'il fasse le premier pas. Il était à mille lieues de la vérité, et elle ne pouvait même pas imaginer lui raconter ce qui s'était réellement passé à Istanbul ; ni à lui ni à personne d'autre. Tous, sans exception, lui comme ses copines, amis et ennemis, l'auraient condamnée. Elle se rappela leur dernière rencontre, les arguments par lesquels elle avait justifié sa décision de se marier avec un parfait inconnu dans le seul but de quitter l'Iran. Comment pouvait-elle lui expliquer que non seulement son refus du mariage n'avait rien à voir avec leur amour, mais surtout qu'elle était tombée amoureuse d'un autre, un parfait inconnu, qui plus est un Anglais ? Non, un tel aveu était impossible. Elle pensa qu'elle aurait dû dire à ses copines qu'elle s'était mariée et qu'en attendant le visa elle avait préféré continuer l'université plutôt que de rester désœuvrée à la maison à Téhéran. Elle sortit et déposa un mot dans la boîte aux lettres d'Armand : «Ma longue absence a attiré l'attention, on me surveille de près, il vaut mieux attendre quelques jours avant de se rencontrer. »

En poussant la porte du bureau de poste, elle se trouva nez à nez avec lui. Elle leva la tête, leurs regards se croisèrent ; elle rougit, baissa la tête, sortit à toute vitesse, pressa le pas dans la rue pour s'enfuir. Il ouvrit sa boîte aux lettres et lut le billet. Après le regard et le visage troublés qu'il venait de surprendre, il fut encore plus convaincu que leur histoire d'amour, mise à l'épreuve par ce voyage à Istanbul, en était sortie renforcée. Malgré son chagrin, malgré le mépris et l'humiliation qu'elle lui avait infligés, malgré l'abandon qui l'avait plongé dans la douleur, malgré sa virilité blessée, le retour de l'amour faisait lever dans son cœur une magnanimité dont il n'aurait pas soupçonné l'existence. Il était prêt à tout lui pardonner, il se sentait à nouveau heureux.

Lorsqu'il sortit du bureau de poste, elle avait déjà disparu.

— Enfant, j'oubliais tout.

On m'envoyait par exemple acheter quelque chose…
et, au milieu du chemin, j'oubliais ce que je devais acheter. J'oubliais même qu'on m'avait envoyée acheter
quelque chose, je perdais l'argent, je me mettais à jouer
et je rentrais des heures après…

… Ce qui énervait tout le monde. Je me faisais vachement gronder.

Silence.

— On croyait que je faisais exprès, et en fait ce
n'était pas le cas, tout simplement j'oubliais.

— Oui ?

— J'avais de l'Alzheimer précoce, rigola-t-elle.

— Hmm…

— C'était étrange, parce que je pouvais réciter des
centaines de vers de poèmes sans avoir jamais essayé de
les apprendre par cœur, mais je n'arrivais pas à garder
en mémoire plus de deux minutes le nom de ce qu'on
m'avait demandé d'acheter.

Vous ne trouvez pas ça bizarre ?

— À votre avis, pour quelle raison teniez-vous à ne
pas vous rappeler ce qu'on vous demandait d'acheter ?

— Ce n'était pas moi, je ne faisais pas exprès. Tout
simplement j'oubliais, c'est tout.

C'est comme pour mon cartable.

— Oui?

— Bon, pour le cartable, j'avoue que ça m'encombrait. Je n'avais pas besoin de cartable et de ces manuels stupides.
Je n'avais pas besoin d'une année pour les apprendre. C'était trop facile pour moi…

Un autre oui du psy.

— Vous voyez, je n'étais pas normale. J'avais toujours vingt en dictée; mais j'étais impossible et très indisciplinée; alors on me punissait souvent et on me donnait des pages entières à recopier, et là, je faisais dix fautes par ligne. J'écrivais du charabia.

Elle rit, nerveusement.

— J'étais à nouveau punie, je devais refaire le devoir, mais ça ne servait à rien, c'était pareil. Comme si, entre le moment où je regardais un mot, dont par ailleurs je connaissais l'orthographe, et le moment où je devais le copier, quelque chose se produisait, un dysfonctionnement mental… Que sais-je, moi?

— Oui?

Elle s'emporta.

— C'est vous le psy. C'est vous qui êtes censé connaître le fonctionnement de l'appareil psychique…

— Je ne peux connaître les raisons qui vous sont propres à vous. C'est vous seule qui les connaissez.

— Mais je vous dis que je ne sais pas…
Même aujourd'hui, je suis incapable de recopier.
Et puis, c'est vrai, j'oublie tout. Même si j'ai une mémoire d'éléphant.

Bandar Abbas

Elle savait qu'elle ne pourrait éternellement le fuir, que tôt ou tard elle devrait le rencontrer, et l'idée l'épouvantait. Lui, il rêvait de leurs retrouvailles, du moment où il la reprendrait dans ses bras, lui dirait qu'il ne l'avait jamais crue capable de se marier avec un autre et savait qu'elle reviendrait.

Elle allait chaque jour à la poste dans l'espoir d'une lettre de Peter, tout en craignant de croiser Armand. Elle trouva deux lettres, une de Peter, une d'Armand. Elle ouvrit aussitôt celle qui provenait de Londres. C'étaient quelques lignes assez brèves. Outre ses déclarations d'amour, il lui apprenait qu'il avait fait la demande de visa et que, si tout allait bien, il arriverait dans un mois ou deux. Elle lut et relut ces lignes plusieurs fois. Elle n'ouvrit pas la lettre d'Armand. Elle se dirigea vers la mer. Il n'y avait personne, elle marchait d'un pas rapide, le soleil se couchait et la mer s'était retirée au loin. Aucune pensée précise ne pouvait se former dans sa tête, ses pas la portaient et seule, au bord du rivage, elle sentait les bras de Peter étreindre son corps.

Elle n'aspirait qu'à le retrouver, qu'à franchir tous les obstacles et commencer une nouvelle vie à Londres, une vie dont elle n'avait aucune idée, mais qui aiguisait son imagination. Dans son impatience, le présent qu'elle vivait appartenait déjà au passé, elle ne voulait plus s'en occuper. Partir, partir. Cet ailleurs l'envoûtait ; cœur et corps légers, elle croyait s'envoler.

Une pluie torrentielle s'abattit d'un coup, elle prit conscience qu'elle était encore à Bandar Abbas, elle courut et rentra à la cité juste à neuf heures, avant la fermeture de la porte.

Ses copines lui demandèrent si elle était allée chez Armand, elle leur répondit que non et se souvint de la lettre dans son sac. Elle s'enferma dans la salle de bain, ôta ses vêtements mouillés et ouvrit la lettre : « Je sais ce que tu ressens, sache que je te comprends, je t'attends, viens demain. »

Elle ne pouvait évidemment pas laisser se prolonger davantage ce malentendu. « Je lui dois la vérité », pensa-t-elle un instant, avant de se reprendre… « Non, il faut que je trouve une explication crédible pour lui faire admettre qu'entre nous c'est fini et que bientôt je vais partir. »

Le lendemain matin, elle passa à la poste et déposa dans la boîte aux lettres d'Armand la bille rouge qui signifiait qu'elle serait chez lui à six heures, et seule.

— Je suis exaspérée contre moi-même.

— Oui.

— Je suis allée hier faire des courses au supermarché. Je ne parvenais pas à y entrer. Je voyais bien qu'il y avait des gens à l'intérieur, mais j'ai pensé qu'ils avaient fermé la porte pour que d'autres clients n'entrent pas. Ce qui était surprenant, car il était trois heures de l'après-midi. J'allais repartir lorsque quelqu'un est entré par la porte d'à côté, juste à un mètre, par laquelle tout le monde entrait et que moi-même j'avais empruntée des dizaines de fois.

Un silence.

— Vous ne trouvez pas que c'est quand même incroyable ?

— Pas de réponse.

— Je vais au supermarché où je fais mes courses depuis des mois, je passe devant l'entrée et, deux pas plus loin, je m'arrête devant une porte condamnée…

— Hmm ?

— J'ai un problème avec les portes ; avec les situations les plus simples… Et ça m'arrive tout le temps, partout. Je ne sais jamais comment entrer dans un endroit…

— Oui ?

— Ça, ça explique tout ce que je fais dans ma vie. Parfois, c'est si gros qu'on dirait une attardée mentale.

… En fait, je cherche les portes fermées, je cherche l'impossible. Je cherche à être exclue ; à rester à la porte, à ne pas être admise, à ne pas être acceptée. Comme si je n'avais pas le droit… pas le droit d'entrer dans la vie.

— Oui ?

— Regardez la vie que je mène, je vis dans l'isolement absolu, je ne vais nulle part, je ne fréquente personne, alors qu'on pourrait dire qu'objectivement il n'y a aucune raison à cela ; je suis jeune, belle, intelligente, éduquée, cultivée… mais, mentalement complètement bloquée.

— Oui ?

— Je me suis toujours sentie exclue, partout, y compris dans ma famille.

Un silence.

— Il faut dire que je suis venue au monde par la mauvaise porte. Ma mère avait perdu deux enfants, elle était déprimée, mon père vieux et ruiné…

… J'étais le cheveu qui tombait sur une soupe refroidie et sans goût.

Un autre silence.

— L'image n'est pas appétissante, ajouta-t-elle avec ironie.

Silence morose.

Il ne dit rien, se leva, elle le paya et partit.

Séance

— Je ne sais combien de temps encore elle peut continuer ainsi... Elle ne me laisse pas dormir la nuit à cause de ses cauchemars... Dans la rue, elle a peur de tout, elle croit qu'on la poursuit..., dès qu'elle entend des pas derrière elle, elle est saisie de terreur... Elle évite de regarder les gens par crainte de voir leur visage déformé...
Et hier soir, dans sa chambre, elle tenait d'une main un couteau et de l'autre une paire de ciseaux ; elle répétait face au miroir : si tu me tues, je te tue...
Je crois qu'elle est en train de devenir folle... On aurait dit que des monstres allaient sortir d'elle...
Moi, je ne savais que faire.

Ses yeux cernés par l'insomnie, son regard affolé et les traits tendus de son visage exprimaient son désarroi.

Le psy allait dire : ne restez pas seule chez vous le soir. Il hésita, pensa au fait que celle qui parlait attribuait tout à l'autre. Il opta pour une phrase neutre.

— Il ne faut pas rester enfermée chez soi seule le soir.

— Elle ne connaît personne.

Il faillit lui demander si elle avait une carte de séjour, mais pensa : « Ce n'est pas à moi de m'occuper des problèmes des analysants… et de toute façon, ça ne change rien au travail analytique. Je ne suis pas assistante sociale, je ne dois pas sortir de mon rôle. Il est probable qu'un travail analytique n'est pas très approprié pour quelqu'un dans une telle situation, mais elle seule peut décider si elle veut continuer son analyse ou pas, et si elle vient, cela signifie qu'elle en a besoin.»

Plongée dans un mutisme sombre, regard perdu, elle semblait avoir oublié la présence du psy.

Un silence vide s'installa entre eux.

Lui, il essayait de ne penser à rien et de rester psychiquement disponible, mais il ne parvenait pas à écarter des images obsédantes; le décrochage de son analysante l'avait fait décrocher.

Malgré ses efforts, il avait de plus en plus de mal à se concentrer pendant les silences de ses analysants. Il lui arrivait même de ne pas être capable de les écouter. La belle rousse accaparait toute son attention.

De par son métier, il savait les souffrances que l'amour pouvait infliger, il ne voulait pas tomber amoureux, mais plus il résistait, plus cette femme, son visage, sa voix, ses mains, ses seins, la chaleur humide de son sexe envahissaient implacablement ses pensées. Il n'avait jamais été épris de cette façon. Elle était mariée; une situation compliquée qui rendait d'emblée la relation douloureuse. Il souffrait en imaginant cette femme qu'il désirait aux côtés de son mari. Lui-même vivait encore avec sa femme, même si depuis quelques années ça n'allait plus du tout entre eux. Ils dormaient dans le même lit, mais chastement.

Il revint à lui, se recala dans son fauteuil pour attirer l'attention de son analysante, mais elle était ailleurs, très loin. Il attendit deux minutes, puis lui demanda :

— Voulez-vous ajouter quelque chose ?

— Quoi ? dit-elle en sortant de sa torpeur.

— Avez-vous quelque chose à ajouter ?

— Non, répondit-elle dans une indifférence totale.

— Bien.

Il se leva.

Elle le paya et elle oublia cette fois-ci de lui serrer la main, distraite.

Après son départ, il eut des remords et un léger état d'âme en mettant les quatre-vingts francs dans sa poche. «Je devrais me maîtriser pendant les séances...» Puis, en attendant son prochain analysant, il essaya de se concentrer et de lire, mais n'y parvint pas. Il prit quelques brèves notes : «Les dispositions psychiques et les symptômes qui créent chez elle des troubles du comportement sont inquiétants... Le passage d'un état mental à un autre se fait d'une façon radicale et abrupte...»

Bien qu'elle redoutât la rencontre avec Armand, elle ne pouvait imaginer ce qu'elle ressentirait une fois seule avec lui. Vers six heures moins le quart, elle sortit ; comme d'habitude, elle se retourna pour vérifier qu'il n'y avait personne derrière. Elle aperçut deux étudiants barbus et reconnut l'un d'eux qui appartenait à l'association islamique de l'université. Elle dépassa la rue où habitait Armand, continua tout droit, entra dans la pharmacie, le premier magasin qui se trouvait là, acheta des aspirines et, tout en cherchant des pièces dans son sac, remarqua que les deux types étaient aussi entrés et se trouvaient juste à ses côtés. Elle paya et sortit sans les regarder, elle avait sérieusement pris peur. De telles situations s'étaient déjà produites de multiples fois ; c'était assez fréquent de croiser des étudiants dans la rue ou dans des magasins. Mais avant, elle faisait le tour du pâté de maisons et attendait que la voie fût libre, mais elle ne voulait plus prendre de risques et préféra reporter leur rendez-vous. Elle retourna à la cité, attendit une demi-heure et ressortit, se dirigea vers la poste, déposa un mot dans la boîte aux lettres : « Il y avait du monde. Demain. » Furieuse d'être contrainte à de telles manœuvres, elle en voulut à Armand.

En Iran, retrouver son copain peut s'avérer aussi

dangereux qu'un rendez-vous entre deux résistants pendant l'Occupation en France. Elle pensa à la liberté des gens à Istanbul, pays également musulman pourtant. En rentrant, elle se mit à laver la vaisselle en répétant : « Quel pays de merde, quel pays de merde…, comme si elle psalmodiait une prière. Voilà ce qu'ils nous ont laissé en héritage, ces enfoirés de révolutionnaires, un pays de merde.»

Le lendemain, arrivée à hauteur de la rue, elle se retourna pour vérifier qu'il n'y avait personne, regarda rapidement le trottoir d'en face, pressa le pas et marcha en rasant le mur. Devant l'immeuble, elle jeta un coup d'œil à la fenêtre ; le rideau était à moitié tiré, la voie était donc libre ; elle grimpa les escaliers sans faire de bruit et il ouvrit la porte sans qu'elle sonne. Elle traversa le salon à quatre pattes pour éviter que l'ombre de sa silhouette se dessine sur la fenêtre, et elle entra dans la chambre de derrière. Il la serra aussitôt dans ses bras. Elle ressentit d'abord la profonde affection qui les liait, mais lorsqu'il voulut l'embrasser, elle détourna la tête. Ce n'était pas lui qu'elle voulait, un sentiment de rejet l'envahit à l'idée d'embrasser ces lèvres qu'elle avait tant désirées autrefois. Elle l'aimait d'un amour fraternel. Elle connaissait les reliefs de son âme comme s'ils avaient grandi ensemble ; rien de cet être ne lui était inconnu. Ils restèrent dans les bras l'un de l'autre, mais éloignés par leurs pensées.

Pour la première fois, elle se rendit compte du risque qu'elle prenait en le retrouvant seul chez lui. Avant, elle méprisait la peur d'être arrêtée, faisait fi des interdits car elle n'avait que son désir pour boussole et n'obéissait qu'aux lois de l'amour, alors que maintenant elle en désirait un autre. Un mélange de peur et de colère sourde la gagnait.

— Vos séances de psychanalyse me dépriment de plus en plus.

— Ce ne sont pas mes séances, ce sont les vôtres.

— Mais c'est avec vous.

— Ce n'est pas la même chose. Il s'agit de votre analyse.

— C'est vous que je paie… De toute façon, je m'en fous.

… Peut-être que les musulmans ont finalement raison. Tout est écrit d'avance… Peut-être que c'est la fatalité, même si je déteste ce mot…

Aujourd'hui, je suis d'humeur défaitiste…

… Qu'est-ce qu'on choisit dans une vie ? Rien. Ni le pays de notre naissance, ni nos parents, ni notre sexe, ni même notre gueule ou le niveau de notre intelligence… Et la psychanalyse ne peut rien changer à tout ça.

— Il me semble que vous, vous avez fait des choix et pris des décisions importantes pour changer votre vie.

Chaque fois qu'elle émettait des doutes sérieux sur l'efficacité de la psychanalyse, il intervenait.

— Je ne sais pas.

Silence. Hésitation.

— J'ai toujours pris la mauvaise décision, fait le

mauvais choix… Mon instinct destructeur m'a toujours poussée à faire le contraire de ce que je souhaitais…

— Oui ?

— J'ai toujours nagé à contre-courant, toute ma vie était une lutte…

J'ai payé un prix très élevé, trop élevé pour ce que j'ai aujourd'hui, et ce que j'ai aujourd'hui, c'est rien. Absolument rien.

— Vous croyez ?

— C'est un fait. À vingt-sept ans, je me retrouve en France à accumuler des boulots alimentaires, je suis déclassée. J'ai perdu amis, famille, amour, pays et études… J'ai tout risqué, tout perdu et rien gagné.

Je ne sais si cela s'appelle courage ou folie, mais je crois que j'ai commis tout ça parce que j'étais absolument inconsciente.

Totalement inconsciente.

Elle marqua un silence.

— Et ça continue… Je suis née folle, je vivrai folle et je mourrai folle. Au diable la sagesse !

— Je trouve quand même beaucoup de sagesse dans votre folie, souligna le psy.

— Par exemple ?

— Je trouve que c'est une sage décision que de faire une psychanalyse.

— Hmm ?

Pour une fois, c'était elle qui sortait un hmm dubitatif.

— Hier soir, en lisant le Robert, je suis tombée sur une citation de Romain Rolland : « La fatalité est l'excuse des âmes sans volonté. » Lui non plus, il n'avait pas vraiment le sens de la réalité, comme beaucoup d'écrivains…

Je m'en fous de la réalité. Je préfère de beaucoup les rêves, les fantasmes, et l'imaginaire…

Un beau poème me nourrit mieux qu'un bon repas.

… Et puis un fantasme nous déçoit rarement, mais la réalité souvent.

— Alors on en reste là, conclut-il en se levant, tout en pensant : jolie formule.

Elle prit place dans le fauteuil.

Silence…

Quelques minutes…

— Je vous écoute.

Rien.

Silence…

— Dites.

Rien.

Une ou deux minutes.

Respiration du psy.

— Qu'est-ce qui vous retient ?

Pas de réponse.

Silence…

— Bien.

Le psy se leva.

Elle se leva, le paya et sortit sans un mot, sans un au revoir, sans lui serrer la main.

Elle entra, déprimée, s'assit et se mura dans le silence.

Il arrivait qu'elle fût dans un état de délabrement psychique tel qu'elle était incapable de prononcer un mot.

Elle entrait, bouche cousue, et sortait, bouche cousue.

Le psy laissait durer le silence pendant quelques minutes, puis lançait :

— Dites.

Rien ne sortait d'elle.

Il tentait :

— Je vous écoute.

Toujours rien ; visage fermé, elle s'obstinait dans le silence.

Il essayait une ou deux autres formules toutes faites des psys :

— Qu'est-ce qui vous retient ?

Ou :

— Et si vous laissiez les mots sortir…

Elle ne parvenait pas à avoir accès aux mots et à sortir du vide.

Le psy se levait et interrompait la séance.

Elle le payait et quittait le cabinet encore plus déprimée.

De multiples séances se déroulèrent ainsi dans un silence total. Elle entrait, se blottissait dans le fauteuil, ou s'allongeait sur le divan, quelques minutes s'écoulaient, le psy sortait ses formules habituelles sans succès puis il se levait et annonçait la fin de la séance.
Elle payait et partait.

Des séances de silence ne l'aidaient en rien. Le psy les interrompait rapidement. Il croyait probablement qu'en les écourtant il la pousserait à regretter de n'avoir pas parlé et qu'à la prochaine séance elle s'y mettrait.

Abattue et frustrée, elle payait et partait sans un mot.

Le silence, paraît-il, a son importance et sa signification dans le très long travail analytique, mais cela dépend de la qualité du silence, des raisons du silence, de la durée du silence, du moment du silence... Il est vrai que la parole dans une analyse est trouée de silences. Elle est rarement continue. Mais le silence peut aussi être nuisible, surtout dans un travail fondé essentiellement sur la parole.

Il se peut que la résistance ait besoin de temps, mais il est sûr que si le psychanalyste n'aide pas à la briser, elle peut durer des mois, voire des années. Le silence peut aussi fausser ou entraver le travail analytique.

Parfois, elle refusait de parler par dépit ou par mépris pour son psy ; elle utilisait le silence contre lui et en tirait une jouissance perverse et douloureuse. Ne pas parler lui pesait, mais c'était la seule façon de le mépriser. Elle se faisait mal en croyant lui faire mal.

Parfois, il s'agissait d'un silence mélancolique et taciturne.

Et il y avait des séances où tout se taisait en elle. L'accès aux mots lui était coupé, et elle restait bloquée dans les limbes, dans un no word's land. Murée dans le mutisme, un état qui s'emparait d'elle de temps à autre depuis l'enfance. Un état quasi autiste. Ces silences-là n'avaient rien à voir avec les autres.

Plusieurs séances s'étaient passées dans des silences de natures différentes et toutes avaient été écourtées par le psy de la même façon. Elle payait et partait sans un mot.

— Il faut que je te parle, murmura Donya d'un ton pressé et en desserrant les bras d'Armand. Elle s'assit par terre sur le tapis, sans enlever son voile.

— Il faut que tu saches… je voudrais te dire que… que je ne suis pas rentrée pour de bon, je ne me suis pas mariée… mais je… je vais repartir bientôt.

Les mots qui traînaient, l'hésitation qui précédait chaque mot révélaient son malaise.

Il resta hébété, son visage changea radicalement d'expression. L'idée de se faire larguer une deuxième fois ne lui avait jamais traversé l'esprit.

Elle ne savait pas encore quel scénario elle allait inventer. Elle baissa la tête et fixa les motifs du vieux tapis aux couleurs vives. Elle avait l'impression d'être un oiseau en cage et ne songeait qu'à s'enfuir. Elle voulut se lever, mais perçut le regard sombre d'Armand, menaçant, lame d'une épée qui guettait le moindre faux mouvement pour la transpercer. Sans lever la tête, elle balbutia :

— Voilà, tu sais maintenant.

— Je sais quoi ?

— Que je vais repartir.

— Où ça, si ce n'est pas indiscret ?

— À Londres !

— Pourrais-je savoir par quel miracle ? Madame a-t-elle eu d'autres demandes en mariage ?

Foudroyée, elle comprit à cet instant précis qu'elle ne pouvait et ne devait absolument pas lui raconter la vérité. Un rictus se dessina sur les lèvres d'Armand. Il avait vraiment cru qu'elle était revenue pour lui, qu'elle allait lui faire des déclarations enflammées et lui demander pardon, lui dire qu'elle avait pensé sans cesse à lui… et ce coup inattendu lui était encore plus dur que leur première rupture. Comme un animal blessé que la douleur rend dangereux, il ne cherchait à son tour qu'à lui faire mal, à se venger. La souffrance endurée dans la solitude de cette même chambre, l'humiliation essuyée devant les copains d'université l'avaient durci. Elle venait de piétiner une deuxième fois leur amour.

Ils s'épiaient l'un l'autre, dans un silence qui fut soudain rompu par des cris et des pleurs. Un des voisins battait régulièrement femme et enfants. À plusieurs reprises, pendant leurs retrouvailles dans cette chambre, ils avaient été les témoins impuissants des violences qui se déroulaient de l'autre côté du mur, mais cette fois-ci Donya eut l'impression que, malgré le mur, les scènes intolérables se déroulaient sous ses yeux. Elle se leva :

— Je ferais mieux de partir.

— On n'en a pas fini, assieds-toi, lui ordonna-t-il.

— Moi j'ai fini. Si tu as quelque chose à dire, je t'écoute.

L'hostilité résonnait dans leurs voix. Elle se dirigea vers la porte ; il la saisit par le bras et la retint, enfonçant les doigts dans la chair de son avant-bras. Il éprouvait du plaisir à lui montrer sa supériorité physique.

— Si tu attends que je te supplie de me lâcher, tu

vas attendre non seulement des heures, mais des jours entiers.

— Alors je peux continuer, dit-il en serrant encore plus fort le bras de Donya, comme s'il tenait son cou et souhaitait le briser.

— Si cela te soulage, lui répondit-elle, sans ironie et avec une résolution dans la voix qui le surprit.

La colère l'avait excité, il désirait lui faire l'amour, enfoncer non pas ses doigts mais son sexe en elle. Il la lâcha et lui arracha son voile. Elle recula.

— Si tu envisages de repartir, alors pourquoi es-tu revenue ?

— Parce que ce n'est pas sûr et que ça reste aléatoire.

— Comment vas-tu partir ?

Elle eut un moment de flottement. Elle se reprit, et fut étonnée de s'entendre dire, sûre d'elle :

— Dara va m'aider.

— Il va t'aider ! Comment ça ?

— Il va m'envoyer une invitation.

— Je ne comprends pas. Vous vous êtes mariés ou pas ?

Elle lui raconta sa dernière discussion avec Dara au bord du Bosphore, mais en changea la fin :

— Il a accepté de m'envoyer une invitation pour Londres, tout en sachant que je ne souhaitais pas l'épouser.

Elle souligna :

— C'est quelqu'un de bien, j'avais tort de le juger sévèrement.

— Alors, si c'est quelqu'un de si bien, pourquoi ne l'as-tu pas épousé ?

— Parce que je ne l'aime pas.

— À t'entendre, on dirait le contraire, protesta-t-il, dissimulant mal sa jalousie.

— Je l'apprécie parce qu'il est franc et sincère, mais je ne ressens rien pour lui qui ressemble à de l'amour.

— Parce que madame prétend savoir ce qu'est l'amour ? C'est ça ?

On entendit la porte d'à côté claquer. La voix du père de famille, puis le bruit de ses pas dans l'escalier. Les enfants pleuraient.

Armand répéta :

— Tu crois donc savoir ce qu'est l'amour ?

— En tout cas, je sais ce que je ressens et je sais aussi que dans ce domaine-là je ne peux faire semblant.

— Dis-moi, en partant à Istanbul pour te marier – il prononça le verbe marier avec insistance et en séparant les syllabes –, tu savais que tu ne l'aimais pas, n'est-ce pas ?

— Qu'est-ce que tu me reproches au juste, de ne pas me marier avec lui ?

— Je voudrais savoir combien de personnes exactement tu mènes en bateau.

— Dois-je comprendre que tu t'inquiètes de son sort ?

— Non, je voudrais juste savoir à qui j'ai eu affaire, qui est cette femme qui disait m'aimer et qui ne pense qu'à elle-même ; je voudrais savoir de quoi elle est capable.

— Mais je t'ai aimé et je t'aime encore, sinon je ne serais pas venue ici.

Ces mots condescendants blessèrent Armand.

— Madame est bien bonne, vraiment, de s'être dérangée et de sacrifier quelques minutes pour venir me voir.

Il se mit à arpenter la chambre où ils avaient fait l'amour des dizaines de fois, à respirer fort comme si l'air lui manquait, puis il s'arrêta devant la porte, leva la tête, lui jeta un de ses regards les plus sombres et d'une voix qui s'étranglait lui demanda :

— Si tu m'aimes encore, comme tu le prétends, alors, où est le problème ? Qu'est-ce qui ne va pas ?

Que dire lorsque la passion, le désir qui vous enflammaient corps et âme à la vue, à la seule pensée de votre amant, se sont éteints à jamais, cédant la place à la tendresse ? Que dire lorsque l'autre brûle encore de désir et, pour cela même, vous hait de l'abandonner ? Elle finit par murmurer :

— Je t'aime profondément et je sais le mal que je te fais, mais sache que ce n'est pas volontaire. Je ne veux pas qu'on passe de l'amour à la haine. Mon affection est intacte et je veux ton amitié.

— En somme – il ricana avant de poursuivre d'un ton agressif –, en somme, tu vas te prostituer à Londres et tu veux ma bénédiction ; c'est ça, non ?

Elle ne répondit pas à cette provocation. Ivre de rage, les yeux injectés de sang, il reprit en la menaçant de son index :

— Reste là, ne bouge pas, on va fêter ça, je ne veux pas rater la célébration de ta prestigieuse carrière, et pas n'importe où, attention, dans la capitale de l'Angleterre. Voici en face de moi la future pute de Londres.

Il disparut dans la cuisine et revint avec un plateau sur lequel il y avait une bouteille de whisky, deux verres et un bol de pistaches. Il posa le plateau sur la petite table basse qui se trouvait au coin de la pièce et remplit les deux verres. Sa main tremblait, il prit son verre et tendit l'autre à Donya. Il but d'un coup une grande rasade.

— Dis-moi, puisque tu ne veux pas te marier et te faire entretenir par un mari, comment vas-tu vivre à Londres ? Où vas-tu vivre ? Dans la rue ?

Elle voulut lui faire remarquer qu'il ne devrait pas boire dans son état, mais garda le silence.

— Je te demande ce que tu vas faire à Londres pour vivre, répéta-t-il. Où vas-tu vivre ? Chez Dara ? C'est pain bénit pour lui... Te baiser sans être obligé de t'épouser. C'est ça le marché que vous avez conclu ?

L'idée que Dara avait accepté d'aider Donya tout en sachant qu'elle refusait de se marier avec lui avait aiguisé la jalousie d'Armand. Ses paroles, elle le savait, ne provenaient que du dépit. Confuse, prise à son propre piège, elle voulut couper court. Elle se leva pour partir :

— On parlera de tout ça une autre fois.

Il la retint par le bras et cette fois plus violemment.

— Ça suffit, j'en ai assez, je vais rentrer à la cité.

— Non, beauté – c'était comme ça qu'il l'appelait quand ils s'enlaçaient –, tu vas rester, je n'ai pas encore fini.

— Laisse-moi m'en aller. On va se dire des mots qu'on regrettera.

— Il n'y a plus rien que je puisse regretter, et j'aimerais que tu me dises comment tu vas vivre à Londres. Est-ce le bon Dieu qui te prendra en charge ? Lui aussi, tu l'as envoûté ?

Il la fit s'asseoir de force sur l'unique fauteuil de la chambre, puis se servit un autre verre et s'assit sur le bord du lit, en face d'elle.

— Je voudrais qu'on cause, justement, comme deux amis.

En un éclair, un désespoir total avait envahi son cœur. Jusqu'à ce jour, il n'avait jamais vraiment considéré Dara comme un concurrent. Il s'était consolé à l'idée que ce mariage sans amour serait aussi une affliction pour elle. Ce nouveau scénario changeait tout. S'il avait accepté de l'aider, alors qu'elle avait refusé le mariage, c'était, à n'en point douter, parce qu'il y avait eu une certaine affinité entre eux. Armand les imaginait se promener à Londres ensemble, le moment où Dara l'embrasserait pour la première fois, la prendrait dans ses bras... Armand étouffait de jalousie; visage pourpre, il retenait les larmes de chagrin et de rage qui menaçaient de couler. Non seulement ses espoirs tombaient à l'eau, il la perdait une deuxième fois, et pour de bon, mais il découvrait l'existence d'un vrai rival, dont la supériorité l'écrasait. Il ne cherchait qu'à se venger. Il voulait lui faire mal.

À l'heure du rendez-vous, elle ne sonna pas à la porte.

Il l'attendit. Regarda sa montre. Cinq minutes, dix, puis quinze minutes de retard.

« Elle ne vient pas, elle aurait pu me prévenir », grogna-t-il, fâché, en allant dans la cuisine grignoter quelques amandes et boire un verre d'eau.

Elle avait beaucoup hésité : j'y vais, je n'y vais pas… Elle n'avait pas de téléphone dans sa chambre pour l'appeler. Elle tenta de substituer la feuille blanche au psy ; malgré sa persévérance, aucun mot ne sortit. Face à la feuille blanche, l'absence des mots était encore plus angoissante que face au psy.

Au-delà de sa résistance et de ses troubles psychiques, il existait un autre problème : son incapacité à s'engager totalement dans un travail analytique qui exige une confiance absolue, au point de tout dire à un inconnu et de se mettre sous son pouvoir.

Elle mangea, debout, un yaourt et un morceau de baguette rassis, et, finalement, elle se réfugia sous sa couette. Elle eut une longue insomnie, puis, à peine assoupie, fut réveillée par un cauchemar ; elle alluma la lumière et la radio.

Armand éleva la voix :

— Je t'ai posé une question et j'attends une réponse. Est-ce lui qui va t'aider à démarrer ta carrière de prostituée, ou tu devras te débrouiller toute seule ?

Loin d'imaginer ce qu'elle allait provoquer, elle avait cru que l'annonce de l'annulation du mariage serait bien accueillie par lui

— Veux-tu arrêter, s'il te plaît ?

— Arrêter quoi ? La fête ne fait que commencer. Tu te souviens ? À l'époque où tu me disais que tu m'aimais, ici même, sur ce lit, on s'était juré qu'on se dirait tout, absolument tout. Alors je t'écoute : quel honorable métier vas-tu exercer à Londres pour gagner ta vie ? Où vas-tu dormir, si ce n'est pas dans le lit de ton sauveur Dara qui a accepté de t'aider ? Je t'écoute. Puisque nous sommes des amis, puisque tu veux mon amitié, vas-y, avoue.

— Tu es saoul, laisse-moi m'en aller.

— Te laisser t'en aller ! Mais une fois l'oiseau envolé, comment le rattraper ? Ma chère, le rêve de Londres t'a fait oublier dans quel pays nous vivons ? Tu me prends vraiment pour un con. Te laisser t'en aller ? Oh non ! Je sais que c'est la dernière fois qu'on se voit en tête à tête, et je voudrais que tu me dises tout, car il y a bien des points obscurs dans le récit que tu viens de débiter.

Il se mit à la singer en imitant le ton de sa voix :

— « C'est quelqu'un de bien, je n'aurais pas dû le juger sévèrement. » C'est ça que tu es venue me raconter ? Que c'est quelqu'un de bien… mais qu'est-ce que j'en ai à foutre de ton minable enfoiré de Dara ?

Il criait maintenant. Elle avait empiré la situation au lieu de l'apaiser. Elle réagit d'instinct :

— Écoute, j'ai menti, j'ai inventé cette histoire… Par orgueil.

Armand écarquilla les yeux.

Elle comprit qu'elle était sur la bonne voie et continua :

— La vérité, c'est qu'il ne m'a rien promis ; lorsque je lui ai dit que j'avais accepté le mariage dans le seul but de quitter l'Iran, il s'est senti insulté et m'a refusé son aide, puis, au moment où je lui ai rendu les bijoux, il m'a juste dit, par politesse, qu'il allait réfléchir… C'est pour ça que je suis revenue continuer mes études ; s'il m'avait promis son aide, j'aurais attendu à Téhéran son invitation. Je ne voulais pas que tu me prennes en pitié et je…

À la vitesse de la lumière, une intuition lui traversa l'esprit.

— Tu sais, après ces quelques jours à Istanbul où j'ai vu dans quelles conditions vivent les gens, je supporte encore moins l'atmosphère de répression qui règne ici. Mon père a travaillé en Turquie jadis, on a de la famille là-bas, j'ai un cousin qui s'est marié avec une Turque, ils ont trois enfants ; je vais vivre chez eux et travailler dans sa société en attendant de passer le concours et d'entrer à l'université, mais rien n'est encore définitif…

Elle improvisait son récit au fur et à mesure avec un naturel surprenant. Elle avait réussi à changer l'état d'esprit d'Armand. Peu importait l'énormité de ses mensonges ; après tout, une telle histoire paraissait absolument vraisemblable et aurait pu être vraie. Des milliers de jeunes Iraniens partaient chaque année faire des études en Turquie, où la vie coûtait beaucoup moins cher qu'en Europe ou aux États-Unis. Armand savait que le père de Donya était Turc azéri, il n'y avait donc rien de surprenant à ce qu'il eût de la famille en Turquie.

Elle gardait les yeux fixés sur un coin de la pièce, se donnant l'expression de quelqu'un qui, enfin sans illusion, reconnaît son échec ; ce qui rendait encore plus véridique son affabulation. Satisfaite de son ingéniosité, elle prit un air résigné et regarda Armand avec une certaine mélancolie dans les yeux.

Il regrettait les insultes qu'il avait proférées. La disparition du rival imaginaire le métamorphosa. Il lui demanda d'une voix apaisée :

— Pourquoi m'as-tu menti ?

— Parce que… parce que la vérité n'avait rien de glorieux ; avouer qu'après avoir rêvé de Londres j'irais seulement, et peut-être, en Turquie, c'était difficile. J'ai pensé qu'en donnant le beau rôle à Dara j'arriverais à embellir l'histoire, à préserver ma fierté. Et surtout parce que je n'aurais pas supporté que tu me dises que tu avais raison…

Elle prit son verre de whisky et but une gorgée, récompense largement méritée.

Séance

Regard doux, visage sérieux ; elle lui serra la main.

Dès qu'elle entra dans la pièce, elle lui demanda :

— Pourrais-je me mettre sur le divan ?

Elle alternait le fauteuil et le divan depuis toujours sans jamais demander l'avis du psy, et il ne s'opposait pas à ce va-et-vient, même s'il préférait qu'elle se mette sur le divan, car avoir en face de lui cette femme qui changeait sans cesse de visage et d'attitude le mettait mal à l'aise. Il avait parfois du mal à garder une apparence neutre.

Il se contenta d'un oui.

Le psy expulsa l'air de ses poumons bruyamment, il le faisait souvent, pour signifier qu'il était bien présent, là, derrière.

— Je ne sais par où commencer…, c'est tellement… Même moi, j'ai du mal à en parler.

Elle soupira.

— C'était une fille diablement intelligente, vive, avec une énergie inépuisable, un vrai garçon manqué… une des meilleures élèves de sa classe et la plus gaie de toute l'école.

… Tout sourire ; comme ces gamins qu'on voit dans ces pays où ils subissent les pires traitements, mais qui s'arment de sourires par fierté et aussi par cette force

227

magique que seuls les enfants possèdent. Son imagination était sans limites… Elle racontait sans cesse des
histoires…

… Son père était un grand homme, il était généreux,
philanthrope, cultivé, sensible, un homme à qui on
pouvait parler, et, et… c'était…

Elle s'interrompit.

Le psy n'écoutait que d'une oreille cette narration de
nouveau à la troisième personne.

Elle reprit :

— C'était un homme impressionnant tant par sa
prestance et son physique que par son autorité et son
charisme… mais il était…

Elle s'interrompit à nouveau. Respiration haletante,
souffle coupé… Une phrase sortit de sa bouche comme
une fusée :

— C'était un vrai fou, un vrai Mr. Hyde and
Dr. Jekyll.

Choquée elle-même par les mots qui venaient de lui
échapper, elle resta quelques secondes interdite, foudroyée. Elle n'aurait jamais pu aller si loin si elle avait
eu le psy en face d'elle, si elle avait employé le « je »
pour raconter.

Le silence et l'hésitation qui avaient précédé ses
derniers mots avaient attiré l'attention du psy qui en
avait saisi l'importance et la gravité autant par les mots
« Hyde et Jekyll » que par la façon dont elle était parvenue, enfin, à les faire sortir.

Allongée sur le divan, elle avait sous les yeux un mur
et rien d'autre. Lorsqu'elle put à nouveau parler, elle
tenta d'arranger l'image que son aveu avait créée.

— Son père n'avait pas toujours été comme ça… Ce
n'était pas un père qui battait ses enfants. Il n'avait pas
la main leste.

Ce n'était pas un homme à distribuer des gifles à tout va. Ce n'était pas un homme médiocre. Après son accident et quatorze opérations, les médecins lui avaient prescrit des doses importantes de morphine, puis d'opium, qu'il consommait quotidiennement pour diminuer la douleur… Tout ça et les épreuves atroces qu'il avait connues dans son enfance et son adolescence l'avaient rendu fou vers la fin de sa vie.

Un autre silence hésitant.

— Par moments, il devenait dangereusement fou. Comme un volcan en éruption, il hurlait de sa voix de tonnerre et sa violence inouïe détruisait tout ce qui était à sa portée…

D'une voix étouffée :

— Et elle, elle avait le génie de se trouver au mauvais moment au mauvais endroit.

Tétanisée, elle devenait muette et faisait pipi sur elle et puis… en moins d'une fraction de seconde, elle ne se souvenait plus de ce qui s'était passé…

Le psy bougea légèrement dans son fauteuil.

— La réalité tombait dans un puits noir. Elle devenait amnésique.

… Comme cette nuit devant la porte, dans la rue, avec son pyjama mouillé… Il n'y avait pas de voleur chez eux. C'était son père…

Elle se leva pour pouvoir respirer, resta assise quelques secondes sur le divan, dos au psy, et s'allongea à nouveau.

— Elle était capable de se raconter à elle-même et à qui voulait l'entendre une tout autre vérité, une vérité fictive !

Ce n'étaient pas des mensonges, c'était beaucoup plus que ça…

Elle oubliait ce qui s'était passé.

Le psy écoutait dans un silence religieux.

— Elle a toujours vécu dans deux mondes qui s'annulaient mutuellement. C'est pour cette raison qu'elle est déséquilibrée.

Son imagination était sa meilleure amie et sa pire ennemie.

... Je ne sais s'il s'agissait vraiment de l'imagination, mais appelons «ça» pour le moment comme ça. Je pense que sans imagination elle n'aurait pas pu survivre...

Elle a développé une sorte de mécanisme de défense tellement puissant, tellement intégré à son être, qu'elle a maintenant du mal à s'en débarrasser; même si dans la réalité de sa vie d'aujourd'hui rien ne la menace, il y a quand même des trous noirs en elle.

— Oui...

Ce oui lui rappela la présence du psy qu'elle avait presque oublié.

— Aucune enfant ne pouvait vivre ces scènes, alors mentalement elles s'annulaient... Ça se passait comme un accident grave...

Quelqu'un percuté par un camion ne peut se souvenir du moment exact où son corps a été brisé, mais les séquelles physiques, après coup, sont la preuve de son accident. Ses séquelles à elle sont psychiques.

... Le problème, c'est qu'elle n'est plus capable aujourd'hui de mentir sans failles.

— Oui...

— Ces scènes ressurgissent de temps en temps, alors qu'elle essaie de les nier... Le présent, le passé proche et le passé lointain s'entremêlent; elle vit dans un temps non réel; dans un espace-temps qui n'existe pas en réalité mais qui existe dans sa tête à elle.

Je ne sais pas si cela fait sens… Je ne sais pas comment expliquer ce qui se passe…

— Comme ça, comme vous le faites.

Après un moment de réflexion, elle reprit :

— Je sais tout ça parce que je la connais depuis qu'elle est toute petite…
Elle vit comme une prisonnière, physiquement et mentalement. Elle est prisonnière de toutes celles qui se sont construites à travers son histoire.
Chacune s'est façonnée contre les autres. Je pourrais vous affirmer qu'elles n'ont pas toutes connu la même vie…

Le psy l'écoutait attentivement, mais, par prudence et aussi pour ne pas interférer ou l'influencer, n'employait aucun de ses «hmm»… ou «vous croyez?» habituels.

Elle avait parlé à la fois avec détachement et intensité. On aurait cru une narratrice. Chaque mot colportait une parcelle de la réalité qu'elle décrivait. Avec ses mots, elle créait des images.

Elle reprit :

— Si on oblige des gens très différents et hostiles les uns aux autres à vivre ensemble dans un appartement, la vie devient insupportable, remplie de conflits… Alors, imaginez, si ces gens devaient se supporter non pas dans un appartement, mais dans un seul et même corps : ça donnerait quelque chose de cauchemardesque.

Un long silence.

— On en reste là, si vous voulez bien, conclut-il d'une voix remplie de satisfaction.

Elle se leva du divan. Se retrouver rien qu'un bref instant face à celui qui l'avait écoutée lui inspira une grande gêne. Elle sortit rapidement de son sac un billet de cinquante, un billet de dix et un billet de vingt francs.

— Vous me devez aussi la séance précédente.

— Mais je ne suis pas venue.

— Toutes les séances manquées sont payées.

— Pourquoi ?

— Parce que moi je vous ai attendue, et j'étais là pour vous.

Elle ignorait la règle des séances manquées, mais la trouva absolument injuste.

— Je ne les ai pas sur moi.

— Alors vous me les paierez la prochaine fois.

Elle éprouva une profonde indignation. Elle regrettait amèrement tout ce qui était sorti de sa bouche sur le divan. Même si elle vivait matériellement dans une situation difficile, l'argent n'avait jamais eu aucune importance à ses yeux, mais le comportement du psy était bas et insultant. Ce type n'avait pas été capable de prononcer un seul mot de réconfort... et, après une séance très difficile et bouleversante pour elle, la seule chose qui lui importait, c'étaient ses quatre-vingts francs. Elle se blâma pendant tout le trajet. Elle s'en voulait durement d'avoir raconté tout ça à quelqu'un de si médiocre. Elle méprisait ce type et se sentait méprisée par lui.

Aux yeux du psy, la séance s'était très bien déroulée. Sûr de lui-même et de son pouvoir, il reçut l'analysante suivante.

Identique à celle de la dernière séance, visage sérieux, s'armant d'une volonté inébranlable, elle entra sans bonjour, sans lui serrer la main, digne comme une statue grecque ; elle alla directement s'asseoir dans le fauteuil sans laisser transparaître la moindre trace de quelque sentiment sur son visage.

Le psy, déstabilisé par l'autorité qui se dégageait d'elle, n'osa l'inviter à s'allonger sur le divan.

Silence.

Il attendit quelques minutes, puis il bougea légèrement, se recala au fond de son fauteuil. Un peu plus tard, il se racla la gorge, puis respira bruyamment.

Rien. Aucune réaction, aucun signe de vie n'émanait de ce visage sans expression qu'il avait en face de lui.

Après cinq longues minutes, il finit par sortir son fameux :

— Je vous écoute.

Toujours rien.

On aurait dit que cette femme incarnait l'indifférence sereine de la divinité. Nul signe de dépit, de mépris, d'hostilité.

Un silence est un silence et ne peut être autre chose que ce qu'il est. Un silence sans adjectif pour le qualifier.

Il s'énerva : « Encore une minute et si elle reste comme ça, j'interromps la séance. »

Il attendit quelques dizaines de secondes et se leva brusquement.

Imperturbable, elle demeura assise.

Le psy, debout, attendait qu'elle se lève.

— La séance est finie, prononça-t-il d'une voix qui se voulait performative.

Elle ne bougea point. Ne le regarda point. Tranquillité d'un objet sans vie.

Debout, il attendait. Vingt secondes s'écoulèrent. Il allait exploser de colère. Indigné, il se sentait dépossédé de son pouvoir de psy.

— Votre séance est terminée, répéta-t-il en dissimulant mal son exaspération.

Elle ne bougea pas, ne le regarda pas. Visage de marbre.

Pour arranger la situation, il ajouta :

— À moins que vous n'ayez quelque chose à dire.

La colère d'un homme ne peut rompre le silence d'une statue.

Le psy vacilla psychiquement, ne sachant que faire ni que dire ; il se rassit dans son fauteuil, visage pourpre.

Il s'en voulait de sa faiblesse et ne parvenait pas à dominer sa colère.

Après cinq minutes, la statue bougea. Elle se leva, sortit de la poche de sa veste quelques billets.

Le psy, assis, l'observait. Il remarqua qu'elle n'avait pas de sac sur elle.

Elle déposa l'argent sur le bureau et quitta les lieux d'un pas décidé, comme elle était rentrée, sans un mot.

Il compta les billets et mit dans sa poche les cent

soixante francs. Furieux, il alla dans la cuisine et but un verre d'eau.

— Elle est complètement folle, cette fille, marmonna-t-il comme un homme impuissant.

La satisfaction fut le premier sentiment qui l'envahit dès qu'elle eut franchi la porte. Elle avait pris sa revanche. Elle lui avait fait comprendre : vous n'êtes rien et votre pouvoir n'est rien d'autre que ce que moi je vous concède. Elle l'avait réduit à ce qu'il était en réalité, un homme sans aucune capacité ou compétence extraordinaires.

Le deuxième sentiment qui l'envahit fut la déception. Constater la faiblesse de son psy, découvrir qu'il ne possédait aucun pouvoir, aucune science, aucun savoir et aucune autorité ne la réconfortait pas.

Et enfin, le troisième sentiment fut l'abandon. Il avait été déchu de son piédestal de psy. Celui à qui elle demandait de l'aide, celui à qui elle avait attribué une toute-puissance symbolique n'était rien. Mépriser son psy rendait très difficile le travail analytique. Un bras de fer allait s'instaurer entre elle et lui. Son instinct autodestructeur trouvait le champ favorable pour se déployer. Détruire la dernière bouée de sauvetage. Anéantir le dernier sanctuaire où on s'est réfugié. Fouler aux pieds la dernière croyance. Ni Dieu ni Maître, elle se sentit abandonnée à elle-même. Être à la fois la tempête et la bouée de sauvetage. Être Insubmersible, sans limites.

Bandar Abbas

Donya passait tous les jours au bureau de poste pour vérifier s'il y avait une lettre de Peter. Un après-midi, en ouvrant la boîte, à la vue des timbres étrangers sur l'enveloppe, son cœur s'emballa. Elle la déchira d'une main tremblante, parcourut la courte lettre, la fourra dans la poche de son manteau, ferma la boîte à clé et quitta vite le bureau de poste. Peter lui apprenait que sa société l'envoyait pour trois mois aux États-Unis. Il était donc dans l'obligation de retarder son voyage en Iran. Il avait ajouté, bien évidemment, à la fin « *I love you* » et deux ou trois autres banalités. Cette lettre, en somme, annonçait poliment qu'il se désistait. N'ayant personne sous la main pour lui servir de tête de Turc, elle s'en prit à elle-même : « Je suis vraiment stupide, je suis trop naïve, je suis… je suis… je ne suis rien. Quand vas-tu grandir, devenir adulte et responsable ? Je mérite ce qui m'arrive. Je me comporte comme une midinette qui rêve du Prince charmant. D'un Anglais, en plus ! Franchement, qu'est-ce que je peux être conne ! » En rage contre elle-même, elle marchait d'un pas rapide. Elle se dirigea vers les quartiers du souk, où les étudiants ne s'aventuraient jamais. Elle marcha plus d'une heure, sans savoir où ses pas la conduisaient.

Dans les ruelles, près du port, des gamins, des adolescents, des jeunes qui travaillaient pour les trafiquants de tout genre grouillaient, pêle-mêle, et attendaient des clients. C'était leur territoire, officieusement reconnu, qui pouvait être assez dangereux.

La vendetta faisait office de loi dans cette ville surnommée le Texas de l'Iran. Nul ne se promenait dans ces hauts lieux sans un couteau.

Les nuits de Bandar Abbas avaient cette particularité, certainement grâce au golfe Persique, mais aussi à l'humidité, d'être de couleur bleu très foncé.

Avant qu'une bagarre n'éclatât, les lames argentées, dégainées, qui symbolisaient la virilité des hommes ne sachant défendre leur honneur que par l'effusion de sang, brillaient dans la couleur magnifiquement marine des nuits idylliques et créaient une scène terrifiante et esthétique ; pendant quelques instants, ces hommes, mais aussi leurs spectateurs, vivaient l'exaltation qui précède les grandes catastrophes, l'éréthisme qui précède l'éjaculation. La suite n'avait rien d'artistique : les insultes, les corps gisant dans le sang, la douleur, les cris et parfois la mort. Les urgences de l'unique hôpital public accueillaient très souvent des hommes et des gamins poignardés.

Elle se trouva devant un gosse d'à peu près douze-treize ans qui lui dit quelque chose dans le dialecte de la région qu'elle ne comprit pas ; puis un autre, plus âgé, intervint. La ruelle déserte se remplit soudain d'une quinzaine d'adolescents ; elle prit sérieusement peur, essaya de garder son calme, commença à dire qu'elle était étudiante et qu'elle s'était perdue. Sa pâleur, grâce à la nuit, échappait aux jeunes. Ils l'entouraient avec un enthousiasme qui augmentait sa peur. Elle crut que d'un instant à l'autre elle serait violée, puis poignardée et abandonnée au milieu de la rue. Enfermée dans le cercle des jeunes qui la regardaient avec des yeux brillants et un grand sourire aux lèvres, elle osa dire : « Je suis en retard, je dois rentrer. » Un type plus âgé, le chef du groupe, traversa le cercle, l'approcha, se campa devant elle et lui dit avec le parler des jeunes et un accent très prononcé :

— Il ne faut pas être pressée, on a quelque chose pour toi.

Les étudiants ne fréquentaient jamais ces quartiers à haut risque où on était à la merci d'un coup de couteau de trop. L'idée de se promener le soir dans des rues malfamées n'aurait traversé la tête d'aucun esprit sain.

Elle ouvrit la bouche et faillit les supplier de la laisser partir, mais pensa que la manifestation de sa peur pouvait les exciter davantage. Les gosses les plus jeunes se bousculaient pour arriver au premier rang du cercle et s'approcher d'elle, le chef les repoussa et, toujours dans le dialecte qui échappait à Donya, leur cria dessus ; ils reculèrent, puis il changea de ton et de langue et s'adressa à elle :

— Tu viens de Téhéran ?

— Oui, répondit-elle, d'une voix presque tremblante.

— C'est bien, c'est très bien, commenta-t-il, enjoué.

La fierté qu'elle perçut dans le visage de cet homme qui devait avoir une vingtaine d'années l'enhardit ; elle reprit avec l'ébauche d'un sourire un peu forcé :

— J'aime beaucoup votre ville. Je suis étudiante et j'habite la cité.

Les yeux noirs de jais la dévisageaient, et elle ne savait comment interpréter l'éclat qui brillait dans ces yeux-là.

— Je sais que tu es étudiante, je t'ai vue plusieurs

fois autour de la cité, lui lança-t-il, non sans une visible satisfaction.

Il lui tendit la main :

— Moi c'est Shahab.

Elle lui serra la main :

— Moi, c'est Donya.

— C'est joli, Donya, dit-il avec un sourire magnifique qui découvrait ses dents blanches et deux fossettes très sexy.

Il finit par lâcher la main de Donya à contrecœur. Un des gamins qui s'était absenté réapparut au bout de la rue avec une caisse sous le bras. Il la passa à Shahab. Lui la tendit à Donya :

— Un petit cadeau pour toi et tes amies.

Elle allait pleurer ; la tension et la peur venaient de céder la place à un sentiment de reconnaissance et de fraternité. Elle aurait voulu l'embrasser, embrasser tous ces gamins qui la regardaient comme si elle eût été la huitième merveille du monde.

En règle générale, les filles universitaires, facilement identifiables dans cette petite ville, étaient très appréciées par les indigènes mâles, ce qui n'était pas le cas des étudiants, perçus comme des rivaux. Accueillir chez eux des filles de Téhéran flattait leur virilité. Aucune d'elles ne pouvait imaginer ce qu'elles représentaient pour ces jeunes qui n'avaient jamais quitté leur quartier. Elle afficha un grand sourire, regarda Shahab dans les yeux, puis, un par un, les gamins qui l'entouraient :

— Je suis très touchée, je voudrais tant pouvoir l'accepter, mais je ne peux pas rentrer avec une caisse de whisky sous le bras dans la cité !

— Ah, s'exclama Shahab, bien sûr, où avais-je la tête ?

Il sortit un beau couteau de sa poche, déchira le bandage de la caisse d'un seul geste habile, l'ouvrit, sortit une bouteille et la tendit à Donya en proposant :

— Alors prends une bouteille, dans ton sac ou sous ton manteau.

Elle prit la bouteille, s'adressa d'abord à lui, puis aux autres et à celui qui avait apporté la caisse :

— Merci, merci beaucoup, merci vraiment, merci mille fois, merci infiniment, merci à vous tous. Je vous remercie de tout cœur. Merci et merci. Merci mes amis…

Les gamins jubilaient. Qu'une étudiante téhéranaise les remerciât avec une telle reconnaissance et les appelât « mes amis », ils ne l'auraient jamais cru possible.

— Si t'as besoin de quoi que ce soit, nous sommes à ton service, ajouta Shahab.

Il désigna du regard le même garçon qui avait apporté la caisse :

— Tu l'accompagnes.

La bouteille sous le manteau, elle prit le chemin de la cité. Les rues étaient désertes. Avant d'arriver, elle tira le zip de son pantalon, plaça la bouteille dans sa culotte, referma le zip et pressa son bras gauche sur le ventre pour tenir la bouteille. L'adolescent qui l'escortait marchait deux pas derrière elle. Devant la cité, elle se retourna, lui sourit et le remercia d'un signe de tête. Le portail était fermé, le gardien l'ouvrit. Elle prétendit qu'elle avait été retenue à l'hôpital. Elle signa le cahier de présence en notant l'heure exacte : neuf heures vingt-cinq. Elle appuyait la bouteille discrètement contre son ventre à l'aide de son bras gauche. Une fois passé le contrôle, elle coula la main dans son manteau et rattrapa la bouteille qui allait glisser.

Séance

Elle quitta sa chambre, marcha dans la rue, prit le métro, descendit à destination, sortit du métro, s'engagea dans la rue où habitait le psy, arriva à la porte, fit le code, entra dans l'immeuble, monta les escaliers, arriva au premier étage, devant la porte, posa son index sur la sonnette et, au lieu d'appuyer dessus, dévala les escaliers à toute vitesse, sortit de l'immeuble, quitta la rue d'un pas rapide, s'engouffra dans le métro et rentra chez elle.

Essoufflée, elle s'assit au bord du lit. Puis se gava, debout, de quantités énormes du riz aux lentilles qu'elle avait cuisiné la veille, avala deux somnifères et se coucha.

Le psy attendit. Au bout de cinq minutes, il pensa qu'elle ne viendrait pas. Il appela sa maîtresse. Ils parlèrent au téléphone longuement. Il raccrocha lorsque l'analysant suivant sonna à sa porte.

Ils se voyaient une ou deux fois par semaine dans son cabinet, tantôt le mardi ou le lundi après-midi, lorsqu'il avait une plage horaire libre, tantôt le mercredi ou le jeudi soir. Il était tombé fou amoureux. Bien enrobé, un peu charnu, son corps de déesse, malgré sa quarantaine et ses deux enfants, l'avait envoûté. Ses seins ronds, fermes, d'une tenue insolente, l'avaient surpris la première fois qu'il avait dégrafé son soutien-gorge. Cette scène lui revenait souvent à l'esprit quand il s'ennuyait pendant les séances. Plus ils faisaient l'amour, plus il la désirait.

Elle lui avait raconté que son mari, prof de philo au lycée, traversait une période difficile… C'était un homme doux, mais d'une nature dépressive. Elle enseignait l'anglais et ils s'étaient connus à la fac. Cela faisait vingt-deux ans que leur mariage durait, même si maintenant ils dormaient ensemble comme frère et sœur. Elle parlait de son mari avec une tendresse qui énervait son amant et le rendait malade de jalousie. À force d'avoir écouté le récit des chagrins d'amour de ses patients, il était devenu, en tout cas en théorie, un spécialiste des relations amoureuses et savait parfaitement qu'il ne fallait pas laisser paraître des signes de faiblesse. Bien que lui-même fût marié, il supportait mal la vie conjugale de son amante.

Un soir, elle lui avait montré la photo de ses deux enfants, qu'elle gardait toujours dans son portefeuille : sa fille et son fils avec leur père. Son mari était plus jeune et de loin plus beau que son amant. Il savait que c'était par perversité féminine qu'elle lui avait mis sous les yeux la photo de son philosophe de mari. De son côté, elle l'avait questionné deux trois fois sur son couple. Il n'avait livré, d'un ton neutre, que le minimum. Sa réticence avait fait supposer à sa maîtresse qu'il aimait encore sa femme. En réalité, il avait abrégé pour ne pas lui dévoiler qu'ils n'étaient plus attachés l'un à l'autre.

Bandar Abbas

Elle sortit la bouteille de whisky : J.B. Les yeux écarquillés, ses copines de chambre n'en revenaient pas. Tout excitée, elle leur raconta en détail son aventure. Elles ouvrirent la bouteille, prévinrent trois autres amies dignes de confiance, préparèrent des bols de pistaches, des amandes, des olives, des feuilles de vigne, des carottes et des concombres coupés en fines rondelles, marinés dans le jus de citron et l'huile d'olive, saupoudrés d'origan. Jusqu'à cinq heures du matin, elles burent, mangèrent, bavardèrent... À l'aube, elles étaient saoules, les bols et la bouteille vides.

Ses camarades de chambre, Farah et Ladane, venaient comme elle de Téhéran, Mehri de Shiraz. Elle était d'une famille très conservatrice. Être étudiante à Bandar Abbas constituait à ses yeux une libération, tant le poids de la tradition pesait sur elle. Farah, l'aînée d'une famille de quatre enfants, était la plus âgée ; ses parents, tous deux professeurs au lycée, étaient des gens libéraux et ouverts. Ladane était née à Ardakan, une toute petite ville, et n'avait que sa mère pour famille. Son père était mort quand elle était petite dans un accident de voiture ; au lieu de rentrer chez ses parents, comme la tradition le voulait, sa mère s'était enfuie à Téhéran avec son bébé. Elle avait travaillé comme apprentie coiffeuse pendant quelques années et finalement ouvert son propre salon. Élevée dans les jambes des coiffeuses et des maquilleuses, Ladane était la fille la plus à la mode de l'université ; son goût naturellement exquis dans le choix de ses manteaux, de son voile, de ses chaussures, de son pantalon, la distinguait de toutes les autres, ce qui lui causait sans cesse des ennuis. Au moins une fois par mois, elle était réprimandée à cause de son allure et de ses attitudes indécentes ! Elle essayait donc de se fondre dans la foule et de ne pas attirer l'attention des cerbères, mais il n'y avait rien à faire : elle était devenue une de leurs cibles favorites. Un jour, ne trouvant rien à lui reprocher, on s'en était pris à ses intentions antimorales. Lorsque Ladane avait demandé d'un ton exaspéré en quoi consistaient les « intentions antimorales », elle s'était retrouvée dans le bureau du comité général de l'université. Après trois heures de supplications et de larmes, on lui avait fait signer l'engagement sous serment de corriger non seulement ses fameuses intentions antimorales, mais aussi sa désinvolture.

Cet enfer n'empêchait pas les filles de s'amuser ; elles rencontraient leurs copains chez Armand, flirtaient, écoutaient les Beatles et les Pink Floyd, dansaient la samba, la salsa…

Maintenant qu'elle avait fait le deuil de son beau Peter, Donya ne cessait de penser à sa rencontre avec les jeunes indigènes. Une idée lui taraudait la tête, l'obsédait. Elle avait échafaudé un plan et crut à une vraie révélation. Elle pensa mettre ses copines au courant, mais, à la réflexion, décida d'aborder le sujet en premier lieu avec Armand, estimant que si lui ralliait sa cause, à deux ils pourraient plus facilement convaincre les autres. Elle commença à mettre bout à bout ses réflexions.

Après la chute du mur de Berlin et l'effondrement du communisme, et surtout après la mort de Khomeiny, un nouvel espoir était né dans le cœur des Iraniens. Les gens s'en prenaient ouvertement aux dirigeants et à leur idéologie intégriste. Pour la première fois, même ceux qui étaient pratiquants et avaient soutenu la république islamique défendaient l'idée de la séparation de l'État et de la religion. Le puissant voisin, l'URSS, démembré, écartelé, était à genoux ; on en déduisait que les dirigeants occidentaux allaient reprendre le contrôle de la situation au Moyen-Orient et débarrasseraient l'Iran de ce maudit régime.

Pendant huit années de guerre, sous l'embargo, la misère s'était répandue et le système de corruption s'était bien implanté. Une minorité s'était enrichie, grâce à l'inflation vertigineuse, en trafiquant avec les mafieux russes, chinois, européens, américains, arabes pour contourner les embargos successifs qui frappaient l'Iran et qui avaient donné lieu à un marché noir dont dépendait largement l'économie du pays. Des mafieux iraniens, sous le contrôle direct des mollahs et des gardiens de la révolution, négociaient les importations, des armes jusqu'aux poulets congelés, et les exportations, du pétrole jusqu'au caviar en passant par les tapis et les pistaches. Quant aux produits chinois, armes, riz ou séries télévisées, ils envahissaient le pays.

Bandar Abbas, port du golfe Persique, à vingt minutes en bateau de Dubaï, constituait le centre névralgique de tout commerce avec l'étranger. Les produits de contrebande qu'on pouvait trouver au marché noir en provenance de Dubaï transitaient à Bandar

Abbas ou sur l'île de Kish avant d'être distribués dans le pays. L'économie de l'Iran était entièrement dans les mains du régime, et le marché de la contrebande, très juteux, n'échappait pas à la règle. Les habitants de Bandar Abbas, très majoritairement sunnites, détestaient les mollahs chiites. Ces derniers, soucieux avant tout de leur intérêt, avaient accordé une dérogation à la ville et passé un pacte avec les puissantes familles mafieuses qui contrôlaient le trafic de contrebande. Les fêtes où hommes et femmes dansaient et buvaient de l'alcool jusqu'à tomber en transe n'étaient pas rares à Bandar Abbas. Les femmes indigènes, vêtues du costume traditionnel de toutes les couleurs, ne portaient pas le voile, mais un tissu transparent, léger, qui découvrait, outre leurs cheveux, leur poitrine généreuse et la chair pleine des bras. Ces prérogatives ne concernaient évidemment pas les pauvres.

Autre avantage : l'absence totale de turban. Pas un mollah dans cette ville ! Même les gardiens se faisaient discrets ; habillés en civil, ils n'intervenaient jamais dans les affaires privées des indigènes, se contentant de surveiller étroitement les étudiants. La prière collective du vendredi n'avait jamais lieu à cause de la pénurie de mollahs. Des haut-parleurs déversaient leur logorrhée dans le quartier du bazar, qui s'étendait sur quelques kilomètres, pendant que les gens faisaient leurs courses.

Donya partit au bureau de poste, déposa dans la boîte aux lettres d'Armand la bille rouge : elle passerait le voir le lendemain.

Elle arpentait sa chambre :

« J'y vais, je n'y vais pas. Je veux y aller ; non, tu n'iras nulle part. »

Elle ouvrit un livre, lut plusieurs pages sans la moindre concentration…, elle referma le livre, se coucha tôt. Se réveilla plusieurs fois en sueur. Des cauchemars…

Le psy l'avait attendue le temps de ramasser ses affaires, de se soulager la vessie, de fermer les volets et d'éteindre les lumières ; au bout de dix minutes, il avait quitté le cabinet car elle était la dernière analysante. Contrarié, il se consolait :

« … Ça arrive, après tout, la psychanalyse n'est pas faite pour tout le monde. Une psychothérapie lui conviendrait peut-être mieux. »

Mais un regret l'effleura :

« C'était une expérience intéressante, mais bon… »

Séance

À dix-huit heures, elle quitta sa chambre, marcha d'un pas rapide dans la rue, prit le métro, resta assise jusqu'à la dernière station, descendit, reprit le métro dans la direction opposée, dépassa la station proche du cabinet du psy, descendit quelques stations plus loin, erra dans les rues.

Le monde devint glissant et le visage des passants menaçant. Elle accéléra le pas, sans savoir où elle allait.

Elle arriva exactement à l'heure de son rendez-vous devant la porte de l'immeuble. Composa le code, mit son index sur la sonnette, l'enleva, puis attrapa avec sa main droite son index gauche pour l'obliger à appuyer sur la sonnette. Avant qu'elle n'eût appuyé, le précédent analysant, accompagné par le psy, ouvrit la porte pour sortir.

Le psy fut étonné de la voir, la fit attendre dans le vestibule, entra dans son bureau, se donna le temps de dissimuler sa surprise et revint l'accueillir.

D'un air abattu, elle s'assit dans le fauteuil.

Silence.

Il attendait tranquillement. Il avait décidé de ne pas commettre l'erreur de la dernière fois. Quoique, se dit-il, ce n'était pas vraiment une erreur. Il est conseillé d'écourter les séances lorsque les analysants optent pour le silence. Il n'avait fait qu'appliquer la méthode pratiquée par tous ses collègues.

Plus divisée que jamais, elle s'en voulait d'être venue :

« Pourquoi tu es venue, tu ne m'écoutes jamais ; alors, vas-y, parle, puisque tu m'as traînée jusque-là, puisque tu m'humilies avec ta faiblesse, alors merde, parle maintenant. »

Elle ne regardait ni le psy, ni le divan, ni le mur, ni la fenêtre, ni les tableaux, elle fixait le sol. Elle enfonçait le pouce droit dans la paume de sa main gauche qui était très sensible à cause du nerf coupé et opéré.

Elle allait ouvrir la bouche lorsque la sonnerie du téléphone retentit.

Il décrocha :

— Allô.

Il tenta tant bien que mal de garder son air sérieux :

— Je suis en séance, je te rappelle.

Il écouta son interlocuteur et ajouta :

— Je sais, mais là je suis en séance, je te rappelle.

Il faillit dire « moi aussi », mais se retint. Il raccrocha.

Elle avait écouté attentivement les mots sortis de sa bouche, en scrutant son visage pour en épier la moindre expression. Normalement, lorsqu'il répondait au téléphone, sa voix ne révélait rien, il disait juste d'un ton sérieux : « Je suis en séance, je vous rappelle » et il raccrochait.

Malgré ses efforts, ce coup de fil l'avait déconcentré. Il eut du mal à réinstaurer le « cadre ».

Silence de plomb.

Il bougea dans son fauteuil.

Elle enfonçait, à intervalles réguliers, ses ongles dans la paume gauche.

250

Il l'observait.

Elle respirait difficilement.

Accueillant, il s'aventura d'une voix douce :

— Dites.

Elle sentit deux grosses larmes qui montaient de sa gorge nouée et allaient gagner ses yeux ; elle enfonça aussitôt son ongle dans son poignet, à l'endroit exact où le nerf avait été coupé. La douleur aiguë refoula ses larmes.

Le psy la regardait.

La violence qu'elle tentait de contenir ne lui échappa pas. Il fit une autre tentative, presque en chuchotant :

— Et si vous laissiez la parole sortir ?

Asphyxiée par sa gorge nouée qui rendait la respiration douloureuse, elle était incapable de prononcer un mot. Une digue barrait le flux des mots. Réduite à un magma de matière, à un chaos, le langage lui faisait défaut.

Elle se leva.

Le psy restait assis.

Elle posa sur le bureau le montant de sa séance et celui des deux séances manquées, deux cent quarante francs au total, et quitta les lieux.

Le psy, qui avait cru qu'il l'avait récupérée, fut déçu. Il empocha l'argent avec un léger état d'âme qui s'effaça aussitôt qu'il eut composé le numéro de sa maîtresse.

Bandar Abbas

Armand l'attendait à six heures et elle prit les précautions habituelles. Une fois chez lui, dans la chambre de derrière, elle lui décrivit en détail et avec enthousiasme sa rencontre avec les jeunes indigènes et l'histoire de la bouteille de whisky. Il fut tour à tour apeuré, amusé, puis étonné. À la fin de son récit, elle énuméra, une par une et avec insistance, les particularités de Bandar Abbas et son importance stratégique, puis se lança dans une tirade passionnée. Armand l'écoutait et comme d'habitude ne savait où elle voulait en venir ; il s'était habitué aux idées farfelues de Donya, surtout depuis l'annonce de son mariage, son voyage en Turquie et l'annulation… Bref, il croyait que de sa part plus rien ne pouvait le surprendre, mais lorsqu'elle lui eut exposé son projet, il resta bouche bée.

— J'ai beaucoup réfléchi, examiné mon plan dans tous les sens, et je crois que nous avons de réelles chances de réussir.

— Réussir ? Mais tu plaisantes, j'espère ? Ce n'est pas sérieux, ton truc ?

— Pourquoi serait-ce moins sérieux qu'autre chose ? lui rétorqua-t-elle sur la défensive.

— Parce que c'est totalement déraisonnable, totalement irréaliste.

Il dissimulait à peine son ton moqueur.

Offensée, elle pensa un instant abandonner, claquer la porte et partir.

— Dis-moi ce qu'il y a de raisonnable dans notre vie. Nous prenons des risques énormes pour goûter aux plaisirs interdits... et ça nous excite. Comme des enfants, nous jouons à cache-cache et ça nous ôte toute responsabilité. Nous nous complaisons dans une illusion et n'osons voir la banalité consternante de notre condition.

— Au moins, on doit reconnaître aux mollahs le mérite d'avoir rendu palpitants les actes les plus anodins ; ce qu'ailleurs on considère comme ordinaire, ou même ennuyeux parce que trop accessible, devient ici un délice. Comme boire du whisky, écouter de la musique, se voir entre filles et garçons, ironisa Armand.

— En somme, d'après toi, nous sommes redevables au régime car, grâce à l'interdit, la moindre réjouissance devient un bout de paradis.

— Je ne saurais mieux dire, affirma Armand.

— Finalement, si je comprends bien, tu prends des risques par hédonisme mais pas pour de vraies causes.

— Au moins, comme tu le dis, le plaisir est assuré ; en outre, les conséquences ne sont pas les mêmes. Qu'est-ce que nous risquons s'ils nous arrêtent parce que nous avons bu de l'alcool, ou s'ils débarquent ici et nous arrêtent tous les deux ? Quelques coups de fouet, que nous pouvons éviter en les rachetant ; et au pire ils nous marieront de force.

— Tu oublies au passage le danger pour les filles d'être violées dans les sous-sols de leurs comités. Je n'arrive pas à te cerner : tu biffes d'un trait les crimes de ce régime et...

— Justement, c'est parce que ce sont des criminels que je ne veux pas me retrouver sous la torture en prison.

— Ce qui me révolte, c'est que tu envisages le pire scénario sans essayer d'imaginer que si…

— Il n'y a pas de place pour les «si» dans ton scénario. Ce que tu proposes, c'est de la pure folie, je suis désolé de te le dire ; c'est encore plus invraisemblable que ton mariage avec Dara. Tu te croyais sûre d'être capable de te marier, mais tu as fait marche arrière ; ce plan est encore plus abracadabrant, sauf que cette fois tu ne pourras pas faire marche arrière sans te retrouver en tôle et sous la torture. Bon sang, pourquoi tu es toujours à la recherche de projets suicidaires ?

— Primo, si Dara m'avait plu, ne serait-ce qu'un peu, au moins physiquement, je l'aurais épousé. Je ne pouvais supporter le moindre contact physique avec lui, même insignifiant.

Cet aveu soulagea Armand.

Elle continua :

— Secundo, je ne vois absolument pas en quoi mon plan est comparable au mariage avec Dara.

— Je ne dis pas que c'est analogue, je dis tout simplement que c'est encore plus délirant que ce mariage qui finalement ne dépendait que de ta décision, s'emporta Armand, exaspéré.

— Ta réponse définitive est donc non, c'est ça ? lui lança Donya comme un défi.

— Non mais je rêve. Tes dealers vont déposer dans les cartons des produits de contrebande, des tracts annonçant la libération de Bandar Abbas… alors crois-tu sérieusement que les riches qui ont les moyens d'acheter des bouteilles de whisky vont bouger le petit doigt ? Non, ma belle, ils vont jeter ton tract directement à la poubelle ; voire ils vont le brûler pour n'en laisser aucune trace. Et ça dans le meilleur des cas, car si, par malheur, tes tracts tombent dans la main de mecs liés au ministère du Renseignement..., avant que rien ne commence, tu seras dans une merde noire.

— Certains le jetteraient, peut-être même beaucoup, ça n'empêche que les tracts sèmeraient la zizanie dans tout le pays ; et puis il y en aurait quand même quelques-uns qui réagiraient.

— Zéro. Je les connais mieux que toi. Crois-tu que l'oppression les dérange ? Ils habitent au nord de Téhéran, font du business avec le régime ; leur progéniture étudie dans des écoles privées en Suisse, à Vienne, à Paris, à Londres ou aux États-Unis. Leurs femmes, leurs filles portent un foulard Hermès en guise de voile, suivent la dernière mode. Ils ont une vie de rêve, entre l'Iran, l'Europe et les États-Unis ; quand ils s'ennuient là-bas, ils reviennent au pays, organisent des fêtes grandioses. Se payer une vie de luxe dans un monde d'interdits les excite. Ils n'ont aucun intérêt à ce que le régime change. Le marché noir, l'import-export, leurs trafics en tout genre leur ont trop bien réussi ; grâce au système de corruption généralisé, ils sont devenus immensément riches. Ils se moquent des prisonniers politiques, des drogués, des miséreux, que sais-je encore ? Ils se foutent royalement de ceux qui souffrent ; après tout, partout dans le monde, c'est comme ça. Regarde des pays comme le Brésil, la Colombie, ou que sais-je encore, des pays africains... la vie est un enfer pour les pauvres : ils ne vivent pourtant pas sous un régime théocratique et les mœurs sont assez libres...

— Je ne compte pas sur les riches, mais sur les étudiants ; pour se payer un whisky au marché noir, il ne faut pas être millionnaire ; même les simples bourgeois s'en offrent de temps en temps. Et puis la distribution des tracts aurait pour but d'informer les gens et de prendre les médias officiels de vitesse. Ce qui nous est nécessaire, c'est l'aide des trafiquants d'ici, des jeunes indigènes de Bandar Abbas.

— Tu es vraiment folle. Un jeune dealer te donne une bouteille de whisky et tu en conclus que l'ensemble des trafiquants vont se lier à ta cause et s'engager dans une lutte incertaine pour renverser le régime. Mais pour l'amour du ciel, as-tu perdu la tête ?

— Ce n'est pas ma cause, c'est aussi la leur. Et puis, si tu voyais ces gamins : il y avait dans leurs yeux quelque chose de rare, ils n'ont peur de rien : en tout cas, ils sont beaucoup plus courageux que toi et moi. Ils risquent leur vie pour des bagatelles, et je crois que justement ils aspirent à jouer un rôle héroïque. En outre, ils détestent ce régime autant que toi et moi, si ce n'est plus. Ils sont les maîtres de la ville et il leur est possible d'en prendre totalement le contrôle.

— Attends, attends deux secondes. Admettons que tu réussisses avec l'aide de tes copains dealers à éliminer les gardiens de la révolution à Bandar Abbas et à prendre d'assaut la mairie et les comités. Et après ?

— J'allais te le dire si tu ne m'avais pas coupé la parole. Dès que la ville tombera sous notre contrôle, à Dubaï et dans d'autres pays du golfe la nouvelle fera l'effet d'une bombe. Nous convoquerons la presse internationale, leur déclarerons que nous avons libéré Bandar Abbas. Et là, les gouvernements occidentaux ne pourront pas ne pas nous aider.

— Ma foi, tu as trop regardé de films, tu te prends pour Jeanne d'Arc ou pour Che Guevara ?

— Tu n'es que dans la moquerie. Si nous ne faisons

rien, si les riches des quartiers huppés de Téhéran ne font rien, peux-tu me dire pourquoi les dirigeants occidentaux feraient quelque chose ? Tout compte fait, ils n'ont pas de problème avec ce régime ; pendant la guerre, ils ont vendu leurs armes et à Saddam et aux mollahs. Ils concluent des contrats très juteux pour la reconstruction des deux pays, et, pour ce qui est de la théocratie, ils s'entendent bien avec l'Arabie saoudite : pourquoi ne s'entendraient-ils pas avec nos intégristes ?

— Tu viens toi-même de donner les raisons concrètes qui garantissent l'échec absolu de ton projet farfelu. Au mieux, tu réussiras à faire massacrer des dizaines de dealers, toi-même au milieu, au pire, tu te feras arrêter et torturer à mort, comme des dizaines de milliers de prisonniers politiques, et cela dans l'indifférence générale de nos chers compatriotes et des étrangers.

— Pourquoi n'essaierais-tu pas d'imaginer, ne serait-ce que par hypothèse, le scénario inverse ?

— J'en ai assez, j'ai un examen à préparer. Je n'ai pas la prétention d'être ni superman, ni révolutionnaire, et d'ailleurs, je crois que j'aurais beaucoup moins de succès auprès des jeunes dealers que toi. Je ne possède pas les qualités nécessaires pour leur plaire. Si tu vois ce que je veux dire.

Cette dernière remarque d'Armand, toute juste qu'elle fût, blessa Donya. Elle éprouva pour la première fois un profond mépris à son égard.

Il ouvrit un grand livre d'anatomie et se mit à étudier. Elle regretta de lui avoir exposé ses idées, faillit lui lancer qu'il ne valait pas mieux que les autres, qu'elle le trouvait méprisable avec ses allures d'étudiant sérieux, mais elle ne dit mot, se leva, traversa le salon, non pas à quatre pattes comme d'habitude, mais droite sur ses jambes, et claqua la porte en sortant.

Sans se lever de sa chaise, il la suivit du regard et, longtemps après son départ, ne put se concentrer sur son livre.

Séance

Elle n'alla pas à son rendez-vous. Elle écrivit dans son cahier : « Il ne dit rien, il ne sait rien, il ne comprend rien, il ne connaît rien, il ne sert à rien, il n'est rien… Il faut que je change de psy, il faut quelqu'un de plus intelligent que moi, quelqu'un qui m'oriente, qui parle, qui dirige la séance, quelqu'un qui m'aide dans l'analyse, qui sache dire autre chose que "humm" "oui" et "je vous écoute"… Il n'est pas professionnel… »

Elle se renseigna à propos des différentes écoles, des cercles, des associations… elle décida d'assister à des séminaires de psychanalyse. Elle s'acheta aussi le *Vocabulaire de la psychanalyse*. Il est vrai que ces gens-là ne parlaient pas comme le commun des mortels et avaient un langage sibyllin qui écartait les non-initiés.

Après avoir assisté à quelques séminaires des différents courants, elle contacta un psy qui lui avait paru très savant ; elle n'avait rien compris à son exposé ! Un homme d'un certain âge. Elle avait découvert, en feuilletant un de ses livres en librairie, un article sur les anciennes civilisations dans lequel il parlait de la Mésopotamie. Elle l'appela et prit rendez-vous.

Quand elle sortit du métro, il pleuvait. Elle portait

des espadrilles blanches et, lorsqu'elle arriva chez le psy, elles étaient mouillées et sales. Il la fit entrer dans la salle d'attente. Cinq minutes plus tard, elle entendit les portes s'ouvrir et se fermer. Il vint la chercher.

Son cabinet était plus chic et plus grand que celui de son psy. Des objets, des tableaux, des livres… et au milieu un tapis persan de Tabriz. Bon signe.

Il l'accueillit, elle entra, prit place dans le fauteuil. Elle remarqua que le fauteuil du psy n'était pas identique à celui du patient. Un autre bon signe.

Silence.

Il replaça ses lunettes sur son nez. Il avait une vraie tête de psy. Troisième bon signe.

Elle ne savait que dire, mais était décidée à parler.

— J'ai assisté à votre séminaire. J'ai trouvé que c'était très intéressant, même si, j'avoue, je n'ai pas tout saisi.

Elle pensa que ç'aurait été bien de préciser ce qui l'avait intéressée dans le discours, mais la seule chose qui lui était restée en mémoire, c'était la place d'un certain « objet a » dans l'imaginaire à la recherche du signifiant, ou peut-être du signifié, ou quelque chose comme ça, auquel, de toute façon, elle n'avait rien compris.

Elle se sentait mal à l'aise dans ses espadrilles mouillées et sales. Elle essayait de cacher ses pieds sous le fauteuil.

Il la regardait sans la regarder.

Elle avait du mal à distinguer si ses yeux, derrière ses lunettes, étaient ouverts ou fermés.

Il avait déjà remarqué, au téléphone, qu'elle avait un accent et se demandait de quelle origine elle pouvait être.

— Je... Je crois que j'ai envie de commencer une analyse avec vous ; à vrai dire j'ai..., je vois déjà, enfin je voyais un psy, mais il n'est pas... il ne me convient pas.

Rien.

— Votre séminaire m'a paru intéressant et je voudrais savoir comment en pratique les séances se déroulent.

Le ponte ne répliqua point.

— Je sais qu'il faut dire ce qui passe par la tête et faire la libre association, et que le psy écoute ; mais je voudrais avant d'entamer une psychanalyse savoir pratiquement comment vous orientez les séances, par quel moyen vous aidez les patients...

Elle attendit vainement une réponse. Le silence devenait embarrassant, elle reprit :

— Je veux dire, pratiquement, comment vont se dérouler les séances ? C'est que... en fait, j'ai décidé de changer de psy car il ne dit jamais rien, il ne sait rien, ne connaît rien et à part « je vous écoute », « oui », et deux ou trois autres formules, il ne sait rien dire ; franchement, pourquoi payer quelqu'un pour ça ? N'importe qui peut faire ça, il suffit de se taire pendant que l'autre parle. Je ne peux même pas savoir s'il m'écoute vraiment ou pense à ses problèmes...

Le ponte ne réagit point.

Déroutée, elle ajouta :

— Je ne sais si j'ai pu m'expliquer clairement. Quand on consulte un médecin, si on pense que son diagnostic est erroné ou que son traitement ne sert à rien, il arrive qu'on change de médecin, ou parfois on préfère, avant de se soumettre au traitement, consulter d'autres spécialistes... Alors voilà, je trouve que faire une psychanalyse est très important et je voudrais savoir si le psy que je consulte est un bon psy. Comme je ne dispose d'aucun moyen de jugement, je voudrais savoir si… si c'est normal…

Elle se tut car elle crut qu'il ne l'écoutait pas et dormait d'un œil.

Il avait décidé qu'il ne la prendrait pas en analyse, et de ce fait ne montrait aucun signe d'intérêt ni même de présence ou d'écoute. Si une patiente veut changer de psy parce qu'il ne dit rien, c'est qu'elle ne veut pas d'une psychanalyse…

Elle essaya une autre voie.

— J'ai lu votre article sur la Mésopotamie et, comme je suis iranienne, orientale donc, j'ai pensé que le monde d'où je viens ne doit pas vous être tout à fait étranger. Je sais que la Mésopotamie n'a rien à voir avec l'Iran d'aujourd'hui, mais…

C'est que je ne sais si je peux faire confiance à mon psy. J'ai l'impression qu'il ne sait rien et fait semblant. Il est moins intelligent que moi. Je ne sais pas… un psy doit être…

Confuse, elle s'interrompit.

Aucun signe de vie n'émanait de lui.

Deux minutes plus tard, il se leva.

Elle se leva.

— Je vous dois quelque chose ?

À peine eut-elle le temps de terminer sa question qu'il prononça :

— Trois cents francs.

— Trois cents francs !?

Elle n'avait sur elle que cent cinquante francs et ne pensait pas que ce serait si cher ; d'ailleurs, elle pensait qu'un psy ne lui ferait pas payer la première séance.

— Je n'ai pas trois cents sur moi, s'excusa-t-elle en lui tendant trois billets de cinquante.

— J'accepte ce que vous avez.

Il prit l'argent, l'accompagna à la porte.

Elle sortit sans se retourner, sans dire au revoir.

Dès que la porte se ferma derrière elle, l'humiliation l'envahit. Elle descendit les escaliers en se réprimandant.

«Tu mérites ce qui t'arrive, tu ne vaux rien... Ta vie est un désastre. Tu es un désastre...»

Elle glissa sur une marche et faillit se casser la gueule.

Une fois dans sa chambre, elle s'enterra sous la couette, le ventre creux et la tête remplie de pensées noires.

Dépitée, elle voua tous les psychanalystes aux gémonies.

Elle admit que l'allusion d'Armand, bien qu'ironique, contenait du vrai. Les indigènes, les dealers n'auraient jamais accepté de travailler avec les étudiants, ils se seraient sentis écrasés par la supériorité des Téhéranais, tandis qu'ils seraient flattés à l'idée de savoir que les étudiantes avaient besoin d'eux et leur faisaient plus confiance qu'aux étudiants. La psychologie avait toute son importance dans cette affaire. Le couple révolutionnaire étudiantes-dealers fonctionnerait parfaitement et n'aurait pas besoin des étudiants morveux, des fils à maman, conclut-elle. Elle décida de s'entretenir avec ses copines et, pour préparer le terrain, se mit à cuisiner. Du riz aux lentilles avec oignon, viande hachée et raisins secs. Ses amies furent surprises, en rentrant, de trouver le dîner déjà prêt.

— Une bouteille de whisky aurait été bienvenue, tu n'as pas revu ton copain Shahab ? plaisanta Farah.

— À propos, je voudrais vous parler d'un sujet très sérieux, annonça-t-elle, saisissant l'occasion.

Farah, Ladane et Mehri, interloquées par le ton de Donya, se regardèrent.

— De quoi s'agit-il ? S'est-il passé quelque chose de grave ? demanda Ladane.

— Finissons d'abord de manger, se contenta de répondre Donya, d'un ton résolu.

— En effet, si c'est une mauvaise nouvelle, autant ne pas gâcher ce festin, intervint Farah en portant une cuillère de riz trop remplie à sa bouche.

À la fin du repas, devant leur assiette vide, elles la regardèrent d'un air interrogatif.

— Je voudrais, avant de commencer, vous prévenir que ce que j'ai à vous dire va vous surprendre au plus haut point ; je le sais d'avance, mais laissez-moi aller au bout de mon raisonnement. J'essaierai d'être, autant que possible, précise et concise, même si ce n'est pas facile.

— Si, au lieu de ce préambule, tu allais droit au but, s'impatienta Mehri.

— Ma rencontre avec les jeunes m'a donné une idée. Vous connaissez comme moi l'importance de Bandar Abbas, tant sur le plan économique que stratégique, et vous savez aussi que la ville est dans la main des familles autochtones qui contrôlent le trafic de tous les produits provenant de Dubaï qu'on trouve sur le marché noir.

Ladane, Mehri et Farah l'écoutaient dans un silence religieux. Elle continua.

— En rencontrant Shahab et sa bande, j'ai découvert que leur énergie, leur audace et leur courage étaient exploités par les grandes machines mafieuses. Ces jeunes cherchent à jouer un rôle héroïque. Je suis sûre que vous êtes d'accord avec moi : ils possèdent un potentiel énorme que nous pourrions canaliser dans le bon sens. D'autant plus que nous bénéficions d'une position prestigieuse à leurs yeux et pouvons avoir une immense influence sur eux. Je pensais…

Elle se racla à nouveau la gorge.

Farah profita de cette courte interruption et prit un air mutin :

— Quoi, tu penses que nous ferions mieux d'abandonner nos études et de nous lancer dans le trafic de contrebande en nous alliant avec ton Shahab ?

Elles éclatèrent de rire, y compris Donya, et avec bonne humeur elle cracha le morceau.

— Non, j'ai une meilleure idée. Je pense que nous pouvons, nous les filles, utiliser notre grande influence sur les indigènes, nous allier à eux et libérer Bandar Abbas.

— Quoi !!! s'exclamèrent-elles toutes les trois d'une seule voix.

— Je vous explique, reprit-elle, emportée par son élan. Ces jeunes peuvent très facilement se pourvoir d'armes à feu, et ils n'ont peur de rien ; en outre, ils détestent autant que nous ce régime. Nulle part ailleurs nous ne pourrions trouver réunies des conditions aussi favorables. Imaginez deux secondes : une fois l'association islamique de l'université et les comités pris d'assaut, la ville serait sous notre contrôle. La nouvelle, grâce aux tracts que les trafiquants auraient introduits dans les cartons de produits de contrebande, se répandrait dans tout le pays et ferait l'effet d'une bombe ; les journalistes internationaux se précipiteraient ici. La libération de Bandar Abbas engendrerait un soulèvement massif dans toutes les villes.

— On te savait cinglée, mais pas à ce point. En somme, tu nous proposes de renverser, à nous quatre, le régime. Je savais qu'il y avait des choses qui ne tournaient pas rond dans ton cerveau, mais à ce stade, chapeau... J'avoue que ça me laisse sur le cul, protesta Farah en se levant pour couper la pastèque qu'elles avaient achetée.

— Qu'est-ce qui te fait croire qu'ils voudront collaborer avec toi ? demanda Ladane.

— Je le sais, je le sens, ils ont besoin de causes à défendre, ils ont un potentiel inouï. Et le fait que nous leur demandions leur aide non seulement les motiverait, mais surtout leur donnerait confiance en eux. Gagner notre estime leur est très important.

— Tu sais que le régime les a sûrement infiltrés et doit disposer d'informateurs parmi eux ?

— Oui, mais les dirigeants ne pourraient jamais imaginer une alliance entre les étudiantes et les dealers et, tu le sais comme moi, les gens changeront de camp aussitôt que la ville tombera sous notre contrôle… Je pensais aller revoir Shahab et lui expliquer la situation. J'ai une confiance absolue en ce garçon, je sais qu'il se sentirait honoré… Qui ne voudrait pas être un héros révolutionnaire ?

— Beaucoup. Et beaucoup plus que tu n'imagines, lui rétorqua Ladane. Je crois que tu juges les autres seulement d'après tes critères et que tu projettes tes élans révolutionnaires sur eux. Elle est invraisemblable et délirante, ton idée. Tu sais très bien que ces jeunes sont aux ordres des grands trafiquants qui, eux, sont de mèche avec le pouvoir. Ils se surveillent les uns les autres. Et puis, outre deux comités dans cette ville, il y a plein d'agents sans uniformes, des civils méconnaissables, au service du ministère du Renseignement. Les gardiens de la révolution en uniforme ne sont que la face apparente d'un système bien plus enraciné et plus diffus. Tu crois vraiment que le régime sous-estime l'importance de Bandar Abbas et qu'il se contente juste de deux comités pour le maintenir sous son autorité ?

— Qu'est-ce qu'il en pense, Armand ? demanda Mehri, qui était restée plutôt silencieuse.

— Je ne lui ai pas encore parlé, je crois qu'il ne faudrait pas que les garçons interviennent, le courant ne passerait pas entre eux et les indigènes.

— Alors c'est pour ça que tu nous avais préparé à manger ? Je me disais que tu devais mijoter quelque chose ; tu croyais nous vendre ta révolution pour un riz aux lentilles !? ironisa Farah à nouveau tout en découpant la pastèque.

— Écoutez, je suis sérieuse. Ne croyez-vous pas que justement c'est à nous, les femmes, qu'incombe une responsabilité autrement plus importante ? Le fait que nous soyons étudiantes dans cette ville nous donne des prérogatives que nous n'aurions nulle part ailleurs. Pourquoi ne pas saisir notre chance ?

— Ma chance, elle se fait toujours mettre – Ladane utilisait souvent cette expression familière en persan qui signifie avoir de la malchance dans la vie ; alors, très franchement et très lâchement, je te le déclare, ta révolution devra se passer de moi, elle se portera largement mieux sans moi, conclut-elle.

— Tu sais, nous partageons ton rêve. Mais nous n'avons aucune structure, et je ne crois pas qu'on puisse se fier aux dealers. Nous donner des bouteilles de whisky pour nous épater et renverser le régime, ça n'a rien à voir. C'est trop fou, tu ne trouveras personne qui accepterait de se lancer dans une révolution, c'est fini tout ça. La torture en prison, ce n'est pas une blague, souligna Farah d'un ton plus sérieux.

— Comment peux-tu le savoir ? Je crois au contraire…

Farah ne lui laissa pas terminer sa phrase :

— Il n'existe personne d'aussi suicidaire que toi. Personne ne raisonne comme toi. Il suffit qu'on te dise que tu n'es pas capable de sauter du douzième étage pour que tu sautes ; tout simplement pour prouver le contraire. Les gens, eux, ils tiennent à la vie. Tu comprends ça ?

— Je crois que Farah a raison. Ton idée n'a aucune chance. Et puis le régime réussit à corrompre tout le monde. S'ils pouvaient mettre la main sur Dieu, même lui, ils le corrompraient, affirma Mehri en conclusion.

— Je te conseille vivement de n'en parler à personne d'autre. On oublie tout, ajouta Farah, pour clore la discussion, en finissant de découper la pastèque.

Donya se leva. Elle se réfugia, comme d'habitude, sur le balcon, pour être seule.

Elle résista péniblement quelques semaines. Des cauchemars l'assaillaient ; en pleine nuit, elle sursautait. On aurait dit que le fonctionnement de son cerveau était multiplié par cent depuis qu'elle avait commencé la psychanalyse. Sa tête ne la laissait pas tranquille.

Elle souffrait plus encore qu'avant ; la psychanalyse l'avait rendue fragile ; elle était devenue, à son insu, accro aux séances dans le cabinet de «l'idiot».

Comme une droguée en manque, elle cherchait, en vain, à se désintoxiquer en s'enterrant sous la couette. Durant des heures et des heures, dans sa chambre, elle avait tenté de se persuader d'arrêter une fois pour toutes. Elle menait une guerre sans merci contre elle-même :

«Je n'ai personne, pas d'amis, pas de famille, pas de proches ; il est la seule personne que je vois et à qui je parle ; c'est normal que je lui sois attachée, mais avec le temps, ça passera, il faut attendre.»

Plus elle résistait, plus elle se raisonnait, plus son besoin de le revoir devenait irrépressible.

Une profonde dépendance était née en elle, elle qui avait toujours été indépendante comme le vent.

Il n'était pas son type d'homme et elle ne lui trouvait aucun charme ; en outre, elle le détestait. Tout ça, c'était bien vrai. Si elle l'avait rencontré n'importe où et dans n'importe quelles circonstances, elle ne lui aurait adressé ni un mot, ni un regard ; et pourtant, elle avait besoin de sa présence, parole ou silence. Non seulement elle se languissait de lui, mais aussi, sans se l'avouer et sans l'admettre, elle était tombée amoureuse de lui. Elle en avait honte. Elle se réprimandait.

Elle se moquait que cela s'appelle le transfert et fasse partie du processus psychanalytique ; ce foutu transfert, sans apporter aucun remède à ses souffrances, en avait causé une de plus. Le transfert l'avait avilie. Elle n'était plus maîtresse d'elle-même.

Un besoin vital, une dépendance malsaine et maladive s'étaient enracinés en elle. Nul ne peut interrompre d'un coup une psychanalyse à raison de plusieurs séances par semaine alors que le cahier des souffrances reste grand ouvert. Alors, en dépit de tout, elle le rappela et retourna le voir.

Dans sa tête, confusion totale. Vertige mental. Dire ? Ne pas dire ? Que dire ? Comment dire ? Qui être ? Comment être ? Mais pourquoi suis-je encore ici ? se reprochait-elle au moment où le psy vint à sa rencontre.

Souffle coupé, sur le point d'exploser, elle prit place dans le fauteuil. Elle ouvrit la bouche et une lave de paroles se déversa :

— Vous êtes content et satisfait ? Vous vous sentez fort parce que vous l'avez rendue faible ! Vous lui êtes devenu indispensable. Mais qui êtes-vous ? À quoi jouez-vous ? Elle est venue ici parce qu'elle souffrait, parce qu'elle voulait oublier son passé mais, à cause de vous et de ces « séances », son passé est devenu vivant ; par votre faute, elle est devenue totalement handicapée et vous êtes d'une irresponsabilité totale ; qu'elle disparaisse, qu'elle crève, vous vous en foutez…

Le psy savait que cet emportement résultait de sa dépendance. Il l'écoutait avec sang-froid.

— Guérir par la parole ? Mais vous rigolez, ma parole !

De quoi voulez-vous qu'elle guérisse ? Je vous dis que c'est impossible : on ne peut pas guérir quelqu'un comme elle. On ne peut pas guérir quelqu'un de sa vie, à moins de lui ôter la vie.

Et d'ailleurs elle n'est pas venue ici pour guérir, elle est venue ici pour que vous l'aidiez à oublier.

On ne peut pas guérir quelqu'un de la réalité.

Guérir quelqu'un de la réalité, pas mal comme formule, pensa le psy, sans broncher.

— Il faut l'aider à penser à son avenir, au présent, à sa vie à Paris, ici et maintenant, mais vous, vous la poussez vers le passé... c'est dangereux. C'est mortel. Un bourgeois comme vous n'en a aucune idée.

Il faillit dire : « Vous croyez ? »

— Moi je ne veux pas qu'elle vienne, ça ne sert à rien... je le sais ; j'ai vu à quel point vous êtes irresponsable. Vous la faites souffrir davantage. Il faut tout effacer, comme une feuille blanche sur laquelle rien n'est écrit, et commencer une nouvelle vie.

— Et si vous laissiez la parole elle-même se décider, au lieu de tout lui dicter ?

— Vous voulez que la PAROLE se décide ; eh bien, elle va vous dire, la PAROLE, ce qu'elle a à vous dire : Vous... vous, vous êtes, vous êtes... Je vous déteste, je vous hais, je vous hais... vous êtes un monstre, je vous hais, vous êtes monstrueux, je vous hais comme je n'ai jamais aimé personne.

Son visage enflammé. Elle ne se rendit pas compte de son lapsus.

Le psychanalyste, satisfait de cette effusion et du lapsus final, attendit qu'elle se calme, puis, en se donnant une voix de velours, conclut :

— On en reste là si vous voulez bien.

Au moment du paiement, il lui dit d'une voix ferme :

— Si vous décidez de reprendre votre analyse, vous devez respecter la régularité de vos séances.

Elle paya quatre-vingts francs et quitta le cabinet

sans lui serrer la main, sans le regarder, et sans lui dire
au revoir.

Elle marcha des heures et rentra à pied chez elle. On
aurait dit qu'elle habitait une autre planète.

Bandar Abbas

La vie n'était qu'une suite de déceptions et de désil-
lusions sans cesse renouvelées. Depuis qu'elle avait
rencontré Shahab, comme à l'époque où elle était adolescente, les idées révolutionnaires avaient animé son
cœur et son esprit ; imaginant des scènes héroïques, elle
s'était vue, kalachnikov à l'épaule, au côté des autres,
partant à l'assaut des comités. Son projet était-il réellement naïf et irréaliste ? Pourquoi n'arriveraient-ils pas
à réussir ce que d'autres avaient réussi ailleurs, dans
d'autres pays ? se demandait-elle. Pourquoi ce décalage
perpétuel entre elle et le monde qui l'entourait ? Était-
elle incapable de raisonner comme les autres ? D'où lui
venait cette folie, cette force qui la dépassait et qui exigeait d'être consumée ? D'où lui venaient ces émotions
si puissantes qui l'étouffaient ? Pourquoi cherchait-elle
à tout prix à se mettre en danger et pourquoi cela lui
procurait-il une si grande jouissance ? Cela faisait plus
de dix ans que tout le monde dans ce pays souhaitait,
espérait, attendait, prédisait la fin du régime ; alors
pourquoi personne, pas même les étudiants, ne voulait-il prendre les armes ?

La torture psychologique au quotidien et les arrestations anodines qui se soldaient par des libérations relativement rapides donnaient à tous un avant-goût de ce

que pouvaient être une vraie arrestation, la vraie prison et la vraie torture. Les années de plomb, l'extermination de tous les opposants et les malheurs de la guerre étaient encore trop proches et les mémoires encore meurtries.

Les gens se résignaient au régime comme à une catastrophe naturelle contre laquelle nul ne pouvait rien, qui suivait son cours et qui se terminerait d'elle-même.

Elle resta une partie de la nuit sur le balcon à contempler la mer, l'horizon, le ciel et les étoiles. Que de misères et de souffrances sous la voûte céleste royalement indifférente... Elle avait réellement cru que son idée ingénieuse allait être accueillie avec enthousiasme par ses amis. La réaction de ses copines et celle d'Armand l'avaient blessée, l'amertume pesait sur son cœur. Elle avait la révolte dans le sang. Souvent incapable de dominer ses pulsions, elle se laissait emporter par des élans révolutionnaires qui ressemblaient beaucoup aux élans amoureux, aux fièvres cérébrales, aux passions fracassantes. Elle venait de se briser encore une fois comme une immense vague sur les rochers. Avait-elle nourri dans son cœur des espérances folles, et malgré son athéisme, son esprit abritait-il des rêves messianiques ? Pourquoi croyait-elle dur comme fer à son plan qui aux yeux des autres n'était qu'une aberration ? L'ardeur et l'enthousiasme avec lesquels elle l'avait défendu avaient été moqués sans égard par ses amis. Dans son âme, elle se sentait plus proche des dealers que des étudiants. Pourquoi n'avait-elle pas peur de la mort, pourquoi sacrifier sa vie ne représentait-il pas une perte à ses yeux ? Était-ce cela, la vraie raison de sa témérité : le vertige de la mort ? Le goût du suicide ?

Lorsqu'elle retourna dans la chambre, la lumière était éteinte ; Mehri, Ladane et Farah dormaient ; leurs respirations régulières alternaient. S'allongeant sur son lit, elle sut que sa place n'était plus là.

Dès qu'elle entra, le psy reconnut l'as de pique.

Elle s'imposa dans le fauteuil, agressive.

— Je ne comprends pas pourquoi les gens cherchent des explications à la barbarie des humains. C'est comme ça, l'être humain, c'est la pire créature sur cette putain de terre.

Le psy ne dit rien.

— Parmi les animaux les plus féroces, en connaissez-vous un qui massacre des enfants, tout simplement pour obéir aux ordres ?

Un hmm sérieux sortit du psy.

— Son père était un psychopathe qu'il fallait enfermer, c'est tout, et rien ne peut l'excuser.

Il avait eu une vie terrible, d'accord, mais ce n'était pas une raison pour torturer sa propre fille alors qu'elle était enfant.

— Oui.

— Comprendre. Il n'y a rien à comprendre ni à analyser…

Quand à six ans on pisse sur soi de peur devant son propre père, comment voulez-vous que le monde tout entier ne devienne pas une horreur ? Quand le père qui doit vous protéger est lui-même une menace de mort,

278

comment voulez-vous que le monde extérieur dans son ensemble ne devienne pas une menace ?

… Il n'y a rien à analyser. Il fallait l'enfermer, cet homme, et maintenant c'est elle qui s'enferme.

Un silence.

— Ça n'avait rien à voir avec un père qui tabasse ses enfants, oh non, il devenait littéralement fou, et d'un coup, c'étaient des scènes inimaginables.

Le psy ne savait que dire.

— Moi, je le haïssais, je le haïssais avec chacune de mes cellules et je souhaitais chaque nuit sa mort.

Je croyais que s'il mourait le cauchemar serait fini.

— Hmmm…

Elle s'en prit au psy.

— À quoi vous servent les réunions et les séminaires entre psys ?

Tout ce langage alambiqué ne vous sert qu'à sortir des oui et des hmmm obscènes.

Le psy rougit, mais ne dit rien.

Elle jeta quatre-vingts francs sur le bureau et quitta les lieux en claquant la porte.

Pendant plusieurs séances, elle demeura à nouveau prostrée, sans même un bonjour à l'arrivée ni un au revoir au moment du départ. Elle restait immobile, fixait le vide.

Le psy, après l'échec de ses « je vous écoute », « dites », « oui », « qu'est-ce qui vous retient ? »... mettait fin à la séance.

Il se levait en disant « bien » ou alors « la séance est finie ».

Elle se levait après lui, dans une indifférence totale, le payait et quittait le cabinet.

Un jour, elle reparla.

— Je n'ai rien compris à ma mère. Comment une mère peut-elle être comme ça, à ce point distante et indifférente ?
Incapable du moindre instinct maternel ?

Silence.

— Je déteste la famille... Ça me rend malade. Comme si on avait demandé à venir dans ce putain de monde.
Finalement ce n'est qu'une question de chance, la naissance, une simple putain de loterie, et rien de plus.

… On n'est que le résultat de la rencontre d'un sperme et d'un ovule… Pur hasard.

… Je déteste le monde et l'humanité. Tous des hypocrites, tous des inhumains. Freud avait raison, nous sommes tous des assassins.

Elle toussait. Elle était très enrhumée.

— En fait, dans mes moments d'hallucination, les têtes déformées et terrifiantes des gens montrent leur vrai visage. Ce n'est pas de l'hallucination, c'est de l'extrême lucidité.

… Pour pouvoir vivre dans une société humaine, il faut être aveugle et hypocrite, un monstre.

Une quinte de toux.

— Qu'est-ce que je fais dans ce pays ? Qu'est-ce que je fais ici ?

Je suis en France, à Paris, je ne connais personne et je paie pour parler.

C'est de la science-fiction.

L'isolement qu'on ressent à Paris vous pousse au désespoir le plus noir, au suicide.

C'est le hasard qui m'a jetée à Paris, comme il m'a jetée dans ce monde.

Un silence.

— Enfant, souvent je me disais qu'un jour j'écrirais tout ça… Adolescente, j'ai commencé à écrire des poèmes.

Un autre silence.

— … Ce n'était pas moi, ça me venait, comme une source qui jaillit du sol, ça sortait de moi. J'avais deux cahiers, je les ai brûlés à dix-neuf ans, avant ma première tentative de suicide. Je les regrette aujourd'hui.

… Croyez-vous qu'un jour j'arriverai à écrire, à écrire des livres, je veux dire, en français ?

Le psy ne répondit pas.

— Pourquoi vous ne dites rien ?

Elle attendit une réponse, mais rien ne sortit du psy. Elle s'énerva :

— Vous pouvez dire non. Ou oui. À moins que vous croyiez ça impossible vu le nombre de fautes que je commets…

Un silence.

— Vous ne dites rien, vous êtes comme ma mère, d'une indifférence immonde…

Le psy partit en week-end avec sa rousse, dans sa maison, tout près de Dijon, une maison familiale dont lui et sa sœur avaient hérité et où ils passaient chacun deux ou trois semaines par an. Sa femme aussi y séjournait de temps à autre, pour peindre. Elle avait transformé la grange en atelier.

La belle rousse avait eu beaucoup de mal à se libérer de ses obligations d'épouse et de mère de famille, et elle avait failli annuler. Elle avait dit à son mari qu'elle partait avec son amie d'enfance, qu'elle avait besoin de s'aérer et d'avoir un week-end à elle. Son amie savait qu'elle voyait quelqu'un et l'avait déjà couverte plusieurs fois. Elle arriva au rendez-vous avec une heure de retard.

Toute la semaine, il s'était senti jeune, gai, heureux, plein d'entrain, amoureux, et s'était ennuyé à écouter tous ces gens qui venaient se plaindre l'un après l'autre dans son cabinet.

Le trajet, malgré l'embouteillage à la sortie de Paris, fut délicieux. En écoutant FIP, alors qu'il conduisait, elle caressait sa nuque, lui mettait des baisers dans le cou, baladait sa main sur sa cuisse et un peu plus haut. Ça faisait des années que ni l'un ni l'autre n'avaient passé un week-end en amoureux. Ils arrivèrent vers onze heures dans la grande maison rustique isolée au milieu des champs. À peine franchie la porte, ils firent l'amour dans la cuisine. Ils ne s'étaient pas vus depuis huit jours. Tout nu, il ouvrit une bouteille de chablis et les volets. Il enfila une vieille robe de chambre en soie, prépara des pâtes à la sauce bolognaise en boîte de conserve. Ils mangèrent peu et burent beaucoup, refirent l'amour au lit et s'endormirent d'un sommeil de plomb.

Le matin, il se réveilla en bandant. Il lui fit l'amour. Ils fumèrent une clope au lit, puis elle alla dans la salle de bain. Il alluma la radio, chercha France Musique, prépara le café, sortit du pain congelé, le fit griller. Deux pots de confiture, du beurre dont la date limite de consommation était dépassée, le pain bien chaud et deux grandes tasses de café l'attendaient sur un plateau lorsqu'elle sortit, sourire aux lèvres, et enveloppée dans une serviette blanche.

Après le petit déjeuner, il lui fit encore l'amour ; il bandait sans cesse, avait retrouvé la vigueur de ses vingt ans et cela le rendait heureux, amoureux, rempli d'un désir ardent. À midi, ils quittèrent la maison, il lui proposa une promenade à pied, mais elle suggéra de prendre la voiture. Ce n'était pas trop son genre, les balades dans les champs au milieu de nulle part. Elle était très citadine, avait grandi à Paris, et une journée entière à la campagne sans aucune trace de civilisation l'angoissait. Elle lui demanda de faire un tour à Dijon. Il objecta qu'il allait y avoir beaucoup de circulation pour entrer et sortir car c'était samedi. Elle insista ; ils n'avaient rien à faire et elle n'était jamais allée à Dijon.

Ils flânèrent du côté de la cathédrale Saint-Bénigne et du palais des Ducs et des États de Bourgogne… Pour écourter la visite touristique, il l'invita dans un bistro à prendre un verre et à grignoter quelque chose. C'était loin d'être un lieu de gastronomie. Il n'était pas du genre à claquer son argent dans un restaurant. Chaque fois qu'il l'avait invitée, c'était dans des lieux à deux sous. Il commanda un verre du vin de la maison et des charcuteries, elle une salade et une demi-bouteille de Badoit.

Ils se promenèrent encore une heure, puis il décida de faire les courses avant de rentrer. Il acheta un gigot, des pommes de terre…

Il s'avéra bon cuisinier. Le gigot, truffé d'ail, elle l'admit, était succulent. Ils vidèrent deux bouteilles de chambertin grand cru sorties de sa cave. Ils dansèrent sur quelques airs diffusés par la radio, en dégustant un armagnac de 1950. Ils firent l'amour par terre dans le salon avant d'aller au lit. Au petit matin, il se réveilla, encore bandant. Il se colla à elle, l'embrassa dans le cou, la pénétra par-derrière alors qu'elle était à moitié endormie. Elle aima particulièrement cette étreinte inattendue. Ils se rendormirent et se levèrent à onze heures passées. Ils prirent le petit déjeuner, firent une promenade dans les champs. Elle voulut visiter la grange, mais il prétendit qu'il ne savait pas où était la clé. Ils mangèrent le reste du gigot. Avant de se mettre en route pour Paris, elle prit une douche. Ils n'avaient pas parlé de leurs conjoints ni de leur progéniture. En vérité, ils n'avaient pas beaucoup parlé. Le désir et le corps avaient tout dit.

Le dimanche soir, elle fut contente de retrouver les siens. Son mari et ses deux enfants avaient préparé son dessert préféré : une tarte fine aux poires saupoudrée de cannelle avec une boule de glace au chocolat dessus.

Bandar Abbas

Donya resta nuit et jour au lit et ne remit plus les pieds à l'université. La fin du semestre et la période des examens approchaient. Les nuits blanches de révision se succédaient. Depuis 1979, beaucoup de professeurs avaient été arrêtés, emprisonnés, d'autres avaient fui le pays ; la pénurie de professeurs qualifiés et les restrictions budgétaires avaient fait baisser le niveau considérablement dans les universités iraniennes jadis réputées et compétitives. Les exigences scientifiques étant très médiocres, une seule nuit d'étude permettait aux étudiants les plus intelligents de passer leur examen avec mention bien. Il suffisait à Donya de lire très rapidement un texte pour être capable de le reproduire à l'identique, qu'il s'agît d'anatomie, de biologie… ou d'idéologie dialectique… On l'avait surnommée « bande magnétique », celle qui enregistrait tout.

Pendant que ses copines révisaient jusqu'à l'aube, elle se réfugiait sur le balcon, sans allumer la lumière, s'asseyait dans un coin, à même le sol, et fixait l'horizon. Durant ces heures immobiles où rien ne se passait en elle, aucune trace d'émotion, de pensée, de langage ou de rêve, elle devenait une pierre.

Les illusions amoureuses ou révolutionnaires qui animaient, il y avait encore quelques semaines, son cœur, s'étaient évanouies ; détachée totalement de la vie, elle pensait très sérieusement à se donner la mort. Elle avait besoin de défis pour se sentir en vie. Disposer de sa mort, surtout lorsqu'on ne dispose pas de sa vie, constituait un droit primordial à ses yeux. Son mutisme et son immobilisme inquiétaient ses copines ; elles lui transmirent plusieurs lettres d'Armand qu'elle n'ouvrit même pas. Elle ne se présenta pas aux examens et les supplications de ses amies ne servirent à rien. Elle décida de se jeter du douzième étage, la prochaine nuit de pleine lune, de ce balcon où elle aimait se réfugier. Une chute libre. Se donner la mort était le seul moyen de mettre fin à l'existence du monde qui l'entourait.

Elle croyait sa détermination inébranlable, mais il se trouve que le psychisme n'est pas une entité monolithique et que les différents rouages de cet appareil complexe, qui possède autant de cellules que l'univers d'étoiles, fonctionnent d'une façon indépendante et parfois totalement contradictoire. Avant que la nuit fatidique de la pleine lune n'arrivât, un soir, vers onze heures, elle s'habilla pour sortir ! Ses copines essayèrent de la raisonner, mais elle, qui défiait la mort, se moquait des dangers. Et avant la mort, elle se devait d'accomplir un exploit, aussi absurde fût-il.

Elle quitta la chambre, prit l'ascenseur, descendit au rez-de-chaussée, et, au lieu de s'engager dans la cour vers le portail de la cité, escalada le mur et sauta de l'autre côté, dans la rue. C'était aussi facile que ça ! Et pourtant nul n'aurait pu imaginer qu'une étudiante en fût capable. Pas un passant, pas un chat dans cette petite rue sans réverbères. Elle se dirigea vers le grand parc. Des autochtones de tous âges, filles et garçons, enfants, jeunes et vieux, rassemblés ici et là, sous les arbres, assis sur la pelouse, sur les bancs, discutaient bruyamment. À cette période de l'année, la chaleur tropicale de Bandar Abbas atteignait 45 degrés dans la journée, et la vie ne commençait qu'à partir du coucher du soleil. À l'heure où les étudiantes devaient rentrer dans la cité, à neuf heures, les autochtones et les étudiants sortaient. Elle erra, puis s'assit sous un arbre, non loin de filles indigènes qui parlaient un mélange de persan et de dialecte en décortiquant avec les dents des graines séchées et grillées de pastèque ou de melon. L'odeur forte et humide des fleurs, des arbres et de l'herbe était enivrante. Vers une heure du matin, les filles se levèrent et sortirent du parc qui se vidait peu à peu. Donya y passa la nuit, contempla longtemps le ciel étoilé et finalement s'endormit, malgré la grande chaleur, sur la pelouse. À l'aube, le soleil la réveilla. Elle se dirigea vers la boulangerie traditionnelle devant laquelle il y avait déjà deux petites queues, celle des femmes et celle des hommes. La morale islamique voulait qu'hommes et femmes fissent séparément la queue pour acheter le pain de Dieu. Les pains sortis tout droit du four, bien chauds, dans les mains, elle rentra à la cité. Le gardien arrosait les plantes, elle baissa la tête pour ne pas attirer son attention. Ses copines s'étaient inquiétées et, dès qu'elle franchit la porte de la chambre, elles lui reprochèrent son comportement inconséquent. Elles prirent le petit déjeuner, elle leur raconta sa nuit passée sans aucun incident dans le parc. Elle demanda à Ladane de lui couper les cheveux, mi-longs et bouclés, à la garçonne, très court.

Chaque soir, comme d'habitude, une gardienne se présentait entre neuf et dix heures à la porte des chambres des filles, cahier de présence en main, et Donya, comme toutes les étudiantes, le signait. Cette nuit-là, avant minuit, elle enleva son soutien-gorge, serra un bandage autour de ses seins, enfila un large tee-shirt pour homme, qui cachait son bassin, et un pantalon large en toile, dessina un fond de moustache et de barbe à l'aide d'un stylo-feutre noir, enfila son voile et son manteau, mit des baskets noires, traversa rapidement le couloir, prit l'ascenseur, et, au rez-de-chaussée, dans la cour, s'assura que le gardien était installé dans sa petite pièce devant le portail de la cité ; puis elle escalada rapidement le mur, sauta dans la rue déserte et sombre, ôta son voile et son manteau, les fourra dans un sac en plastique et partit à l'aventure.

Ses copines la supplièrent d'arrêter ce jeu très périlleux, mais elle continua de n'en faire qu'à sa tête, sans les écouter. Elles soupçonnèrent Donya de poursuivre ses projets révolutionnaires. Elle ne savait pourquoi, sans aucun but, elle s'exposait à un tel danger ; mais quelque chose en elle la poussait chaque nuit à répéter avec une minutie religieuse ce qui était devenu un rite. Peut-être fut-ce la seule raison pour laquelle, finalement, elle ne se jeta pas du douzième étage la nuit de pleine lune.

Les premières nuits se passèrent sans incidents ; elle avait moins chaud dans sa tenue de garçon et se sentait plus libre avec sa tête presque rasée et sans voile. Elle ne dormait pas car elle ne pouvait prendre le risque de se réveiller déguisée en garçon au lever du jour. Elle restait dans le parc et, dans un petit cahier, prenait des notes, écrivait des vers ou de très courts récits. Elle s'allongeait sur la pelouse et, fixant les étoiles, récitait les vers d'Attar, de Hafez, de Rumi, ou les robayyats d'Omar Khayyâm, le maître des épicuriens. Elle pensait à ce que sa vie aurait pu être dans un autre pays, s'imaginait astronome aux États-Unis. Elle avait toujours voulu devenir une grande scientifique ; continuer la voie tracée par Omar Khayyâm qui avait été, outre un immense poète, un mathématicien et un grand astronome. Puisque la vie qu'elle souhaitait lui était impossible, au moins la rêver. L'immensité du ciel étoilé était sienne; elle n'habitait plus cette terre honnie des mollahs, mais la voûte céleste. Elle planait dans l'air, se libérait de ce corps qui l'emprisonnait, allait au-delà de la matérialité de l'être. Le corps n'était plus une masse solide, il devenait fluide, il devenait l'air, léger, planait à sa guise. Des heures s'écoulaient. Avant l'aube, comme un voyageur fatigué au retour de son périple, elle redescendait sur terre; son être se réincarnait à nouveau dans son corps; elle se levait et, d'un pas las, quittait le parc, revenait dans la rue, remettait son manteau et son voile, escaladait le mur, vérifiait que le gardien n'était pas encore sorti, sautait dans la cour de la cité, reprenait l'ascenseur, remontait au douzième étage, traversait rapidement le couloir, rentrait dans la chambre sur la pointe des pieds et se glissait dans son lit.

Séance

Elle s'allongea sur le divan.

— Ça ne marchera jamais…

Quand je regarde en moi, je vois un puits noir sans fond et j'ai l'impression que la psychanalyse va me jeter dedans, sans aucun secours.

— Vous ne serez pas seule.

— Quoi ? Vous allez sauter avec moi dans mon passé ?

— Je serai là pour vous écouter.

— Mais les mots ne peuvent rien…

— Vous croyez ?

— Quoi, je vais me construire une autre enfance, une autre adolescence avec les nouveaux mots ?
À vrai dire, c'est ce que j'ai toujours fait, je croyais qu'il suffisait de changer les mots pour changer les choses. Je croyais qu'il suffisait de raconter une autre histoire pour que la réalité change, mais cela s'appelle mentir.

— Ici, rien ne vous oblige à mentir.

— La seule chose qui peut me réconcilier avec la vie, c'est l'oubli.
Comme dans les films, un accident, un coma et puis la perte totale de la mémoire.

— Et si vous vous faisiez confiance ? suggéra le psy.

— Me faire confiance !? Mais vous avez perdu la tête ?

Je suis la dernière personne sur terre à qui je ferais confiance…

Vous ne me connaissez pas, je suis ma pire ennemie ; personne ne peut me détruire comme j'en suis capable moi-même.

— Hmmm…

— Parfois il y a une haine, je ne sais même pas à quoi elle est due…, mais j'ai envie de me pendre au milieu de ma chambre de bonne, tout simplement parce que je respire encore.

— Oui, mais il n'y a pas que ça en vous.

— C'est sûr, il y a aussi l'autoadmiration, comme si j'étais la Sainteté en personne, l'être le plus courageux, le plus intelligent… que la terre ait jamais porté.

… Le problème, c'est que je suis tellement éparpillée et divisée que je ne sais à qui je dois faire confiance en moi.

— Personne n'est un. Les divisions dont vous parlez existent chez tout le monde, mais chez vous elles sont extrêmes, précisa le psy.

Silence.

— Je n'arriverai jamais à faire la paix avec les femmes que je suis…

Le psy pensa que la formule résumait parfaitement sa situation.

Elle reprit :

— Plus la vie a été dure avec moi, plus elle m'a rendue cruelle avec moi-même. Je me disais que je devais être plus forte que les autres pour pouvoir endurer le mal qu'ils me faisaient…

Et puis, je me persuadais que je méritais tout ça, que j'étais venue au monde pour souffrir.

Un silence.

— J'ai voulu me forger un caractère trempé et, à force de me forcer, je suis devenue folle à lier.

— Vous n'êtes pas folle et vous le savez.

Elle ne dit plus rien.

Une minute plus tard, il se leva en disant :

— On en reste là, si vous voulez bien.

Elle se leva du divan, le paya, le remercia en lui serrant la main et sortit.

Finalement, les virées nocturnes de Donya étaient beaucoup moins dangereuses que les quelques mèches de cheveux que les filles laissaient dépasser de leur voile – raison pour laquelle les filles étaient le plus souvent réprimandées –, car nul n'aurait pu soupçonner une étudiante d'une telle folie.

La cinquième ou la sixième nuit, elle reconnut dans le parc un des garçons de la bande de Shahab. Sous l'effet de la surprise et sans réfléchir, spontanément, elle lui fit un signe de la main ; le gamin, qui avait entre douze et quatorze ans, fut étonné ; il se demandait si le signe lui était destiné. Elle se rendit compte qu'elle devait être méconnaissable sous son déguisement. Quelques minutes plus tard, elle aperçut Shahab ; le gamin courut vers lui et tous les deux regardèrent dans la direction de Donya qui était assise sur un banc. Ils s'approchèrent, elle se leva. La prenant pour un étudiant, Shahab l'interpella d'un ton sec :

— Tu veux quelque chose ?

Sourire aux lèvres et de son ton fier de garçon manqué, elle rétorqua :

— C'est moi, Donya.

Il la dévisagea, non sans méfiance, en approchant la tête et en ouvrant grands les yeux.

Elle répéta :

— Si, c'est moi, Donya ; on s'est rencontrés près du port.

Un magnifique sourire irradia son visage :

— Viens ! Je t'emmène avec moi.

Elle le suivit ; ils rejoignirent quelques hommes au bord de la mer. Il fit les présentations ; il y avait son frère aîné et son plus jeune oncle, le vrai chef du clan. Ils furent d'abord sidérés, puis fort amusés de rencontrer une étudiante transformée en garçon. Ils avaient fait du feu avec du charbon sur un brasero et grillaient des crevettes décortiquées qui avaient été pêchées le jour même. Shahab passa une canette de bière bien fraîche à Donya. Ils trinquèrent. Puis la merveille arriva : une brochette de quatre crevettes légèrement safranées et à peine grillées. Shahab la lui tendit :

— Goûte ça, il n'y a personne au monde qui sache les faire mieux que mon oncle.

Elle coinça la première crevette entre les dents, la fit glisser sur la baguette métallique en prenant la précaution de ne pas se brûler les lèvres, l'abandonna dans sa bouche, mordit dedans, et aussitôt le goût exquis de cette chair blanche, moelleuse, juteuse et parfumée se répandit sur son palais. Jamais nulle crevette sur terre, dans aucun des meilleurs restaurants quatre étoiles du monde, ne pourrait concurrencer le goût voluptueux, presque érotique, des crevettes de Bandar Abbas safranées et grillées par l'oncle de Shahab. On comprenait pourquoi les mollahs interdisaient tout plaisir lié à la chair. Le sublime dans toute sa splendeur et sa rareté se concrétisait dans ce mets succulent.

— C'est divin… Mmmm…

Elle pensa : « J'ai bien fait de ne pas me jeter du balcon ! »

Les hommes parlaient parfois business, ils essayaient de ne pas employer un langage de charretier devant elle. L'oncle de Shahab l'apostropha :

— Tu connais la dernière blague sur Khomeiny ?

— Je ne sais pas, il y en a tellement.

— Le ministre des Affaires étrangères de la France apporte de la part du président Mitterrand, en signe de réconciliation après la guerre et pour reprendre les affaires du bon pied, un cadeau symbolique et prestigieux, les pantoufles du Roi-Soleil, Louis XIV.

Khomeiny les essaie tout de suite puis les rend au ministre en disant : « Elles sont trop petites. Apportez-moi du Louis XVI. »

Vers quatre heures du matin, Shahab la raccompagna. Il était fier et ému de se trouver seul avec elle. Ils marchaient côte à côte. La liberté, la bière, l'ivresse de la soirée et son allure de garçon l'avaient trop exaltée pour qu'elle pût prêter attention aux sentiments de Shahab. Ils chantaient ensemble une chanson bandari, très rythmée. Dans la rue qui longeait l'université, il rit de bon cœur en la voyant enfiler son manteau et son voile. Elle voulut escalader le mur, mais avant qu'elle ait eu le temps de protester, il la souleva comme une plume. Ses hanches frôlèrent le corps musclé de Shahab et elle sentit la chaleur de ses mains puissantes autour de sa taille. Avant qu'elle ne sautât de l'autre côté du mur, il lui dit : « Demain je serai là à minuit. »

Séance

— Enfant, on m'appelait « chat noir », enfin entre autres, et ça n'avait rien d'affectueux. Le chat est considéré comme un animal inquiétant qui survit à tout car il a sept vies…

Un silence.

— J'avais de grands yeux brillants qui mettaient tout le monde mal à l'aise.

Depuis que j'ai grandi, mes yeux sont devenus plus petits.

Le psy ne réagit pas, mais pensa qu'elle avait toujours de grands yeux.

— On me reprochait de dévorer le monde avec mes yeux.

— Hmmm…

Elle passa à autre chose en enjambant quelques années.

— La dernière année à l'école primaire, en CM2, j'étais amoureuse de mon institutrice. J'étais souvent sans cartable, mais elle ne me punissait jamais. J'ai eu vingt sur vingt en tout. J'apprenais par amour.

… Tout ce qui sortait de sa bouche, mot à mot, s'enregistrait en moi. On disait que j'avais un magnétophone à la place du cerveau.

Cette année-là, en 1978, il y a eu un concours réservé

aux meilleurs écoliers pour détecter les surdoués et les faire entrer dans des collèges spécialisés…

Mon institutrice avait plaidé auprès de la direction en ma faveur pour que je participe au concours. Même si j'étais très indisciplinée et n'avais pas été les années précédentes parmi les meilleurs.

Elle avait soutenu que j'étais l'élève la plus intelligente qu'elle ait jamais eue depuis qu'elle enseignait.

Un silence.

— Mon père aussi me disait que j'étais la plus intelligente de tous…

On a passé des tas d'épreuves, certaines dans notre école et d'autres dans une école allemande. Des épreuves écrites, des tests, des épreuves orales…

Je trouvais toutes les réponses.

C'était magique, quelqu'un en moi connaissait tout. C'était très excitant.

Un matin, la directrice de l'école, qui avait voulu s'opposer à ma candidature en disant que je gâcherais les chances de quelqu'un d'autre, est entrée dans notre classe. Elle m'a appelée. Je me suis levée. Elle m'a dit : «Bravo ! Tu es la seule de l'école à avoir réussi. En tout, cinquante élèves ont été sélectionnés et tu es la troisième ! »

Fière et infatuée, elle se tourna vers mon institutrice en disant :

«Vous vous rendez compte ? Nous avons la troisième enfant surdouée du pays dans notre école ! »

Les yeux bleu-gris de mon institutrice brillaient. Je l'avais épatée.

À la maison, on disait que j'avais volé l'intelligence de tous les autres.

Je devais intégrer une école allemande trilingue dès la première année du collège, mais l'été 1978 a été très mouvementé. En janvier 1979, le Chah a quitté le pays. En février Khomeiny a débarqué en Iran et la révolution islamique a triomphé. L'école allemande a fermé ses portes et mon avenir de surdouée a avorté.

Un autre silence.

— Il m'arrive parfois de rêver à la vie que j'aurais pu avoir si les événements politiques n'avaient pas chamboulé mon destin.

Un soupir triste.

— La troisième intelligence surdouée de l'Iran enfermée dans une chambre de bonne à Paris, en proie à la folie.

Au moins, ça rime, se moqua-t-elle dans un éclat de rire nerveux.

— Bien.

Ce fut le seul mot que prononça ce jour-là le psy pour clore la séance.

Elle paya et partit.

— Je hais la société iranienne et je ne supporte pas la société française. Je ne sais pas pourquoi je continue à vivre. Dieu sait que j'ai essayé de me débarrasser de moi, et plus d'une fois, mais ce n'est pas facile, je suis très résistante.

Tant d'élan et d'espoir pour venir se fracasser à Paris, pour me retrouver enfermée avec les fous.

Je croyais que seule la société iranienne, hypocrite, musulmane et orientale m'enfermerait comme folle, mais non, l'humanité, partout, reste une minable hypocrite.

Un silence.

— Je ne sais qui je hais le plus, les humains ou moi-même ; après tout, je fais partie d'eux, enfin de vous, quoi.

— De moi ? demanda le psy.

— De vous, les humains.

— Il y a quand même toutes sortes d'êtres humains. Vous ne croyez pas ?

— Oui, mais ils se ressemblent beaucoup plus que vous n'imaginez.

— Certes, mais ils se différencient les uns des autres par ce qui leur est propre.

— Quoi, par exemple ?

— Par exemple, leurs souffrances ou leur récit de vie, répondit posément le psy.

— Peut-être…

Un autre silence.

— J'ai compliqué mille fois ma vie en venant à Paris…

Mon intelligence ne me sert qu'à me compliquer la vie.

— C'est justement ça, l'intelligence.

— Ah bon !?

Un silence.

— Je ne sais pas… En arrivant à Paris, je rêvais d'un autre monde, un monde qui n'existe plus, et peut-être que ça n'a jamais existé. Ce n'était que du fantasme, du rêve… un mirage.

Le psy ne dit rien.

— Je suis bien amère.

— Oui.

— Quand j'étais petite, j'avais lu un livre sur Ibn Sina, je m'identifiais à lui. Je ne manquais pas d'air. C'est lui, le père de la psychanalyse, et non pas Freud. … Dans le livre, il y avait une histoire qui m'avait marquée particulièrement. Vous voulez que je vous la raconte ?

Le psy n'avait jamais entendu le nom de ce savant persan et était intrigué par le « c'est lui le père de la psychanalyse ». Il dit d'un ton incitatif :

— Si vous voulez.

— D'accord, j'essaie de faire court : Le fils du roi se prenait pour une vache, il refusait de parler et de se nourrir. On avait fait venir tous les médecins du pays. Aucun traitement n'était efficace. Il persistait dans sa démence, demeurait à quatre pattes et meuglait… On disait que le roi avait un fou pour fils.

On fit appel à Ibn Sina. Il accepta de soigner le prince à

condition que personne ne s'interpose tant que durerait le traitement. Après un long examen, il déclara que le prince avait raison et qu'il était bel et bien une vache. Il ordonna qu'on l'enferme à l'étable parmi les bêtes et qu'on le nourrisse de foin. Plusieurs semaines passèrent ainsi. Les médecins de la cour critiquaient sévèrement auprès du roi cette méthode absurde qui allait enfoncer le prince dans sa démence. Le roi, inquiet, ne savait que faire, mais il avait donné carte blanche à Ibn Sina. Après quelques mois, Ibn Sina se rendit à l'étable, examina les animaux, y compris le prince. Il déclara à voix haute que ces bêtes étaient bien grasses et qu'il était temps de les abattre. À l'abattoir, on tua la première, la deuxième… puis vint le tour du prince ; il se sauva à quatre pattes tout en meuglant comme une vache effarée. À l'étonnement de tous, Ibn Sina ordonna qu'on le rattrape et qu'on le tue comme les autres. On le ramena de force et, au moment où la lame touchait son cou, le prince, qui avait refusé de parler depuis des mois, cria : « Je ne suis pas une vache, je suis un homme ! »

Le psy mit fin à la séance par un « bien ! » amusé.

Elle paya et sortit.

Le comportement de Donya, aussi insolite qu'il fût, n'avait rien d'un caprice. Elle agissait par instinct, par nécessité; les sorties nocturnes, bien que dangereuses, avaient le mérite de la protéger contre elle-même et de l'arracher à son désespoir. Elle agissait sous l'effet d'une force qui la dépassait et vivait une nouvelle histoire. Elle s'évadait chaque nuit comme une prisonnière, et non pas seulement de la cité, mais aussi et essentiellement de sa vie, de son destin biologique. En se déguisant en garçon, elle le devenait vraiment. Nulle comédienne n'aurait pu interpréter si naturellement ce rôle. Être un garçon lui allait à merveille; elle vivait au masculin. À l'aube, lorsqu'elle remettait son voile et enfilait son manteau pour sauter dans la cour de la cité, elle avait l'impression qu'elle jouait la fille, que la fiction commençait. Le proverbe français «L'habit ne fait pas le moine» s'inverse et devient en persan: «C'est le turban qui fait le mollah.»

La vie à Bandar Abbas est entourée de mystères et symbolise l'exotisme pour les autres Iraniens. Le corps, le plaisir, la chair occupent une place prépondérante chez les indigènes. Proches de la culture africaine, gais malgré le malheur, la vendetta et la misère sous la grande chaleur, ils boivent, dansent et s'amusent. Ils ont la réputation d'avoir le sang chaud et la tête brûlée. Habitants du golfe Persique, sunnites, ils ne sont pas considérés comme de vrais Persans. Ils sont dépourvus des traits caractéristiques attribués à tort ou à raison aux Iraniens : esprit sophistiqué, âme torturée, fausse humilité, en réalité humiliation ancestrale que chaque Iranien porte en soi comme une tare génétique et tente de dissimuler ou de surmonter tant bien que mal.

Les gens de Bandar Abbas sont fiers, ils ne se disent ni arabes, ni persans, mais tout simplement *Bandaris* (originaires du port) et les autres Iraniens sont pour eux des *Sarhadi*. Ce mot désigne tous ceux qui ne sont pas de Bandar Abbas et qui n'appartiennent pas à leur communauté, des goys, si vous voulez. Pour diverses raisons, prendre sous leur protection une étudiante téhéranaise contre les agents du régime chiite de Téhéran les flattait ; à leurs yeux, Donya était un butin, un trophée ravi à l'ennemi.

Séance

Visage bouleversé, elle prit place dans le fauteuil et opta pour le silence.

— Je vous écoute.

Suffoquée :

— Des passions innommées, confusément entremêlées, me traversent comme une tempête violente. Leur force me détruit. Après chaque passage, je me retrouve dévastée comme un champ de ruines.

Silence.

— En pleine nuit, je me réveille brusquement au moment où je tombe. Je me réveille alors que je suis en train de tomber dans le vide…

— Ouiii…

— Ma rage contre mon père est si puissante qu'elle me déchire comme lorsque de rage on déchire un bout de papier sur lequel des mots intolérables sont écrits…

… Je suis ce bout de papier.

Silence.

— Je me sens méprisable d'éprouver de tels sentiments à l'égard de mon père… Je suis abandonnée aux tourments.

Respiration haletante.

— Depuis que j'ai commencé la psychanalyse, tout

s'est aggravé ; les cauchemars autrefois obscurs sont devenus limpides...

Pourquoi ma tête ne me laisse-t-elle pas tranquille ?

... Je croyais qu'après sa mort tout serait fini, la haine, la peur...

Je serais libérée, je pourrais le réinventer à ma guise, sans que son existence et sa présence contredisent mes fictions...

... Je croyais qu'après sa mort, plus rien ne me ferait mal et que je pourrais l'imaginer comme un père merveilleux, ne garder de lui que des moments heureux...

C'est ce que j'ai fait les deux années après sa mort. À qui voulait l'entendre, je racontais les moments partagés avec un père unique...

Je les racontais avec une telle sincérité que moi-même j'y croyais.

... Tout n'était pas faux, mais l'essentiel l'était... Peu importe, ça me protégeait.

Maintenant, à cause de l'analyse, je ne suis plus capable d'échafauder des fictions.

— Oui.

— À cause de la psychanalyse, mes mensonges sont fissurés.

Un autre « oui » insistant du psy.

— Mon père est mort et il occupe toute ma vie, jour et nuit. Il est pire aujourd'hui que de son vivant.

... Il me disait parfois qu'il ne savait pas être un père car lui n'avait jamais eu de père.

Quand il n'était pas fou, j'avais l'impression d'être sa mère, même s'il avait l'âge d'être mon arrière-grand-père.

« Oui », très affirmatif, du psy.

— J'avais bien choisi mon moment pour naître.

J'ai raté ma naissance… Je ne pouvais pas tomber plus mal.

Silence.

— Voilà, c'est ça, je rêve que je tombe.

Depuis le jour de ma naissance, je suis mal tombée dans la vie.

Silence morose.

Elle paya et partit.

La nuit suivante, Shahab, un sac à la main, l'attendait dans la rue. Elle sauta du mur, enleva son manteau et son voile ; il les fourra dans le sac et emprunta un chemin que Donya ne connaissait pas.

— Viens, on va passer chez moi, ma sœur te donnera des vêtements traditionnels.

— Je ne veux pas de vêtements de fille.

— Ils ne sont pas à ma sœur, ils sont neufs et tu pourras les garder. Comme ça, tu seras à l'aise.

— Je suis très à l'aise comme ça. En habits traditionnels, on peut me reconnaître.

— Tu ne peux pas te déguiser tout le temps en garçon !

— Pourquoi pas ? Je ne peux pas prendre le risque de me faire choper.

Érigé, exhibé, portant les marques tangibles de la tradition des nouveaux possesseurs, un trophée, attesté comme tel par la communauté, acquiert sa pleine valeur et procure au vainqueur l'orgueil de la victoire. Et c'est ainsi que Shahab, son frère et son oncle avaient décidé de procéder : faire porter à Donya, une universitaire de Téhéran, les habits traditionnels des filles indigènes, la prendre sous leur protection et l'exposer devant leur communauté.

— Il y a la fête de fiançailles d'un cousin ce soir, c'est pour ça qu'il faut que tu te changes.

— Pourquoi devrais-je me changer ?

— Parce que tu ne peux pas venir comme ça.

— Et pourquoi pas ?

— Parce qu'il n'y a aucun homme sarhadi (étranger) dans nos fêtes.

— Je pourrais porter un pantalon bandari (indigène), comme ça, tout le monde croirait que je suis un des vôtres.

— Non. Tout est déjà préparé, tu vas voir, je suis sûr que tu seras comme une reine.

Justement, c'était bien cela qui la mettait hors d'elle, le fait que tout fût déjà préparé, pensé, organisé dans son dos sans qu'on lui demandât son avis. Elle n'avait aucunement envie de se déguiser en fille bandarie et de passer sous le joug des hommes indigènes. Ils l'avaient très mal comprise. Elle respira fort, se donna l'air le plus sérieux du monde, s'arrêta, et, avec toute la détermination de la terre, protesta :

— Il est hors de question que je me déguise en fille, je ne peux pas prendre le moindre risque d'être reconnue ; alors je préfère aller au parc.

— Il n'y a aucun étranger dans notre fête.

— Tout le monde saura que je suis une étudiante habillée en bandarie ; la nouvelle se répandra de bouche à oreille et bientôt toute la ville sera au courant. Non, je regrette.

— On ne dira à personne que tu es une étudiante ; à part ma famille et les amis proches, personne ne le saura.

— Je te crois, mais, déguisée en fille, tout le monde peut me reconnaître. Je refuse de prendre le risque de me faire expulser de l'université, sans parler des coups de fouet. Je ne bénéficie pas de vos prérogatives.

— Mais tu prends beaucoup de risques en te déguisant en garçon.

— Pas tant que ça ; personne ne peut imaginer qu'une étudiante se déguise en garçon, juste comme ça, sans raison, alors que porter des habits indigènes pour aller à une fête est facilement imaginable.

Shahab céda finalement, au risque de décevoir son frangin et son oncle. Ils passèrent chez lui ; sa sœur, Esmar, les attendait et lui avait préparé une belle robe traditionnelle en soie colorée. Elle fut déçue mais amusée lorsqu'elle apprit que Donya allait être déguisée non pas en fille indigène, mais en garçon. On remua ciel et terre pour lui trouver un pantalon traditionnel à sa taille, une chemise imprimée de fleurs et d'oiseaux, comme les hommes en portent également à Hawaii. Esmar, prise au jeu, lui fabriqua une moustache postiche qu'on lui colla au-dessus des lèvres. Elle plaqua ses cheveux avec un peu de gel et en beau gosse fier, elle arriva, à côté de Shahab et de sa sœur qui portait une magnifique robe de soie rouge, à la fête. Dès leur arrivée, Shahab s'entretint avec son frère et son oncle ; après quelques minutes, ils vinrent vers Donya, lui serrèrent la main et, en riant, son oncle lui dit : « Ne drague pas trop les filles. »

Ce grand privilège qu'ils lui concédaient, elle le savait, tenait au fait qu'elle était une universitaire téhéranaise ; il était comparable à ceux que les hommes musulmans accordent aux femmes occidentales parce que celles-ci, à leurs yeux, ne sont pas, en termes de droit, sur la même échelle que les femmes musulmanes. Il ne s'agit nullement de gentillesse, mais de la place de chacun dans la hiérarchie.

Les fêtes à Bandar Abbas étaient gigantesques ; les jeunes qui n'étaient pas invités montaient sur les toits, sur les murs, pour regarder le spectacle. La musique bandarie est un mélange des musiques iranienne et arabe avec des emprunts à la musique africaine. Les mouvements rythmés de la danse bandarie sont d'une extrême finesse et d'une sensualité rare. Les hanches, les épaules, la taille, les mains s'accordent avec la musique dans une harmonie qui fait fondre les plus austères et les plus ascétiques. On dirait que le corps est l'instrument sur lequel la musique se joue. L'érotisme se donne et se retire aussitôt, dans un va-et-vient incessant. Un verre de whisky à la main, déguisée en garçon au milieu de tant de jolies filles, elle se croyait au paradis. Jouissance perverse, interdite.

Hommes et femmes burent, dansèrent jusqu'à l'ivresse. Cette nuit fut une des plus insouciantes et des plus gaies de sa vie. Elle aurait voulu que la terre entière en fût témoin.

— Il y a des images figées dans ma tête; ce ne sont pas des souvenirs, mais des morceaux de temps qui ne sont pas passés et qui sont restés en moi. Ou c'est moi qui suis restée figée dans le passé.

Un silence.

— Une fois, elle avait cinq ou six ans, sans aucune raison, il l'avait prise par l'oreille et allait coller son visage contre le métal rouge et brûlant d'un poêle à pétrole. Il disait qu'il allait la mettre dedans pour la brûler! Il était devenu fou.

Le psy, outre le passage de je à elle, nota aussi le changement de timbre de sa voix.

— Je me souviens très bien, son père tenait sa tête à cinq centimètres du poêle et, sous sa main, elle n'existait plus! Totalement absente, comme si elle était tombée de l'autre côté de la vie, et que son père ne pouvait plus l'atteindre.

En mettant une distance entre les scènes traumatiques et le «je», elle avait inventé un «jeu», un tour de magie. À l'image d'un magicien qui coupe quelqu'un en deux.

Son père tenait sa tête dans sa main, mais elle n'était plus là. Elle était la non-existence. La folie de son père était un ouragan qui détruisait tout. C'était impossible d'endurer ça, impossible de survivre à ça.

Alors elle annulait la réalité…

Un bref silence.

— Non, ce n'était pas elle…

Le psy saisit l'occasion et sortit un de ses oui encourageants, croyant qu'elle allait reprendre le récit avec le sujet parlant « je ».

Mais elle continua :

— Non, ce n'était pas elle, la réalité s'annulait toute seule… La vie se mourait en elle pendant que le fol ouragan de son père passait…

Elle se tut.

Le psy attendit quelques secondes qu'elle se reprenne, puis intervint :

— Et pourtant vous avez survécu.

— Ce n'est pas moi, quelque chose d'ordre biologique se produisait.

La vie s'arrêtait pour que le présent insoutenable dans lequel elle se trouvait passe. Je sais que c'est difficile à croire, mais tout simplement elle mourait tant que son père voulait la tuer…

… C'était tellement impensable, tellement imprévisible et soudain… Je me souviens très bien : une minute avant, une seconde avant, tout allait bien. Il n'était pas en colère, elle n'avait rien fait, il ne se disputait pas avec sa mère… C'était absolument sans aucune raison.

… La pure folie d'un vrai fou. Et c'est elle qu'il avait sous la main.

— Quelle est la différence entre elle et vous ?

— Mais pourquoi me posez-vous une pareille question ?! C'est évident, non ? Elle subissait tout ça, mais moi j'en étais témoin, c'est tout. Ce n'est pas la même chose, et puis ce n'est pas mon histoire. C'est la sienne.

313

— Et quelle est la vôtre ? insista le psy pour la faire revenir à la réalité…

— La mienne n'est pas la sienne. Ça n'a rien à voir. À chacun son histoire. Moi, je m'inquiétais pour elle… Je croyais que vous m'écoutiez depuis le temps que je vous parle…

On dirait que vous ne comprenez rien à rien, c'est pourtant très clair et très logique, s'emporta-t-elle.

Il fit marche arrière. La séance fut interrompue après quelques minutes de silence.

En partant, elle faillit tomber et s'accrocha à la porte.

— Je titube sans m'être saoulé la gueule, dit-elle avec son habituel éclat de rire nerveux.

Bandar Abbas. Dubaï

Entièrement possédée par ce qui l'habitait, Donya était incapable de concevoir le point de vue des autres. Elle s'était toujours crue vouée à l'héroïsme. Dans son cœur, des espoirs messianiques prenaient leur essor. Depuis qu'elle fréquentait les indigènes, elle ne doutait pas de leur haine du régime ; en outre, ils appréciaient apparemment son esprit de rébellion ; elle en déduisit qu'ils accueilleraient avec enthousiasme l'idée de libérer Bandar Abbas et n'hésiteraient pas à prendre les armes. Assaillie par les émotions, emportée par son élan et sa fougue, elle n'intégrait pas ce que l'on appelle communément « la réalité ». Les scénarios qu'elle échafaudait occupaient toute la place et l'empêchaient de voir ce qui se passait réellement sous ses yeux. Depuis toujours, amis et ennemis, proches et parents lui reprochaient son entêtement : « Dans quel monde vis-tu ? » Elle était dans un total déni, voilà ce qu'auraient dit les psys. Mais pour dénier la réalité, encore faut-il en avoir une idée, aussi infime soit-elle.

Sur le plan optique, lorsqu'un objet est trop près de vos yeux, il vous est impossible de le voir, et si l'objet est assez grand pour occuper la totalité de votre champ de vision, cela vous ôte la vue et vous rend aveugle. Pour voir, il faut un minimum de distance entre l'objet et les

315

yeux. Elle ne pensait pas à l'époque en termes optiques ou psychanalytiques et le sens de la réalité, qui lui faisait défaut, mais qui était si développé chez les autres, signifiait pour elle le manque d'audace, le conformisme et la lâcheté.

Quelques nuits plus tard, dès leurs retrouvailles, elle s'apprêtait à confier son projet à Shahab lorsqu'il la devança :

— Demain soir, on va à Dubaï ; on t'emmène si tu veux... mais tu dois porter des habits traditionnels de fille. On ne peut pas t'emmener en garçon, tu comprends, il faut ton passeport...

Ils faisaient régulièrement des allers et retours à Dubaï où ils avaient plusieurs succursales. À vingt minutes en bateau de Bandar Abbas, Dubaï n'était pas vraiment considéré comme un pays étranger, en tout cas pas par les trafiquants. Sans réfléchir une seule seconde et, comme d'habitude, totalement inconsciente des risques, curieuse de connaître Dubaï dont on parlait tant, elle s'exclama spontanément : « D'accord ! »

Le lendemain, à la cité, elle signa un papier – cela était obligatoire à chaque fois qu'une étudiante s'absentait – en indiquant qu'elle se rendait à Téhéran dans sa famille. Elle prit la précaution de téléphoner à sa mère pour la prévenir qu'elle partait à Ispahan avec Ladane et Farah.

La traversée du golfe au coucher du soleil fut magnifique. Le port de Dubaï scintillait de mille lumières. Après le débarquement, l'oncle de Shahab sortit en premier du bateau ; il fit l'accolade à trois contrôleurs, leur présenta les passeports. Shahab et son frère le suivirent, ils discutèrent en arabe ; Donya et Esmar sortirent les dernières. Lorsqu'ils arrivèrent à l'hôtel, elle questionna Shahab :

— C'est si facile que ça ? Ils n'ont rien demandé…

— Depuis dix ans, on passe deux fois par semaine à Dubaï, ils nous connaissent. On a des partenaires ici, ils ont besoin de nous et nous d'eux.

— Mais moi, ils n'ont même pas demandé qui j'étais ?

— Ils ne l'ont pas demandé, mais ils ont regardé ton passeport, et, au moment du départ, ils vont vérifier que tu es bien présente sur le bateau ; ce qui compte pour eux, c'est qu'on ne fasse pas du trafic d'immigrés ; là-dessus, ils sont assez stricts, et ils savent que nous ne ferions rien qui mette en danger nos intérêts. Parfois, des cousines, la femme de mon oncle ou ma belle-sœur nous accompagnent pour acheter des vêtements et des bijoux… alors ils ont l'habitude de voir nos femmes. Bien sûr, si on arrive par l'aéroport ou par le grand port, il y a un vrai contrôle des passeports, mais nous avons le privilège d'utiliser ce petit port ; nos bateaux sont connus et repérés.

— Et les gens du régime, eux, ils ne sont pas influents ici ?

— Bien sûr que si ; les hommes des mollahs sont partout à Dubaï. Ils contrôlent nos sociétés, nos importations, nos transactions. Nous leur versons des sommes importantes. Mais ils savent qu'ils n'ont pas intérêt à toucher à nos femmes ou à nos vies privées.

Une grande limousine les conduisit à leur hôtel cinq étoiles. Ils dînèrent dans un restaurant de luxe et de grande gastronomie avec deux Arabes accompagnés de leurs femmes. La soirée se déroula dans un salon privé au grand lustre en cristal. À un bout de la grande table ovale qui pouvait accueillir facilement trente personnes étaient assis Shahab, son oncle, son frère et les deux Arabes, et à l'autre bout Esmar, Donya et les deux femmes arabes. Lorsqu'ils prirent place, les plateaux de crevettes, de calamars, de poissons, de viandes en ragoût, de légumes, de riz, de gâteaux, de fruits…, tout était déjà sur la table en double, côté hommes et côté femmes. Probablement pour éviter que les hommes et les femmes se rapprochent ou aient besoin de s'adresser la parole pour se servir. L'alcool était servi aux hommes, mais pas aux femmes. Pendant le dîner, les hommes ne regardèrent pas les femmes et ne leur adressèrent pas la parole. Ils discutèrent entre eux, bruyamment, en arabe, et la bouche pleine. Ni Donya ni Esmar n'étaient arabophones, elles ne comprirent rien à leur conversation.

Donya mangea et mangea, elle se gava et eut la bouche sans cesse occupée, meilleur prétexte pour ne pas parler ; elle se servait aussitôt que son assiette se vidait. Tout le monde remarqua qu'elle avait un très grand appétit. Le dîner arriva à sa fin et Donya cessa de manger. Elle se sentait comme un sac-poubelle trop plein sur le point d'éclater qu'on ferme avec difficulté à l'aide d'une ficelle. Elle ne put dormir et passa la première partie de la nuit à faire des allers et retours dans la salle de bain. Durant la deuxième partie de la nuit, elle écouta les ronflements d'Esmar, dont elle partageait la chambre. Elle n'avait absolument pas sommeil, mais, seule dans un pays musulman, elle ne pouvait descendre au bar de l'hôtel. Elle n'avait apporté aucun livre dans ce voyage clandestin ; allongée sur le lit, fixant les rideaux verts en velours, elle attendit le sommeil qui se dérobait. Au matin, elle ne descendit pas pour le petit déjeuner, et lorsque Esmar revint, elles partirent ensemble faire des courses.

Un long silence.

Le psy ne savait que dire et voulait éviter le moindre
faux pas. Il s'était contenté de « je vous écoute »,
mais d'un ton plus attentionné que d'habitude. Elle
avait soupiré. Quelques minutes plus tard, il fit une
deuxième tentative et chuchota :

— Dites…

— Qu'est-ce que vous voulez que je vous dise ?
Que je haïssais son père ? Oui, bien sûr. Il devenait un
monstre. Mais vous imaginez : tenir la tête d'une enfant
de six ans à cinq centimètres d'une plaque brûlante et
la menacer de lui brûler le visage et de la faire entrer
dans le poêle ! Il était fou et perdait tout contrôle, mais
ce n'était pas une raison pour se comporter comme un
nazi avec sa propre fille. Ce n'est pas pardonnable. Je le
haïssais, moi. Peut-on ne pas haïr un tel père ?

— Vous avez tout à fait raison, ce n'est pas pardonnable.

— Après, elle s'était réfugiée dans le grenier et avait
complètement oublié ce qui s'était passé. Elle était restée
pendant quelque temps dans un état végétatif, comme si
revenir à la vie exigeait une période de transition.

… Peu à peu, la vie reprenait en elle et elle redevenait
l'enfant qu'elle avait été.

… Gaie, espiègle… Tout était totalement renouvelé.

Un silence.

— Tout était tombé dans un oubli abyssal…

Elle était comme la nature, elle mourait et renaissait.

— Oui, dit le psy d'une voix profonde.

— Vous savez, quand la mer est calme et paisible, on peut s'y baigner, mais, quand elle se déchaîne, il vaut mieux ne pas s'y risquer. Ce n'est pas la faute de la mer si la tempête se lève… C'était comme ça, son père.

Le psy fut étonné qu'elle utilisât la mer comme métaphore pour qualifier son père.

— Il était doux, il l'aimait, il jouait avec elle, c'était un père impressionnant, qui devenait fou ; la vie l'avait rendu fou… Et elle aimait son père.

Tout d'un coup, sa voix se durcit.

— Elle est devenue malade aujourd'hui parce qu'elle n'était pas assez forte pour accepter la réalité et détester son père. Je ne sais pourquoi elle avait tant besoin d'aimer son psychopathe de père.

Le psy l'écoutait tout en remarquant les changements de ton de sa voix.

— Heureusement que j'étais là, moi, pour veiller sur elle.

— Oui ! dit le psy.

En payant, elle le regarda d'un œil suspicieux.

Dubaï

Dubaï lui parut spectaculaire. Propulsé par des investissements financiers colossaux provenant du monde entier, c'était devenu, en quelques années, la ville emblématique de la région, le port le plus riche et incontournable du golfe Persique. À la même vitesse vertigineuse à laquelle l'Iran s'était appauvri et avait régressé à cause de huit années de guerre, Dubaï s'était développé et métamorphosé. Dans ce pôle du capitalisme sauvage et du tourisme de luxe, tout brille. C'est une ville sans âme, sans foi, le haut lieu de la corruption mondiale, du blanchiment d'argent, des trafics internationaux en tout genre. Las Vegas du Moyen-Orient version arabe !

On y voyait des femmes habillées en Dior comme en burqa. Des gratte-ciel s'érigeaient les uns après les autres. Les émirs se targuaient des chantiers qui fonctionnaient vingt-quatre heures sur vingt-quatre, la nuit comme le jour, souvent sous une chaleur qui dépassait les quarante degrés. Il va sans dire que seuls les immigrés étrangers, de pauvres ouvriers venus des pays asiatiques, des Philippines ou de la Chine, y travaillaient, dans une situation d'esclaves, n'ayant ni le droit ni le temps de sortir dans la rue.

Des centaines d'hôtels et de boutiques de luxe, des

galeries se succédaient, les escaliers mécaniques descendaient et montaient. Nuit et jour, tout chatoyait. Dans quelque direction que l'on tournât la tête, on voyait l'or scintiller ; peu importait qu'il fût faux ou vrai, l'essentiel, c'était de briller. Une richesse ostentatoire, nauséabonde, artificielle. En un mot, elle détesta Dubaï.

Les nouveaux riches iraniens sont partout dans cette ville ; souvent proches du régime, du moins travaillant avec lui, ils appartiennent à cette espèce dont il faut se méfier, prêts à tout pour s'enrichir. Ils ne sont pas les seuls. Américains, Anglais, Français, Italiens, Allemands, Russes, Chinois, le monde entier fait des affaires à Dubaï ; des centaines de sociétés-écrans, des sociétés pétrolières, d'armement, de construction, de communication, de tourisme, que sais-je encore... sont basées dans cet eldorado, ce paradis fiscal, ce paradis de la corruption.

Séance

À peine avait-elle mis le pied hors du cabinet du psy qu'elle fut confrontée à une explosion de remords. Cette nuit-là, elle ne put fermer l'œil. Autopunition. Auto-incrimination. La séance suivante, dès qu'elle pénétra dans le cabinet, sa colère se déversa sur le psy.

— Je ne sais à quoi ça sert, tout ça. Mon père, il était ce qu'il était, et il est mort. En vous payant, je vais m'acheter un nouveau père ou quoi…? Et puis, franchement, vous ne faites pas le poids face à mon père. Des hommes comme lui, ça n'existe plus…

Teint terne, regard hagard.

— Il est mort, c'est fini, il n'y a rien à faire. Il faut laisser les morts tranquilles. Les atrocités qu'il avait connues dans sa vie l'avaient rendu fou, il ne contrôlait pas ce qu'il faisait. D'ailleurs, lui-même le reconnaissait. Je hais quand on dit du mal de mon père. Je me hais de le haïr.

Et tout ça, c'est à cause de vous, vous m'encouragez à dire du mal de lui alors qu'il est mort…

Mais pour qui vous vous prenez? Croyez-vous que vous allez prendre sa place, que vous allez devenir un père symbolique à quatre-vingts francs la séance? Mais quelle médiocrité! Tout s'achète et se vend en Occident.

Mon père était un homme digne, un grand homme… Un homme qui avait accompli de grandes choses dans sa vie. Il avait construit le premier tunnel dans les montagnes au nord de Téhéran. C'était un autodidacte d'une grande intelligence. Il avait bâti beaucoup d'écoles. Il disait que, le jour où il y aurait en Iran plus d'écoles que de mosquées, on pourrait espérer que ce pays serait sauvé. Il prenait en charge l'hospitalisation des pauvres. C'était un homme d'une grande générosité. Un grand féodal, d'accord, mais il avait l'âme d'un vrai aristocrate… Un homme qui avait connu des atrocités… mais qui était parfois tendre… C'était un homme compréhensif, à qui on pouvait parler…

Le psy ne bronchait point.

— J'aimerais bien savoir ce que vous seriez devenu si vous aviez eu la vie qu'il a connue. Avez-vous la moindre idée, vous, petit-bourgeois parisien, des traumatismes d'un enfant orphelin au début du siècle dans un village occupé par les Russes en Azerbaïdjan ?

Étranglée de colère, pâle, les traits tirés, visage déformé, elle essayait de se contrôler, mais il n'y avait rien à faire ; elle s'en était voulu impitoyablement de tout ce qu'elle avait dévoilé, et elle en voulait aussi à celui qui l'avait écoutée.

Le psy encaissait sans un mot.

— Si c'est ça, la psychanalyse, alors vraiment, ça ne vaut pas grand-chose… Inciter les gens à s'autodétruire ? Encourager la haine en vous donnant le beau rôle de monsieur le psychanalyste ?

… Je vous hais, c'est vous que je hais et vous êtes en train de m'envoyer au fin fond de l'enfer.

Elle lui jeta quatre-vingts francs sur le bureau, se leva et claqua la porte.

Le psy se leva et empocha l'argent.

Après leur week-end amoureux, le psy avait commencé à réfléchir sérieusement à sa relation avec sa rousse. Son désir pour elle dominait tout. Il n'arrivait pas à être objectif et à y voir clair. Grâce aux récits de ses patients, il avait une grande expérience des problèmes de couple. Il se sentait sûr de lui et de son pouvoir lorsqu'il jouait au psy assis dans son fauteuil, écoutant les misères des autres ; mais avec son amante, sa belle assurance flanchait et il craignait de commettre des impairs.

Il se demandait si elle était prête à quitter son mari pour lui. Des tas de problèmes purement matériels se posaient. Par exemple, où habiter ? Son cabinet était un petit deux-pièces ; pas possible d'y vivre, d'autant qu'elle avait deux enfants. Lui-même, en quittant sa femme, lui laisserait la jouissance de l'appartement ; elle ne gagnait presque plus sa vie, il ne pouvait mettre la mère de son fils à la rue. Il devait avoir un endroit pour accueillir sa rousse si un jour il lui proposait de s'installer ensemble. Mais il n'était pas sûr de ce qu'il représentait pour elle. Il ne savait pas si elle avait encore des relations intimes avec son mari. Elle n'avait pas dit grand-chose de sa vie de couple, lui non plus. Entre eux, le désir avait tout dicté.

Elle, de son côté, se sentait valorisée d'avoir un psy pour amant. À tort ou à raison, dans l'imaginaire de beaucoup de femmes, les psychanalystes possèdent un certain pouvoir, un pouvoir qui n'est pas à la portée des autres hommes, un peu comme les médecins autrefois. Et Dieu sait combien le pouvoir attire et excite les femmes. Paradoxalement, elle se sentait confortée dans sa vie de couple, où le désir manquait. Elle était plutôt satisfaite de concilier sa vie de famille avec sa vie amoureuse. Bien évidemment, cela avait chamboulé ses sentiments et ses hormones, et pour gérer la situation, elle avait pensé consulter un psychanalyste.

Dans sa tenue traditionnelle, avec Esmar, Donya passa dans des endroits de grand luxe, d'une boutique à l'autre, d'une galerie à l'autre, d'un joaillier à l'autre. Épuisée, elle ne s'était jamais et nulle part sentie à ce point mal à l'aise. La richesse ne lui convenait pas. Le poids du monde pesait sur ses épaules. À l'opposé de Donya, Esmar prenait un vrai plaisir ; de chaque magasin elle sortait des sacs plein les mains, des robes, des chaussures, des parfums, des bijoux... Dieu, qu'être femme pouvait être misérable et ennuyeux ! Non qu'elle n'aimât pas porter de temps à autre de jolies robes, mais quelle désolation lorsque la vie et le monde des femmes se résument aux tissus et aux bijoux. Aussi stupide que ce fût, elle préférait la pauvreté à cette richesse-là ; au moins, dans la pauvreté, on peut cultiver un esprit de poète, alors que la richesse sans culture, sans raffinement, tue ce qui peut exister d'humain chez l'être humain, pensait-elle. Souvent, en faisant ses achats à des prix exorbitants, Esmar lui demandait son avis ; elle répétait oui, oui. Elle avait un goût classique, préférait l'élégance de la simplicité et n'aimait absolument rien de ce qu'Esmar achetait, mais acquiesçait pour couper court.

Elle crut comprendre, du moins en partie, pourquoi

l'ordre établi dans les pays musulmans, qu'ils soient chiites ou sunnites, se perpétue. Les femmes appartenant aux familles riches y jouent un rôle de première importance dans le maintien des lois islamiques. Malgré sa naïveté, Esmar était bien consciente et de son pouvoir et de ses prérogatives. Sans avoir fait d'études, sans être jolie ni cultivée, sans avoir jamais eu à travailler ou à accomplir la moindre tâche ménagère dans sa vie, née dans une famille riche, elle jouissait d'une situation dont des millions de filles rêvent. Elle n'avait à faire aucun effort ; un jour, un homme l'épouserait pour sa dot, elle lui ferait des enfants, aurait des domestiques...

Rester au regard de la loi d'éternelles mineures sous tutelle masculine, appartenir comme des objets aux hommes, ne pas avoir les mêmes droits juridiques et sociaux ne pose pas de problème à ces femmes. Elles entendent profiter des privilèges que la richesse leur procure et tiennent à préserver leur statut et leur rang. Elles croient profondément à la supériorité des hommes de leur famille qui les prennent sous leur protection. Elles savent que, dans une société démocratique où les femmes auraient les mêmes droits que les hommes, elles perdraient leurs avantages et devraient, au moins, se cultiver, apprendre, se prévaloir de quelque chose. La concurrence serait plus rude, elles seraient contraintes d'entretenir au moins leur corps, alors que, grâce au voile, leur laideur, leur cellulite, leur ventre gras et mou, leurs cuisses énormes sont dissimulées. La vie est plus médiocre, mais plus facile, plus paresseuse et moins concurrentielle. Les libertés sont restreintes, mais les responsabilités aussi. Et puis, il est vrai que la liberté n'est nullement un gage de bonheur, surtout pour les femmes.

« Être libre pour faire quoi ? Pour être obligée de se lever tôt et courir travailler pour un salaire de misère ? Pour se battre dans une société où il faudrait rivaliser non seulement avec les femmes sur le plan de la beauté et de la compétence, mais aussi avec les hommes sur le marché du travail ? Oh, non merci ! Sans parler des difficultés d'une vie d'immigrée... », lui avait dit une de ses cousines qui, après plusieurs années passées en Allemagne, était rentrée en Iran, avait épousé un riche industriel et vivait dans une villa hollywoodienne au nord de Téhéran.

D'une boutique à l'autre, d'une galerie à l'autre, d'un joaillier à l'autre, Esmar passa la journée à acheter et Donya à la suivre d'un pas las. Après le dîner, sans les Arabes et leurs femmes, ils montèrent sur le bateau et revinrent à Bandar Abbas.

— Ça ne s'arrête pas dans ma tête…

… Je rêvais hier soir que j'étais en train de parler de ma famille à un ami que j'avais en Iran, ce que je n'ai jamais fait. J'étais tentée parfois de lui parler, mais…

… Dans mon rêve, un désir non assouvi s'accomplissait… Je lui parlais de mon enfance… C'était un garçon très bien, il voulait devenir psychiatre. Il l'est maintenant… Ce rêve condensait tout ce qui n'a jamais existé entre nous. La confiance.

— Oui.

— Nous étions amis et amants, il ne savait rien de moi, alors que moi je savais tout de lui et de sa famille. Je ne lui disais rien parce que je ne voulais pas lui mentir.

Un autre oui du psy.

— Le silence permettait à la fois de ne pas le trahir et de ne pas trahir la vérité.

— Oui.

Un silence.

— Je suis étonnée de la liberté avec laquelle les gens en France parlent de leurs parents. L'autre soir, la mère de famille dont je garde les enfants disait au téléphone à une copine, en parlant de son père : «Il est parti, il nous a laissés et maintenant il revient ; enfant, je me suis débrouillée sans lui. Quand j'avais besoin de lui, il n'était jamais là, et maintenant... j'ai mes propres enfants...»

Il est impossible en Iran que quelqu'un parle de son père comme ça, même s'il était un monstre.

Le psy croisa les jambes.

— Personne ne dit du mal de ses parents. Peu importent les avanies, les violences, les abus subis... Les parents, la famille restent «sacrés». Le seul refuge est la famille, même si elle est horrible. Il n'existe aucune infrastructure, aucune institution qui protège les enfants maltraités...
Et puis la violence sociale envers ceux qui avouent leurs problèmes familiaux est telle qu'il vaut mieux ne pas prendre le risque de les déballer devant les autres.
Les gens se jugent et se condamnent avec une telle méchanceté. Vous n'osez même pas vous confier à vos amis, car à la première occasion ils vous jetteront à la figure vos blessures et vous écraseront.

— Croyez-vous qu'en France ce soit vraiment différent?

C'était la première fois que le psy intervenait ainsi et posait une question qui relevait du social et du culturel.

— Je ne sais pas, mais en Iran, si quelqu'un confie sa souffrance, vous pouvez être sûr qu'on en profitera pour le mépriser et le détruire. Ici, en tout cas maintenant, il me semble qu'on reconnaît le mérite de ceux qui s'en sortent en dépit de leurs conditions de naissance; ce n'était certainement pas le cas au XIXᵉ siècle, à l'époque où Balzac, Stendhal, Flaubert et Maupassant écrivaient leurs romans.

Sans rien dire, le psy admit qu'elle avait raison.

Elle continua sur sa lancée :

— C'est une vraie manie que de prétendre être de

bonne famille chez les Iraniens, c'est automatique : dès qu'ils ouvrent la bouche, vous entendez : ma famille était ceci et cela, mon père patati, ma mère patata... Que des mensonges... Je les connais par cœur.

... Ils prétendent que les familles iraniennes sont merveilleuses, chaleureuses, solidaires, affectueuses, bonnes, unies, aimantes, bienveillantes... Elles sont surtout despotiques, hypocrites et étouffantes.

Il y a une expression populaire qui dit : « On doit se donner des gifles pour avoir les joues roses devant les autres. »

Tout est une question de dissimulation. Vous ne voyez pas ? Ils ont un régime corrompu, mafieux, intégriste et totalitaire, et ils prétendent tous être des gens de bien. Ils se vantent encore de l'antique civilisation perse. Ce sont tous des malades mentaux. Des hypocrites. Des collabos. Je les hais.

Elle le paya et rentra à pied chez elle comme une boule de feu.

Bandar Abbas

D'un côté du golfe, les rives de Dubaï scintillaient de mille lumières et, de l'autre côté, les rives de Bandar Abbas étaient ensevelies sous le noir. On aurait dit une ville morte. Donya pensa que c'était le bon moment pour tendre la perche à Shahab, elle se mit à côté de lui et se lança.

— Ça fait mal de voir cette différence entre Bandar Abbas et Dubaï...

— Et encore, tu n'as rien vu de Dubaï. Ils sont tellement riches, ces gens-là, des milliardaires... Bandar Abbas n'est rien à côté de Dubaï...

— Nous pouvons peut-être changer tout ça...

— Comment ça ? Changer quoi ?

— Tu sais, s'il y a une vraie confiance et une vraie alliance entre nous...

Au mot d'alliance, un éclat brilla dans les yeux de Shahab ; au même moment, Esmar s'approcha d'eux et prit son frère par le bras. Donya se tut.

Au retour, elle raconta son aventure à ses copines ; même si elles la croyaient capable de tout, l'idée qu'elle fût allée à Dubaï dans des habits traditionnels sur le bateau de trafiquants leur paraissait impensable. Sa folie notoire leur prouvait, une fois de plus, que la pru-

333

dence, le bon sens et la raison restaient des notions définitivement étrangères à Donya.

Elle reprit son rituel nocturne ; déguisée en garçon, elle retrouva Shahab dans la ruelle après avoir sauté par-dessus le mur de la cité. Elle avait décidé de lui parler de son projet, pensant que, après le voyage à Dubaï, elle pouvait lui faire confiance et qu'au pire elle récolterait la même réaction que celle de ses copines ou d'Armand. Elle caressait cependant l'espoir d'un accueil plus favorable. La libération de Bandar Abbas devait certainement compter beaucoup plus pour les indigènes que pour les étudiants… Elle avait préparé sa tirade et guettait le moment propice pour se lancer.

Elle fut surprise lorsqu'il lui demanda de le suivre chez lui, ajoutant qu'il avait quelque chose de très important à lui dire. Pendant le trajet, ils restèrent silencieux. Elle pensa que finalement c'était une bonne chose car elle pourrait mieux développer ses idées à la maison que dans la rue.

Ils habitaient dans un parc privé de quelques dizaines de milliers de mètres carrés, dans lequel quatre maisons étaient construites, celle où habitaient Shahab et sa sœur Esmar, celle où habitaient son frère, sa femme et leurs deux enfants, celle où habitaient son oncle et sa famille, et enfin celle où habitaient le gardien et sa femme qui s'occupaient aussi des quatre chiens-loups. Son oncle, qui avait vécu un an à San Francisco dans les années soixante-dix, avait photographié quatre maisons et avait fait construire les leurs à l'identique. L'architecture ludique et inhabituelle des quatre maisons de couleurs différentes, entre les palmiers, les bananiers, les citronniers, les cactus et les chèvrefeuilles, donnait une gaieté particulière à ce parc qui était un petit paradis.

Une fois chez lui, il la fit entrer dans le salon et la laissa seule. Elle ne comprenait pas pourquoi il faisait tant de mystères et, au bout de quelques minutes, elle commença à s'impatienter. La porte s'ouvrit, Esmar entra ; elle avait l'air un peu bizarre et tenait à deux mains une boîte enveloppée dans un papier cadeau. Elle la posa sur la table. Elles s'embrassèrent. D'un ton solennel, elle déclara :

— Tu sais que notre mère est morte et, comme je suis l'aînée, c'est à moi de te remettre ça.

Donya, après un grand merci, entreprit de défaire le nœud du ruban qui entourait la boîte, mais Esmar l'en empêcha d'un signe de main :

— Il ne faut pas l'ouvrir maintenant, tu l'ouvriras quand tu seras rentrée.

— Ah bon ! s'exclama-t-elle naïvement.

L'étonnement qu'exprima le regard d'Esmar l'étonna à son tour.

Les deux filles restèrent assises face à face. Elle ne savait où était passé Shahab ; quelques longues minutes s'écoulèrent dans un silence embarrassant ; elle finit par demander :

— Où est passé Shahab ? Je voulais... enfin, on devait parler...

— Je crois qu'il est sorti, il devait partir pour la réception des chargements qui arrivaient de Dubaï.

— Alors pourquoi m'a-t-il amenée ici s'il devait partir... ?

Esmar la regarda d'un air mécontent et autoritaire.

— Il a son travail et ses responsabilités.

— Je sais, mais...

Elle comprit que la discussion était inutile et qu'elle n'était pas face à la bonne interlocutrice.

— Il rentrera à l'aube. Je t'ai préparé un lit...

Fort intriguée par le cadeau, dès qu'Esmar l'eut laissée seule, elle agita la boîte dans tous les sens pour deviner ce qu'elle contenait. Il était impossible d'ouvrir la boîte sans déchirer le papier cadeau et le bandeau. Elle se résigna à attendre, laissa tomber la boîte et essaya de dormir, mais sans succès. Ses balades nocturnes l'avaient habituée aux nuits blanches. La chambre donnait sur une partie du jardin particulièrement belle. Elle ouvrit les volets, et l'odeur enivrante du chèvrefeuille envahit la pièce. Pour ne pas faire de bruit, elle sauta par la fenêtre. Un étrange sentiment s'empara d'elle.

Depuis quelques semaines, depuis la nuit où elle avait quitté la cité à minuit au lieu de se jeter du balcon du douzième étage, elle vivait des situations insolites, au point que cette nuit-là, dans ce jardin, elle se demandait si elle ne rêvait pas. Une vie d'aventures s'était ouverte à elle au moment où elle s'y attendait le moins. En somme, au lieu de se jeter du douzième étage, elle s'était jetée à corps perdu dans la vie.

Après quelques heures de songes sous le ciel plein d'étoiles et les palmiers orgueilleux, elle se glissa par la même fenêtre dans sa chambre. Dès que le soleil se leva, elle remit mécaniquement son voile et son manteau, glissa la boîte dans son sac, se fit ouvrir le portail du parc par le gardien, puis se dirigea vers la cité.

Elle acheta du pain sur son chemin et entra dans la chambre sur la pointe des pieds pour ne pas réveiller ses copines. Elle posa le pain bien chaud dans la cuisine et se précipita dans la salle de bain, coupa avec des ciseaux le ruban, déchira précipitamment le papier cadeau, ouvrit la boîte et resta foudroyée.

Elle trouva aussi une lettre, juste quelques lignes. Elle les parcourut rapidement. L'écriture révélait une extrême application. Elle tenait la boîte ouverte sans oser toucher à ce qu'elle contenait.

Elle reprit le papier, le relut.

— Ce n'est pas possible, ce n'est pas possible !

— Je suis très en colère.

— Oui ?

— Quoi oui ?

Il la regarda en guise de réponse.

— Vous reculez ?…

Il ne réagit pas.

— Parler ici ne fait que me mettre dans une rage folle. La colère va m'étrangler. Je ne dors plus. Dès que je me mets au lit, mon cœur s'emballe, j'ai de la tachycardie et j'entends mon cœur battre comme les tambours qui annoncent la guerre.

… Ça sert à quoi tout ça ? Parler, ça sert à quoi quand on est impuissante ?

— Je ne crois pas que vous soyez impuissante.

— Ah bon ?

— Tout à fait, confirma-t-il.

— Eh bien, vous êtes le seul. Parce que moi, je me sens impuissante, je me sens broyée. Le monde m'est monstrueux.

— Je crois que vous faites preuve d'un courage exemplaire. Et quant à la monstruosité du monde, hélas, nul ne peut la changer.

— Alors ça sert à quoi tout ça ?

— Ça ne sert pas le monde, mais ça vous sert, vous.

— Ça me sert à passer des nuits blanches et, quand je ferme les yeux, à faire des cauchemars ; ça me sert à avoir des hallucinations, à vivre dans l'isolement, à haïr le monde et l'humanité, et moi-même avec... ça me sert beaucoup... tellement que j'ai envie de me mettre une balle dans la tête...

— Il me semble que cet état existait avant que vous n'entamiez votre analyse.

— Oui, mais je pensais qu'en faisant une psychanalyse j'irais mieux, alors que tout s'aggrave.

— Quand on ouvre les plaies pour les soigner, il y a des moments où la douleur est vive.

— Pour continuer dans les métaphores médicales que vous utilisez quand ça vous arrange, il se trouve que quand la douleur est vive, on anesthésie le patient.

Le psy ne réagit pas.

— J'ai comme l'impression que vous vous en foutez, de ce que je peux endurer...

— Vous croyez... dit-il, pour ne pas donner le sentiment de l'approuver.

— De toute façon, je suis timbrée ; sinon, au lieu de faire une analyse, j'aurais essayé de construire une vie...

— Ce que vous dites n'est pas vrai, et vous le savez.

Silence.

Elle le paya et partit.

Elle sortit de la salle de bain, boîte et lettre en main.

— Réveillez-vous, réveillez-vous…

Ses copines sursautèrent, au début très fâchées et de mauvaise humeur, mais lorsqu'elles virent la boîte ouverte dans la main de Donya, stupéfaites, toutes les trois, bien qu'encore endormies, s'exclamèrent d'une même voix :

— Qu'est-ce que c'est que ça ?

— Je ne comprends pas, je ne comprends rien…

Elle tendit la boîte et la lettre à Ladane. Elle lut la lettre, la passa à Farah qui la lut et la repassa à Mehri.

— Il ne s'est pas moqué de toi, dit Ladane.

— Tu lui as dit quoi ? demanda Farah.

— Mais de quoi parlez-vous, vous ne comprenez pas qu'il y a un malentendu…

— Non, répliquèrent-elles toutes les trois.

— Comment est-il possible qu'il soit à ce point…

— À ce point quoi ? protesta Farah… C'est toi qui es toujours à côté de la plaque…

— Quoi ? s'indigna Donya.

— Tu traînes des nuits entières avec ce pauvre garçon, tu es même allée avec lui à Dubaï…

— Ce n'était pas avec lui, nous y sommes allés tous

ensemble, et je n'ai jamais été, enfin presque jamais, seule avec lui…

— En tout cas, je dois dire que ça, c'est quelque chose… c'est quand même vachement romantique…

Ladane sortait les bijoux de la boîte.

— Ça doit coûter une fortune, de tels diamants. Il a mis le paquet, ma fille…

— Qu'est-ce que tu lui as répondu ? redemanda Farah.

Donya leur raconta la nuit passée chez Shahab et les circonstances dans lesquelles sa sœur Esmar lui avait remis la boîte.

— J'étais à mille lieues… j'ai cru que c'était un petit cadeau qu'elle m'offrait… je ne pouvais imaginer…

— Et qu'est-ce que tu comptes faire ?

— Je ne sais pas ; enfin, si, je sais, mais je ne sais pas comment le faire…

Ladane se mit à lire à voix haute la lettre :

Ma chère précieuse Donya,

Ces diamants ne sauront te prouver mon amour, tu brilles dans mon cœur comme ces pierres précieuses. Je suis honoré de te demander en mariage. Mon oncle, mon frère, ma belle-sœur et Esmar viendront à Téhéran quand cela te conviendra pour demander officiellement ta main à ta famille. Je pense sans cesse au jour où tu deviendras ma femme. Tu es ma lumière. Tu es mon bonheur.

Shahab.

— Le pauvre, il a dû la réécrire plus de cent fois.

Remarque, ce n'est pas trop mal rédigé… continua Ladane en rigolant.

Au lieu de libérer Bandar Abbas, Donya récoltait un collier, des boucles d'oreilles, un bracelet et une bague en diamant.

— *Diamond is a girl's best friend…* se mit à chanter Ladane en essayant le collier et les boucles d'oreilles devant le miroir.

— Je n'ai rien fait pour l'encourager, se défendit Donya, j'ai de l'affection pour lui, c'est vrai, mais quand même, comment a-t-il pu imaginer… Il est… enfin, il est même d'un an plus jeune que moi…

— Oui, et c'est un indigène sans éducation, et toi une universitaire de Téhéran… Dis-moi, il a fait quelque chose pour te laisser croire qu'il partageait ton rêve de renverser le régime ? Mais bon sang, tu glandes des nuits entières avec ce malheureux et tu dis que tu n'as rien fait… Franchement, c'est étonnant qu'il ne t'ait pas sauté dessus… Tu passes une nuit comme ça avec un étudiant, la deuxième nuit tu passes à la casserole. Tu crois que la différence de classe empêche les sentiments ? Tu te crois la reine de Saba et tu prends les indigènes pour tes sujets ou quoi ? lui reprocha Farah sévèrement.

— C'est vraiment joli, il a bon goût, ce garçon – Ladane se mirait dans la glace, parée du collier, du bracelet, des boucles d'oreilles et de la bague. C'est beau, non ? De tels diamants feraient fondre le cœur de pas mal de filles. Peut-être que si tu te maries avec lui, il sera d'accord pour organiser ta révolution… Ou alors tu fais comme les filles dans les James Bond… Tu prends les diamants et tu disparais, tu quittes la ville… ça te ferait une belle somme.

— Arrête tes conneries, Ladane… j'ai besoin de réfléchir…

— Réfléchir ! Tiens, tiens, c'est nouveau, ça... Elle va faire enfin travailler son cerveau, ce n'est pas trop tôt.

— Je ne comprends pas, c'est du jamais-vu, ce n'est même pas conforme aux coutumes et aux convenances. Traditionnellement, n'est-ce pas le jour où la demande en mariage est officiellement acceptée par la famille de la fille que la famille de l'homme apporte les bijoux... ? Pourquoi il me les donne maintenant ?

— Ça te va bien, de parler des convenances et des coutumes !! Ma foi, si on ne te connaissait pas, on pourrait croire que tu es l'exemple même de la fille qui respecte les traditions. Puisque tu y vas si fort, dis-nous selon quelles coutumes une fille se déguise en garçon et passe des nuits entières avec des gens qui sont dans le business de contrebande, c'est bien comme ça que s'appelle leur métier ? ironisa encore Farah qui ne ratait pas une occasion.

— Tu es de mauvaise foi.

— Il a voulu t'impressionner... Il a certainement pensé qu'avec les diamants il aurait plus de chances... Ou peut-être aussi qu'il est assez malin et que c'est une façon de te mettre au pied du mur, intervint Mehri qui était la plus sage de toutes.

— Dis, au moins, tu as acheté du pain pour le petit déjeuner avec tout ça ?

— Oui.

— Du pain chaud aux diamants, qu'est-ce que c'est bon !...

Ladane avait encore les bijoux sur elle et n'avait apparemment aucune envie de les enlever.

— Je suis bonne pour l'asile… dit-elle dès qu'elle fut allongée sur le divan.

… Heureusement que j'ai la sagesse, malgré ma folie, de m'enfermer pour que les autres ne m'enferment pas…

Le psy, depuis quelques jours, n'avait pas réussi à joindre sa rousse. La généralisation du téléphone portable et du courrier électronique nous a fait trop rapidement oublier à quel point les relations amoureuses extraconjugales étaient plus difficiles à gérer il y a seulement quelques années. Il l'avait appelée plusieurs fois chez elle, mais à chaque fois c'était son mari qui avait décroché. Il tentait tant bien que mal de tromper sa nervosité en écoutant ses analysants, mais il n'arrivait pas à écarter les pensées qui l'obsédaient.

Sans qu'il l'écoutât, elle continua.

— J'ai une mémoire hallucinée. Mon cerveau a enregistré ce que moi j'ai oublié et il me le jette à la figure, comme ça, d'une façon inattendue et surtout quand il ne faut pas.

… C'est un vrai bordel, ma tête. À force d'halluciner, je commence à douter de ce que j'ai vraiment sous les yeux. Je commence à prendre le réel pour une hallucination.

À trente mètres de chez moi, je me perds parfois. Je tourne dix fois pour trouver une adresse que je connais parfaitement, comme si les lieux n'étaient pas toujours à leur place…

… Hier, je suis allée chercher les enfants chez le médecin où leur mère les avait emmenés. Je ne trouvais pas le numéro 52 dans la rue ; j'ai monté, descendu la rue, remonté, redescendu… J'ai vérifié le nom de la rue. J'ai paniqué, puis j'ai douté de moi, je ne savais où j'étais, ce que j'étais venue fabriquer dans cette rue, je me suis dit que je faisais encore un rêve aberrant, ou alors qu'il s'agissait d'une hallucination et que ça allait disparaître. Je me pinçais pour me réveiller… C'était l'affolement total… Et tout d'un coup, juste en face de moi, j'ai vu les deux enfants et leur mère sortir d'un immeuble. Ce n'était pas au 52, mais au 25.

Les chiffres 52 et 25 frôlèrent l'oreille du psy. Il pensa justement qu'il n'avait plus vingt-cinq ans et qu'il devait clarifier la situation avec sa rousse.

Il était sûr qu'elle était la femme de sa vie, même si elle était la femme d'un autre.

— Et puis, le soir, sans aucune raison, j'ai eu un malaise. Je suis allée faire des courses et sans la moindre explication, j'ai senti mon cœur serré dans un étau… ça s'est passé très vite. Je me suis évanouie au milieu du supermarché. Lorsque je suis revenue à moi, j'ai vu un type qui était en train de m'étrangler. Quelques secondes plus tard, il n'avait pas la même tête et il était en train de me secourir.

… Je ne sais pas, mais parfois je perds pied, je sombre dans la folie…

C'est de la pure folie que de continuer sans s'expliquer. Demain, je l'attendrai devant son lycée. Il faut que je déplace quelques rendez-vous, pensa-t-il.

— Acculée à moi-même, je sais que le danger est en moi et je le projette sur le monde extérieur. Le danger est moi. Je ne sais quel secret, quel mystère, fait de moi un si grand danger pour moi-même. Je ne peux le savoir ; seulement, je ressens parfois la menace imminente de quelque chose qui me paraît d'ordre surnaturel, comme la soudaine apparition d'un monstre qui se cache sous un visage humain.

Il se leva et, au lieu de son « bien » habituel, il sortit un « bon ».

Elle paya et partit.

Bandar Abbas

Donya ne savait que faire, comment lui rendre les diamants. Valait-il mieux lui expliquer qu'elle avait été aveuglée par ses idées révolutionnaires, que son comportement avait pu créer des malentendus, qu'elle avait beaucoup d'affection pour lui et le considérait comme un ami... ou tout simplement lui dire qu'elle ne pouvait accepter sa demande, qu'elle était déjà fiancée à Téhéran ? Elle se trouvait dans un vrai pétrin.

Elle, qui avait passé des nuits entières avec lui dans une insouciance totale, craignait maintenant de le croiser. Elle avait peur qu'il se sente rejeté à cause de son statut social inférieur et que sa blessure d'amour-propre lui donne envie de se venger. Elle essaya de considérer la situation du point de vue de Shahab et de sa famille. Elle comprit qu'après des nuits passées avec eux elle ne pouvait faire marche arrière. Aux yeux de la famille et des amis de Shahab, elle était sa fiancée. Dire non piétinerait la fierté de toute une tribu. Le passage de l'amour à la haine pouvait être radical. Il aurait suffi qu'il aille voir des hommes du comité et leur dise qu'elle avait passé des nuits dehors déguisée en garçon en leur compagnie, ou qu'elle était allée avec eux à Dubaï. C'en aurait été fini pour elle. Elle risquait gros. Elle avait les lois du pays contre elle ; non seulement elle aurait pu être expulsée de l'université, mais aussi condamnée aux quatre-vingts coups de fouet à la prison, et soumise au mariage forcé pour réparer le déshonneur.

Un matin, elle sortit de la cité, et vers neuf heures elle était chez lui. La gardienne l'accompagna à travers le jardin et elle trouva Esmar devant la piscine. Elle sortit la boîte de diamants de son sac :

— Je ne peux rentrer avec les diamants chez moi à Téhéran ; mes parents le prendront très mal ; ce n'est pas conforme à notre tradition. Il faut que vous les apportiez vous-mêmes à ma famille le jour où vous viendrez demander ma main à mon père.

Sans attendre la réaction d'Esmar, elle tourna les talons et, d'un pas pressé, retraversa le jardin et franchit le portail. Une fois dans la rue, elle se sentit soulagée, satisfaite de son astuce.

Elle n'osait plus mettre les pieds dans la rue, même le jour, de peur de croiser Shahab ou un des indigènes qu'elle connaissait. À nouveau, elle passait de longues heures immobile sur le balcon et fixait l'horizon ; sa vie lui était une prison, elle voulait s'en évader à tout prix. Elle ne savait pourquoi elle était dans l'incapacité de vivre une vie semblable à celle de ses camarades ; elle ne savait d'où lui venait son inaptitude à se situer dans le monde des humains. La tentation de se jeter dans le vide, du balcon du douzième étage, réapparaissait.

Impulsive, elle fit sa valise. Elle décida de tout abandonner.

— Mais tu es cinglée !? Tu es fêlée !? As-tu perdu la tête ?! se récrièrent Ladane, Farah et Mehri.

De raison, elle n'en avait jamais eu ; mais d'instinct une force la secouait dans les moments les plus dangereux de sa vie. Une parfaite étrangère, une parfaite inconnue, voilà ce qu'elle était à elle-même.

Un matin, elle quitta l'université et Bandar Abbas.

Elle alternait depuis toujours divan et fauteuil. Elle restait quelques semaines allongée sur le divan et d'un coup passait sur le fauteuil. Et vice versa.

— Je ne sais pas pourquoi je fais des allers et retours comme ça sur le divan... Et vous ne vous y opposez pas... On dirait que vous vous en foutez... De toute façon, vous vous foutez de tout... C'est ça, être psychanalyste, se foutre des souffrances des autres... Ne jamais broncher...

Il ne dit rien.

— J'ai l'impression parfois que je m'adresse à Personne lorsque je suis sur le divan... Pire encore, parfois j'ai l'impression que je jette ce qui sort de moi dans un vide... Et ce vide, c'est vous... enfin, vous, je ne sais pas, mais ce qu'il y a derrière lorsque je suis allongée sur le divan.

Un silence.

Respiration du psy.

— Par moments, être allongée sur le divan et entendre votre respiration au-dessus de ma tête, c'est très érotique. Ça, c'est plutôt agréable.

— Oui...

— Et parfois être sur le divan est très angoissant... Dans le fauteuil, c'est différent. Au moins, je vois que je m'adresse à quelqu'un, même si je ne vous regarde pas en parlant. Tandis que, sur le divan, vous disparaissez et je m'adresse à Rien et en même temps c'est comme si je m'adressais à Tout.

En fait, je me lève du divan quand les choses deviennent intenables pour moi.

Être assise en face de vous, c'est une échappatoire quand ça devient irrespirable sur le divan. C'est rassurant parce que je vois que je suis là et vous aussi.

— Qu'est-ce qui devient irrespirable ?

— Je ne sais pas…, je me trouve dans une impasse, dans un endroit d'où il faut fuir absolument.

Le psy attendait sa rousse devant la sortie du lycée.

Dès qu'il la vit, il se dirigea vers elle.

— Bonjour.

Il se donnait un air décontracté, comme s'il était naturel qu'il vînt la chercher.

— Bonjour !

Il crut lire sur son visage de la gêne et de la réprobation.

— J'ai essayé de te joindre…

Il était maladroit comme un éléphant dans un magasin de porcelaine.

— Je me suis dit…

Il ne savait que dire…

Elle prit les devants :

— Ma fille s'est encore blessée, j'ai dû l'emmener à l'hôpital… j'ai été très débordée.

— Comment va-t-elle ?

— Je ne sais pas… C'est une enfant très compliquée.

— Veux-tu que je la voie ?

Elle le regarda de travers.

— Juste comme ça…

— Je ne sais pas. Je ne sais vraiment pas.

Elle avait commencé depuis deux semaines à consulter un psychanalyste. Elle avait abordé bien sûr sa relation amoureuse avec un psy, les problèmes de sa vie familiale et de sa fille... Elle était perturbée, ce qui n'échappa pas à son amant.

— As-tu le temps de prendre un café ?

Elle avait justement rendez-vous avec son psy.

— Là, je ne peux pas.

— Veux-tu que je te dépose quelque part ? Je suis en voiture.

— Ça aurait été avec plaisir, mais je suis aussi en voiture aujourd'hui.

Elle partit vers le parking et il resta planté là.

— Alors tu m'appelles.

— Oui, promis.

Elle rentra chez elle et dit à ses parents qu'elle devait faire un stage à Téhéran. Sa mère fut scandalisée dès qu'elle retira son voile.

— Ah ! tes cheveux !… Mon Dieu ! Qu'est-ce que tu leur as fait ?

— Je les ai fait couper, ça ne se voit pas ?

Depuis longtemps, elle voulait travailler avec des enfants et des adolescents en difficulté, ayant la conviction qu'apporter une aide aux autres l'aiderait à se réconcilier avec elle-même. Son altruisme provenait d'une nécessité vitale.

Une amie lui avait parlé d'un centre pour les enfants et les adolescents dont les parents criminels étaient condamnés à de longues années d'emprisonnement. Elle l'avait prévenue que travailler avec de tels enfants et adolescents, qui ont de lourds traumatismes, serait très difficile. Donya avait répondu que la difficulté ne lui faisait pas peur. Le premier jour, elle rencontra la responsable, une femme d'une quarantaine d'années, entièrement ensevelie sous son hijab noir. Celle-ci lui expliqua que la villa avait été confisquée à une famille qui avait fui l'Iran et qu'elle était fière de l'avoir transformée en abri pour les enfants et les adolescentes sans toit ni parents. Elle la conduisit dans les parties communes et notamment la grande salle transformée en mosquée où les filles, trois fois par jour, faisaient leur prière toutes ensemble. De la terrasse, on voyait la chaîne des montagnes.

— Nous sommes obligées d'être sévères avec ces filles ; toutes ont connu l'extrême pauvreté et de graves maltraitances ; la plupart ont été violées régulièrement depuis leur enfance et, souvent indépendamment de leur volonté, impliquées dans les trafics de drogue. Certaines étaient droguées elles-mêmes. Les parents sont des criminels, des assassins ou des trafiquants… Vous vous doutez qu'elles ne sont jamais allées à l'école, nous essayons donc de les alphabétiser. C'est un peu tard pour certaines d'entre elles, mais bon, nous faisons ce que nous pouvons… C'est bien que des jeunes comme vous soient bénévoles… Il est inutile de vous dire que nous manquons de tout, mais lorsqu'on a la foi, et avec l'aide de Dieu, même avec très peu de moyens, on peut faire beaucoup… Le centre est nouveau et nous avons déjà pas mal d'adolescentes en charge. Il y a un psychiatre qui nous aide. Il vient deux fois par mois. Nous avons vingt-sept filles, les plus jeunes doivent avoir six ou sept ans et les plus âgées quatorze ou quinze.

— Quelles sont les activités que vous leur avez programmées ?

— Attendez, nous n'en sommes pas là ; d'abord il faut les discipliner, elles n'ont aucune notion de ce qu'est la discipline.

— Ah ça, moi non plus je n'en ai aucune, dit-elle en souriant pour détendre l'atmosphère et rendre un peu humaine la discussion.

Sa plaisanterie fut accueillie froidement par la directrice qui lui lança un regard oblique. Elle tâcha de ne pas tout gâcher dès le premier jour ; se donna l'air le plus sérieux qu'elle pouvait et ne commit plus l'imprudence d'afficher la moindre esquisse de sourire. Elle suivit la directrice à l'étage.

— Vous savez, il faut leur apprendre le respect de soi et puis il faut leur donner une identité...

Pendant qu'elles montaient les escaliers, le visage de la directrice changea soudainement ; il se déforma, prit une expression hostile, puis ses traits devinrent irréguliers ; les muscles et les ligaments changèrent de taille et composèrent des grimaces d'une rare laideur. On aurait dit son portrait par Francis Bacon. Donya perdait l'équilibre dans un monde dont la matérialité physique devenait mouvante et instable. Le sol se dérobait sous ses pieds, elle vivait un tremblement de terre individuel.

Au milieu des escaliers, sans tourner la tête vers la directrice, précipitamment, tout de go, elle lui dit qu'elle devait partir immédiatement et reviendrait le lendemain ; sans lui laisser le temps de réagir ou de prononcer un mot, elle dévala les escaliers, courut vers la porte et quitta la villa.

Dehors, il faisait beau, ni froid ni chaud ; elle marcha rapidement, tourna dans une rue puis dans une autre ; s'arrêta, respira profondément, s'assit quelques minutes sur un perron pour reprendre son souffle. Le monde réel se stabilisa. Elle ne savait que déduire de ce malaise ; était-ce un signe de mauvais augure ? Devait-elle l'accepter comme tel et cesser de s'attribuer un rôle héroïque qu'elle ne pouvait assumer ? Était-elle à la recherche de l'impossible ? Elle marcha longtemps avant de prendre un taxi pour rentrer chez elle. Elle passa une partie de la nuit à réfléchir. Le lendemain matin, lorsqu'elle se réveilla, elle ne savait toujours pas ce qu'elle allait faire. Imprévisible, elle l'avait toujours été, mais, ces derniers mois, ses actes et ses décisions la déroutaient elle-même. Elle ne maîtrisait plus du tout les forces contradictoires qui la tiraillaient de tous côtés. Elle n'était qu'un morceau de bois flottant au milieu de l'océan, tant ses impulsions étaient puissantes face à son être insignifiant. Elle n'avait pas la force de s'opposer à ce qui l'animait. Cela faisait longtemps qu'elle avait perdu les rênes de sa conduite. Elle fonçait, Dieu sait vers où.

Elle retourna là-bas le lendemain. En la voyant, la directrice, qui se voulait fine et observatrice, dit d'emblée :

— C'est normal que vous ayez pris peur, ce n'est pas facile d'affronter ces gamines qui ont connu des horreurs ; on peut craindre de ne pas pouvoir leur apporter de réconfort… mais j'étais persuadée que vous reviendriez… Venez, je vais vous les montrer…

Le verbe « montrer » frappa Donya. En règle générale, on présente les gens les uns aux autres, et on montre les choses. Mais elle ne voulait plus d'embrouille, elle évita soigneusement de regarder la directrice. En signe de timidité et d'obéissance, elle baissa la tête, fixa ses chaussures tout le temps que dura leur conversation. La directrice la fit entrer dans une pièce où les filles étaient assises par terre sur la moquette, les unes derrière les autres, bras croisés, sur quatre rangs. Elles étaient toutes voilées ; une jeune femme, elle aussi voilée, était assise devant elles. Elles répétaient à voix haute des lettres de l'alphabet qui étaient écrites sur un tableau noir posé à même le sol. Les enfants se levèrent toutes, puis se rassirent. Une autre femme monta bruyamment les escaliers et appela la directrice en lui disant qu'elle était demandée au téléphone. Elle referma la porte, descendit les escaliers,

Donya la suivit, l'attendit dans le hall. Elle ressortit de son bureau.

— C'était le psychiatre. Il ne peut pas venir cette semaine ; si vous saviez… il faut supplier les uns et les autres pour qu'ils se montrent un peu généreux… Comme je vous l'ai dit, nous manquons de tout… Nous espérons recevoir des bancs…

— Pourquoi elles ne vont pas à l'école, du moins les plus jeunes, celles qui ont six, sept ans ? demanda Donya tout en gardant la tête baissée.

— Parce que ce sont des enfants de criminels.

— Je… Je ne comprends pas, ce ne sont que des petites filles…

— On ne peut envoyer les enfants des familles criminelles dans les écoles d'un des meilleurs quartiers de la ville.

— Et pourquoi pas ? Puisque maintenant elles vivent ici, dans ce quartier.

— Enfin… vivre… disons qu'elles sont là tant qu'on n'a pas d'autre solution… un membre de leur famille, un oncle, un grand-parent… qui les prenne en charge ; nous ne pouvons pas les garder ici très longtemps… ça coûte très cher et puis il y a des dizaines de milliers d'enfants dans leur situation, nous sommes un centre provisoire… Asseyez-vous ici, je reviens.

Elle s'assit sagement sur une chaise dans une grande pièce vide.

— Je suis méchante. Mauvaise.

— Vous croyez ?

— Oui, parce que je n'arrive pas à préserver les bons souvenirs et suis assaillie par les plus douloureux… Et d'ailleurs, ce ne sont pas des souvenirs.

— Ouiii…

— Les scènes deviennent réelles. Je ne sais comment expliquer avec les mots ce qui se passe dans ma tête… Comme j'étais absente lors des séances… je veux dire des scènes…

— Ouiii !?

— Je me suis trompée… Peut-être pas… C'est vrai qu'une partie de moi reste absente aux séances. C'est mon mécanisme de défense qui est devenu une maladie…

… Une partie de moi est toujours absente au présent. Enfant, j'étais absente à moi-même et aux scènes, et maintenant ces scènes me deviennent présentes. Vous comprenez ?

— Tout à fait.

— Vous comprenez vraiment ?

— Oui.

— Je ne sais comment mettre en mots ce genre de

dysfonctionnement… je ne sais même pas comment il faut le nommer…

— Expliquez tout simplement.

— J'ai beaucoup de souvenirs de mon enfance, mais dans certains cas il ne s'agit pas de souvenirs, il s'agit de scènes qui ont été annulées ou censurées…
Maintenant, leur réalité physique ressurgit en moi et devient mentalement vivante, alors qu'à l'époque la scène s'annulait et l'enfant que j'étais se réfugiait dans une mort émotionnelle pour survivre.
… Lorsque je me retrouve seule dans ma chambre, je suis happée par la scène qui devient réelle… Je ne sais comment le dire…

— Comme ça, comme vous êtes en train de le faire, et vous le dites très clairement.

— Comment est-ce possible ?
C'est comme si le temps s'était figé pendant plus de vingt ans et que la scène se reproduisait à l'identique.

— Ouiii…

— J'ai l'impression que dans mon cerveau j'ai stocké des morceaux de réalité auxquels j'ai su échapper enfant. Et ils prennent leur revanche maintenant.

— Ouii…

— Face à son père, la mort émotionnelle la sauvait de la scène, mais aujourd'hui elle la vit pleinement, et elle est moi… C'est… c'est, c'est intenable… Je ne peux pas vivre ça…
… Je hais cette enfant, je hais l'enfant qui a subi tout ça, qui a survécu à tout ça…

— Je crois qu'au contraire il y a de quoi aimer cette enfant. Sa force, son courage et sa volonté de vie hors du commun sont remarquables, dit le psy en détachant chaque mot.

— Mais moi, je n'ai pas sa force.
— Vous croyez?
Le psy lui laissa le temps de se reprendre.
Elle le paya, lui serra la main et le remercia.

Au supermarché, à la boulangerie, à la laverie, elle avait croisé plusieurs fois une fille qui habitait la même rue. Elles avaient parlé ensemble, puis sympathisé. Elle s'appelait Myriam, était étudiante en économie et en anthropologie. De père français et de mère algérienne, elle venait de Lille. Elle louait un vrai studio, digne de ce nom. Vingt-cinq mètres carrés, une salle de douche avec WC et une kitchenette. Un vrai luxe pour une étudiante.

Un soir, Myriam lui proposa d'aller boire un verre dans un bar, elle lui demanda combien cela coûtait, sa psychanalyse la privait de toute sortie.

— Mais tu es cinglée, ma foi : au lieu de sortir et de rencontrer des gens, tu t'enfermes tout le temps parce que tu files tout ce que tu gagnes à quelqu'un pour qu'il t'écoute parler. Paie-moi seulement la moitié et je te laisserai parler non pas une demi-heure, mais deux heures. Franchement, payer quelqu'un pour lui parler, ça rime à quoi ? Dans ce cas, au Maghreb, tout le monde est psychanalyste. À Paris, il faut rencontrer un max de gens, se créer des réseaux, c'est le seul moyen de percer dans ce pays.

— Tu n'as toujours pas dit combien ça va coûter.

— Cette fois, je t'invite, encore qu'il est fort probable qu'on n'ait pas à payer.

— Ah bon ?

— Tu es bien ingénue, ma pauvre, il faut que je fasse ton éducation… deux jeunes et belles filles règlent rarement leur verre au comptoir d'un bar… sauf s'il n'y a que des crétins radins.

Le bar, rue des Canettes, n'était pas plein. Elles se hissèrent sur les tabourets au comptoir et effectivement deux coupes de champagne leur furent servies avant qu'elles aient eu le temps de commander. La générosité provenait d'un type d'une quarantaine d'années, légèrement bedonnant, et de son copain, plus jeune et plus mince. Pendant que Myriam parlait au plus jeune, elle échangea quelques mots paresseux avec le plus gros. À l'inévitable question :

— D'où vient votre charmant accent ?

Elle rétorqua :

— D'une autre planète.

— Alors vous êtes un ange.

— Plutôt un diable.

Elle ne savait comment échapper à cette mièvre tentative de séduction. Un homme s'approcha d'elle. Il avait perçu qu'elle s'ennuyait. Il l'invita à danser et elle accepta.

Il s'appelait Henri. À son tour, il lui proposa un verre et ils s'attablèrent. Ils parlèrent de tout et de rien. Elle portait un tee-shirt à manches courtes et il avait remarqué les cicatrices sur ses poignets et ses bras. Il lui apprit qu'il faisait sa thèse en psychologie cognitive. Elle lui confia qu'elle faisait une psychanalyse. Il faut croire que l'ambiance des bars délie les langues.

— Je participe à un groupe de réflexion sur la psychanalyse, si ça t'intéresse tu peux venir.

— Oui, ça me plairait beaucoup.

— Il est de quelle obédience, ton psy ?

— Je ne sais pas.

— Est-ce un pur lacanien ?

— Je ne sais pas, non, je ne crois pas.

Ils continuèrent à bavarder. Il lui nota sur un bout de papier l'adresse, le jour et l'heure du séminaire.

Quant à Myriam, elle riait avec les deux premiers types, surtout avec le plus jeune, et donnait l'impression de s'amuser beaucoup.

Donya remplaça l'institutrice. À son entrée, les filles se levèrent puis s'assirent, en signe de respect. Elle resta debout, interdite ; les vingt-sept enfants et adolescentes la dévisageaient. Elle les regarda quelques instants sans être capable de prononcer un mot. Les filles restèrent bras croisés.

— Je m'appelle Donya... je suis là... pour... pour être avec vous... voilà... Maintenant, qui veut se présenter ?...

Personne n'ouvrit la bouche. Personne ne bougea. Elles restèrent silencieuses, la méfiance dans leurs regards sombres. Elle reprit :

— Préférez-vous que je désigne la première... ? Alors, disons... toi.

Elle fit signe du doigt à une fillette qui devait être une des plus jeunes.

La fille n'ouvrit pas la bouche.

— Allez, dis juste ton nom ; comment tu t'appelles ? Pas un son.

— Tu ne veux pas te présenter ?

La fillette mâchonnait le bout de son voile.

Celle qui était assise derrière elle cria : « Elle s'appelle Zynab. »

Donya comprit qu'elle devait se montrer un peu plus autoritaire.

— Très bien. Maintenant, tu te présentes toi-même. Comment tu t'appelles ?

Elle devait avoir neuf ou dix ans, elle baissa la tête et ne répondit pas.

— Puisque tu viens de présenter ta copine, alors vas-y… c'est quoi ton nom ?

Donya ignorait que donner le nom de quelqu'un, pour ces enfants, c'était dénoncer. Personne ne leur avait jamais demandé de se présenter, et lorsqu'on leur avait demandé leur nom, c'était au cours des interrogatoires policiers. Accusées d'être des enfants de criminels, coupables d'exister, elles n'étaient pas présentables. En Iran, la violence sociale envers ces enfants, considérées comme de la mauvaise herbe, est telle qu'elles n'avaient connu que l'animosité, le mépris et la maltraitance physique ou sexuelle.

Elle ne comprenait pas la raison du silence obstiné des gamines :

— Écoutez… Je suis là pour vous et, avant toute chose, c'est bien que nous fassions connaissance…

La porte s'ouvrit et à peine eut-elle tourné la tête que la directrice était déjà au milieu de la pièce, un cahier en main. Elle était entrée par surprise, sans frapper à la porte. Les filles se levèrent puis s'assirent. Elle sourit à Donya, remonta ses lunettes sur son nez avant de le plonger dans le cahier : Soudabeh Darabi, Zahra Amiri, Fatemeh Satrap, Marjane Ebrahimi, Zynab Austavar, Fatemeh Rahimi… Chacune se levait à l'appel de son nom et se rasseyait ; voilà comment on se présentait dans cette institution.

Une fois le dernier nom prononcé, elle ferma son cahier et leur ordonna :

— Restez bien sages...

Elle tourna la tête vers Donya :

— Si vous avez un problème, je serai dans mon bureau.

Le malaise de Donya ne fit qu'augmenter. Elle ne savait que dire ni que faire, les enfants restaient assises sans bouger. Il n'y avait rien dans cette pièce, aucun jouet, aucun meuble, aucun objet ; pas même des crayons ou des feuilles de papier. Rien.

— Puisque l'école est finie, vous pouvez décroiser les bras. Allez, décroisez les bras... dit-elle, affectant la décontraction pour dissiper l'ambiance militaire qui régnait.

Elles se regardèrent les unes les autres et obéirent.

Avec un peu plus d'assurance et d'autorité, elle continua :

— Maintenant, vous allez vous asseoir en cercle, pour que chacune puisse voir les autres.

Elles obéirent.

— Très bien, c'est mieux comme ça. Et vous pouvez aussi enlever vos voiles. Ce n'est pas nécessaire de les garder, vous pouvez les enlever.

Personne ne s'exécuta.

— L'école est terminée et lorsqu'on rentre à la maison, on enlève son voile, n'est-ce pas ? Ici, c'est votre école, mais aussi votre maison. Vous n'allez pas rester toute la journée tête voilée, et puis il n'y a aucun homme, il n'y a que vous et moi... donc, vous avez le droit d'enlever votre voile.

Étonnées, les unes et les autres se regardèrent à nouveau, hésitèrent, puis enlevèrent leur voile.

Enfin des visages d'enfants et d'adolescentes ! Sans

ce chiffon qui leur enserrait la tête et leur dissimulait les cheveux, leurs visages retrouvaient leur expression ; chacune se distinguait des autres, chacune devenait, du moins un peu, une enfant, une adolescente.

Elle-même garda son voile.

— Comme je ne suis pas chez moi, mais au travail, je garde mon voile. Maintenant, vous avez aussi le droit d'allonger vos jambes, de vous asseoir comme vous en avez envie, comme c'est le plus confortable.

Ce qui l'étonnait le plus, c'était le silence. Elle avait cru qu'elle allait affronter des enfants chahuteuses et impossibles, alors qu'elle se trouvait en face d'enfants muettes et amorphes.

— Bon, je voudrais que chacune de vous se présente, pour que nous fassions vraiment connaissance ; elle se tourna vers la fille assise à sa droite :

— C'est quoi ton nom ?

— Soudabeh, murmura-t-elle.

— Un peu plus fort, s'il te plaît, que tout le monde puisse t'entendre, et quel âge as-tu, Soudabeh ?

— Dix ans.

— Veux-tu dire quelque chose ?

Elle fit non de la tête.

— Maintenant à toi.

— Zeynab.

— Fatemeh.

Elles se présentèrent les unes après les autres et le tour fut accompli.

— On va jouer au jeu des couleurs. Chacune ferme les yeux et dit la première couleur qui lui vient en tête ; la suivante ferme les yeux : soit elle dit une autre couleur, soit le nom de quelque chose que la couleur évoque. D'accord ? Nous commençons cette fois-ci en partant de ma gauche. Zari, tu commences. Ferme les yeux et dis la première couleur qui te passe par la tête.

— Rouge.

— Fatemeh, tu fermes les yeux et tu dis soit une autre couleur, soit quelque chose qui est rouge.

— Noir.

— À toi Soudabeh… d'abord ferme les yeux.

— Jaune.

— À toi, Zynab.

— La nuit.

— La nuit est jaune pour toi ? C'est bien intéressant une nuit jaune. Bon maintenant, Mehri, tu dis soit quelque chose qui a un rapport avec la nuit ou avec le jaune, soit une autre couleur.

— Noir.

— À toi, Marjane.

— Bleu.

La porte s'ouvrit à nouveau et la directrice fit son apparition :

— Oh !!!… Accompagnez-moi !

Les deux femmes quittèrent la pièce.

— Qu'est-ce que vous fabriquez ?

— J'essaie d'inventer un jeu avec elles puisqu'il n'y a rien…

— Ce n'est pas de ça que je vous parle… Où est leur voile ?

— Je leur ai dit qu'elles pouvaient l'enlever. Comme l'école était finie, j'ai pensé que…

— Mais qui vous demande de penser ? On vous demande de les surveiller.

— Les surveiller ?!

— Oui, juste les surveiller. Avez-vous une idée de ce que vous venez de faire ?

— Je leur ai expliqué que…

— Je ne veux rien entendre. Dans cette institution, elles gardent leur voile.

— Toute la journée ?

— Oui. Il faut qu'elles apprennent la discipline.

— En quoi porter le voile toute la journée les disciplinerait ?

— Ce sont des filles qui ont été violées…

— Et c'est en leur faisant porter le voile toute la journée que vous espérez remédier à leur…

— Je n'ai pas à discuter avec vous. On vous demande de respecter les règlements. Maintenant vous retournez dans la classe et vous leur dites de remettre leur voile. Pour cette fois, je ne ferai pas de rapport.

— De rapport ?

— Oui, vous avez bien entendu.

Donya respira fort ; elle faillit dire merde à cette pétasse de directrice et claquer la porte, mais se refréna.

— D'accord.

Elle retourna dans la pièce, regarda les filles une à une, essayant de garder en mémoire la tête de chacune.

— La directrice voudrait que vous gardiez vos voiles, c'est le règlement, je ne le savais pas…

Les filles prirent leur voile, mais elle ajouta aussitôt :

— Peut-être qu'aujourd'hui nous pouvons continuer comme ça, puisque vous les avez enlevés, mais à partir de la prochaine fois vous les garderez.

— J'ai eu encore un malaise dans la rue.

… Je ne sais même pas à cause de quoi…, d'un seul coup, la tête des gens est devenue monstrueuse… J'ai été prise de panique ; alors je me suis mise à courir.

— Avez-vous une idée de ce qui provoque ça ?

— Non… je ne sais pas… ça arrive d'une façon soudaine, au moment où je ne m'y attends absolument pas. Tout va bien, je suis en confiance et… C'est comme si vous marchiez tranquillement dans la rue, et tout d'un coup il y a un trou, et vous tombez dedans…

— Hmmm…

— C'est comme s'il y avait des trous en moi…, des gouffres.

— Oui ?

Sa voix se tut d'angoisse.

— Je ne me rappelle jamais ce qui provoque ça ; ça arrive en une fraction de seconde, comme un accident, comme lorsqu'on est percuté par une voiture… Je suis projetée brutalement dans un monde terrifiant… Mon cœur s'emballe et la panique me happe.

… Après coup, je sais que c'était seulement dans ma tête, qu'une telle chose ne peut exister… mais quand ça se passe je ne suis pas en état de me raisonner… c'est trop puissant, trop violent, trop présent... Tous ces gens avec des têtes de monstres qui viennent vers moi...

... Une seconde avant, tout est normal et d'un seul coup tout change.

Comme si, entre deux secondes, il y avait une rupture totale.

La réalité physique se fracasse... et je me trouve sous une avalanche...

Respiration saccadée.

Elle se leva du divan.

— On étouffe sur ce divan.

Elle le paya et lui dit au revoir sans lui serrer la main.

Elle se rendit au séminaire auquel Henri l'avait invitée.

Une salle pleine. Un homme d'un certain âge parlait ; elle entra sans faire de bruit et s'assit sur une des rares chaises libres.

— Nous savons tous que pour lutter nous avons besoin d'une structure... disait la voix devant un microphone un peu mal réglé.

— En France, nous dénonçons aisément les sectes américaines et donnons des leçons au monde entier, mais nous sommes incapables de voir ce qui se passe chez nous. Un des maux dont la société française souffre aujourd'hui s'appelle la Psychanalyse. Ou plus exactement les sectes psychanalytiques.

Elle avait cru qu'elle allait assister à un séminaire classique sur la psychanalyse, et voilà qu'elle se trouvait parmi des gens qui la dénonçaient.

— Je parle en connaissance de cause. J'ai fait seize ans de psychanalyse ; six ans avec Lacan lui-même, des séances qui duraient de cinq minutes à trente secondes, juste le temps de sortir l'argent de ma poche – rires dans la salle –, et dix ans avec un de ses disciples qui a fini par me raconter ses aventures amoureuses avec les femmes, dont deux de ses analysantes. Et c'était toujours moi qui payais à la fin des séances.

Rire général dans la salle.

Elle voulut se lever et partir, mais, interloquée, décida de rester et d'écouter.

— Vous me connaissez, j'étais curé avant de m'embarquer dans la psychanalyse. Je peux vous confirmer que l'Église et la prêtrise ne sont rien à côté de la psychanalyse. Le psychanalyste à lui seul est à la fois l'Église, le pape, Marie, Jésus et Dieu... Notre société est mélancolique, elle a perdu le courage, elle est devenue égoïstement individualiste, c'est chacun pour soi contre les autres. C'est une société qui ne fabrique que des hommes médiocres, et cela depuis que le venin de la psychanalyse s'est répandu dans notre société comme une épidémie. La psychanalyse, c'est la peste : ce n'est pas moi qui le dis, c'est Freud lui-même, à Jung, en 1909. Dans les années cinquante, bien que la France souffrît des maux de l'après-guerre, les gens étaient plus humains car la dépression et l'individualisme outrancier ne leur avaient pas été assignés par la psychanalyse comme le destin inévitable de l'homme... La psychanalyse a défait le tissu social... a défait la confiance. Elle a corrompu la société. La confiance, ça s'achète, cher et en liquide.

Je laisse la parole à Aurélia.

Une jeune et belle femme monta sur l'estrade. Elle ressemblait à Natalie Wood dans le film tiré de la pièce de Tennessee Williams *This Property Is Condemned*.

— J'ai atterri chez un psy parce que ça allait très mal. Mon beau-père était pédophile et moi j'avais six ans, ça a duré jusqu'à mes quinze ans, je n'en suis pas très fière, parce que, quand même, à quinze ans je savais très bien ce qui se passait, et finalement, un soir, après une dispute avec ma mère à propos de conneries, j'ai fugué. J'ai galéré dans la rue, je me suis droguée. La vie de la rue, quoi, je m'étais même prostituée pour acheter de la came… Je n'en suis pas fière, mais quand la vie commence mal, la suite est pareille… Un jour, j'ai croisé un mec bien, qui n'était pas du milieu ; il m'a encouragée à reprendre mes études, j'ai fait des stages et trouvé un boulot ; je ne m'entendais pas avec les gens… ça n'allait pas très fort non plus avec mon mec, il est finalement parti mais m'a laissé l'appartement. Je déprimais à fond, je ne sortais plus de chez moi… un soir, j'ai avalé tous les médicaments que j'ai trouvés dans la boîte à pharmacie et vidé une demi-bouteille de whisky. J'ai passé le Nouvel An à Sainte-Anne. Finalement, à ma sortie, j'ai décidé de voir un psy pour régler mes problèmes une fois pour toutes. Mon ex m'a aidée à trouver un autre boulot, il était venu aussi trois fois me voir à Sainte-Anne. Au bout d'un an de psychanalyse, j'allais encore pire qu'avant, j'allais devenir folle, parce que parler de mon enfance m'enfonçait au lieu de m'apaiser. Je ressentais une haine pas possible pour ma mère, elle avait toujours su que son mari abusait de moi mais elle avait préféré fermer les yeux.

… Un soir, chez le psy, j'ai eu une crise de larmes, je me suis levée du divan. Je sanglotais et tout mon corps tremblait. Il m'a tendu un mouchoir, puis il est allé me chercher un verre d'eau. Au retour, il s'est assis à côté de moi sur le divan. Il m'a pris la main, je me suis jetée dans ses bras, il s'est mis à me caresser les cheveux comme si j'étais une petite fille. Le contact physique a été un électrochoc. Je ne sais pas ce qui m'a pris, je l'ai embrassé et lui ai demandé de me faire l'amour.

Il a refusé tout en m'embrassant. À la fin de la séance, j'ai voulu le payer, comme d'habitude, mais il a refusé l'argent, j'ai remis les billets dans ma poche. Trois ou quatre séances se sont passées comme ça, j'allais là-bas, je parlais, il se mettait à côté de moi, on s'embrassait, et, à la fin de la séance, je partais sans le payer. Un jour, il m'a dit qu'il ne pouvait pas se laisser aller dans le cabinet, et il m'a proposé de me rendre visite chez moi. Je crois que j'étais très amoureuse de lui, j'avais absolument confiance en lui et je croyais qu'il m'aimait. Je me sentais valorisée d'être aimée par mon psy. Pendant plus de trois mois, il est venu me voir deux fois par semaine, on faisait l'amour et il partait. Quand il partait, je me sentais très mal, très seule, j'étais en manque. Il était devenu pour moi pire que la came. Il m'a promis qu'il quitterait sa femme. Il m'a juré son amour, tout le baratin, quoi. J'en ai parlé à mon ex, il prenait de mes nouvelles de temps en temps. Il m'a avertie que ce n'était pas sain pour moi. Je l'ai cru jaloux. Un soir, sans réfléchir, j'ai lancé à mon psy que mon ex pensait que ce n'était pas sain, cette relation. Il s'est habillé, il est parti rapidement. Il n'est plus jamais revenu. Je l'ai appelé, il m'a dit que c'était fini, qu'il ne pouvait plus m'aider.

... Je l'appelais plusieurs fois par jour, il ne décrochait pas ; je laissais des messages sur son répondeur, je le suppliais, je le menaçais en lui disant qu'il m'avait promis qu'il quitterait sa femme... Je souffrais le martyre, je me sentais trahie et piétinée par la seule personne à qui j'avais fait une confiance absolue.

Il a accepté de me voir dans un café et là il m'a dit qu'il ne pouvait rien pour moi, que je devais aller voir un autre psy. Je lui ai jeté le café à la figure et suis partie en le traitant de tous les noms.

Un soir, j'avais bu, j'ai pris un couteau et là, j'ai déconné à pleins tubes ; je suis allée chez lui, j'ai sonné à sa porte. J'ai crié, je l'ai traité de fils de pute, de violeur, je voulais me tuer chez lui, j'avais complètement disjoncté. Il a appelé la police. Ce fils de pute a dit que je l'avais menacé de mort. Quatre policiers m'ont embarquée. J'ai passé deux nuits en garde à vue pour avoir proféré des menaces de mort avec un couteau de cuisine dans mon sac. J'ai dit qu'il était mon psy et qu'il avait abusé de moi ; il avait gardé sur son répondeur un message dans lequel je lui disais qu'il m'avait promis de quitter sa femme. Il a nié avoir été mon psy. Et je n'avais aucun moyen de le prouver, j'avais toujours payé en liquide. Et comme j'avais un casier judiciaire, personne ne m'a crue. Il a retiré sa plainte à condition que je ne m'approche plus de son cabinet. Je suis retombée dans la drogue et je pensais sérieusement aller le tuer, je fantasmais jour et nuit de poignarder ce fils de pute… Quelques mois plus tard, je me suis retrouvée à nouveau dans la rue, j'ai fait une overdose, j'ai été hospitalisée, et là, un psychiatre m'a envoyée vers ce groupe.

L'ancien curé annonça une pause de dix minutes. L'histoire du sosie de Natalie Wood l'avait fortement intriguée. Elle décida de rester jusqu'au bout.

Le deuxième jour, elle apporta vingt-sept cahiers et quelques boîtes de crayons de couleur. Elle leur demanda de se remettre en cercle.

— Quelqu'un veut dire quelque chose ? Quelqu'un a quelque chose à raconter ?

Aucune réponse.

— Quelqu'un veut parler ?

Silence.

— Vous allez dessiner aujourd'hui.

Elle distribua les cahiers et posa les boîtes de crayons de couleur au milieu de la pièce, car il n'y avait que six boîtes.

— Vous allez partager les crayons, chacune utilise celui dont elle a besoin, puis le remet à sa place pour qu'une autre puisse s'en servir.

Les filles n'ouvraient pas les cahiers.

— Mais allez-y !

Personne ne commençait.

Donya se souvint du cours de dessin dans son enfance ; l'institutrice disait aux enfants ce qu'ils devaient dessiner : une pomme, une maison avec un jardin… Souvent elle dessinait sur le tableau pour que les enfants copient. Alors elle précisa :

— Vous êtes libre de dessiner ce que vous voulez ;

vous pouvez aussi, si vous préférez, seulement colorier les pages.

Elles ouvrirent les cahiers. Mais aucune ne s'avançait pour prendre des crayons. Il fallut qu'elle les encourage. Parfois, regardant Donya d'un air craintif, l'une ou l'autre disait qu'elle avait abîmé une page. Elle s'efforçait de les rassurer, elle leur répétait que ce n'était pas abîmé, qu'un dessin est un dessin. Les filles, bien que méfiantes, se remettaient à dessiner. Lorsque l'une d'elles déchirait une page, elle jetait un coup d'œil à Donya, de peur d'être réprimandée. Finalement, la salle devint vivante et bruyante.

À son habitude, la directrice fit son apparition sans frapper à la porte. Les filles se levèrent et se rassirent. Elle remarqua les pages déchirées jetées ici et là.

— Passez me voir quand vous aurez terminé.

En descendant les escaliers, elle se demandait ce qu'elle allait encore lui reprocher.

— C'est bien de les faire dessiner, leur institutrice aussi les fait dessiner, mais il faut qu'elles apprennent à ne pas gaspiller le papier.

— Je ne crois pas que ce soit vraiment du gaspillage. Et puis j'ai apporté les cahiers…

— Écoutez, je vous ai dit dès le premier jour qu'il faut discipliner ces enfants ; j'apprécie votre générosité, mais il faut qu'elles apprennent la valeur des choses. Elles peuvent dessiner, mais pas déchirer et jeter les papiers dans la poubelle.

— Il n'y a rien dans cette pièce à la disposition de ces enfants et vous ne leur donnez même pas la possibilité de gribouiller leurs angoisses sur une feuille de papier. C'est… c'est du…

— Nous n'avons pas l'ambition de les transformer en Picasso. Nous prenons soin d'elles, leur offrons un toit, une éducation... Nous les avons sauvées de la mal-traitance... Avez-vous la moindre idée des traitements qu'elles ont subis, savez-vous d'où elles viennent ?

— Justement, c'est pour ça...

— Dites-moi, à ce rythme-là, il leur faudrait à cha-cune un cahier par semaine, si ce n'est plus, alors que dans les familles normales, un cahier de dessin fait toute l'année. Avez-vous les moyens d'apporter chaque semaine vingt-sept cahiers ? Et croyez-vous qu'habituer aux dépenses et aux gaspillages ces enfants qui vont retourner tôt ou tard dans la pauvreté, c'est un service à leur rendre ?

— Mais il ne s'agit pas d'un cours de dessin. J'es-saie de leur permettre d'exprimer leur violence et leur détresse à travers les formes et les couleurs qu'elles choisissent...

— Pour qui vous vous prenez ? Avez-vous un docto-rat en psychologie ?

Elle fut tentée de jeter ses quatre vérités à la figure de cette bonne femme dissimulée sous le tchador noir symbole de l'autorité.

— Non, je ne suis pas docteur en psychologie.

Quand la pause fut terminée, une femme ronde, blonde, d'une soixantaine d'années, avec de gros seins généreux, prit la parole. Elle était psychothérapeute, elle parlait avec autorité en consultant de temps à autre ses notes.

— Le témoignage d'Aurélia, comme celui qu'on a entendu la fois passée, bien que différent, montre que les femmes abusées par leur psychanalyste sont consentantes et parfois explicitement demandeuses de la relation sexuelle. Alors on pourrait être tenté de penser qu'il s'agit d'une simple aventure sexuelle entre deux adultes consentants. Qu'un homme est un homme, même psychanalyste, et que face à une femme qui s'offre, il n'est pas responsable. Mais raisonner ainsi, c'est méconnaître la psychanalyse et le transfert. Tout d'abord, je voudrais préciser que je ne jette pas le bébé avec l'eau du bain. J'ai une position plus nuancée que mon collègue sur la psychanalyse, mais je condamne son corporatisme sectaire. Je vais donc m'expliquer.

Dans la salle, certains, déconcertés, se regardèrent les uns les autres. Elle reprit :

— Depuis la naissance de la psychanalyse, les uns l'attaquent durement, les autres la défendent radicalement. Peu importe la sincérité de Freud ou l'universalité de ses théories, comme celles de l'Œdipe ou de la castration. Quoi que l'on pense de la psychanalyse, nul ne peut nier une certitude :

Il n'existe pas un seul être humain sur terre à qui la souffrance soit étrangère. Et la psychanalyse prétend traiter la souffrance. Beaucoup de psychanalystes avouent que la pratique de certains de leurs collègues en rend difficile la défense. Il est vrai qu'il y a eu des morts d'hommes dans cette histoire. Certains se sont suicidés après des années d'analyse, d'autres ont fini en asile, beaucoup n'ont jamais guéri, et certains ont porté plainte contre leur psychanalyste pour des abus.

Il y a en outre des questions qui se posent légitimement. N'est-il pas aberrant d'aller pendant des années, plusieurs jours par semaine, à des heures précises, dans un même lieu, pour parler de soi à quelqu'un, en le payant ? Les analysants pratiquent plus régulièrement encore que les catholiques d'hier…

Elle jeta un coup d'œil souriant à l'ancien curé qui animait le débat.

— Plusieurs séances par semaine, c'est autre chose qu'une confession mensuelle. Nul ne peut savoir ce qui se trame entre l'analysant et le psychanalyste pendant des années. Que peut-on raconter de soi pendant des années ?

Faire une psychanalyse exige avant tout de se mettre psychiquement sous l'autorité et sous le pouvoir psychique du psychanalyste, et cela ne peut se réaliser que s'il y a une confiance absolue. Nous, les spécialistes, connaissons le pouvoir du transfert.

Tous les psychanalystes, quelle que soit leur obédience, en commençant par Freud et Lacan, disent très clairement que, sans le transfert, la psychanalyse n'existe pas.

Qu'est-ce que c'est alors que le transfert ?

Je ne vais pas entrer ici dans le discours «savant» selon lequel la psychanalyse ne guérit que la maladie artificielle engendrée par le transfert, en postulant que le transfert lui-même, positif ou négatif, est au service de la résistance psychique de l'analysant...

Mais il faut savoir que le transfert est un lien affectif intense, incontournable, qui s'instaure dans toute analyse. L'analysant qui s'adresse au psychanalyste lui suppose un savoir quasi absolu. Le psychanalyste incarne l'autorité, comme les parents incarnent l'autorité pour l'enfant. Le psychanalyste représente l'instance symbolique. Il incarne la Loi.

Les fantasmes inconscients, infantiles, à commencer par l'Œdipe, se portent sur la personne, sur le corps du psychanalyste, qu'il soit homme ou femme, il incarne les imagos parentales. Il prend d'une façon symbolique la place du père, de la mère... et le psychanalyste se prête à ce rôle... Le transfert réactualise les conflits inconscients infantiles et aussi le vécu de l'enfance. Accuser un analysant de désirer son psychanalyste revient à accuser un enfant de désirer son père ou sa mère, c'est accuser le complexe d'Œdipe, le fondement même de la psychanalyse. Je vous affirme ici que tous les analysants, à un moment ou à un autre de leur analyse, en arrivent à désirer leur psychanalyste, qu'il soit de même sexe ou pas. Et le psychanalyste qui jouit d'un immense pouvoir psychique sur l'analysant peut abuser du transfert.

Le viol par les psychanalystes constitue un vrai tabou en France, comme cela fut le cas de l'inceste, ou de la pédophilie de certains curés, il y a quelques décennies. Les victimes, très souvent de jeunes et belles femmes, n'osent porter plainte parce qu'elles ont été «consentantes» et, de ce fait, se croient responsables et coupables. Mais le consentement sous l'effet du transfert n'en est pas un et ne vaut rien. Toute relation intime avec une analysante est interdite, et l'on définit la relation sexuelle entre patient et psychanalyste comme de «l'Unceste». Ce qui n'est pas l'inceste mais une de ses modalités. Car le corps du psychanalyste devient «UN» pour le patient. Ce «UN» représente le «corps symbolique», qui est tour à tour le corps du père, le corps de la mère, le corps de l'enfant, le corps de l'amant… le corps du violeur, le bon corps, le mauvais corps, le corps du désir, le corps de la haine…

La relation sexuelle avec une analysante est plus qu'un viol, c'est une mise à mort symbolique.

En outre, aucune femme, je dis bien aucune, ne consulte et ne paie un psychanalyste pour obtenir des services sexuels. Dans nos sociétés modernes, Dieu merci, il existe des hommes, des professionnels, qui, pour un prix raisonnable, rendent ce genre de services.

Rires dans la salle.

— Les psychanalystes couvrent les viols commis par certains de leurs confrères pour que la réputation de la psychanalyse ne soit pas entachée, comme l'Église a couvert pendant des années la pédophilie de certains curés.

Je vous remercie de votre écoute.

Quand la psychothérapeute eut fini son exposé, le modérateur intervint.

— La parole est à la salle. Il nous reste dix minutes… s'il y a des questions.

— Définiriez-vous la psychanalyse comme une discipline scientifique et considérez-vous que, malgré tout ce qu'on peut lui reprocher, elle réussit parfois à guérir ? demanda une femme.

L'ex-curé s'empara du micro :

— La psychanalyse n'est ni une thérapie ni un quelconque processus de guérison. La psychanalyse est un ensemble de théories conceptualisées, controversées et surtout inapplicables et impraticables. C'est une des approches, encore une fois, discutable, qui nous permet de connaître quelque chose du fonctionnement psychique. Mais en aucun cas elle ne peut être cliniquement pratiquée. C'est justement la raison pour laquelle le psychanalyste se tait pendant les longues années de l'analyse. La psychanalyse ne peut rien pour les souffrances de ceux qui s'adressent à elle. Les psychanalystes ne sont que des charlatans qui font semblant de « savoir » et encaissent l'argent en liquide. En liquide parce qu'ils ne veulent pas laisser de trace qui puisse être utilisée contre eux juridiquement. Et lorsqu'ils commettent des crimes, tous nient avoir été au moment des faits le psychanalyste de leur patient. Ils se situent au-dessus des lois.

Quelle est la nature de cette prétendue science qui se veut ésotérique en théorie, mais qui est inexistante dans la pratique ? Tout ce langage abscons et prétentieux dans les séminaires et dans les livres psychanalytiques se résume, en pratique, à des silences interminables, à des « oui », « hmm », « dites », « je vous écoute »... ou d'autres banalités à quatre sous.

Rires dans la salle. Même elle, elle rit, se souvenant des reproches du même genre qu'elle avait adressés à son psy.

— Alors vous rejetez l'efficacité de la libre association d'idées ? redemanda la même personne.

L'ancien curé répondit :

— Le psychanalyste laisse l'analysant libre de se

dire, de parler de tout et de rien, de se répéter, pendant des années ; plus c'est long, plus ça rapporte.

Rires dans la salle.

— Et le psychanalyste écoute. Enfin, il écoute comme il peut. Nul n'est capable d'écouter toute la journée. L'expérience des cours à l'école, au lycée ou à l'université, tout comme celle de nos réunions de travail... nous prouve à tous que nul ne peut écouter toute la journée. On peut écouter de temps en temps, s'ennuyer, rêver, être distrait, piquer du nez... C'est pourquoi ils ont inventé l'« écoute flottante ».

Et puis la psychanalyse est fondée sur le transfert et Freud pas plus que les autres n'a expliqué comment sortir du transfert.

Dès que le séminaire fut fini, elle quitta rapidement la salle. Elle n'avait pas envie de croiser Henri qu'elle avait aperçu au premier rang.

Séance

Elle s'affala dans le fauteuil. Éreintée.

Un silence de découragement.

— Oui, dit le psy après quelques minutes.

— Ça ne sert à rien et vous le savez bien.

Elle attendit une réponse, mais il ne dit rien.

— Ce n'est pas possible de survivre deux fois… c'est très dangereux…

Le psy l'écoutait sans l'encourager.

— Mon passé s'est érigé devant moi comme une montagne et me barre la route… Je suis condamnée.

— Je ne crois pas que vous soyez condamnée.

— C'est parce que vous ne vous trouvez pas à ma place.

… Vous n'avez aucune idée des dangers qui me guettent. Je n'y arriverai jamais.

Le psy avait l'habitude de cette phrase que tous les analysants répètent de temps à autre pendant les années d'analyse : je n'y arriverai jamais…

Elle reprit :

— Ce n'est pas possible de faire face à tout ça… Je n'ai pas eu une enfance à laquelle on peut survivre deux fois… Il y a trop de plaies qui ont été ouvertes en même temps… Ce n'est pas soutenable.

— Je suis là pour vous.

— Croyez-vous que votre présence d'une demi-heure va me sauver de quoi que ce soit ?

— Je suis là pour vous écouter et vous savez que c'est important.

— Peut-être, mais nullement suffisant ni d'ailleurs rassurant. Je me sens constamment en danger et je me méfie de chaque seconde… Je me méfie des actes les plus anodins…

Jamais je n'ai été à ce point éparpillée, divisée…

Le psy voulut intervenir, mais elle continua :

— Ici et là, une image, un visage, un son, une odeur, un geste… un rien me fait basculer…

Un rien me ramène vers le passé. Tout est sens dessus dessous dans ma tête, je me soupçonne sans arrêt…

Ce n'est pas vivable.

… Même quand je traverse une rue, je me dispute avec moi-même, les voitures klaxonnent, je reste plantée au milieu, et je n'arrive pas à me décider, ni à traverser la rue ni à faire marche arrière.

… En fait, c'est ça… je suis au milieu de la rue, les voitures roulent, klaxonnent, et moi je n'ose faire un pas. Je ne sais où aller.

Derrière et devant, il y a le danger d'être écrasée.

Le passé me menace. Il est devant, derrière, il est partout.

Elle le paya et partit.

Chaque jour apportait son lot de contrariétés, elle était sans cesse rappelée à l'ordre par la directrice. Un jour, elle fut réprimandée parce qu'elle les avait amenées sur la grande terrasse, un autre parce qu'elles riaient très fort dans la salle et qu'on les entendait du rez-de-chaussée. Un autre encore parce que les filles n'étaient pas descendues à midi pile pour la prière collective... Elle acceptait d'avaler des couleuvres, tout simplement parce qu'elle avait réussi, malgré les restrictions et les interdictions, à nouer un lien avec elles. Elle aimait les heures qu'elle passait avec ces filles, elle avait commencé à s'attacher à elles.

Trois semaines passèrent.

Un après-midi, elle leur demanda si quelqu'un voulait raconter une histoire, vraie ou fausse. Personne n'ouvrit la bouche.

— Vous pouvez inventer ce que vous voulez.

Elles gardèrent le silence.

— Vous avez même le droit de mentir.

Elles se dévisagèrent les unes les autres, comme si elles se surveillaient.

— Je veux dire que ce serait un jeu et que chacune de nous peut raconter une histoire invraisemblable, un très gros mensonge, tellement gros que tout le monde saura que c'est un mensonge, ou alors raconter quelque chose de vrai. Qui veut commencer ? Allez, toi, Soudabeh, tu commences. Raconte-nous une histoire, ce que tu veux.

Soudabeh, qui avait neuf ans, se leva et resta bouche cousue. Elle fixa pendant un temps Donya, puis le sol, mais ne dit rien.

— Tu peux rester assise. Vous n'êtes pas obligées de vous lever pour parler.

Soudabeh se rassit sans prononcer un mot. Quelques minutes s'écoulèrent. Rien.

— C'est assez facile, vous dites ce qui vous passe par la tête, même si c'est n'importe quoi, même si c'est en désordre.

Toujours rien.

— Alors je commence, lança-t-elle sans savoir ce qui allait sortir de sa bouche. Ce matin lorsque je voulais prendre un taxi, j'ai vu un poisson qui courait dans la rue – les filles rirent –, puis, en courant dans la rue moi-même, je me suis tordu la cheville. Et cet après-midi, lorsque j'ai vu la directrice, elle s'était transformée en Dragon, elle m'a fait peur – elles rirent à nouveau –, et hier soir, j'étais triste.

Elle se retourna vers Soudabeh.

— Maintenant, à toi.

Soudabeh hésita, comme si elle essayait de réprimer quelque chose qui montait en elle, puis elle marmonna d'une voix difficilement audible :

— Hier soir, Mehri a jeté mes chaussures dans les escaliers et Marjane m'a frappée.

— Ce n'est pas vrai, je ne l'ai pas frappée, protesta Marjane.

— Si, tu m'as frappée, tu mens, rétorqua Soudabeh en pleurant.

Ce n'était pas si facile que ça. Que peut-on faire avec vingt-sept enfants et adolescentes dans une pièce ?

— Marjane, tu parleras quand ce sera ton tour, intervint Donya ; dis-nous, Soudabeh ; si hier soir par une force magique tu avais pu te transformer et devenir quelqu'un d'autre, qui aurais-tu voulu devenir ?

Soudabeh s'arrêta de pleurer, renifla, réfléchit quelques secondes, leva ses yeux larmoyants vers Donya qui l'encouragea du regard. Elle essuya avec sa manche son nez qui coulait, une ébauche de sourire se dessina dans ses petits yeux brillants, et elle finit par lâcher :

— Quelqu'un de très fort pour frapper tout le monde.

— Quelqu'un de petit ou de grand ?

— Grand !

— Une femme ou un homme ?

— Un homme ! affirma-t-elle avec autorité en élevant sa voix d'un cran.

Il y eut une qualité d'écoute extraordinaire. Le souhait de Soudabeh, être très fort pour pouvoir frapper tout le monde, avait en tout cas frappé toutes les filles.

Donya était étonnée de ce qui venait de se produire.

— Veux-tu ajouter autre chose ?

Soudabeh fit non de la tête, en reniflant à nouveau.

— Quelqu'un veut dire quelque chose ? Marjane, veux-tu parler maintenant ?

Elle fit non de la tête et personne ne se lança.

La pauvreté de langage chez elles était un problème important. Privées d'école, élevées dans des familles où parler ne leur était jamais permis et où les adultes n'ouvraient la bouche que pour insulter ou accuser, elles n'avaient appris qu'à insulter ou accuser. Il fallait les initier à un autre usage des mots, celui qui peut faire du bien, qui peut apaiser, qui permet de rêver, de s'évader.

— On continue. Alors, à toi, Zynab.

Celle-ci resta muette.

Pour l'encourager, elle ajouta :

— Ferme les yeux si tu veux, peut-être que ce serait plus facile.

Toujours rien.

— Si tu n'as rien à raconter, tu peux juste dire des mots sans faire des phrases, les mots qui te viennent en tête. Allez, on t'écoute.

Rien.

— Bon, on donnera un peu plus de temps à Zynab et on reprend avec toi, Fatemeh.

Elle essayait de leur faire sortir un mot de la bouche. Sans résultat.

— Est-ce que quelqu'un veut intervenir par rapport à ce que Soudabeh a dit ?

Toujours rien.

— Et vous, les plus grandes, peut-être qu'une de vous peut prendre la parole ?

Rien et rien. Elles n'étaient pas très coopératives.

Elle comprit que ce qui s'était produit avec Souda-beh était quelque chose de rare, et qu'il ne fallait pas espérer trop.

— Je voudrais que chacune de vous, et là c'est obligatoire, chacune de vous dise un mot, un seul mot, le premier mot qui lui vient à l'esprit ; ça peut aussi être un gros mot. Et on commence cette fois-ci par les plus grandes ; alors à toi, Mina.

Celle-ci, qui avait douze ans, n'ouvrit pas la bouche et garda la tête baissée. Elle avait l'air endormie.

Donya insista.

— Vas-y, dis juste un mot. Un seul.

Sans lever la tête, elle s'écria : « *Jendeh* ».

Toutes les têtes se tournèrent vers Donya.

Jendeh veut dire pute. Cette insulte en persan est lourdement chargée de tout ce qu'il y a d'atroce, de bas, de haineux… On ne le prononce pas aussi facilement que son équivalent français. Donya, elle aussi, fut stupéfaite.

Ces filles, même les plus jeunes, avaient souvent été traitées de « *Jendeh* ». Pour elles, ce mot, sans qu'elles en connussent nécessairement la pleine signification, représentait l'image la plus dégradante d'elles-mêmes qu'on eût essayé de leur inculquer. La directrice lui avait confié que beaucoup de ces filles avaient été obligées de se prostituer ou avaient été violées, et dans ce pays, enfant ou pas, lorsqu'on avait été violée, c'est qu'on était *Jendeh*. C'est ainsi que les filles vivaient les atrocités qu'elles avaient subies ; elles avaient fini par les intérioriser comme si ça provenait d'elles. Théoriquement, Donya savait tout cela, mais, en pratique, que faire, que dire ? Ce mot, « *Jendeh* », sorti de la bouche de Mina, les avait ramenées aux scènes les plus sordides qu'elles avaient endurées. Mina venait de nommer d'un coup elle-même et les autres. Les filles attendaient la réaction de Donya. Elle hésita. Elle savait qu'elle devait intervenir fermement. D'un air grave, elle prononça chaque mot qui sortait de sa bouche comme si elle décrétait une loi.

— Personne, personne dans cette pièce n'est une *Jendeh*. Aucune de vous. Aucune. Mina, tu n'es pas une *Jendeh*. Et aucune d'entre vous ne l'est. N'oubliez jamais ça. Vous êtes seulement des enfants et des adolescentes. C'est tout.

Les filles paraissaient émues.

Lorsqu'elle quitta les lieux, elle était épuisée. C'était beaucoup pour une seule journée.

Le lendemain matin, la directrice l'attendait dans le hall.

Séance

Elle dormait très peu. L'insomnie chronique aiguisait sa souffrance et ses sens.

Elle se blottit dans le fauteuil.

— S'il avait été quelqu'un de méchant, de médiocre ou de vil, ç'aurait été peut-être plus simple. S'il n'avait été qu'un mauvais père violent, je n'aurais eu qu'à tirer un trait là-dessus et voilà, le maudire et l'envoyer au diable. Mais le problème, c'est qu'il était aussi bon que mauvais, aussi doux que violent, aussi sensible que cruel, aussi adorable que monstrueux... Depuis sa mort, j'ai tout fait pour préserver les bons souvenirs et ne garder qu'eux, mais je n'y suis pas parvenue. Et pourtant, Dieu sait que ni la volonté ni la force de fabulation ne me manquaient, mais j'ai échoué et je vis l'enfer. Je suis écartelée entre un père merveilleux et un père détestable... entre l'amour et la haine.

— Ouii...

— Je l'aime et je le hais à la fois. Ce qu'il m'a fait subir dans ses moments de folie m'a à jamais handicapée psychiquement.

... Aujourd'hui, j'ai la capacité intellectuelle de comprendre sa violence et sa détresse destructrice, mais ça n'empêche que ces scènes où je me trouvais par malchance sous ses mains m'ont amputée définitivement d'une partie de moi.

Comme lorsqu'on ampute quelqu'un d'un membre…

J'ai l'impression d'avoir une âme fracturée, un appareil psychique mal en point…

Mentalement, j'aurai toujours besoin d'une béquille.

— Hmmm…

— Sans raison apparente, d'un coup, le monde extérieur, les autres deviennent aussi terrifiants que mon père le devenait.

Il arrivait qu'en pleine nuit toute la maison se lève parce que mon père hurlait, sans raison. Je pense qu'il y avait un enfant terrorisé en lui, un enfant gravement violenté. Cet homme impressionnant hurlait, balançait tout, comme un tout petit gamin en crise qui hurle et balance ses jouets parce qu'il a mal ou parce qu'il ne se sent pas en sécurité.

Un silence.

Le psy ne savait ce qu'il pouvait ajouter.

— Il m'a avoué, lorsque j'avais dix ou onze ans, qu'au début, quand j'étais née, il ne m'aimait pas et qu'il m'a aimée parce que j'étais un enfant prodige…

J'étais aux anges lorsque je faisais rire mon père. J'étais prête à tout pour gagner son amour.

Je ne voulais pas qu'il m'aime parce que j'étais très intelligente, je voulais qu'il m'aime tout simplement, sans condition…

Et pourtant, toute ma vie, j'ai essayé d'être la plus intelligente pour l'impressionner, pour attirer son attention ; ce n'était pas facile. C'était épuisant, même pour une enfant débordant d'énergie…

Un bref silence succéda au oui bien appuyé du psy.

— Il y avait, sur une malle à côté de son lit, des livres anciens aux reliures magnifiques. Il me demandait de lui lire des passages de Saadi. À huit, neuf ans, je ne comprenais bien évidemment rien à ces textes philosophiques, mais j'étais emportée par la musique de la langue et l'écoute de mon père. J'aimais tant ces moments d'intimité.

… J'avais l'impression qu'avec ma voix qui lisait le texte, je protégeais mon père contre sa folie.

Il était émerveillé comme un enfant à qui on lit une histoire avant de l'endormir. Il me félicitait et répétait que j'étais très intelligente. Que je lisais drôlement bien pour une fille de mon âge, avant d'ajouter que j'irais très loin dans la vie et qu'il était fier de moi. Il n'avait rien en commun avec le monstre qu'il devenait lorsqu'il était anéanti par sa folie…

— Oui.

— Parfois, j'ai l'impression de raconter l'histoire de quelqu'un d'autre.

— Ouiiii…

— Je veux dire que lorsque je vous raconte tout ça, je suis détachée de l'histoire, comme si j'en étais seulement la narratrice.

— Oui !?

— Je ne sais pas… À force d'être intelligente je suis en train de devenir barjot, ajouta-t-elle en se moquant pour éluder le oui interrogatif du psy.

Un silence. Puis d'un coup elle défia le psy.

— J'ai assisté à un séminaire anti-psychanalyse.

Elle attendit une réaction.

Il ne dit rien.

— Je ne savais pas, je croyais que c'était un séminaire normal…

… Il y avait une fille qui racontait que son psy l'avait violée, enfin avait couché avec elle…

… Vous ne dites rien ?

— Je vous écoute.

— C'est ça…

Elle garda le silence, lui aussi. Elle le paya et partit.

— Venez dans mon bureau et tout de suite.

Elle suivit la directrice dont le visage était pourpre de colère.

— À quoi jouez-vous ?

— Je ne vous comprends pas.

— Ah bon ! Vous dites à ces filles que je suis un dragon, qu'elles ont le droit de mentir, et vous les encouragez aux insultes, et pas n'importe lesquelles.

— Je vois qu'on vous rapporte chaque mot prononcé dans la salle, mais on vous a mal renseignée.

— Ne jouez pas avec moi. Je ne peux tolérer ce genre de chose dans cette institution.

— Mais quel genre de chose ?

— Que vous faut-il de plus ?

— Écoutez, j'ai seulement essayé de les inciter à parler, de leur apporter… je ne sais pas… juste de les aider un peu…

— Pour qui vous vous prenez ? On vous a demandé de les surveiller quelques heures par jour, c'est tout, et si je dois faire surveiller vos gestes et vos paroles à vous, je ne peux m'en sortir.

— C'est déjà fait, non ? Vous leur avez demandé de m'espionner, vous les transformez en mouchardes, alors que vous prétendez leur transmettre des « principes »…

La délation est le premier principe que vous essayez de leur enseigner ?

— Jeune fille, vous ne savez pas à qui vous parlez. C'est votre dernière journée ici. Nous n'avons pas besoin de gens comme vous. Estimez-vous heureuse que je n'envoie pas de rapport.

— Mais quel rapport ? Et puis à qui ?

— Vous voulez que je m'exécute pour que vous compreniez ? Partez avant que je ne m'énerve sérieusement.

— Je voudrais continuer à travailler avec elles.

— Je vois que vous êtes sourde ; personne ne vous a autorisée à travailler avec elles. Je vous avais demandé de les surveiller quelques heures, ce dont vous êtes, apparemment, incapable. Vous-même, vous avez besoin de surveillance. Quittez cette institution et n'y remettez plus les pieds.

— Il n'y a que la surveillance qui vous importe. Sont-elles en prison ici ?

— Elles ont un toit et sont en sécurité ; elles ne sont pas obligées de mendier, de se prostituer pour un repas, et elles ne sont pas violées. Nous essayons de les alphabétiser, de les mettre sur le droit chemin.

— Peut-être que finalement la rue était plus vivable que cette prison que vous leur avez construite.

— C'est ignoble, ce que vous dites.

— C'est ignoble, ce que vous faites.

— Quittez cette maison avant que j'appelle les autorités.

Elle ouvrit la porte, la claqua bruyamment et tomba dans le hall nez à nez avec un homme.

— Vous êtes le psychiatre ? lui demanda-t-elle d'un ton agressif.

— Oui, répondit-il calmement.

— Je vous attends dehors.

— J'en aurai pour un moment ici.

— Je vous dis que je vous attends dans la rue.

— Vous pouvez appeler ma secrétaire à mon cabinet et prendre un rendez-vous, je ne consulte pas dans la rue.

— Ce n'est pas pour une consultation. Je vous attends devant la porte.

Elle fit le pied de grue dans la rue. Au bout de deux heures, il sortit et se dirigea vers sa voiture. Il ouvrit la portière, Donya se pointa derrière lui.

— Pourrais-je vous accompagner un peu ?

— Dans quelle direction allez-vous ?

— La vôtre me convient, c'est juste pour parler.

Elle monta. Il démarra.

— Vous voyez régulièrement les filles ?

— Je les vois quand je peux.

— Sont-elles sous médicaments ?

— Oui, mais avec des doses adaptées à chacune.

— Toutes ces filles sont sous médicaments ?

— Elles avaient des troubles graves, elles étaient très agressives entre elles ; c'était impossible de les contrôler ; beaucoup d'entre elles sont des psychotiques.

Donya comprit d'où venait leur apathie.

— Qu'est-ce que vous appelez « psychotiques » ?

— Écoutez, je ne vais pas discuter avec vous, mais disons qu'elles sont en rupture totale avec la réalité.

— Tant mieux, c'est leur force, c'est une façon de survivre à la réalité intenable qui est la leur.

— Oui, mais toujours est-il que ce mécanisme de défense les a rendues schizophrènes.

— Avez-vous la moindre idée de ce qu'était la réalité dans laquelle elles vivaient ? De l'enfer auquel elles ont survécu ?

— Non, je ne connais pas cet enfer-là, mais à vous entendre, on dirait que vous, si.

— Disons que, peut-être, j'ai un peu plus d'imagination que vous.

— Je vous en félicite, mais ce n'est pas en vous identifiant à leur malheur que vous pouvez les aider.

— De toute façon, on m'a remerciée.

— Ah bon, pourquoi ?

— Parce que… je ne sais pas. On m'avait mise là pour surveiller ces filles et on avait chargé quelques-unes d'entre elles de me surveiller…

— Et qu'est-ce que vous leur avez dit pour qu'on vous renvoie ?

— Rien, je les avais encouragées à parler, à raconter ce qu'elles voulaient… librement.

— C'est plutôt bien, ça.

— Oui, sauf que la liberté de parole, même dans une thérapie, n'est pas autorisée dans ce pays.

— Êtes-vous psychologue ou psychothérapeute ?

— Non.

— Alors peut-être que votre méthode n'était pas la bonne…

— Écoutez, monsieur le psychiatre, j'ai simplement essayé de leur donner l'occasion de s'exprimer par le dessin et par la parole. Qu'y a-t-il de mal à ça ?

— Je ne sais pas, je ne peux juger, je n'étais pas là.

— Je voudrais continuer mon travail. Ne pourriez-vous pas…

— Êtes-vous payée pour ce que vous faites ?

— Bien sûr que non. Je veux travailler avec elles parce que je sais que je peux les aider, du moins un peu.

— Écoutez, dans quelques mois elles seront renvoyées là d'où elles viennent, leur séjour est provisoire dans ce centre.

— Alors, ça sert à quoi ?

— D'après ce que j'ai pu comprendre, la directrice en sélectionne quelques-unes pour devenir des gardiennes.

— Des gardiennes ?!

— Oui, ces femmes sous tchador qui arrêtent les filles mal voilées dans les rues ou des gardiennes des prisons de femmes…

— Je comprends maintenant pourquoi cette pétasse m'a menacée de faire un rapport…

— C'est vrai ?

— Oui. Pourquoi continuez-vous à collaborer avec tout ça ?

— Je fais mon métier, j'essaie d'apaiser un peu leurs souffrances.

— Vous leur parlez ?… Elles vous parlent pendant la consultation ?

— La consultation se passe dans le bureau de la directrice et en sa présence, car je suis un homme, je suis aussi surveillé.

— Et vous acceptez ça ?

— Au début, je ne connaissais pas les conditions, je voulais donner un peu de mon temps à un travail de bénévole…

— Pourquoi vous ne protestez pas ? Vous êtes quand même psychiatre, vous pourriez exiger au moins de les recevoir seul, sans la présence de cette garce.

— Qu'est-ce que je peux faire avec vingt-sept enfants qui ont des traumatismes très graves ? Dans quelques mois elles seront remplacées par d'autres. Je ne me vois pas aller frapper à la porte d'un trafiquant de drogue qui prostitue sa fille de dix ans pour lui expliquer que je suis son psychiatre.

— Si j'ai bien compris, le seul but de leur prétendu

«humanisme», c'est de sélectionner des filles pour les transformer en fachos tortionnaires qui terrorisent les gens dans la rue.

— En gros, c'est ça. Maintenant, vous savez d'où sortent les gardiennes qui arrêtent les filles mal voilées dans les beaux quartiers.

— C'est atroce. Pourquoi vous ne faites rien?

— Quoi, par exemple?

— Je ne sais pas, mais vous pourriez vous mobiliser, vous, les psychiatres, et protester contre ces méthodes.

— Vous oubliez sous quel régime nous vivons. Croyez-vous que parce que nous sommes psychiatres, ils vont se gêner pour nous emprisonner? De toute façon, rares sont les collègues qui font du bénévolat.

Quand elle descendit de voiture, il lui donna sa carte. Elle rentra chez elle, alla directement dans la salle de bain et pleura longuement sous la douche. Ses larmes de rage impuissante se noyaient sous le jet d'eau.

— J'étais le souffre-douleur de mon père.

La roche sur laquelle sa folie se fracassait.

Même lorsqu'il était doux, une partie de moi se méfiait de lui. Je savais que les choses pouvaient basculer, je ressentais la menace d'un danger imminent.

— Oui...

— Une fois, j'étais assise à côté de lui, j'avais quatre ou cinq ans, il venait de fumer de l'opium, il était de bonne humeur, il jouait avec moi, comme un père joue avec sa fille, et tout d'un coup, il a balancé le brasero rempli de charbons brûlants ; au lieu de me sauver, je suis restée clouée et j'ai pissé sur moi.

Il m'a soulevée et jetée comme une chaise.

Un silence.

— ... Il se passait quelque chose en lui. C'était comme les moments qui précèdent une catastrophe, il s'assombrissait et le monde basculait...

Je n'aurais jamais dû commencer à faire une psychanalyse... Je n'aurais jamais dû ouvrir tout ça.

La blessure est mortelle, et l'analyse ne fait que retourner le couteau dans la plaie.

... Dire ne peut rien changer. Aucun mot ne peut exprimer cette enfance-là, et surtout pas les mots d'un dictionnaire étranger. C'est ridicule, je ne fais que me torturer…

— Au contraire, je crois que vous tentez de vous défaire de ce qui vous torture. On ne peut arrêter maintenant, il faut patiemment consacrer du temps à chaque blessure.

— Mais ça ne sera pas possible. Je n'y arriverai jamais. On ne peut troquer son enfance contre une autre ; j'ai essayé toute ma vie, et voilà le résultat…

… J'aurais voulu à jamais annuler ces scènes, mais elles sont d'une violence inouïe, elles me broient.

Un autre silence.

Sa voix changea de ton, comme si quelqu'un d'autre parlait en elle :

— Cette enfant, je l'aurais tuée moi-même. Tout est sa faute ; si seulement elle était morte, tout serait fini. Je la hais. Elle méritait tout ça.

— Elle voulait vivre. Elle avait une force de vie incroyable, un instinct miraculeux. Nous devons l'écouter ici, dit le psy.

Il pensa qu'elle avait peut-être besoin d'être hospitalisée pendant quelque temps, mais ne dit rien.

Elle s'allongea sur le divan.

— Quand je ne suis pas complètement absorbée par le passé et que j'arrive à garder une certaine distance entre moi et mon histoire, je suis persuadée que mon père souffrait de graves troubles psychiques.

Il détestait ce qu'il était devenu. Un homme infirme et ruiné qui surmontait la douleur grâce à l'opium et à la morphine, lui qui n'avait jamais rien fumé jusqu'à son accident.

… Par moments, il n'y avait personne en lui, juste une souffrance implacable qui hurlait.

Il avait besoin d'être soigné, mais aucun médecin n'osait dire à un homme comme lui, avec son prestige et à son âge, qu'il était fou.

… Et pourtant, il y avait des médecins dans la famille…

… Maintenant, je sais qu'il était fou et qu'il souffrait terriblement, mais, enfant, je n'y comprenais rien.

Un silence.

— Je pensais que je valais moins qu'une chaise pour mon père. Je me méprisais. Je me disais que je méritais ce qui m'arrivait. Je me haïssais. Je me donnais des gifles en me répétant que je devais être forte et cruelle, moi aussi.

— Hmmm.

— À l'autodénigrement violent succédait l'auto-estime. J'étais persuadée que j'avais un destin exceptionnel et que c'était pour ça que je devais endurer des épreuves extraordinaires.

Je me croyais au-dessus de tout le monde. Très forte. J'avais du mépris pour le monde qui m'entourait.

… Ces sentiments exacerbés, je le sais aujourd'hui, étaient les conséquences de la folie de mon père que je subissais de plein fouet et sans refuge… abandonnée à moi-même…

— Oui.

— Mais savoir, hélas, ne change rien.

Je suis toujours pareille, écartelée entre un autodénigrement destructeur et une autoestime exagérée.

Un autre oui du psy.

— Je ne connais pas la modération.

Elle passa voir Myriam qui avait un rencard et fouillait désespérément dans son placard à la recherche d'une robe pour la soirée. Elle lui demanda sans préambule :

— Qu'est-ce que tu penses de la psychanalyse ?

— Quoi ?

— Rien, je voulais connaître ton avis sur la psychanalyse.

— Tu choisis ton moment, toi... je n'ai rien à me mettre... Je ne sais pas, moi.

— Mais encore ?

— C'est un truc bien français...

— Qu'est-ce que tu veux dire ?

— Je pense qu'une société où quelqu'un qui est dans la souffrance doit payer pour que tout simplement on l'écoute parler, c'est une société qui va très mal... C'est grave, quoi ! Anthropologiquement parlant, ça prouve que les liens entre les gens se défont. On a père, mère, frères, sœurs, amies, collègues, cousins, amants, maîtresses, voisins... Que personne ne soit là quand on est dans la souffrance, et qu'on soit obligé d'aller payer un inconnu juste pour parler, c'est le début de la fin ; ça déshumanise la société et les rapports humains. Au moins, dans les sociétés orientales, malgré tous leurs défauts, il y a toujours quelqu'un à qui parler. C'est une chose que j'aime chez les Orientaux ; malgré tous

407

les reproches qu'on peut leur faire, il existe quand même une chaleur humaine, l'hospitalité, il y a toujours quelqu'un, on ne se sent pas seul comme ici.

— Oui, mais c'est étouffant de ne jamais pouvoir être seul ; et puis ce n'est pas la même chose, parler à quelqu'un et parler à un psy.

— D'accord, mais aller s'allonger sur un divan et laisser l'inconscient radoter pendant des années, alors que l'autre pique du nez ou se gratte les couilles, jusqu'au jour où il y aura peut-être une association d'idées ou je ne sais quelle autre connerie, ça, je trouve que c'est une maladie de la société française ; et puis ça m'énerve, tout le monde fait une psychanalyse à Paris… C'est de la frime, tout ça… Ne le prends pas mal, je ne parle pas de toi… Mais, franchement, je te le dis comme ça, parce que tu me le demandes : je trouve ce mec, ton psy, qui prend l'argent d'une immigrée qui vient de débarquer en France et vit dans la précarité avec des petits boulots, juste pour l'écouter vingt minutes, je trouve ça limite escroquerie… Je préfère de beaucoup ceux qui me paient un verre de champagne, même si ce sont de gros cons, parce qu'au moins je m'amuse, et puis tous ne sont pas des cons ; de temps en temps, on peut faire des rencontres… Je te le dis parce que tu m'as posé la question ; tu fais ce que tu veux. Ce qui est absolument contradictoire, c'est qu'on nous bassine avec la société d'assistance dans ce pays, et que, quand les gens souffrent, ils sont seuls, ils doivent payer cash juste pour parler.

— Il y avait dans ce séminaire où je suis allée des gens qui parlaient des abus sexuels commis par les psychanalystes.

— Je ne sais pas pour les abus, mais il est vrai que le paiement en liquide efface toute preuve et toute trace.

Même en dehors des abus, pour quelle raison les psychanalystes demandent du cash ? L'époque où Freud et ses collègues se réunissaient secrétement et subissaient l'antisémitisme et la montée du nazisme est révolue. Être psychanalyste n'est ni interdit ni secret aujourd'hui puisqu'un bourgeois sur deux est en analyse dans ce pays ; alors en quoi le fait que les psychanalystes ne déclarent pas tout le fric qu'ils ramassent peut-il avoir un quelconque effet thérapeutique sur le pauvre patient qui souffre ? Tu n'es pas d'accord ?

— Hmmm, je ne sais pas.

— Tu ne sais pas quoi ?

Rien ne pouvait arrêter Myriam lorsqu'elle était lancée. Même sous la douche, elle continua la conversation en criant tout le temps : « Parle plus fort, je ne t'entends pas. »

— C'est une question importante, ça. Pourquoi ton psy n'accepte pas les chèques, comme les médecins ?

— Je ne sais pas. Qu'est-ce que ça peut bien me faire qu'il déclare ou pas ses revenus ? De toute façon, moi, je travaille au noir, je fais une psychanalyse au noir et je vis au noir...

— Mais justement, pourquoi ça doit être au noir ? Tu te fais exploiter par ton employeur et par ton psy... Tu es complètement cinglée, ma fille... Avec une carte de séjour en plus...

— Qu'est-ce que ça change que je règle en liquide ou pas ?

— Ça change que le mec il paiera ses impôts comme tout le monde. Ils se croient au-dessus des lois, ces gens-là.

— Je ne connais pas encore grand-chose à la France, même si je suis fascinée par le milieu intellectuel.

— La France, reprit Myriam en sortant de la douche

entourée de vapeur et enveloppée dans une grande serviette, est un drôle de pays, toujours en guerre avec lui-même. Les intellos se déchirent entre eux. Philosophes, historiens, sociologues, anthropologues, journalistes… tous se détestent, et bien évidemment les politiques se détestent. Quel gâchis, tout de même, quand on y pense. Tous ces gens brillants et cultivés incapables de penser et de travailler ensemble pour le bien commun…

— Ah bon ?

— Je me demande ce que ça donnerait si on enfermait les intellectuels français tous azimuts dans la bande de Gaza pour quelques mois. Je te jure, ça serait un vrai carnage… sans aucune intervention des chars israéliens. Si tu veux un conseil, je connais quand même mon pays : profite à fond, tu es belle, pas sotte, encore que je trouve que tu n'es pas assez maligne, mais bon, ça viendra ; tu as des yeux superbes, un regard d'enfer, un sourire canon. Les hommes tomberaient comme des mouches si tu utilisais ton charme… Cette robe me va bien ?

— Oui, elle est jolie…

— Je vais être en retard, mon Dieu, quelle heure est-il ?

— Il est onze heures.

— Merde, je dois me dépêcher. Je ne trouve pas mon mascara…

Elle s'allonge sur le divan.

Silence.

— Je mens tout le temps, à tout le monde, et à propos de tout, souvent sans raison... Enfin... pas si sans raison que ça.

— Oui...

— C'est plus fort que moi, ça sort comme ça, sans que je décide, sans que j'aie le temps de décider.

... Enfant, je mentais tout le temps. Automatiquement. On disait que je n'ouvrais la bouche que pour mentir. Je mentais sans cesse, y compris pour des choses anodines, parce qu'il n'y avait quand même pas tout le temps des choses graves.

C'était un jeu.

Silence.

— Tout était un jeu. Alors je mentais, je trichais... Pas pour gagner. Il n'y avait rien à gagner. Je mentais juste comme ça.

Silence pensif.

— Je mentais pour brouiller le jeu. Pour changer mon rôle dans le jeu. Pour brouiller la réalité. Le passé, le présent.

— Oui...

— Mentir m'était naturel.

J'étais très naturelle, mais avec plein de mensonges.

— Hmmm...

— Je n'ai jamais pris la vie au sérieux.

... On me grondait d'ailleurs souvent : elle n'est pas possible, cette enfant, elle croit que tout est un jeu.

Silence.

— Finalement, ce n'était pas si bête que ça. En prenant la vie pour un jeu, les scènes terribles le devenaient aussi, et donc ce n'était pas si grave que ça.

Un autre oui du psy.

— Je n'ai jamais eu d'enfance.

Je n'ai jamais eu non plus de jouets, alors je jouais avec la vie.

Avec mes mensonges, je changeais la règle du jeu, je changeais les rôles.

Je m'amusais comme je pouvais.

Il y a des moments dans la vie où une succession d'événements inattendus se produisent. La loi des séries, disent les uns; jamais deux sans trois, disent les autres; que sais-je encore? Les années passant, et avec le recul, vous ne savez plus si ce sont les incidents les plus improbables qui ont bouleversé à jamais votre vie, ou si c'est vous qui vous êtes jeté à corps perdu dans des situations extrêmes pour vous obliger à changer de vie.

Lorsqu'un renard a la patte prise dans un piège, il n'hésite pas à se la couper avec les dents pour se libérer. Sans qu'elle le sût, il y avait de ça chez Donya. Pour des raisons qui lui échappaient, depuis quelques mois elle ne faisait que resserrer l'étau dans lequel elle s'était prise. Elle ne supportait ni Téhéran, ni Bandar Abbas, ni sa famille, ni l'université. Le sentiment de ne pas appartenir au monde qui l'entourait la poussait à brader sa vie.

Elle avait un vrai don pour le malheur. Le bonheur l'étouffait. La réussite ne lui réussissait pas. Elle avait l'art de tout transformer en échec, même les plus grands succès.

À l'époque, le concours d'entrée à l'université était très difficile. Les multiples universités privées qui accueillent aujourd'hui les gosses de riches n'existaient

413

pas encore. Seuls 1 % des bacheliers franchissaient la porte des universités. Des quelque cinq cents bache-lières de son lycée, cinq en tout et pour tout avaient réussi, et elle était l'une d'elles. Chaque année, des cen-taines de milliers de jeunes restaient à la porte des uni-versités ; c'est dire que beaucoup auraient voulu être à sa place. Et voilà qu'au bout de deux ans elle ne suppor-tait plus l'université. Désœuvrée, elle ne comptait pas retourner à Bandar Abbas et ne savait que faire.

À sa grande surprise, elle reçut un appel de Peter, alors qu'elle l'avait complètement oublié. Il lui annon-çait qu'il était rentré des États-Unis, qu'il était à Londres et qu'il allait venir en Iran. Elle ne le prit pas au sérieux.

Une de ses amies faisait ses études à Shiraz, deux autres étaient étudiantes à Ispahan ; elle décida d'aller les voir, elle avait toujours cru aux vertus du voyage ; dans le déplacement, nos angoisses se déplacent. Elle acheta un billet sans hésiter.

— Parfois, j'ai l'impression que je me cogne contre moi-même, contre votre silence, contre un mur dans une prison…

Dans ma tête, les années sont chamboulées. C'est comme dans mes rêves…

— Oui ?

— Je fais des rêves où tout se mélange, le passé et le présent, hier et aujourd'hui, l'Iran et Paris. Je suis chez moi à Téhéran, j'ouvre une porte et la pièce suivante est ma chambre de bonne à Paris… Je suis à la fois celle que j'étais là-bas et celle que je suis ici… En une fraction de seconde, je traverse des années… Je suis de tous les âges, enfant, adolescente, adulte… Et cette fraction de seconde, dans le rêve, contient tout, la quintessence de tout ce qui s'est passé dans ma vie…

— Qu'est-ce que vous en pensez ?

— Je ne sais pas.

Un silence.

— Il y a des événements qui sont restés figés dans ma tête, dans le moindre détail. Le passage du temps n'a eu aucun effet sur eux. Ils sont intacts. Comme si le temps n'avait pas passé. Des moments qui m'ont faite, des événements qui m'ont forgée, qui m'ont endurcie ou emprisonnée… je ne sais pas.

— Oui ?

— Même si je passe d'une pièce à l'autre, l'une située à Paris et l'autre à Téhéran, même si je suis celle d'hier et celle d'aujourd'hui, il demeure que quelque chose en moi s'inquiète et sait que ce n'est pas normal… même si c'est une évidence dans le rêve que deux pièces dans deux pays différents puissent se trouver dans un même bâtiment ! …

Je crois que tout simplement je suis cinglée… Ce ne sont pas les rêves d'un esprit sain…

— Vous croyez ?

— Je ne sais pas, mais je connais vos trucs de psy… L'inconscient n'a pas de temps…

Inconscient ou pas, mon cerveau se moque éperdument du temps.

Il y a sans cesse des allers et retours dans mon crâne au point que je ne sais où est le passé et où est le présent.

Un autre silence.

— On avait une belle et ancienne horloge, je crois qu'elle était russe… Enfant, je restais des heures à regarder l'aiguille qui tournait ; à compter les secondes et les minutes les unes après les autres. J'imaginais que j'entrais dedans, j'avançais le temps, l'accélérais et je me faisais grandir d'un coup.

Après un bref silence, elle reprit en rigolant :

— Ça n'aurait pas été bête, j'aurais raccourci mon enfance et aurais évité pas mal de scènes traumatisantes.

Puis, d'une voix morose :

— Aujourd'hui, je fais l'inverse, je passe mon temps à remonter le temps.

Un autre silence.

À nouveau en rigolant :

— Au moins, dans mes rêves, j'ai inventé la porte

416

magique : je l'ouvre et je suis à Téhéran, sans aller à l'aéroport et prendre l'avion.

— Bien.

Il se leva.

Elle le paya et partit.

À Ispahan, après une journée de visite et des heures de marche à pied, elles étaient toutes les trois crevées et voulaient rentrer ; Donya insista pour faire un tour au bord de la rivière Zâyandeh. Assises à même le sol, sous le pont Kajou, elles enlevèrent leurs chaussures et leurs chaussettes et se mirent à fredonner une chanson populaire sur Ispahan. Au magnifique coucher de soleil, quatre gardiens surgirent d'un coup. En un clin d'œil, le plaisir et le rire se transformèrent en cauchemar.

— Levez-vous ! Vous vous croyez où, vous vous mettez à chanter en massant vos pieds nus devant tout le monde ?

Les filles s'excusèrent, les implorèrent.

— Pardon, on ne le fera plus, pardon, on avait mal aux pieds…

— Levez-vous, allez, vite !

— Il n'y a aucune raison pour nous arrêter, à moins qu'avoir des ampoules aux pieds soit interdit aux femmes ? s'insurgea Donya.

Les nuits où elle avait fait le mur, s'était déguisée en garçon et avait flâné dans les rues de Bandar Abbas, seule ou avec Shahab et sa bande, rien n'était arrivé, et là, à sept heures du soir, voilées, juste parce qu'elles avaient enlevé leurs chaussettes et fredonnaient une chanson, elles se faisaient arrêter sous les yeux de tout le monde… Elles furent embarquées dans le 4 × 4 et conduites au comité.

Dans les locaux du comité, des photos de Khomeiny, le « guide » de la révolution islamique, et de Khamenei, son successeur, des calligraphies de sourates du Coran en arabe étaient accrochées aux murs.

« Nous sommes les défenseurs de l'islam », était-il inscrit sous les sourates du Coran.

Quand une fille est arrêtée pour cause de transgression de la morale, dans le meilleur des cas, le père ou, à défaut, un oncle ou un grand-père, car la mère de famille, comme toutes les femmes, est considérée comme une mineure, doit se présenter au comité avec l'acte notarié de propriété de son bien immobilier, qu'il laisse en gage pour la faire libérer, après avoir signé une déclaration précisant qu'à la première récidive ce bien sera confisqué.

Ils les firent entrer dans des cellules différentes.

Debout dans une cellule étroite, sans fenêtre et sans lumière, Donya attendait. Son angoisse atteignit un tel paroxysme qu'elle arrivait à peine à respirer ; elle était sûre d'avoir provoqué tout cela, d'avoir voulu se faire arrêter. Et elle n'avait peut-être pas tort. Elle sentit une chaleur humide entre ses cuisses, elle crut que son cœur allait s'arrêter de battre, elle mit instinctivement la main dans sa culotte ; non, elle n'avait pas ses règles. Le passé et le présent s'entremêlèrent.

Onze ans plus tôt. Juin 1980. Téhéran

Dès que Khomeiny était arrivé en Iran, en février 1979, beaucoup de jeunes et d'adolescents s'étaient engagés très rapidement pour ou contre lui. Dans sa très grande famille, il y avait toutes les couleurs politiques, y compris un ayatollah ; son plus jeune oncle maternel était un des fervents défenseurs de Khomeiny et avait rejoint le corps des Gardiens de la révolution. Le père de Donya, sans être communiste, était, comme beaucoup à l'époque, un admirateur de Staline. Il maudissait les mollahs du matin au soir. Des manifestations contre Khomeiny avaient lieu partout. Ses partisans, armés de bâtons, de pierres, de kalachnikovs, débarquaient pour tabasser et arrêter les gens. Plusieurs de ses camarades du collège avaient disparu lors des grandes manifestations qui avaient eu lieu dans les universités de Téhéran et de Karadj au cours des mois de mai et de juin. À treize ans, elle était une vraie tête brûlée et enviait leur sort. Elles avaient eu la chance de devenir des héroïnes, pensait-elle sans avoir aucune idée de ce qu'elles devaient endurer en prison.

Chaque nuit, avant de s'endormir, elle fantasmait sur la prison ; l'idée d'être torturée, d'être une prisonnière politique, l'excitait au plus haut point. Elle séchait souvent l'école et passait tout son temps dans des séances de lectures collectives des livres interdits ou dans des meetings. Elle distribuait les tracts de tous les groupes hostiles aux extrémistes religieux. Bien qu'elle fût parmi les plus jeunes, elle pensait que tous les mouvements d'opposition devraient s'unir contre eux ; sa spontanéité et son impertinence avaient raison, mais les militants, pris dans le piège des différences idéologiques et parfois tout simplement dans des querelles individuelles, étaient incapables de se rassembler. Elle regrettait son jeune âge et était convaincue que si elle avait eu une vingtaine d'années elle aurait été un grand leader.

On aurait dit qu'elle avait été enfantée par le vent et le feu, dans la tourmente, tant l'assaillait le désir violent de s'échapper de ce corps de chair et d'os qui l'emprisonnait.

Tous les matins, elle distribuait les tracts et, un matin, elle fut enfin arrêtée. Son rêve se réalisait, il devint un cauchemar. Elle ne protesta ni ne résista. Un sourire dédaigneux au coin des lèvres, tête haute, elle monta dignement à l'arrière de la voiture, dans laquelle il y avait déjà deux filles aux yeux bandés.

On la jeta hors de la voiture, la traîna sur quelques mètres, on lui fit dégringoler des escaliers. Une porte métallique se referma sur elle.

Une odeur écœurante remplit ses narines ! Mélange d'urine, de sang, de sueur et d'excréments.

Ses fantasmes de prison étaient sans odeur.

Elle enleva son bandeau : aucune fenêtre. Elle se retrouvait avec deux filles, gravement amochées, dans un sous-sol aux murs de béton. Elle ne les avait jamais vues. Elle avait cru qu'en prison l'alliance entre camarades serait immédiate. Elle se recroquevilla dans un coin, hostile. Répulsion irrépressible. Peut-être à cause de l'odeur !

Le premier jour, la porte s'ouvrit deux fois; chaque fois, elle sursauta, pensant qu'on venait la chercher pour l'interrogatoire; on fit sortir les deux filles et elles ne revinrent pas. Elle se retrouva seule, cogna à la porte. Personne ne répondit. Après quelques heures, elle entendit des pas et frappa à nouveau à la porte, en criant qu'elle avait besoin d'aller aux toilettes. Une voix d'homme: «Tu es déjà dans une chiotte. Vous êtes toutes de vraies merdes.» Elle se retint tant qu'elle put et finalement, dans la nuit, pissa dans un coin.

Pendant les années d'épuration, les prisons étaient bondées. Les sous-sols de nombreux immeubles réquisitionnés avaient été transformés en prisons temporaires. Cette nuit-là, on ne lui donna rien à manger ni à boire. Le lendemain matin, elle ouvrait à peine les yeux lorsqu'on vint la chercher pour l'interrogatoire.

— J'ai toujours cru que je serais très forte sous la torture, que j'aurais une capacité d'endurance et de résistance héroïque…
Je pensais que mon enfance aurait au moins le mérite de m'avoir dotée d'un caractère dur comme le fer, corps et âme trempés…

— Hmm…

— Je ne pouvais me tromper davantage… Je voulais être une héroïne. Alors je souhaitais être emprisonnée. Je fantasmais des scènes de torture. Le corps en sang, je regardais, sourire et mépris dans les yeux, les tortionnaires…

… Mais ça ne s'est pas passé comme ça…
Je sais maintenant pourquoi je fantasmais sur la prison… C'était tout simplement pour troquer mon statut d'enfant martyrisée contre celui de prisonnière torturée…

— Ouiii…

— Raconter aux autres que l'infâme régime m'a emprisonnée et torturée, c'est plus facile que d'avouer la vérité sur mon père…

— Oui.

— Je voulais ensevelir les scènes de l'enfance…

423

Mais les jours et nuits en prison n'ont pas pu effacer les jours et les nuits de l'enfance…

— Oui.

— C'est ce que j'ai toujours fait dans ma vie : faute de vrais remèdes, j'ai soigné le mal par le mal…

— Hmmm…

— Les douleurs nouvelles éloignaient au moins les douleurs originelles.

… Ça me changeait… ironisa-t-elle.

Le psy écoutait. Souvent il ne savait que dire.

— Mon père aussi avait fait de la prison. Deux fois. Très jeune, à l'époque des Qajars, on l'avait arrêté un soir, en lui mettant une cagoule sur la tête, sans qu'il sache pourquoi. Il devait avoir dix-huit ou vingt ans… On l'avait jeté dans un cachot plus petit qu'une tombe. Il était resté des semaines sans pouvoir bouger et chaque jour on lui disait qu'il allait être exécuté. Un matin, on le sort du trou. On lui explique qu'il avait été accusé d'avoir tué l'assassin de son père…

… En fait, d'après ce qu'il m'a raconté, c'était un coup monté : il y avait des gens qui voulaient sa mort de crainte qu'un jour il ne veuille venger son père assassiné avant sa naissance. Une histoire de fou…

… Depuis, il avait peur de rester seul le soir, même dans notre appartement. Un homme comme lui avait peur du noir !

Son deuxième emprisonnement, c'était dans les prisons de Khomeiny, alors qu'il avait à peu près quatre-vingts ans…

… L'expression française « Telle mère telle fille », pour moi devient « Tel père telle fille ».

… On dit qu'après la prison, la vie est comme une nouvelle naissance, une nouvelle chance… ça n'a pas été le cas pour moi… Au début, j'en avais honte… puis ça s'est effacé complètement. J'ai vécu pendant des années dans une sorte d'insensibilité totale. Je vivais absente à moi-même, aux autres et au monde.

Après un silence, elle reprit :

— Ce n'est pas étonnant que la réalité se déforme de temps en temps sous mes yeux. J'ai dû tellement manipuler et annuler psychiquement la réalité que tout a été déréglé dans mon cerveau.

Il disjoncte de temps en temps.

Ça saute, comme un compteur électrique qui ne peut supporter la charge.

En riant, elle ajouta :

— Le plus étonnant, c'est qu'il fonctionne encore.

Deux jeunes à la barbe et à la moustache juvéniles vinrent la chercher. Ils traversèrent un couloir et entrèrent dans une pièce sans odeur. Elle resta debout. Une dizaine de minutes s'écoulèrent. Elle s'assit à même le sol. Elle avait soif et une migraine.

Des bruits de pas. La porte s'ouvrit. Elle sursauta. Deux hommes entrèrent.

— C'est quoi ton nom ?

Pas de réponse.

— On t'a posé une question, dit l'autre.

Pas de réponse, c'était maintenant où jamais le moment de jouer au héros.

— Je ne le répéterai pas une troisième fois, c'est quoi ton nom ?

Le sang lui monta à la tête, elle allait leur dire ce qu'elle pensait d'eux, mais ce fut un cri étouffé qui sortit de sa bouche. Une volée de coups de pied lui coupa le souffle.

— On va voir si tu nous diras ton nom ou pas, sale pute…

Les coups de l'un des deux étaient plus forts à cause de ses grosses chaussures lourdes. Ils s'arrêtèrent. Elle eut le temps de ressentir la douleur, la brûlure. Des

426

gémissements. Quelques secondes ou quelques minutes peut-être… Ils allumèrent une cigarette.

— Maintenant tu vas nous dire ton nom de pute et les noms de tous ceux qui te donnent des tracts ?

Fantasmer la prison et la torture n'avait rien à voir avec les vivre. Être rouée de coups, se tordre comme un ver de terre sous les pieds de deux voyous ne ressemblait point à des scènes de cinéma. Il n'y a que les acteurs pour rester dignes sous la torture. Devenir le corps de la détresse, au fond d'un sous-sol, était-ce cela être révolutionnaire ? Elle avait cru que sa haine et sa rage l'auraient protégée contre la faiblesse et qu'elle saurait tout endurer dignement, mais elle pleurait de peur, de déception aussi. Dès les premiers coups, elle avait pissé sur elle. Elle ne serait jamais une héroïne. L'idée de mourir dans ce sous-sol la terrorisa au point qu'elle cria :

— Tuez-moi, tuez-moi !

— Tu veux mourir ? On va voir ça. Tu veux mourir, on va voir ça, sale pute de merde. Oui, tu veux mourir, tu crois que c'est facile, tu vas voir…

— Tuez-moi ! Tuez-moi !

Un seul coup. La foudre. Un choc si violent que la voix, les larmes, les battements du cœur, la respiration, tout fut interrompu en elle, à l'image des enfants qui sont bleus au moment de la naissance parce que le souffle leur manque pour pleurer et crier. Le goût du sang. La chaleur humide et collante de ce liquide épais inonda son visage. Elle crut que sa tête avait été fendue, que c'étaient ses dernières secondes avant la mort. L'impact du coup résonnait dans sa tête comme une perceuse qui fait un trou.

Au moment où elle avait levé la tête pour crier : « Tuez-moi ! » elle avait reçu le coup de bâton dans le visage. Quand le souffle lui revint, elle les supplia :

— Je ne veux pas mourir ! Je ne veux pas mourir !

— T'as changé d'avis, on dirait. Si tu ne veux pas mourir, donne-nous des noms ! hurla l'un des deux.

La bouche pleine de sang, elle balança quelques noms.

On l'abandonna dans la pièce. Elle perdit connaissance… Elle ne savait combien de secondes, de minutes ou d'heures s'étaient écoulées lorsque la brûlure de l'alcool sur le visage la ramena à elle. Elle ne saignait plus. Son nez et l'os zygomatique avaient été brisés. On lui donna à boire. Sa tête, son corps étaient un sac de douleur. Elle se retrouva en face de deux types.

— Ton nom ?

— Ton adresse ?

Elle répondit. Elle avait du mal à ouvrir la bouche.

— Maintenant tu nous redonnes les noms de tous ceux que tu connais et leurs adresses.

Elle ne savait si c'était eux qu'elle détestait le plus ou sa propre faiblesse. À nouveau, elle voulait mourir, mais sans souffrir.

— Redonne-nous les noms. Dépêche-toi, sinon tu sais ce qui t'attend ? Ils vont te tabasser à mort, et ça fait très mal, ça peut durer des jours.

— Mais je les ai déjà donnés, articula-t-elle difficilement en pleurant.

— Répète-les. Vas-y… Je n'aime pas qu'on me fasse gaspiller mon temps.

Elle donna les noms. Les noms de tous les gens qu'elle connaissait. Un des deux les notait.

— Leurs adresses ? Où vous vous rencontriez ?

Elle répondit à toutes les questions.

— Tu vois, si tu avais parlé dès le début, tu n'aurais pas eu cette tête-là.

Ils quittèrent la pièce. Elle resta dans un coin sans bouger, dans une honte muette. Elle avait lâché des noms, des adresses, elle avait dénoncé celles et ceux qu'elle connaissait, qui lui donnaient des tracts à distribuer. Elle se haïssait. Elle les haïssait. Elle se haïssait.

— Vous avez remarqué, je n'ai jamais vraiment parlé de ma mère...

C'est qu'il n'y a rien à en dire... C'était une femme faible...

J'ai toujours essayé de la protéger contre mon père... elle ne pouvait se défendre... Elle me faisait de la peine...

Elle avait la réputation d'être douce... une femme bien, mesurée, sans méchanceté...

C'est vrai, elle n'était pas une mère abusive, elle ne m'a jamais frappée, ni maltraitée, ni forcée à faire quoi que ce soit.

En fait, c'était une mère absente, même si elle était toujours là...

Elle se tut, puis reprit d'un ton agressif.

— Elle m'énervait... sa faiblesse m'énervait.

Je ne voulais pas lui ressembler...

Elle n'avait aucun instinct maternel, elle était froide, distante, indifférente. Oui, c'est ça, elle était totalement indifférente.

Elle n'a jamais su me protéger..., elle-même avait besoin d'être protégée... C'était une mère-enfant.

Sa voix monta d'un cran et se fit méprisante.

430

— Elle était incapable d'être une mère… Je ne sais pas ce que c'est que d'avoir une mère…

… Ça m'énerve de parler d'elle…

… Il n'y a rien à en dire, c'était une femme effacée, trop préoccupée à paraître gentille et bonne…

Et vous, vous ne dites rien, vous m'énervez…

Téhéran. Juin 1980

Le lendemain, elle sentit une humidité chaude entre ses cuisses, elle crut qu'elle avait pissé encore sur elle. Elle venait d'avoir ses règles ; les premières. Elle se détesta d'être une fille.

Durant à peu près une semaine, elle croupit dans une petite pièce au sous-sol. Une fois par jour, la porte s'ouvrait, on l'accompagnait aux chiottes et on lui jetait un morceau de pain moisi avant de refermer la porte. Elle ne pouvait ouvrir l'œil gauche.

Les années 1980-1982 furent particulièrement meurtrières. La torture pratiquée à grande échelle sur les adolescents comme sur les adultes visait à arracher des aveux et des noms assez rapidement pour exterminer les opposants. Des dizaines de milliers de prisonniers politiques furent mis à mort et ensevelis dans des fosses communes. Quand leur cadavre était présentable, on le rendait à la famille en lui faisant payer le prix des balles. Au total, en trois ans, quelques centaines de milliers d'Iraniens furent emprisonnés et torturés par le régime. Dans chaque famille, il y avait des prisonniers politiques.

Un jour, la porte s'ouvrit, le gardien lui banda les yeux, lui fit monter les escaliers. Aspirer l'air, sentir la chaleur du soleil. On la poussa dans une voiture.

— Où vous m'emmenez ?

— Ta gueule.

La voiture s'arrêta, on lui débanda les yeux, on la fit descendre. Les Klaxon, les bruits, la ville, la vie, les gens… tout paraissait pareil, rien n'avait changé depuis son arrestation. On la fit entrer dans le bâtiment d'un commissariat transformé en comité au nord de Téhéran, puis dans une cellule. Le lendemain, elle eut une visite. Son oncle. Le frère de sa mère, un des collabos de la famille. Elle comprit d'où provenait la grâce dont elle avait bénéficié.

— Tu as été blessée dans la manifestation, piétinée par la foule, t'as compris ? Ta mère viendra te voir dans quelques jours. Regarde la tête que tu t'es faite !

— Je ne veux pas qu'elle vienne.

Il sortit. Dieu, qu'elle le détestait, qu'elle se détestait. Elle fut libérée quelques jours plus tard. Son oncle vint la chercher.

— Ah mon Dieu ! Quelle tête !

Ce furent les premiers mots de sa mère en la voyant.

— On vous a tabassée, dit son père, la gorge serrée et les larmes aux yeux, dès qu'elle franchit la porte.

À peine entrée, elle courut au miroir. Son visage ressemblait, après deux semaines, à tout sauf à un visage humain. Elle détourna la tête. Une aubergine dissimulait totalement son œil gauche. La partie inférieure de sa cloison nasale avait été déchirée et pendait. On aurait dit un monstre.

— Qu'est-ce que j'ai fait pour avoir une fille comme ça ? Je me suis tellement inquiétée… Je n'ai pas arrêté nuit et jour, je suis allée dans tous les comités, j'ai contacté, supplié ton oncle… Heureusement qu'il a bien voulu nous aider à te retrouver… Tu n'as pas pensé à ce qu'on allait vivre… Maintenant tu te tiendras tranquille… Quelle tête, mon Dieu…, répétait sa mère.

Elle ne dit mot et finalement sa mère se tut.

À l'hôpital, le médecin coupa la peau qui pendait, fit un point de suture pour recoller la partie inférieure du nez et il le fit sans anesthésie. Plus tard, son visage redevint normal, mais sous l'œil gauche, l'os zygomatique resta à jamais enfoncé. Ses côtes fracturées ne lui faisaient plus mal. Devant amis, famille, voisins, ennemis, elle prétendit être tombée dans les escaliers ! Elle ne parla à personne de son séjour dans ce sous-sol. Elle changea de lycée.

À quatorze ans, elle commençait une nouvelle vie. À part deux petites cicatrices, tout était frappé d'oubli. Seulement, une fois par mois, lorsqu'elle avait ses règles, elle avait mal au cou sans savoir pourquoi !

— Ce serait bien si je devenais totalement folle et passais de l'autre côté du miroir, de l'autre côté du langage.

… Effacement total de la mémoire, ça doit être reposant…

Une mémoire vierge, un cerveau vide.

Une renaissance.

Elle soupira.

— C'est quoi, être folle ? Je veux dire : vraiment folle ? Est ce qu'on souffre quand on est totalement coupé du langage ?

Le psy ne répondit pas.

— Mon problème, c'est que je suis folle à mi-temps. Si la rupture avait été définitive, je serais tranquille.

Un silence.

— Je suis beaucoup plus âgée que mon âge et pourtant je n'ai jamais eu d'enfance, mais j'ai eu plusieurs vies… Je suis morte aussi plusieurs fois… Enfant, j'ai fait l'expérience du néant, de ne pas être, comme avant de naître…

Toute cette énergie déployée pendant des années à faire barrage aux scènes réelles…

… Je trouve qu'elle avait du génie, cette enfant.

Oui du psy.

— On dit en persan que celui qui n'accepte pas son passé n'aura jamais d'avenir

Un autre oui du psy.

— Toutes ces scènes avaient été bannies, en exil, dans les recoins les plus reculés de mon cerveau.
… Et en même temps, je les avais toujours dans les yeux, c'est pour ça que je ne pouvais pas les voir, il fallait que je les fasse sortir de mes yeux.

— Oui.

— C'est désespérant. Je ne me sentirai jamais nulle part chez moi. Je n'ai pas de chez-moi.
Je me suis toujours sentie en exil, même avant d'arriver en France, depuis ma naissance.
L'exil, c'est moi, et l'exilée, c'est moi.
Je serai toujours une exilée.

Elle paya et partit.

Le psy voyait sa rousse une fois par semaine, souvent le jeudi soir, dans son cabinet. Ils passaient deux, trois heures ensemble, faisaient l'amour, puis elle repartait. Elle lui avait demandé de ne pas précipiter les choses, elle n'était pas encore prête à quitter son mari ; il traversait une période difficile et elle ne voulait pas bousculer l'équilibre de ses enfants, encore petits, surtout de sa fille qui était déjà assez fragile. Il avait accepté, même si c'était à contrecœur, car il savait parfaitement qu'en la mettant sous pression il ne réussirait qu'à la jeter dans les bras de son mari.

Téhéran. 1991

Ce soir-là, dans sa cellule à Ispahan, le temps se rembobina et ce qui s'était passé onze ans plus tôt, en juin 1980, se déroula en quelques secondes sous ses yeux, comme dans un rêve.

La mémoire prenait sa revanche sur l'oubli.

Elle glissa la main dans sa culotte, elle n'avait pas ses règles, puis elle prit son visage à deux mains pour le soutenir. La porte s'ouvrit. Elle se dit que peu importait ce qui allait lui arriver, elle resterait digne, sans larmes, sans supplications ; cette fois, elle saurait endurer. Mais rien ne se passa comme elle l'avait escompté. Cette deuxième expérience en cellule n'eut rien de commun avec la précédente. Il n'y eut aucune douleur physique, pas de sang, aucune crainte d'être mise à mort, il n'y eut que de l'humiliation.

Elle rata une deuxième fois l'occasion d'être une héroïne.

À part une gifle, elle ne reçut aucun coup sur le visage. Son corps, son sexe, qui lui avaient rappelé, onze ans plus tôt, avec ses premières règles dans le sous-sol, qu'elle était une fille, lui rappelèrent encore ce jour-là, mais d'une autre manière, qu'elle n'était qu'une fille.

Elle resta tellement digne qu'elle ne protesta même pas.

Le viol des filles ou des garçons dans les prisons du régime est quasiment une routine. Un de ses cousins, un musicien qui avait connu la taule et pas mal d'autres choses, disait : « À cause des frustrations sexuelles infligées à ce peuple, dès qu'un homme a l'occasion de tremper sa bite dans le trou d'un autre, par-derrière ou par-devant, il en profite. » Il éclatait de rire et ajoutait : « Mon trou du cul est le paradis des mollahs ! » Avant d'être enfermé dans un hôpital psychiatrique pour ses comportements schizophrènes, il avait été incarcéré cinq ans. Lui aussi, il avait été un révolutionnaire. Il racontait qu'en prison les tortionnaires enculaient tout le monde et que certains d'entre eux empalaient les condamnés à mort. Lorsqu'ils venaient chercher un nouvel arrivant pour lui extorquer des aveux, ses compagnons de cellule essayaient de lui remonter le moral en lui disant : « Ne t'inquiète pas, aujourd'hui c'est juste pour t'enculer. »

De cette soirée dans une cellule d'Ispahan, il ne lui resta en mémoire que trois choses :

Une odeur prégnante de cigarette, de sueur et de sperme.

Le sexe très gros du premier qui lui irrita le vagin.

Le sexe d'un autre qui était petit et mou.

Un vrai supplice que d'avoir un violeur qui bande mou. Il se peut que cet aveu choque les tenants de la morale, les gens bien, hommes et femmes de la bonne société, les hypocrites de haut rang. Mais l'énervement du corps, l'énervement génital aiguisa l'humiliation endurée et créa une tension psychique intenable qui lui fit apprécier, relativement, les bites de ceux qui bandaient dur, en violeurs dignes de ce nom. Tant qu'à faire.

438

On la fit sortir de cellule, entrer dans les toilettes.

— Arrange ta gueule de pute.

Elle s'aspergea d'eau froide, garda quelques instants entre les paumes de ses mains son visage intact, à la fois soulagée et honteuse de ce soulagement.

Elles furent libérées ce soir-là, après avoir signé un document où elles s'engageaient à respecter désormais les règlements et à se comporter d'une façon décente. Le cousin d'une de ses copines était le chef d'un des comités d'Ispahan. Oui, il y a des collabos dans toutes les familles. Serait-il cynique de dire : heureusement !?

En sortant, les filles évitèrent de se parler ou de se regarder. Elles marchèrent côte à côte. Donya ne ressentait rien, enfin presque ; elle avait été salie, mais elle pensait que finalement ça ne s'était pas trop mal passé, que ç'aurait pu être pire. Elle se rappela tout d'un coup la phrase de son cousin : « Ne t'inquiète pas, c'est juste pour t'enculer. » Elle éclata de rire. Un fou rire. Un rire fou. Stupéfaites, ses copines la regardaient de travers.

Le lendemain, elles se séparèrent. Sur le chemin de Téhéran, dans l'autocar, elle tenta de minimiser ce qui lui était arrivé. Dans ce pays où habiter un corps de femme était déjà une faute en soi, dans ce pays où le corps de la femme était honni, combien de fois une épouse essayait-elle de penser à autre chose pendant que son mari la pénétrait ? Combien de fois toutes ces mères au ventre flasque et gros, qui avaient enfanté dans la douleur et haïssaient leur mari polygame et violent, s'étaient-elles soumises à des relations sexuelles sans le moindre désir, sans le moindre plaisir ? Finalement, toutes les femmes, toutes les épouses subissaient ça : être réduites à un trou dans lequel les hommes enfoncent leur sexe. Elle repensa à son cousin qui était toujours enfermé à l'asile et regretta de ne lui avoir jamais rendu visite.

Séance

— Quand j'y pense, la vie m'a appris à éluder, à esquiver, à annuler, à nier... Vous diriez, vous, les psys, à refouler...

... J'ai l'impression qu'avec la vie, je dansais un tango ; quand elle avançait, je reculais et quand j'avançais, elle reculait.

... Nous avons appris, moi et ma destinée, à ne jamais nous marcher sur les pieds.

Une bonne distance entre moi et la réalité, voilà, c'est comme ça que ma vie s'est déroulée.

— Hmmm...

— D'ailleurs, je n'aspire pas à la sécurité, ça m'étoufferait. J'ai pris goût aux situations extrêmes... C'est là que je me sens vivante... lorsque l'angoisse atteint son paroxysme... lorsque le danger est tout proche, palpable...

— Hmmm...

— Les souffrances aiguës m'ont rendue perverse... J'ai frôlé plusieurs fois la mort... et me mettre en danger m'est jouissif...

— Hmmm...

— L'insécurité, la précarité, la peur, l'angoisse me sont familières, nécessaires... Je ne pourrais pas vivre sans...

… Je ne connais pas autre chose, je ne connais pas la sécurité.

… Parfois, à vélo, je ferme les yeux et je pédale à toute vitesse.

Elle paya et partit.

Les jours qui suivirent, elle vécut comme si rien ne s'était passé. Était-ce une force ou une faiblesse de dénier totalement la réalité ? Que pouvait-on faire d'autre contre une telle réalité ?

De retour à Téhéran, elle décida d'aller voir son cousin à l'hôpital psychiatrique. Enfants, ils jouaient à cache-cache, il était toujours bizarre et fragile. C'était un garçon doué, sentimental, aux rires féminins. C'était une des rares personnes qu'elle aimait.

Ce fut un choc que de le voir. Il n'avait plus de dents. Son visage bouffi, déformé, avait perdu son expression. Par moments, toutes les laideurs du monde se reflétaient dans son regard ; assis en face d'elle, il paraissait loin. Souffrait-il ? Elle allait lui demander, mais elle n'osa pas.

Sa mère l'avait fait enfermer car il était très violent avec elle ; il se droguait, volait, vendait tout pour la drogue ; lui qui était autrefois musicien était devenu, finalement, à vingt-huit ans, officiellement fou, atteint de graves troubles psychiques, selon les médecins.

— Ils disent que je suis schizophrène. Schizophrène, mon cul. Ils n'y comprennent que dalle, ces psychiatres, ils sont eux-mêmes gravement atteints, je te jure… Je vais sortir bientôt… De toute façon, c'était juste pour me reposer…

Il se retira dans un autre monde. Un air de fou. Elle voulut partir, esquissa un geste pour se lever, mais avant qu'elle n'ouvrît la bouche pour lui dire au revoir, il lui prit la main.

— Toi, tu fais attention à toi, ce n'est pas un endroit pour toi ici.

Ils se regardèrent droit dans les yeux ; le contact de sa main, ses mots, son regard lui infusèrent une angoisse nue, cristalline. Comment avait-il pu la percer ainsi ? Il lui lâcha la main et de son expression de fou lui ordonna : « Va-t'en. »

Son sourire affectueux, dévasté par les dents qui manquaient, la bouleversa.

Il se leva, tourna le dos avant que les yeux de Donya ne se remplissent de larmes.

Elle partit comme un automate, ses larmes coulaient indépendamment d'elle. Pleurait-elle sur lui ? Sur elle-même ? De peur ? De douleur ? De quoi étaient faites ses larmes ? Pourquoi était-elle allée le voir maintenant ? Elle avait toujours eu peur de devenir folle ; d'aussi loin qu'elle se souvînt, cette hantise l'habitait et, en quittant ce lieu, elle sut que c'était là qu'elle finirait si elle restait dans ce pays.

Une de ses deux copines mourut dans un accident, écrasée par un camion. Personne ne parla de suicide, personne ne savait non plus qu'elle avait été arrêtée à Ispahan.

Elle avait si bien refoulé ce qui s'était passé qu'elle ne se rendit pas compte du retard de ses règles. Ses seins avaient gonflé, elle avait des nausées. Heureusement ou malheureusement, elle n'était pas assez folle pour nier l'évolution biologique de son corps. Quelque chose vivait et allait grandir irrémédiablement dans son ventre, un malheur qu'aucun déni ne pourrait vaincre. L'imagination la plus fertile ne pouvait occulter cette chose réelle qui allait transformer son corps, cette chose qui allait devenir un autre corps.

L'avortement se pratiquait clandestinement en Iran et à un prix très élevé lorsque cela se déroulait dans des conditions médicales et politiques rassurantes. Elle pensa, elle aussi, se jeter sous un camion. Elle traînait au bord de l'autoroute qui traverse Téhéran du sud au nord, elle errait des heures entières et revenait le soir à la maison.

Un matin, elle se réveilla, une idée fixe en tête. Non, elle ne se suiciderait pas, pas avec cette chose en elle, pas à cause de ça. Elle devait se débarrasser de cet intrus qui s'était niché dans son corps. Aller à Istanbul pour avorter. Mais comment ? Comment pouvait-elle partir ? Elle n'avait même pas assez d'argent pour acheter le billet. Elle regretta d'avoir rendu les bijoux de Shahab, ça lui aurait fait une belle somme. Elle regretta d'avoir annulé le mariage avec Dara, elle regretta d'avoir abandonné ses études, quitté Armand, elle regretta inutilement tout ce qu'elle avait fait depuis quelques mois. Où trouver l'argent ? Elle ne pouvait demander une somme importante à sa famille sans lui donner d'explication. Frappée par une sorte de paralysie mentale, ne sachant que faire, elle retourna comme les autres jours sur l'autoroute, comme si de la terre asphaltée un miracle pouvait surgir. Elle errait dans les quartiers nord, non loin de la maison où elle avait travaillé avec les enfants. Il y avait seulement quelques semaines, elle était une autre ; si cette horrible femme ne l'avait pas renvoyée, elle ne serait pas partie à Ispahan et rien de tout cela ne serait arrivé. Elle pensa aller voir le psychiatre et lui raconter ce qui s'était

445

passé, il pouvait certainement l'aider, l'envoyer en toute discrétion chez un médecin de confiance qui pratique l'avortement à un prix raisonnable. Comble d'ironie, il y avait dans sa famille plusieurs médecins et même un gynécologue, mais elle ne pouvait se confier à eux et compter sur leur discrétion ; elle était sûre que cela provoquerait un scandale familial d'envergure.

Se trouver enceinte dans l'Iran des mollahs sans être mariée était pire encore que dans une famille bourgeoise européenne du XIXᵉ siècle. Dans ce domaine, il n'y avait aucune solidarité entre femmes. Parfois, il lui arrivait de penser que les femmes étaient encore pires que les hommes. À eux, au moins, le système reconnaissait la supériorité indiscutable de leur sexe et leurs prérogatives de mâles, notamment le droit à la polygamie, mais les femmes, elles, pourquoi ? Pourquoi défendaient-elles ce système en minimisant les avanies qu'elles subissaient ? Elle détesta les femmes et son corps de femme.

— Lorsque je faisais des bêtises, j'avais peur que mon père devienne fou, mais il était compréhensif et me parlait comme si j'étais une adulte…

… Il nous vouvoyait… Normalement, dans les familles anciennes, les enfants vouvoient les parents, mais les parents tutoient les enfants. Ma mère nous tutoyait, et nous la vouvoyions. Mon père nous vouvoyait, et ça me donnait le sentiment d'être quelqu'un…

… C'est quand même quelque chose, un père qui vouvoie son enfant de cinq ans…

— Oui.

— Il devenait fou sans raison, et…

Silence.

— Oui ?

— Je faisais pipi sur moi avant qu'il n'explose sur moi…

— Ouiiii ?

— Je faisais pipi sur moi et puis je ne ressentais rien…

… Vous savez ?… un peu comme une personne totalement lasse après une émotion trop forte… Mes sens se paralysaient.

— Pourquoi lasse, à votre avis ?

— Je viens de vous le dire… je n'étais pas capable

447

de ressentir quoi que ce soit… mais peut-être lasse ce n'est pas le bon mot.

— Je crois qu'au contraire le mot lasse convient tout à fait à la situation.

— À quelle situation ? Je ne comprends pas ce que vous dites !

— En êtes-vous sûre ?

— Puisque je vous le dis !

— Hmmm…

— Quoi, hmmm ? J'ai employé le mot « lasse » comme j'aurais pu en utiliser un autre…

— Quel autre ?

— Je ne sais pas, moi, et je n'aime pas vos interrogations policières. Comme si j'étais coupable… Je ne suis quand même pas au commissariat !

Le psy fit marche arrière. Elle rentra dans sa coquille. Elle le paya sans lui serrer la main et claqua la porte.

— Hier, en sortant d'ici, j'étais très perturbée…
Silence. Hésitation.

— Vous vous souvenez ? Vous m'aviez interrogée à propos des scènes avec mon père, et je vous ai accusé d'être un policier… comme si j'étais dans un commissariat… En fait, en sortant, dans la rue, le mot « commissariat » résonnait dans ma tête… J'avais une bizarre impression… J'étais très remontée contre vous…

Le psy voulut se défendre en disant qu'il avait seulement essayé de l'inciter à parler, mais il se contenta d'un autre « oui ? ».

Elle garda un silence angoissé puis balbutia :

— Une fois, le frère de ma mère, celui qui est aujourd'hui au service du régime, nous a entraînés au commissariat. Mon père était devenu fou, c'était la fois où je me trouvais devant la porte et où la voisine m'avait demandé ce qui se passait chez nous… Vous vous souvenez ?

Le psy ne répondit pas.

— … Mon oncle avait appelé la police. C'était un être méprisable… Je me trouvais dans la rue, parce que mon père venait de me balancer par les escaliers en même temps que quelques meubles qu'il avait sous la main…

Il écoutait attentivement.

— Ma mère, sous l'influence de son frère, m'avait demandé de témoigner contre mon père.
Mais je n'ai pas ouvert la bouche devant les policiers, j'ai fait la muette… C'est que je ne savais pas ce qui s'était passé. Dans ma tête rien ne s'était passé.
L'amnésie totale. J'étais devant les policiers, pyjama mouillé, et ne me rappelais rien…
… C'était atroce, cette nuit au commissariat… Mon père était là, anéanti… Je voulais le protéger… Il était accablé, avait honte.

Respiration du psy.

— Je ne comprenais pas pourquoi on était là… et ça a duré des heures…

— Oui ?

— J'avais… j'avais tellement honte.

— Ce n'était pas à vous d'avoir honte. Vous vous êtes comportée avec une grande dignité.

— Je ne sais pas… On a souvent honte pour les adultes lorsqu'on est enfant.

— C'est vrai. Mais avoir honte pour les autres ne veut pas dire avoir honte soi-même.

— Mais il s'agissait de mes parents.

— Même les parents sont des autres. Vous n'êtes pas vos parents. Vous vous êtes construite malgré eux. Et il n'y a aucune raison que vous vous sentiez responsable de leurs actes.

Silence pensif.

— C'est étrange ! Comment mon cerveau est-il parvenu pendant des années à censurer complètement ces scènes terribles ?

— Oui !?

— J'ai l'impression d'être une fosse commune. Ça sert à quoi d'exhumer tant d'horreurs ?

450

— Peut-être qu'en exhumant ces scènes vous arriverez à vous en libérer ?

— Vous croyez ?

Dans son immense tristesse, elle éclata de rire, et de bon cœur ! Le psy aussi riait ! Ils rirent ensemble !

— Pour une fois, c'est moi qui vous sors une de vos formules : « Vous croyez ? »

— On en reste là, si vous voulez bien, conclut-il, sourire aux lèvres.

Il se leva, elle se leva, le paya, lui serra la main, le remercia.

Elle errait au bord de l'autoroute ; oserait-elle aller voir le psychiatre ? Il y avait quelques semaines à peine, avec les enfants, elle se prenait pour un sauveur, et maintenant elle avait besoin d'être sauvée. Si seulement elle pouvait enfoncer sa main dans son utérus, arracher cette chose et la jeter au diable.

Avant de partir à Ispahan, sa vie lui paraissait invivable ; elle avait pensé que ce voyage lui changerait les idées, l'apaiserait, et voilà le résultat. Si seulement elle pouvait revenir en arrière. « Oh mon Dieu ! qu'est-ce que je dois faire ? » finit-elle par demander à celui dont elle niait de toutes ses forces l'existence : Dieu. Ce bonimenteur supposé Tout-Puissant.

Elle leva la tête vers le ciel.

Une voiture s'arrêta, l'attendit. Elle hésita, avança, puis monta.

— Qu'est-ce que vous faites comme ça sur l'autoroute ?

— Je ne sais pas.

— Tu travailles ?

Elle ne comprit pas le sens de la question et le ton familier du conducteur lui déplut ; elle répondit :

— Je suis étudiante.

— Ah !... Tu vas où alors ?

— Je… Je… En fait, j'attendais quelqu'un.

— Sur l'autoroute ?

— Ben… oui.

— On va dans un endroit tranquille ?

Pas de réponse.

La voiture quitta l'autoroute, tourna dans une rue, dans une autre, puis s'arrêta devant une maison.

— Viens, dit-il en ouvrant la portière.

Son cœur trembla de contradiction : je peux, je ne peux pas.

Il y a un proverbe persan qui dit : « Quand on a la tête sous l'eau, que ce soit de deux doigts ou de deux mètres, on se noie. » Au point où elle en était, quelques pénis de plus n'y changeraient rien.

La phrase qui sortit de sa bouche l'étonna elle-même. Oui, elle pouvait, malgré elle, au-delà d'elle.

— Je voudrais d'abord l'argent.

— Combien ?

— Dix mille tomans, réclama-t-elle d'une voix qui manquait d'assurance.

— D-i-x m-i-ll-e tomans !? Mais tu te prends pour Sophia Loren ou Madonna ?

— Je ne sais pas, elles sont très différentes, rétorqua-t-elle dans un rire qui ressemblait à une grimace, en regardant pour la première fois cet homme qui avait une trentaine d'années et une allure vulgaire.

— Tu n'es pas du métier ? C'est ça ?

Elle ne connaissait absolument pas les tarifs, mais s'entêta.

— C'est dix mille tomans d'avance ou rien.

— Je te les donnerai après.

— Non, maintenant.

— Tu peux me faire un prix ?

— Non.

453

— Tu crois que tu es la seule à avoir un cul ? Descends, descends de ma voiture.

Elle revint sur l'autoroute.

Monter dans une voiture privée est tout à fait normal en Iran et ça n'a rien de choquant. Le transport public est rare et quiconque possède une voiture peut travailler comme taxi, au moins quelques heures par jour, comme deuxième ou troisième boulot, pour arrondir la fin du mois. Il existe aussi des hommes qui s'arrêtent seulement pour les femmes. Les voitures sont devenues presque le seul lieu d'échange et de rencontre publique pour les deux sexes. Certains mariages se font ainsi, beaucoup de prostitution aussi.

« Pourquoi pas ? Pourquoi pas ? Je risque quoi ? Certainement pas de tomber enceinte. Et puis, si des gamines de dix ans sont capables de se prostituer pour un repas chaud, pourquoi je ne le serais pas, moi ? Ça ne peut pas être plus dur que ce que j'ai déjà enduré. »

Étrange : c'était exactement au moment où elle avait levé la tête vers le ciel et s'était adressée à Dieu, tout athée qu'elle fût, que la voiture s'était arrêtée. Était-il possible que Dieu fût un proxénète bienfaisant ? Ce qui expliquerait l'obsession de la sexualité dans les trois religions monothéistes. Après tout, bien avant l'existence de l'islam, Marie-Madeleine était une prostituée. Khadidjeh et Aycha, les deux femmes les plus connues de Mahomet, et sa fille Fatemeh avaient des réputations pour le moins troubles. Et quant au judaïsme, ce n'est pas pour rien qu'il se transmet par la mère ; la paternité, depuis l'existence de l'humanité, reste le fait le plus douteux qui soit.

— J'ai fait un rêve bizarre hier soir.

— Oui?

— C'est... ça n'a pas de sens...

— Dites...

— C'est absurde...

... Il y avait mon père, ma mère, et moi petite... mon père sortait de la salle de bain, avec une serviette autour de la taille. Je suis entrée dans sa chambre et ma mère a voulu me mettre dehors parce que mon père était nu, et moi, j'ai dit, d'un air revendicatif, en désignant la serviette de mon père avec mon index : je suis venue voir ça !

... Et ça, c'était le sexe de mon père !

Elle marqua un silence, puis reprit :

— Il avait encore la serviette autour de lui, mais en désignant son sexe sous la serviette avec mon index, je le voyais nu. Comme si, avec mon doigt, j'écartais ma mère... Elle n'existait plus entre moi et mon père.

— Oui.

— C'était n'importe quoi.

— Vous croyez?

— Oui, parce qu'il n'y avait rien d'érotique dans le rêve. Ne sortez pas vos clichés, Œdipe et tutti quanti...

— Oui?

455

— Je suis sérieuse.

— Je sais, approuva-t-il.

— Je veux dire… même si mon index mettait à nu le sexe de mon père, il n'y avait là rien de sexuel.

… C'était très innocent… Ce n'était pas non plus la curiosité d'une petite fille pour le corps de son père.

— Oui ?

— Je ne sais pas… c'était très paisible, comme si c'était naturel que je voie mon père nu.

— Oui.

— Je fais des rêves insensés.

— Vous croyez ?

— Mon inconscient ignore totalement la pudeur.

— Oui, très appuyé, du psy.

Elle marchait au bord de l'autoroute comme on flâne dans un parc ! Son cerveau ne fonctionnait plus. Son système nerveux ne réagissait pas. Elle ne pensait pas, n'attendait pas, n'imaginait pas, elle marchait. Corps et âme anesthésiés, elle était simplement une matière ambulante.

Une voiture s'arrêta. Une BMW dernier cri. Elle arriva à la hauteur de la voiture et ouvrit la portière.

— Bonjour, dit-elle en montant derrière.

Odeur raffinée d'un parfum pour hommes.

— Vous ne voulez pas monter devant ? Je ne fais pas taxi.

— Je sais, mais c'est plus prudent. Si on se fait arrêter, on peut dire que vous faites le taxi et que je suis juste une passagère.

— Et où vous allez ?

— Où vous voulez.

— Ah oui ?

— Je travaille, dit-elle avec beaucoup de naturel !

Le type la regarda dans le rétroviseur. Elle le regarda aussi.

— On ne dirait pas.

Elle bégaya :

— Et pourtant si.

— Ça fait longtemps ?

— Êtes-vous intéressé ou pas ?

— Je ne sais pas… Vous avez un endroit ?

— Non.

— Ah ?

— Je prends… deux mille tomans.

Elle avait révisé ses prix à la baisse.

— C'est très cher.

— C'est mon prix.

À l'époque, le salaire moyen d'un cadre était de cinq mille tomans.

Il la regarda dans le rétroviseur.

— Et je prends d'abord l'argent.

— D'accord, dit-il avec un sourire.

— Pourquoi vous riez ?

— Parce que ça se voit que vous êtes débutante.

— Et ?

— Et c'est… amusant et excitant.

Il quitta l'autoroute et au bout de cinq minutes s'arrêta.

Avant de descendre de la voiture, elle répéta :

— Je veux d'abord l'argent.

Il sortit son portefeuille et en tira quatre billets de cinq cents tomans. Elle glissa les billets dans son sac et le suivit. Il était mince, grand, élégant. Une petite quarantaine.

Ils entrèrent dans un immeuble cossu, prirent l'ascenseur jusqu'au dernier étage, traversèrent une salle où une dizaine d'employés s'affairaient… Ils le saluèrent respectueusement. Il la fit entrer dans son bureau et verrouilla la porte. Une immense pièce chic : fauteuils et canapé en cuir, table basse, vase rempli d'orchidées, un magnifique, grand et ancien tapis de Sarouk au milieu…

— Voulez-vous boire quelque chose ?

— Non, merci.

— Alors venez ici.

Il ôta sa veste et s'installa dans un fauteuil.

Elle se tenait dans le coin de la pièce, mal à l'aise et pas sûre d'elle.

— Maintenant, déshabillez-vous.

Elle ôta son voile et resta plantée là.

Il la regardait et attendait.

Elle se déchaussa.

— Enlevez vos vêtements.

Elle déboutonna son manteau. Elle portait un vieux tee-shirt et un pantalon large qui ne lui donnaient absolument pas l'allure d'une fille du métier. Elle était très gênée.

Il la regardait, plutôt amusé.

— Enlevez tout. Deux mille tomans, ça vaut bien un strip-tease.

Elle retira son tee-shirt et son pantalon. Elle avait des sous-vêtements en coton, pas du tout le style de l'emploi.

Sa gêne grandissante excitait son client qui répéta :

— Enlevez tout.

Elle pensa qu'il était vraiment sadique. Toute honte bue, elle dégrafa son soutien-gorge et baissa sa culotte. Elle portait encore ses chaussettes.

— Vous êtes très belle.

Il se leva. Il bandait dur.

Il la prit dans ses bras, l'étreignit.

— Quelle peau douce !

Il l'embrassa longuement. Ce qui l'étonna. Elle se laissa faire.

Il l'allongea sur le tapis. En un clin d'œil, il s'était débarrassé de son pantalon et de sa chemise.

Il mordit le bout de ses seins, ce qui lui fit mal. Il la pénétra, la baisa longtemps. Il éjacula au bout de dix ou quinze minutes, se retira, essuya son sexe avec des mouchoirs. Elle s'essuya aussi. Ils se rhabillèrent. Elle mit ses chaussures, son manteau et son voile, prit son sac, se dirigea vers la porte sans se retourner vers lui.

Il dit «au revoir» au moment où elle franchissait le seuil.

— J'ai pensé encore à ce rêve…

Elle s'interrompit.

— Oui ? émit le psy.

— Hmmm… Je ne sais pas… il y a des choses qui m'ont traversé l'esprit…

Un silence.

— Dites.

— Je ne sais pas, mais… La nudité. Mettre quelqu'un à nu, voir la vérité.

… Le sexe de mon père n'était pas en érection, ce qui aurait pu effrayer une petite fille ; c'était seulement l'organe qui faisait de lui mon père. L'organe symbolique.

— Oui.

— Je voulais voir, connaître la vérité sur mon père en écartant ma mère.

— Oui ?

Soupir.

— Ma mère me répétait que, dès ma naissance, mon père m'avait éloignée d'elle. Elle se faisait passer pour une victime et me disait qu'elle m'avait abandonnée parce que mon père lui avait interdit de s'occuper de moi.

Et je l'avais toujours crue.

… C'est vrai qu'elle était une victime… mon père était

461

un mari polygame et horrible... mais ce n'est pas la même chose, un père et un mari...

— Vous avez tout à fait raison.

— Je veux dire... on peut être un très mauvais mari mais quand même un bon père...

— Exactement, dit le psy.

— Je ne dis pas que mon père était un bon père, mais quand ma mère n'était pas à la maison, il était doux, gentil. Il se mettait à cuisiner et j'aimais ça, il salissait beaucoup de vaisselle et foutait un bordel pas possible, mais c'était gai.

Un silence et un hmm du psy.

— Nous parlions beaucoup. Il me racontait son enfance, sa jeunesse... nous jouions au jacquet. En fait, il était un bon père lorsque ma mère n'était pas là. ... Sa folie disparaissait.

— Oui.

— C'était ma mère qui le rendait fou...
... Non j'exagère... C'est la vie qui l'avait rendu fou... Ma mère en voulait terriblement à mon père, elle ne l'aimait pas et saisissait chaque occasion pour le briser, et pour ça elle n'hésitait pas, comme quatre-vingt-dix pour cent des femmes, à utiliser ses enfants.

— Hmmm...

— Je n'aimais pas quand elle lui disait qu'il était un sauvage turc...
Et pourtant, j'ai toujours pris la défense de ma mère... Adolescente, mon père était un monstre à mes yeux. Chaque nuit je souhaitais sa mort. J'avais de la compassion et de la pitié pour ma mère qui en avait tant subi...

— Hmmm...

— À quel point une mère peut-elle manipuler ses enfants !

— Oui.

462

— Parfois, je lui disais qu'elle n'avait qu'à divorcer et partir, comme toutes les autres femmes de mon père.

— Oui ?

— Elle ne voulait pas partir… Elle avait éliminé toutes ses rivales et se vengeait de mon père qui était devenu vieux et fou…

Il n'était pas le même père lorsqu'elle était absente. Il me disait : vous pouvez tout me raconter, je suis votre père, je vous aime et je ne veux que votre bonheur.

— Oui.

— Il était fou, mais jamais manipulateur. Ma mère, si. Elle m'utilisait contre lui.

En fait, dans le rêve, avec mon doigt j'écarte ma mère pour voir la vérité sur mon père…

Pour le voir nu, tel qu'il était vraiment et pas à travers l'image que ma mère m'avait inculquée depuis mon enfance.

La nudité n'était ni choquante ni effrayante dans le rêve. Elle était rassurante…

— Oui.

Elle le paya et partit.

— Hier soir, j'ai rêvé que je n'avais pas de jambes. Je ressentais le vide sous mon corps, la place vide de mes jambes. C'était très angoissant. Très réel.

— Qu'est-ce que vous en pensez ?

— Je ne sais pas… C'était pénible.

Un silence.

— Enfant, je racontais des tas d'histoires invraisemblables à mes camarades de classe et lorsqu'une moucharde les rapportait à l'institutrice, j'étais punie pour mes mensonges.

Je racontais que je n'avais pas de jambes quand j'étais née et que mes jambes avaient poussé en une nuit, d'un seul coup.

Un autre silence.

— À l'époque, je ne savais pas pourquoi je racontais ça, d'ailleurs, je ne savais pas pourquoi je racontais des trucs bizarres, mais ça me venait, ça sortait de moi, sans que je l'aie décidé.

D'une petite voix triste, elle reprit :

— En fait, il aurait suffi d'utiliser mes jambes et de me sauver devant mon père, comme les enfants le font.

— Oui ?

— Mais moi, je restais paralysée sur place.

Je n'avais pas de jambes pour courir. Sous mon corps, il y avait le vide, ni jambes ni sol.

Le vide, comme dans le rêve.

Après un long silence, au moment où le psy allait annoncer la fin de la séance, elle ajouta :

— Je me vidais de moi devant mon père.

Téhéran

Elle n'avait ni honte ni remords. Rien, seulement un sentiment d'assurance avec les deux mille tomans dans son sac. Dans l'ascenseur, elle se dit que c'était beaucoup moins désagréable que ce à quoi elle s'attendait !

Elle décida de ne monter que dans les voitures de luxe, BMW, Mercedes, Cadillac... dont les propriétaires, a priori, ne faisaient pas le taxi ; elle négocierait l'argent, le prendrait d'avance. Ce n'était pas la mort. Elle resta sur la très chic avenue Jordin.

Une voiture s'arrêta, une autre BMW. Décidément, les voitures allemandes avaient beaucoup de succès auprès des riches Iraniens. Elle monta ; un jeune d'à peine vingt ans, un fils à maman. Il fut d'abord étonné d'apprendre qu'elle travaillait, puis il l'amena chez ses parents, en lui demandant de marcher sur la pointe des pieds car sa mère était là.

Une grande maison. Un intérieur de très mauvais goût. Des nouveaux riches. Il la fit entrer dans sa chambre dont les murs étaient couverts de posters de stars américaines, il s'absenta quelques instants et revint avec l'argent.

Il avait un teint livide, paraissait agité. Elle mit l'argent dans son sac, puis ôta ses vêtements. On aurait dit une vraie professionnelle. Elle était douée et apprenait vite. Il demeurait debout, habillé, et la regardait se déshabiller. Elle enleva tout et, toute nue, s'approcha de lui.

— Alors !? Tu ne veux pas ? demanda-t-elle d'une voix aguicheuse.

— Attends un peu, dit-il, perturbé et presque en reculant.

Elle avait senti sa fragilité.

Elle s'approcha. Lui prit la main et la posa sur son sein, effleura de sa main droite son sexe qui bandait sous le pantalon. Il fit un mouvement brusque, recula, porta ses mains à son sexe en se penchant, pour le cacher. Il éjaculait déjà !

Satisfaite, elle se rhabilla rapidement, sortit de la chambre, marcha sur la pointe des pieds, traversa le couloir et entendit une voix de femme crier :

— Amir, c'est toi ? Tu es rentré ?

Elle retourna dans la rue avec quatre mille tomans dans son sac. Elle attendait. Deux taxis passèrent et elle ne leur fit pas signe.

Elle marcha sur le trottoir.

Un homme l'accosta.

— Tu es libre ?

Ça se faisait aussi comme ça, ce n'était pas toujours nécessaire de monter dans une voiture.

— Je prends deux mille tomans.

— Oh !? Tu plaisantes ?! C'est un nouveau tarif ou quoi ? Je te donne cinq cents.

— Non.

— Allez, je te donne six cents, et ça parce que j'ai eu une bonne journée.

— Je prends mille.

— D'accord. Suis-moi.

Elle marchait à deux pas derrière lui. Il était petit de taille et chauve.

Il entra dans une boutique de mode. À l'arrière, il y avait une autre pièce.

— Je prends d'abord l'argent.

— C'est très cher… mais bon, j'ai eu une bonne journée. C'est l'inflation, plaisanta-t-il en riant tout seul.

Il ouvrit une commode avec une clé et d'une petite sacoche remplie de liasses de billets sortit mille tomans. Instantanément, elle pensa : si je pouvais voler ce sac ! Il referma le tiroir à clé. La baisa debout, par-derrière, penchée sur les cartons, dans la pénombre, sans la déshabiller et sans se déshabiller, juste en sortant sa bite, et ça prit à peine trois minutes. Il remit sa bite à sa place et referma sa braguette.

— Je ne t'avais jamais vue par là, tu es nouvelle ?

Ce devait être un consommateur habituel.

— Pas tant que ça, répondit-elle, pensant que c'était mieux de se montrer professionnelle.

— C'est la première fois que tu viens dans ce quartier ?

— Oui.

— T'étais où avant ?

— Un peu plus haut.

— Alors on t'a changée de quartier ?

Elle n'était pas sûre de comprendre, mais répondit :

— Oui, en ajoutant : je dois partir.

— D'accord… tu seras là pendant combien de temps ?

— Je ne sais pas.

Elle tourna la clé et ouvrit la porte.

— Attends… Demain après-midi, un peu plus tard, sois par là, je suis probablement preneur… et donne mon bonjour à Karim Agha…

Dans la rue, elle pressa le pas et, au carrefour suivant, monta dans un taxi.

Ce type était un client régulier et il l'avait prise pour une des filles d'un réseau de prostitution à qui le quartier était probablement réservé.

Elle s'allongea sur le divan.

— Un soir, mon père était devenu encore fou, il hurlait... J'avais dix-sept ans, et j'allais passer le bac. Tout mon corps tremblait.

Un silence.

— Je me suis approchée de lui, en le regardant droit dans les yeux... Et il s'est passé quelque chose...
... Ce n'était pas seulement moi qui avançais vers lui, mais, avec moi, l'enfant terrorisée qui restait clouée sur place et pissait sur elle-même, celle qu'il soulevait et balançait comme une chaise. J'ai vu dans son regard qu'il avait sous les yeux cette enfant-là.

— Oui.

— Il hurlait et... à mesure que mes pas avançaient, sa voix baissait. Je savais que je défiais sa folie.

— Oui.

— Je me suis plantée devant lui et lui ai dit d'une voix autoritaire : « Asseyez-vous. »
Il m'a crié : « Vous savez à qui vous parlez ? Je suis votre père. »
Je lui ai répondu d'une voix qui sortait de mon cœur : « Je sais que vous êtes mon père. C'est vous qui ne le savez pas. »

Comme une tornade qui disparaît d'un coup, il s'est calmé brusquement.

J'ai fait son procès et il m'a écoutée…

Je ne sais plus exactement ce que je lui ai dit, rien de moi en tout cas, ni des scènes d'enfance…

Je lui ai demandé s'il se rendait compte qu'il avait abîmé la vie de ses enfants. Qu'il oubliait souvent de se comporter comme un père. Que les horreurs qu'il avait connues dans sa vie ne l'autorisaient pas à infliger les mêmes à ses propres enfants…

Le psy avait noté l'émotion dans sa voix.

— Il m'a murmuré qu'il ne savait pas ce que c'était qu'un père puisqu'il n'avait jamais connu le sien.

Là, j'ai été très dure, je lui ai répondu qu'un père comme lui, ce serait mieux de ne l'avoir jamais connu.

Il m'a regardée avec tendresse et honte…

Il m'a souri et m'a dit d'une voix admirative que je serais une grande avocate de l'humanité et qu'il était fier de moi.

Elle rentra chez elle et se précipita sous la douche. Jamais auparavant elle n'avait ressenti de cette façon l'effet purificateur de l'eau ; le jet sur sa peau, sur son corps nu, lavait la souillure. Si seulement elle avait pu faire couler l'eau à l'intérieur de son corps pour enlever, éliminer ce qui se cachait dans son utérus… Elle resta longtemps sous la douche, savonna chaque millimètre de sa peau, se frotta énergiquement avec un gant, puis, en se rinçant, passa la main partout, sur les jambes, sur le dos, sur les fesses, sur les seins, sur le sexe. Elle savonna plusieurs fois son sexe, mit le jet d'eau entre ses cuisses, rinça abondamment cet organe qui faisait d'elle une femme, une pute.

Avant de se coucher, elle compta l'argent ; ce n'était absolument pas suffisant, mais avoir gagné cinq mille tomans en une journée et tenir les liasses de billets entre les mains l'émerveilla. Elle s'étonna d'éprouver un certain apaisement, malgré ses sentiments confus, alors qu'elle s'attendait à se retrouver en proie au remords !

En vérité, elle ne pensait pas, elle réagissait malgré elle, comme un mauvais nageur englouti par les vagues, qui s'agite maladroitement pour sortir la tête de l'eau. Pour se sauver, elle avait noyé la vertu, les scrupules et la morale.

Il est vrai que, en un sens, elle était absente à elle-même, mais c'était bel et bien elle qui s'était « prostituée », pour appeler les choses par leur nom et un chat un chat. Pour essayer de traduire avec les mots les plus justes ses sentiments complexes et paradoxaux, je dirais que l'argent qu'elle avait obtenu ce jour-là en échange des services sexuels l'avait quelque peu dédommagée du traumatisme et de l'humiliation subis dans la cellule. Elle se trouvait dans une situation où elle ne pouvait se payer l'hypocrisie de fausses vertus. Elle marchait au bord d'un précipice : soit elle tombait, soit elle s'en sortait. On dit souvent que la vérité est dure et peut faire mal ; elle peut aussi décevoir profondément les plus moralistes, les puritains qui n'ont jamais connu ce que la vie a de pire ni vécu d'expériences insolites. Oui, la vérité peut être décevante pour qui l'idéalise et ne pense qu'à la sublimer.

Que peut-on faire dans un pays où ceux qui vous ont violée peuvent vous condamner à mort parce que violée ?

Pour le dire sans détour, dans ce pays où l'on divise les filles en pures et impures, vierges et putains, après l'opprobre et le dédain jetés sur elle par ceux-là mêmes qui avaient tiré du plaisir de son corps, gagner de l'argent en se prostituant atténuait son autodénigrement et la revalorisait à ses propres yeux. Elle s'était haïe, elle se haïssait moins. La répétition de l'acte sexuel dans des conditions moins horribles que celles de la cellule, et en échange d'argent, avait diminué l'effet destructeur du traumatisme. Bien des années plus tard, elle sut que beaucoup de psychanalystes, Freud et compagnie, avaient disserté longuement sur l'inévitable répétition et ses effets.

Avec les hommes, elle s'était mise d'accord sur la base d'un contrat selon lequel elle acceptait d'avoir une relation purement sexuelle en échange d'une somme précise. Le contrat avait été accepté des deux côtés, et, toutes considérations morales et éthiques mises à part, aucune des deux parties ne pouvait se sentir lésée. Ils achetaient du plaisir, elle louait son corps.

Elle faisait payer les hommes, et l'argent obtenu allait lui permettre d'éliminer de son corps la trace d'autres hommes.

« Faire payer » : elle faisait payer les uns pour ce que les autres lui avaient infligé. Elle louait son corps pour le libérer. Elle soignait le mal par le mal. Voilà ce à quoi elle s'était résolue, à défaut d'autre remède. La prostitution était son antidote.

Elle aurait pu trouver d'autres issues si elle l'avait voulu : par exemple retourner à Bandar Abbas, faire l'amour avec Armand et prétendre qu'elle était enceinte de lui ; elle y avait pensé pendant quelques minutes le premier jour, lorsqu'elle s'était rendu compte qu'elle avait du retard. Combien de femmes, depuis la nuit des temps, portant l'enfant d'un homme, en ont attribué la paternité à un autre ? Mais l'idée d'enfanter après ce qui s'était passé, d'enfanter de ce qui s'était passé dans la cellule, lui était tout simplement inconcevable.

On dit qu'une femme est capable de tout pour sauver son enfant ; elle l'est aussi pour empêcher une naissance. Se prostituer pour empêcher une naissance calamiteuse, pour libérer son corps, pour se libérer, voilà ce qu'elle avait fait, ce qu'elle repartit faire le lendemain.

— Pourquoi je faisais pipi sur moi ?

— Oui ?

— Bien sûr, c'était de peur, mais de peur normalement les enfants pleurent, alors que moi, je ne versais pas une seule larme.

— Oui !

— Je ne sais pas…

Silence… Hésitation…

— Lorsque je pissais sur moi, il y avait quelque chose de si fort qui me vidait de moi, qui m'emportait…

— Ouiii…

— C'est que… Quand même, ce n'est pas rien de faire pipi face à son père parce qu'on est terrorisée…

— En effet, approuva-t-il.

— Faire pipi nous soulage, nous vide, diminue la tension… et pour la petite fille que j'étais, c'était quelque chose d'interdit que de pisser debout sur soi… C'était quelque chose à cacher.

— Dites…

— Je pissais sur moi alors que je ne le devais pas, je me soulageais…

Ce n'était pas moi, mais quelque chose se soulageait en moi… quelque chose se lâchait… malgré la terreur que

475

je ressentais face à mon père… malgré l'immobilité, quelque chose coulait en moi…

Le côté horrible de la scène s'annulait dans ma tête…, aucune trace de douleur physique ou de peur… je me retrouvais à la fin le pyjama mouillé et la mémoire effacée…

Bien sûr, c'était de peur… mais aussi parce qu'une émotion trop forte me liquéfiait…

Un bref silence.

Un autre ouii encourageant du psy.

— Je fondais devant ce père qui devenait fou… et, quelque part, déjà petite, c'était comme si ça m'octroyait une force incroyable !

Ouiii très appuyé du psy.

— Moi, le petit bout de chou, je faisais exploser mon père… Il explosait sur moi…

Ouiii jouissif du psy.

— Mais vous ne pouvez pas faire un effort et diversifier un peu votre répertoire de répliques ? Vous m'énervez à la fin avec vos oui obscènes.

— J'ai fait un autre rêve hier soir…
Je ne m'en souviens pas. C'était comme un film d'horreur… Je crois que c'est un rêve récurrent et chaque fois je me réveille sur le point de faire pipi sur moi…

— Ouiiii.

— Je ne me souviens pas du rêve, mais dans le rêve j'étais à la fois enfant et adulte, les deux… Enfant, j'adorais les films d'horreur, ça me faisait peur, mais c'était aussi très excitant…

Respiration du psy.

— J'avais vachement envie de faire pipi, mais je me retenais à deux mains, clouée sur place, pour voir la suite du film…

— Ouiiii, dit-il, pensant qu'elle était sur la bonne voie…

Elle s'interrompit… puis reprit :

— C'est vrai que les films d'horreur sont très excitants…

Elle se tut à nouveau.

— Et dans la réalité ? lui demanda le psy.

— Quoi, dans la réalité ?

Le psy ne savait s'il allait renforcer sa résistance ou l'aider à passer outre ; il prit le risque :

— Croyez-vous que la peur de l'enfant que vous

étiez, non pas face à un film, mais devant votre père, pouvait aussi créer de l'excitation ?

— Je ne sais pas… Peut-être que oui, enfin, je suppose… Je ne sais pas…

— En êtes-vous sûre ?

— Sûre de quoi ? rétorqua-t-elle avec toute l'innocente mauvaise foi dont seul l'inconscient est capable.

Un peu agacé, le psy ne voulait pas lâcher le morceau :

— Êtes-vous sûre de ne pas savoir ?

— Ne pas savoir quoi ? Je ne comprends rien à ce que vous dites… Soit vous restez muet pendant toute une séance, soit vous dites des choses qui m'échappent complètement. Pouvez-vous vous défaire de vos attitudes de psy et parler normalement, d'une façon claire et compréhensible ?

Il recula.

Elle se mit à raconter des choses anodines.

Il interrompit inopinément la séance.

Elle se sentit offensée, le paya et quitta les lieux.

Elle retourna à la prostitution en disant à sa mère qu'elle allait chez une amie. Elle choisit le boulevard le plus connu de Téhéran : Vali-ye Asr, plus haut que la place Vanak. Elle aperçut un 4 × 4 du comité, elle prit peur, baissa la tête, dissimula soigneusement ses cheveux sous son foulard et fit mine d'attendre un taxi. Le 4 × 4 s'arrêta devant une grande galerie de magasins de luxe. Elle monta dans un vrai taxi et descendit trois kilomètres plus loin.

Une voiture s'arrêta. Elle s'approcha, jeta un coup d'œil au conducteur ; il lui parut suspect, elle ne monta pas. Une autre voiture. Elle n'y monta pas non plus. Une autre encore, qui fonçait à toute vitesse, freina si fort que ses roues firent un bruit terrible, attirant l'attention de tous, manquant causer un accident. Elle s'arrêta juste à ses pieds. Un jeune branché, gosse de riches, coupe de cheveux à la mode ; tout du dernier cri, sa bagnole, ses vêtements et ses lunettes. C'était trop tape-à-l'œil. Même assise derrière, personne ne la prendrait pour une passagère, et s'ils croisaient les gardiens, ça se terminerait tout droit dans les locaux du comité. Elle n'y monta pas non plus et la bagnole fonça comme elle s'était arrêtée, dans un bruit assourdissant.

Dans les quartiers huppés de Téhéran, une jeune

femme ne reste pas longtemps seule au bord du trottoir. Elle est vite ramassée, soit par les gardiens pour être arrêtée et peut-être violée, soit par les hommes pour être draguée et peut-être baisée. La vie est ainsi sous le régime islamique.

Elle pensa que le passage du 4 × 4 était de mauvais augure et qu'elle ferait mieux de renoncer à son honorable activité. Elle entra dans le parc Mélat qui longe le boulevard et s'assit sur un banc, mais elle fut rapidement importunée par des jeunes et dut partir.

Rien n'est plus extravagant en Iran qu'une fille seule sur un banc ! Elle marcha sur le trottoir sans savoir où aller, s'arrêta devant un marchand de glaces et s'acheta un cornet vanille-fraise. Elle erra pendant des heures. La nuit tombait et le trafic devenait monstrueux. Elle descendit le boulevard jusqu'à la place Vanak, au croisement de l'autoroute. Une foule de gens, sans faire la queue, épiaient les taxis ; dès qu'une voiture s'arrêtait, taxi ou pas, femmes et hommes couraient pour s'y engouffrer les premiers, deux devant et trois derrière, cuisse contre cuisse, bras contre bras. Au diable la distance entre les deux sexes. Elle s'éloigna de la horde, pensant que plus loin elle aurait plus de chance de trouver un taxi.

Une Renault s'arrêta. Un homme d'une cinquantaine d'années, visage adipeux. Elle monta derrière. Avant qu'elle ne donne sa destination, le type lui demanda :

— Vous faites quoi comme ça sur l'autoroute ?

Elle voulut répondre qu'elle rentrait chez elle et qu'elle l'avait pris pour un taxi, mais ce qui sortit de sa bouche fut :

— Je travaille !

Il la jaugea à travers le rétroviseur d'un regard insistant et louche.

— Tu prends combien ?

— Mille tomans et je les prends d'avance.

— C'est beaucoup.

— C'est mon tarif.

— Tu es très dure en affaires.

— C'est oui ou non ?

Quelque chose dans l'attitude de ce type était bizarre.

— Attends un peu, on discute deux minutes. Ne sois pas si radicale, je te donne cinq cents.

— Non.

— T'as eu beaucoup de clients aujourd'hui ?

Elle ne répondit pas.

— Ça fait longtemps que tu fais ça ?

— Je fais ça, mais je ne suis pas du métier…

— Elles disent toutes ça.

Il quitta l'autoroute, s'orienta vers le boulevard d'Amirabad et s'arrêta devant une grande porte.

Elle répéta :

— Je prends d'abord l'argent.

— Tu es pressée ?

Elle ouvrit la portière :

— Soit vous me donnez l'argent, soit je m'en vais.

De la poche intérieure de sa veste, il retira son portefeuille et en sortit quelques billets.

— Tu n'as pas peur de partir comme ça avec les hommes ? lui demanda-t-il d'un ton vicieux en retenant encore l'argent dans sa main.

Elle prit peur. Il avait une sale gueule et un regard à la fois lourd et fuyant.

— Alors, il faut mériter ton argent, hein ? Tu me feras tout, la totale.

Il bavait comme un chien et elle, elle avait des nausées et allait vomir.

481

Elle arracha les billets qu'il finit par lâcher à contre-cœur. Elle les fourra dans son sac, puis lui décocha un regard dur.

— Non, je n'ai pas peur, car je sais me défendre.

Le type ricana, toujours en bavant :

— Tu sais te défendre contre un homme ? Et comment ça, explique-moi ?

— Je fais du karaté depuis l'âge de cinq ans et je suis ceinture noire.

— Ah bon !? Et où ça que tu fais du karaté, hein ?

Nul n'ignorait qu'il n'existait pas de cours de karaté pour les femmes.

— J'en faisais au village Olympique jusqu'à la révolution, et après avec mon frère aîné, qui est prof de karaté et qui donne des cours privés chez lui.

— C'est vrai ?

Il lui jeta un regard oblique.

— Pourquoi je mentirais ?

— Et pourquoi tu te prostitues ?

— Ça, ça ne vous regarde pas.

Elle ajouta avec beaucoup d'assurance et un regard d'acier :

— Contentez-vous de savoir que la seule fois où un homme s'est mal comporté et a voulu me forcer à faire des choses que je ne voulais pas, il s'est retrouvé avec le nez et l'épaule cassés.

Dubitatif, le type ne bavait plus.

Elle se donna un air légèrement menaçant :

— Si vous vous comportez correctement, tout se passera bien.

C'était gros et le type n'y croyait pas vraiment… encore que ça pouvait exister ; en tout cas, le doute avait suffi à doucher la bête en rut.

— Donne-moi, donne-moi mon argent et descends de ma voiture.

— Alors vous n'en voulez plus ? dit-elle, en poussant la portière qui était restée entrouverte.

— Rends-moi mon argent, sa...

«Sale pute» allait sortir de sa bouche, mais il se retint et cria :

— Rends-moi mon argent !

Elle claqua la portière.

Le type voulut descendre et la rattraper, mais à la réflexion, il renonça. À Téhéran, la moindre dispute entre deux personnes attire une foule de curieux.

En démarrant, il cria :

— Sale pute. Va crever, sale pute.

Celui-là, elle l'avait vraiment fait payer. Joie enfantine. Fierté retrouvée. Allègre, elle ne se savait pas capable d'une telle comédie. Il suffisait d'avoir confiance en soi et d'être naturelle : c'était comme jouer un rôle au cinéma. Elle compta l'argent. Il n'y avait que six cent cinquante tomans.

— L'enfoiré !

Après sa brève carrière en «putinerie», voilà qu'elle se retrouvait en escroquerie. Ça, c'était faire payer les hommes ! Le simple soupçon qu'une fille pût être physiquement plus forte qu'eux les castrait, les faisait débander tout de suite. Ils prenaient peur à l'idée de confier leurs couilles, organe, comme chacun sait, fort fragile, à une femme qui pouvait les casser pour de bon. Si seulement ce diable de Dieu n'avait pas fait de la femme un être physiquement plus faible que les hommes, elle se serait défendue dans la cellule, elle aurait brisé les couilles de ses violeurs. Elle se rappela la phrase de la petite Soudabeh, la joie infinie sur son visage lorsqu'elle s'était exclamée : «J'aurais voulu être quelqu'un de très fort pour pouvoir frapper tout le monde.»

Se venger, faire justice soi-même… Qui n'en a jamais rêvé ?

Une pute ceinture noire ! Elle était fière de sa promotion.

Elle monta dans un vrai taxi et rentra chez elle.

Après plusieurs semaines passées sur le divan, elle reprit place dans le fauteuil.

— Mes nuits sont devenues des écrans de cinéma… Je rêve de films, c'est drôle, non ?

Le psy ne répondit pas.

— Parfois, je me réveille en pleine nuit, et lorsque je me rendors, la suite du film reprend… Je ne comprends pas pourquoi mon fameux inconscient s'acharne à mettre en scène ces rêves… Je veux dire pourquoi ça se présente comme des films et non pas des simples rêves. Comme s'il y avait une double censure…

— Ouiiii…

— Ouiiiii quoi ?

Il ne répondit pas.

— Vous faites marche arrière, c'est ça… ?

Pas de réaction.

Elle avait un sourire mutin aux lèvres et un regard de séductrice.

— Figurez-vous qu'hier soir vous étiez dans mon rêve, et pas seulement dans mon rêve, mais aussi dans mon lit…

— Oui !

— Ça vous intéresse ?

— Beaucoup, répondit le psy en jouant lui aussi le jeu de la séduction.

— C'était un rêve à faire rougir, vous aviez un comportement vraiment pas convenable pour un psy…

— Oui.

— Moi qui vous croyais un homme sage !

Il se forçait à effacer le sourire qui allait se dessiner sur sa bouche presque sans lèvres.

— Je me suis réveillée en sueur et tout excitée. Vous me faisiez l'amour, et tout ça, à la fois c'était réel et ça se passait dans un film… Je ne sais plus ce que je raconte. Il faut dire que je fais des rêves assez bizarres, c'est presque impossible qu'une chose puisse exister simultanément dans le réel et dans une fiction… Le rêve se passait dans mon lit, et en même temps je voyais la scène où vous me faisiez l'amour dans un film… J'étais dans la scène et j'avais la scène sous les yeux…

— Oui.

— Attendez que je finisse pour sortir votre « oui ». Être dans la scène et la voir rendait le rêve encore plus excitant.

Elle ajouta en se moquant :

— Maintenant, vous pouvez sortir votre « Oui », allez-y, c'est le moment. J'ai joui. J'ai fini, je veux dire.

Elle éclata de rire.

Le psy, amusé et excité, riait lui aussi.

Les yeux dans les yeux.

— Vous aimez jouer ?

— Beaucoup, dit-il en assumant son rôle de séducteur.

Elle lui serra la main, lui donna ses quatre-vingts francs et un grand sourire.

— Dans le rêve, la jouissance était exceptionnellement puissante parce que j'étais à la fois sous votre corps mais aussi en dehors de la scène…
Je faisais l'amour avec vous et je regardais l'acte sexuel. J'étais dans le réel et le réel était lui-même une fiction qui se déroulait sous mes yeux… Et je savais dans le rêve que tout ça était interdit entre nous.
Ce qui rendait l'acte sexuel encore plus excitant.

Avant de continuer, elle accorda le temps d'un hmmm ou d'un oui au psy, mais il ne dit rien.

— Vous ne voulez pas m'honorer d'un de vos ouiiii? c'est le moment…

Elle rigola, puis reprit plus sérieusement.

— Sans qu'il y ait le moindre rapport…, ce rêve, en un sens, se rapproche des scènes avec mon père que je revis dans ma tête.

— Oui?

— Lorsque je me trouve seule dans ma chambre, les scènes de mon enfance deviennent mentalement vivantes; je suis à la fois dans les scènes et en dehors d'elles. C'est très semblable au rêve… je suis à la fois active et passive, puisque je regarde le rêve…

Il écoutait sans rien dire.

— Il y a aussi un autre point commun entre ce rêve et ce qui se passait avec mon père…

Elle se tut.

Le psy attendit qu'elle reprenne.

— C'est l'excitation.

— Oui, dit le psy d'une voix forte.

— Dans le rêve, l'excitation est sexuelle et je jouis, tandis que, face à mon rêve, face à mon père, je veux dire…

Un autre oui du psy dès que le lapsus sortit de sa bouche.

— Face à mon père, l'excitation était faite de peur et je faisais pipi sur moi… Peut-être que…, je ne sais pas… mais… il y a quand même quelque chose de très sexuel dans la violence physique et dans la peur !

— Exactement.

— Êtes-vous en train de me dire que je jouissais face à mon père ?…

— Je ne dis rien… prononça le psy d'une voix neutre.

Silence.

— Souvent, je pense qu'après avoir connu un père pareil, aucun homme ne peut me faire de l'effet. Je ne parle pas du point de vue sexuel, mais… Je ne sais pas…

Quand même, c'est extraordinaire de se cacher ses propres sentiments… des sentiments confusément mêlés, puissants et contradictoires qui ne s'annulent pas mais se manipulent…

— Oui ! approuva-t-il encore une fois.

— J'ai l'impression que j'ai été pendant des années manipulée par moi-même, par tout ce qui se passait en moi.

Hmm du psy.

— Vous, les psys, vous mettez tout sur le dos de l'in-conscient ; soit, mais il reste que nous ne savons tou-jours pas comment ça fonctionne...

Pourquoi la terreur face à mon père est-elle demeurée intacte dans ma tête alors que l'excitation a été censu-rée ?

— Oui... dit-il d'une voix pleine de satisfaction.

— Lorsque mon père, avec une violence inouïe, comme un volcan en éruption, s'approchait de moi, de peur je restais clouée au sol, je devenais muette et fai-sais pipi sur moi. Tout ça, c'est vrai.

Voix émue.

— Mais il est vrai aussi que la terreur me procurait une excitation extraordinaire, une excitation dange-reuse...

De peur, mais aussi d'émotion et d'excitation, je pissais sur moi comme si je jouissais sur moi.

— Ouiii...

— Cela me donnait un pouvoir, j'avais l'impression que moi, qui n'avais que six ou sept ans, je faisais explo-ser mon père...

— Oui.

— C'était un homme grand, slave, un vrai Cauca-sien, il était beau, impressionnant, même vieux.

Et ce qui est bizarre, c'est que les enfants ils pleurent de peur, mais moi, je faisais mieux, je pissais... Et lorsque je me retrouvais le pyjama mouillé, je savais que c'était interdit de jouir comme ça de mon père...

— Oui.

— Je trouve qu'elle était assez futée, cette gamine. Après la peur et la terreur, elle pissait et, bien que clouée sur place, mentalement elle foutait le camp, trop lasse pour ressentir la douleur, trop lasse pour être pré-sente à la scène traumatique...

Le père ne s'approchait d'elle que pour la liquéfier et le reste n'existait pas…

— Oui, elle était d'une intelligence incroyable, dit le psy, lui aussi en utilisant le pronom «elle».

Au bout de deux ou trois minutes, il se leva, satisfait de la séance:

— Très bien.

Elle le paya, le remercia, fit pipi avant de quitter les lieux, et rentra chez elle à vélo en traversant Paris.

À défaut de pouvoir cambrioler une banque, elle retourna le troisième jour sur le trottoir. Elle décida d'éviter le Boulevard Vali-ye Asr, où les proxénètes contrôlaient les prostituées. Elle se dirigea vers l'avenue Tavanir ; il y avait eu un accident et deux personnes en étaient venues aux mains… elle revint sur l'avenue Jordin. Une voiture s'arrêta, une tête d'islamiste. Elle ne s'en approcha pas. Au bout d'une minute d'attente, la voiture redémarra. Elle eut peur.

Les prostituées, en Iran, travaillent dans des conditions très dégradantes. Officiellement, la prostitution est interdite et le châtiment est la peine de mort. Ce qui n'empêche pas le régime de contrôler lui-même les réseaux de prostitution de luxe, à l'intérieur et à l'extérieur du pays ; comme à Dubaï et dans d'autres pays du Golfe où les belles Iraniennes sont très appréciées par les émirs riches. La morale des mollahs n'est qu'une affaire d'intérêt. Avec leur bénédiction, la prostitution se transforme en mariage temporaire, *Sigheh*, qui peut durer le temps d'un seul coït. Une fois le mollah payé, la consommation sexuelle devient légale. En somme le régime taxe la relation sexuelle. Huit années de guerre, l'appauvrissement du pays, la misère, le chômage et la drogue ont entraîné une augmentation vertigineuse de la prostitution. L'immense majorité des prostituées, surtout dans les quartiers les plus pauvres, mènent une vie très dangereuse et sont l'objet de toutes sortes d'abus sans avoir droit à aucun recours. Sous le voile, elles attendent, au coin des rues, ici et là, des clients qui peuvent se comporter avec une grande violence. Il existe aussi des maisons closes clandestines et des maquereaux de tout genre. La baisse de l'âge du mariage à neuf ans, la misère grandissante et la pandémie des héroïnomanes ont fait de la prostitution des enfants une banalité. Dans les quartiers pauvres, des fillettes, dès l'âge de cinq ou six ans, avec un foulard sur la tête, sont mises sur le trottoir, elles servent aussi à vendre l'héroïne. Un vrai fléau de la société iranienne.

Elle attendit un bon moment. Plusieurs voitures s'arrêtèrent, des Peykan (voitures iraniennes), des Renault... mais elles avaient déjà des passagers et travaillaient comme taxis. Au bout d'une dizaine de minutes, elle reprit sa marche. Elle traversa une galerie de luxe sans s'attarder aux vitrines des magasins. Elle ne savait que faire. Elle redescendit l'avenue. Prit une rue, puis une autre. Que des villas et des appartements de luxe. Elle retourna sur le boulevard Vali-ye Asr, entra dans le parc Mélate. Un jeune l'accosta. Elle quitta le parc. Elle avait des nausées, elle prit un taxi et rentra chez elle.

Un silence morose.

— Dites.

— Faire le deuil d'un père horrible, aussi paradoxal que ce soit, c'est plus difficile que de faire le deuil d'un père aimant... Et faire le deuil d'un père horrible et aimant, c'est encore plus difficile...

... Je ne sais de quoi je dois me séparer... à quoi je dois m'arracher... Peut-être que le deuil de la haine demande plus de temps et de courage que le deuil de l'amour.

... Peut-être que faire le deuil de la souffrance est plus difficile.

— Oui, approuva le psy.

Un silence.

— Peut-on s'arracher à ses souffrances, les abandonner ?

... Et puis, en échange de quoi ?

Je suis faite de souffrances, de chagrin, de manque... Me défaire d'eux, c'est me défaire de moi-même, de tout ce que je suis...

Dois-je faire le deuil de moi-même ?

— Hmmm ?

Un silence.

— Mon père faisait trembler le monde de la petite fille lorsqu'il devenait fou.

Un autre silence, pensif.

— Je crois que mon intelligence avait un rapport direct avec ce qui m'attachait à mon père.

— Oui, légèrement interrogatif.

— La terreur et l'excitation activent les neurones, cette enfant est devenue intelligente pour survivre à la folie de son père…

Je ne sais même pas ce que je raconte…

— Je crois qu'au contraire vous le savez parfaitement, intervint le psy.

— Il me semble que, depuis la mort de mon père, ou même avant, depuis sa maladie, j'ai inconsciemment provoqué des tas d'aventures dans ma vie pour ne pas affronter le deuil… J'ai rempli ma vie de toutes sortes de dangers pour remplacer mon père.

Pour remplacer le danger qu'était mon père.

— Oui…

— Faire son deuil supposait que je fasse aussi le deuil des scènes horribles et pour cela il fallait d'abord les exhumer et les vivre pleinement, en tout cas consciemment.

— Tout à fait, conclut le psy.

Elle le paya, sans le remercier, sans lui serrer la main, et rentra chez elle.

Le lendemain, elle quitta la maison au début de l'après-midi. Elle se rendit directement sur l'autoroute et se dirigea à pied vers l'avenue Jordin. Une voiture s'arrêta. Absorbée par ses idées noires, elle ne la remarqua pas. Lorsqu'elle passa à sa hauteur, le conducteur klaxonna pour attirer son attention. Elle se retourna et reconnut au volant l'homme qui l'avait amenée dans son bureau. Son premier client ! Elle fut contente de le voir. Et monta aussitôt dans la voiture comme s'ils étaient des amis.

— Bonjour, dit-elle d'une voix presque enjouée.

— Bonjour, je vous ai cherchée hier dans la soirée et aujourd'hui sur l'autoroute…

— Ah oui ?

— Je n'ai pas encore déjeuné… voulez-vous qu'on mange un morceau ensemble ?

— D'accord.

Il était presque trois heures de l'après-midi. Il y avait très peu de monde au bar de l'hôtel Hilton. Ils s'assirent au fond de la salle.

— Vous travailliez ? lui demanda-t-il timidement.

Elle eut un instant de flottement avant de lui répondre, comme si elle avait oublié totalement qu'elle avait fait le trottoir pendant deux jours.

— Non… je veux dire, oui, bien sûr, oui.

Il la regardait de ses yeux qui brillaient.

Le serveur s'approcha. Elle commanda un Coca, lui un Coca et une escalope panée, schnitzel.

— Vous ne voulez rien à manger ?

— Non, merci, j'ai déjà déjeuné.

Le serveur s'éloigna.

— Depuis quand vous faites ça ?

— Pourquoi vous me posez cette question ?

— Vous répondez toujours à une question par une autre ?

— Seulement parfois.

— Vous ne travailliez pas quand je vous ai aperçue, vous étiez perdue dans vos pensées et vous ne vous êtes même pas rendu compte que je me suis arrêté pour vous…

— Je ne travaille pas tout le temps. Mais là, maintenant, je travaille, et la montre tourne, précisa-t-elle avec un sourire au coin des lèvres.

— L'autre jour non plus, sur l'autoroute, vous ne travailliez pas…

— Où voulez-vous en venir ?

— Nulle part, je voulais savoir depuis combien de temps vous faites ça.

— Mais pourquoi tout cela vous intéresse ?

— Je vous le dirai après.

— Et vous, vous voyez souvent des femmes qui travaillent ?

Aucun d'eux n'utilisait les mots « pute » ou « prostituée ».

— Non, jamais… Enfin, il y a une vingtaine d'années j'allais de temps en temps avec des copains, mais à l'époque c'était différent…

— À l'époque du Chah ?

— Oui.

— Et vous aviez quel âge?

— On avait dix-sept, dix-huit ans… Vous n'avez toujours pas répondu à ma question.

— Je vous répondrai, mais dites-moi d'abord pourquoi vous vous êtes arrêté, il y a deux jours, sur l'autoroute.

— Je ne pensais pas que vous étiez une… je me suis arrêté parce que c'était bizarre de voir une jeune femme se promener au bord de l'autoroute… Vous aviez l'air désespéré…

Ce dernier mot assombrit le visage de Donya, ce qui n'échappa pas à son interlocuteur.

— Depuis quand vous faites ça? Ou peut-être dois-je demander si vous faites vraiment ça?

— Mais vous connaissez la réponse, puisque je vous ai pris deux mille tomans.

— Oui, mais d'une façon professionnelle, je veux dire; est-ce que c'est vraiment votre métier? Vous travaillez pour quelqu'un?

— Non, finit-elle par répondre.

— C'est bien ce que je pensais. Vous faites très étudiante.

Elle soupira.

Le serveur s'approcha, ils arrêtèrent de parler. Il posa les commandes sur la table.

— Vous n'avez toujours pas répondu à ma première question.

— C'était quoi, déjà?

— Depuis quand vous faites ça?

— Vous voulez la vérité?

— Si c'est possible.

— Depuis l'autre jour sur l'autoroute.

Il sourit, la réponse l'avait visiblement enchanté.

— Je savais bien que c'était la première fois. Votre hésitation, votre malaise… votre façon de demander deux mille tomans, tout montrait que vous n'étiez pas professionnelle… Alors pourquoi avez-vous commencé ?

— Vous avez encore beaucoup de questions comme ça ?

— Vous avez besoin d'argent ?

— À votre avis ? Et vous ne m'avez toujours pas dit pourquoi tout ça vous intéresse… il y a plein de jeunes femmes qui font ça… seules ou dans les réseaux…

Il découpa un morceau de sa schnitzel et porta sa fourchette à la bouche :

— Je vais vous le dire.

Elle but une gorgée de Coca.

— J'ai vécu dix ans à Londres, à l'époque du Chah, et j'ai fait mes études là-bas… Je suis ingénieur.

« Encore Londres… Où que j'aille et quoi que je fasse, Londres est lié à mon destin », pensa-t-elle.

Il continua :

— Je suis marié. Ma femme et mes deux filles vivent en Suisse.

Très chic, pensa-t-elle.

— Je ne sais toujours pas pourquoi vous avez commencé à faire ça, mais ça n'a pas grande importance. Je veux dire, je ne vous juge pas…

Il s'interrompit et attendit sa réaction ; elle n'ouvrit pas la bouche et il reprit :

— Je me suis arrêté l'autre jour parce que j'ai senti que vous deviez être désespérée pour errer comme ça au bord de l'autoroute… mais aussi parce que vous m'avez rappelé une fille que j'ai aimée il y a longtemps. Mon premier amour. Physiquement, vous ne lui ressemblez pas, mais il y a quelque chose, je ne sais pas le décrire… Il y a un peu plus de vingt ans, lorsque je lui ai annoncé que je devais partir à Londres faire des études, elle est descendue de la voiture et s'est mise à marcher. Elle avait dix-neuf ans et moi vingt. C'était sur l'avenue Jordin, où j'ai aujourd'hui mon bureau. Avant de descendre, elle m'a demandé de ne pas la suivre et de la laisser tranquille. Je suis resté dans la voiture, à la regarder s'éloigner. Votre façon de marcher, de dos, m'a rappelé cette scène. Vous marchiez comme elle il y a vingt ans…

— L'avez-vous revue depuis ce jour-là ?

— Non. Je ne l'ai jamais revue. J'ai su qu'elle avait étudié les sciences politiques à l'université de Téhéran et que dès le début de la révolution elle s'était engagée contre Khomeiny… Elle a été arrêtée en 1980, torturée puis exécutée.

— Je suis désolée.

Il reprit avec une certaine autorité.

— Je voudrais que vous arrêtiez ça, je pourrais vous loger et si vous avez des problèmes d'argent, je pourrais vous aider…

— Vous me demandez quoi, au juste ?

— Je vous l'ai dit, je voudrais que vous arrêtiez de faire le trottoir. Je vous loge. Je possède plusieurs appartements, je suis assez riche, vous me plaisez beaucoup. Vous pourrez faire des études si vous voulez, vous pourriez entrer à la toute nouvelle université privée de Téhéran, c'est facile et je paierais…

— Je suis déjà étudiante et je vis chez mes parents.

— Ah bon ?! Alors pourquoi vous faites ça ?

Elle perçut un doute dans son « ah bon ! ». Elle sortit sa carte d'étudiante et la lui tendit.

Il regarda la carte et la lui rendit.

— Alors pourquoi une fille comme vous fait ça ?

— J'ai besoin d'argent.

— Si vous avez un problème, je peux vous aider.

— Dans ce cas, donnez-moi la somme dont j'ai besoin : cinquante mille tomans.

— Pourquoi avez-vous besoin de cet argent ?

— Je ne peux pas vous le dire, ce n'est pas directement pour moi. Si vous voulez vraiment m'aider, vous savez ce qu'il y a à faire.

Elle aurait pu lui raconter son arrestation et ce qui s'était passé dans la cellule ; il l'aurait certainement aidée à avorter clandestinement à Téhéran ou l'aurait accompagnée à Istanbul, mais elle ne savait si elle pouvait lui faire confiance. Depuis l'instauration du régime islamique, on ment du matin au soir. Mentir devient spontané, on ment par habitude, parce qu'on a oublié que parfois la vérité peut se dire. Et parce que le soupçon est partout, dans toutes les relations et dans toutes les amitiés.

— Vous devez retourner à Bandar Abbas ?

— Je n'ai pas envie d'y retourner, c'est une petite ville et il fait un temps à crever de chaleur. Si vous payiez mes études à l'université privée, je resterais à Téhéran, je changerais d'université, et on pourrait se voir quand vous le voudriez.

— Et vos parents ?

— Ils sont assez libéraux, je fais ce que je veux.

— Pourquoi avez-vous besoin de cet argent ?

— Je ne peux pas vous l'expliquer maintenant, mais je vous le raconterai plus tard. Ce n'est pas une somme faramineuse pour vous… c'est quoi ? Le prix d'un collier avec un petit diamant. J'aurais pu vous demander un bijou comme beaucoup de filles, le revendre le lendemain et me procurer l'argent, mais je suis franche avec vous.

— Effectivement, ce n'est pas beaucoup d'argent… Vos parents ne pourraient pas vous le donner ?

— Si, mais je devrais leur expliquer pourquoi, et je ne peux pas...

— Je ne comprends pas. Vous préférez faire le trottoir plutôt que de demander de l'argent à vos parents ?

— Si je demande une telle somme à mes parents, je suis obligée de leur expliquer la raison et ça tombe très mal parce que mon père est malade ; je n'ai pas envie de les inquiéter... Et puis je n'avais pas décidé de faire ça, ça s'est produit malgré moi... J'ai fait ça sans réfléchir, d'une façon accidentelle. Mes parents ne peuvent même pas imaginer que leur fille fasse ça... Vous, vous savez comment ça s'est passé, c'était vous, mon premier client. J'ai absolument besoin de cet argent et vous me dites que je vous plais, que vous êtes riche, que ce n'est pas une somme importante pour vous, que vous êtes prêt à m'aider. Je suis d'accord avec ce que vous me proposez, je suis d'accord si vous êtes d'accord, et si ce n'est pas le cas, alors au revoir.

Elle fit mine de se lever.

— Attendez !

Il lui prit le bras pour la faire rasseoir.

— Vous accepteriez d'être ma maîtresse seulement pour l'argent ?

— Pas seulement.

— Expliquez ?

— Vous êtes beau et séduisant, et si vous êtes quelqu'un de bien... je ne sais pas, moi, je pourrais peut-être vous aimer.

— Vous avez une façon de parler qui désarme. J'ai l'impression de vous connaître depuis toujours et pourtant je ne sais rien de vous. Il y a quelque chose en vous, je ne sais pas. Parlez-moi de vous...

— On m'appelle Donya, je ne suis jamais allée à Londres. Je suis étudiante à Bandar Abbas. Je viens d'avoir vingt-trois ans. J'ai besoin de cinquante mille tomans et je suis prête à tout pour les obtenir.

— Moi, je suis Cyrus, et si je vous demandais de m'épouser, Donya ?

— Vous plaisantez ?!

— Non.

— Mais vous êtes déjà marié.

— Oui, et je peux avoir une deuxième femme. En vérité, avec ma femme nous sommes séparés, elle vit à Genève, on ne divorce pas, pour les enfants, et comme la loi permet une deuxième épouse…

— Deuxième, troisième et quatrième… vous voulez dire.

— Je n'irai pas jusque-là. On pourrait se marier tout de suite et comme ça les choses seraient plus claires.

— Vous en parlez comme si vous alliez vous acheter une paire de chaussures. On ne peut pas se marier comme ça.

— On pourrait se marier et faire la cérémonie après.

— Quand voulez-vous qu'on se marie ?

— Aujourd'hui.

— Aujourd'hui ?!

— Oui.

— Vous êtes complètement fou, il est presque quatre heures de l'après-midi… et puis j'ai besoin de la permission de mon père, non ?

— Pas vraiment. Nous irons chez un mollah, et il nous mariera.

— Et quand me donnerez-vous l'argent ?

— Aujourd'hui. Mais vous me direz pour quoi c'est ?

— Je prends l'argent avant le mariage.

Il rit.

Elle ne savait s'il était sérieux ou s'il plaisantait.

Séance

Elle s'allongea sur le divan.

— Enfant, un jour, j'avais perdu totalement le langage et l'alphabet et ça avait duré quelque temps...
À l'école, presque toujours, j'oubliais d'écrire mon nom sur la feuille des dictées.

— Hmm...

— Les institutrices et plus tard les professeurs savaient que la copie sans nom était la mienne. En CE2, un jour, au moment de la dictée, notre institutrice m'a apostrophée d'un regard sévère : « Toi, n'oublie pas d'écrire ton nom en haut de la page. »
À l'instant où j'appuyais mon crayon sur le papier pour écrire mon prénom, un trouble m'a saisie ; comme si j'avais été traversée par la foudre.
Je ne connaissais plus l'orthographe de mon prénom !
Une sorte de mal de tête brutal, puis d'amnésie mentale ; le crayon en main, je suis restée figée jusqu'à la fin de la dictée face à ma feuille blanche : incapable d'écrire le moindre mot, je ne connaissais plus l'alphabet !
Tout avait disparu, j'avais perdu totalement la langue maternelle. Aucune lettre n'apparaissait dans ma tête.

Le psy écoutait attentivement et remarqua l'émotion qui faisait trembler sa voix.

— Ni moi, ni rien dans le monde n'était nommé.

Aucune image mentale des lettres de l'alphabet. J'entendais la voix de l'institutrice, mais je ne comprenais pas la langue !

Le contenu de sa voix m'était totalement inaccessible. Comme la voix de quelqu'un qui parlerait une langue dont le sens et le son vous sont totalement inconnus.

… C'était une sorte de surdité… je n'étais pas sourde, j'entendais, mais je ne comprenais rien. Le persan m'était devenu du chinois.

Hmm… pensif du psy.

— Cet épisode a duré quelques semaines. Comme on avait plusieurs médecins dans la famille, on m'a hospitalisée dans un centre psychiatrique pour enfants.

… De la fenêtre de la chambre, je voyais un grand jardin… Ce fut la période la plus heureuse de mon enfance, même si la mémoire exacte m'en est obscure, à part la blouse blanche des infirmières et le visage d'un des médecins.

… Je me rappelle aussi le goût délicieux d'un dessert gélatineux à la saveur chocolatée que je tournais et retournais dans ma bouche avec délectation avant de le laisser glisser sur ma langue et de l'avaler.

Un monde indolore qui bougeait et s'agitait, dénué de sens et dépourvu d'hostilité… Mes oreilles entendaient ce qu'on me disait, mais rien ne faisait sens. Aucune parole, aucune phrase.

… C'était quasiment de la bestialité, j'étais sortie de l'humanité.

— Oui ?

— La Notion avait disparu. Je vivais l'état d'avant le langage… temps suspendu, traversée du néant, coma psychique.

J'ai gardé une mémoire précise de l'odeur du médecin et de son visage.

… Je ne sais par quel traitement ou quel miracle je m'en suis sortie, mais je me souviens du jour où on m'a habillée pour quitter l'hôpital, j'étais triste.

C'était le retour au monde où l'insécurité menaçait chaque instant.

— Oui.

Elle soupira.

— Et le jour de mon retour à l'école… J'avançais vers ma place, sur le banc du troisième rang, et j'avais la conviction que je n'appartenais pas à ce lieu, que cette place ne serait plus jamais vraiment la mienne.

… Sous le regard scrutateur de mes camarades de classe, je me sentais dépouillée de moi-même, j'étais une attardée mentale qui débarquait d'un autre monde.

… Plus tard, je suis devenue bègue.

Je ne sais pas quand ça a commencé, puisque je ne l'ai pas toujours été.

… Ça m'arrivait lorsque l'instit me demandait de lire une page. Je lisais quelques lignes sans bégayer et je savais que ça allait arriver…

Les instants qui précédaient le bégaiement étaient les pires.

Mon cœur battait si fort que j'avais l'impression qu'il allait sortir de ma bouche.

Je lisais très bien et tout d'un coup la première lettre d'un mot me retenait.

… Je restais collée au mot, je poussais, je répétais la lettre qui allait m'étrangler, elle me restait en travers de la gorge, tout mon être collé à la lettre ; je n'arrivais pas à la séparer de moi, à la faire sortir de moi…

J'étais dans un étau.

Je bégayais parce qu'un mot me ligotait.

D'un coup, elle bondit du divan.

Il gara la voiture en double file devant l'immeuble de son bureau, monta et redescendit rapidement avec un paquet qu'il lui tendit.

— Voici l'argent.

— Merci.

Elle fourra le paquet dans son sac.

Il redémarra, monta le boulevard Vali-ye Asr, se gara dans un parking.

— Où on va ?

— On va se marier.

— Comme ça ?

— Oui, comme ça, j'ai appelé le mollah et j'ai pris rendez-vous.

— C'est vrai ?

— Oui.

— C'est si facile que ça ?

— Quand on connaît des gens, oui.

Dans une bijouterie, il acheta deux alliances et une bague avec un diamant. La coutume veut que ce soit la famille de la fille qui achète l'alliance de l'homme. Il l'emmena dans une boutique très chic, lui choisit une robe en soie de chez Dior, couleur vert pastel, et une paire de chaussures noires à hauts talons.

La couleur verte est le signe du bonheur, du printemps et de la renaissance pour les Iraniens.

— Je ne voudrais pas vous épouser en manteau et foulard.

Enfin, il acheta un immense bouquet. Ils entrèrent dans un office notarial, *Mahzar*. Le fleuriste, bouquet en main, les suivait. On se marie en Iran non pas à la mairie mais chez le notaire, comme on achète un bien car le montant du douaire qui est dû à la femme doit être enregistré. Le mollah félicita Cyrus tout en jetant des coups d'œil furtifs par-dessus ses lunettes à la mariée. Elle passa dans une petite pièce pour se changer et ressortit avec la robe, sans foulard. Au moment du mariage une femme a le droit de se montrer tête nue. Le bouquet de fleurs était posé à leurs pieds. Deux bougies étaient allumées. Il la regardait amoureusement. Il avait su choisir la robe, elle était à sa taille. Malgré le viol, les jours de prostitution et l'urgence de sa situation, la robe vert pastel de Dior la métamorphosa d'un coup de baguette magique. L'écorchée vive se transforma en une jeune femme de la haute bourgeoisie dont la robe attestait la provenance. Si seulement il n'y avait pas eu cette amertume dans son regard inquiet. Le mollah se rinçait l'œil, il demanda leur acte de naissance. Cyrus sortit le sien ; elle ne l'avait pas sur elle. La carte d'identité n'existe pas en Iran. C'est l'acte de naissance, *Schénasnameh*, qui en tient lieu. Elle sortit sa carte d'étudiante, mais le mollah fit remarquer que celle-ci ne servait à rien et que, pour pouvoir enregistrer le mariage, il lui fallait la photocopie de son acte de naissance. Il ajouta que, comme il avait confiance en Cyrus, il n'avait rien contre le fait de les marier pour qu'ils puissent consommer leur mariage sans délai, mais qu'ils devraient apporter impérativement le lendemain l'acte de naissance de la jeune mariée.

Le mollah demanda le montant du douaire – mille pièces d'or et un exemplaire du Coran, déclara le nouveau marié –, marmonna quelques mots en arabe… Cyrus lui passa l'alliance et la bague au doigt, elle lui passa l'alliance au doigt. Tout fut expédié en deux minutes. Un après-midi de 1991, aux alentours de dix-huit heures trente, ils furent religieusement mariés sans que leur mariage fût enregistré.

Cyrus posa une enveloppe remplie de billets sur le bureau du mollah en le remerciant chaleureusement et celui-ci lui remit un document tamponné en guise de certificat provisoire. Ce bout de papier leur permettait d'avoir une relation sexuelle légitime selon la charia et pourrait s'avérer fort utile en cas d'arrestation.

Elle repassa dans la petite pièce, enfila son manteau, son pantalon et se voila.

Elle n'en revenait pas :

— On dirait que vous vous mariez chaque semaine ici.

— Pourtant c'était la première fois…, je connais ce mollah parce que je lui ai construit sa maison.

Elle pensa que son père, lui, avait dû certainement se marier de nombreuses fois, comme ça, sur un coup de tête.

— Que voulez-vous qu'on fasse maintenant ?

— Je voudrais que vous me disiez ce que vous allez faire avec cet argent.

Elle faillit lui dire la vérité, hésita et changea d'avis.

— Je vous le dirai demain.

— Ce n'était pas prévu comme ça.

— Je sais… mais je ne veux pas gâcher cette journée avec quelque chose de triste. Vous le saurez demain…

Et je dois rentrer chez moi le soir tant que mes parents ne sont pas au courant. Je ne pourrai pas dormir chez vous.

— Je sais, et j'aimerais rencontrer rapidement vos parents, on fera une petite fête et vous viendrez habiter chez moi.

— Oui, bien sûr. Si cela ne vous dérange pas, on pourrait peut-être attendre une semaine car mon père est malade.

Il la déposa à trois cents mètres de chez elle pour que les voisins ne la voient pas descendre d'une BMW dernier cri.

— Demain je vous attends ici à dix heures du matin et n'oubliez pas votre acte de naissance.

— D'accord.

Elle tenait son sac à deux mains, collé contre elle, et marchait d'un pas rapide.

Elle enleva son alliance et sa bague avant de rentrer chez elle.

— Je ne sais pourquoi les choses disparaissent tout le temps chez moi. J'ai passé hier soir plus d'une heure à chercher le Bescherelle, il était sur la table, sous mes yeux.

… Je passe la moitié de mon temps à chercher des choses que j'égare. Heureusement que je vis dans dix mètres carrés.

… Je ne vois pas les choses, même les choses énormes.

— Oui ?

— Il y a un problème dans mon cerveau. Tenez, par exemple, il y a une pharmacie à l'angle de la rue où j'habite ; eh bien, il m'a fallu trois mois pour la voir !

Tout en riant, elle ajouta :

— Même un aveugle aurait mis moins de temps.

… Logiquement, c'est invraisemblable : une pharmacie avec son enseigne clignotante devant laquelle je suis passée des centaines de fois ! Je vous le dis, il y a des choses qui ne tournent pas rond chez moi.

Elle rigola toute seule.

— Je suis comme ça depuis toute petite.

— Oui ?

— Ma mère m'envoyait par exemple dans la cuisine chercher un plateau qui était sur la table, ou je ne sais pas, moi, un grand couteau… j'y allais, je fixais la table ou le couteau et je criais tout énervée qu'il n'y avait rien sur la table, qu'elle m'envoyait chercher des choses qui n'existaient pas. Et c'est seulement lorsque ma mère, exaspérée, venait, que les objets m'apparaissaient…

Elle rit à nouveau.

— En fait, je les fixais avec mes grands yeux, mais je ne les voyais pas ! Comme s'ils n'existaient pas. C'est pas fou, ça ?

— Hmmm…

— J'ai une élève à qui je donne des cours de maths, elle habite avenue du Maine, tout près du métro Gaîté. Pour y aller, je descends au métro Edgar-Quinet, je traverse la rue de la Gaîté. Pendant plusieurs mois, je n'avais vu aucun des sex-shops qui abondent dans cette rue ! C'est incroyable, non ?
Personne ne peut croire que je sois à ce point aveugle ! Du jour où je les ai enfin vus, j'ai changé d'itinéraire, ça me mettait mal à l'aise.
On dirait que la connexion entre mes yeux et mon cerveau s'interrompt de temps en temps, qu'elle est en dérangement. C'est comme lorsque j'avais perdu ma langue maternelle, la langue n'existait plus, comme toutes ces choses énormes qui disparaissent sous mes yeux.

Un long silence.

D'une voix détachée, sourde, monotone :

— Mon oncle, il m'emmenait dans les toilettes… j'avais cinq ou six ans, peut-être sept. Il y avait une marche. Il me mettait dessus, de dos, baissait mon pyjama, crachait dans la paume de ses mains, mouillait mes fesses et faisait glisser son sexe entre mes fesses.
Il était énorme.
Je sentais un liquide chaud et collant qui coulait sur mes fesses.

Un silence.

— Je ne pense pas que je savais vraiment ce qu'il faisait, mais je faisais comme s'il jouait avec moi… et je savais que c'était mal.

Elle s'interrompit. Puis reprit :

— Je ne sais pas combien ça a duré, mais une fois une de mes cousines l'a surpris ; elle a averti ma mère. Ma mère a fait comme si ça n'avait pas existé.

Moi aussi, j'ai fait comme si ça n'avait pas existé.

Cette nuit-là, elle ne ferma pas l'œil. Elle n'en revenait toujours pas. Plusieurs fois, elle se leva, ouvrit le paquet, tâta les liasses de billets pour s'assurer qu'elle ne rêvait pas.

Une telle histoire peut paraître tout bonnement inimaginable, mais vivre perpétuellement en cachette, subir des interdictions en tout genre qui touchent à la vie affective et intime a rendu les Iraniens fous. Les situations les plus improbables et les plus insolites, qui n'ont aucune raison d'exister ailleurs, sont monnaie courante en Iran. Des aspirants maris, accompagnés de leurs parents, se rendent chez les parents d'une fille qu'ils n'ont jamais rencontrée, pour la voir et faire leur demande ! C'est ce qu'on appelle en persan *Khâstégâri*, c'est très répandu. D'autres se marient après une rencontre furtive dans une voiture, dans une fête ou dans la rue… L'interdit et la clandestinité exacerbent les sentiments.

Elle alluma sa lampe de chevet, s'assit devant la vieille coiffeuse, face au miroir au tain abîmé. Depuis sa grossesse, elle avait perdu du poids, son ventre était plat, mais ses seins avaient gonflé. Elle en était à plus de deux mois.

Que voit-on dans un miroir ? En vérité pas grand-chose. On ne voit pas l'être humain, sa douleur, sa souffrance, ses chagrins, ses pensées, on ne voit pas l'amour ou la haine... On ne voyait même pas qu'elle était enceinte.

Tout en se dévisageant dans le vieux miroir qui reflétait son image brouillée, elle racontait à l'homme qu'elle venait d'épouser ce qui s'était passé dans la cellule, elle imaginait sa réaction et fantasmait sur sa vie de jeune femme mariée.

« Il sera compatissant, nous ferons un voyage en Turquie, j'avorterai là-bas... Au retour, nous ferons une fête joyeuse, je vivrai dans une grande villa au nord de Téhéran, je voyagerai en Europe et en Amérique... Je mènerai une vie de luxe et d'insouciance... Et puis, il est beau, séduisant, riche, éduqué, généreux et amoureux... Avec le temps, je l'aimerai... »

Elle essuya d'un revers de main le miroir, approcha sa tête et se défia du regard : « C'est vrai, il est généreux, il est beau, je l'épouserai », répéta-t-elle à voix haute, sans savoir de quoi elle serait capable lorsque le jour se lèverait.

— J'ai fait un rêve hier soir.

— Oui.

— Pour une fois, ce n'était pas un cauchemar, mais un rêve très apaisant.

Un silence.

— Finalement, le Robert et mon inconscient sont devenus intimement liés…

… Je trouve tout ça très excitant, même carrément sexuel… Mon rapport au français est très érotique. Il y a une jouissance gaie quand un mot est apprivoisé.

— Ouiii.

— Le cheminement de l'analyse et la conquête des mots, c'est une expérience extraordinaire. Une double jouissance… Faire miens des mots qui ne l'étaient pas et explorer avec eux tout un nouveau monde à l'intérieur de moi-même, dont l'accès m'était impossible…, c'est plus qu'un voyage initiatique…

— Exactement, reconnut-il.

— Avec l'analyse, les mots français se sont enracinés non seulement dans ma tête, mais aussi dans mon histoire et dans mon corps… Ces mots étrangers ont pris part à mes souffrances. Ils ont pris part à mon passé, qui s'est passé sans eux.

— Tout à fait.

… Les mots français sont entrés dans mon enfance…

— Oui.

— Au début, j'étais persuadée que ça ne collerait pas, que le français et mon histoire resteraient à jamais étrangers l'un à l'autre. Mais aujourd'hui, je sais, je sens que c'est fait…

Le lien est définitif, indéfectible, intime… Il est charnel…

Le psy se rappela ses doutes de la première séance quant à la possibilité d'un travail psychanalytique pour quelqu'un qui parlait à peine le français.

— Et vous savez quoi ? Hier soir, dans mon rêve, mon père me parlait en français ! La langue de mon père était le français ! N'est-ce pas extraordinaire, ça ?

Deux larmes de joie perlaient dans ses yeux.

— Je crois qu'il serait fier de moi s'il était vivant…

— Oui.

— C'était un rêve très apaisant…

Il était là, comme autrefois. Je ne savais pas dans le rêve qu'il était mort. Et il me parlait en français.

C'était très réel… J'étais celle que j'étais avant, lui aussi.

Un vrai père avec sa fille… sans aucune méfiance, sans aucune menace de folie.

Je me sentais bien, absolument confiante, assise à côté de lui… C'était un sentiment de sécurité que je n'ai jamais connu de son vivant.

— Oui.

— C'est le premier rêve de réconciliation, et il était en français !

Le psy, satisfait, la regarda avec tendresse :

— Eh bien, on en reste là, si vous voulez bien.

Elle le paya, lui serra la main et le remercia.

Il lui annonça que la semaine suivante il partait en vacances.

Elle rentra chez elle en traversant Paris à pied.

Épilogue

Certains demanderont pourquoi ce livre et pourquoi maintenant. Effectivement, j'aurais pu attendre mes quatre-vingts ans et mes cheveux blancs pour aborder des sujets si délicats. Mais voyez-vous, j'ai vécu, si je puis dire, une vie bien plus âgée que mon âge. À quatorze ans, j'avais l'âge de mon grand-père ! L'âge de sa mort. Je pourrais faire mien le vers de Baudelaire : « J'ai plus de souvenirs que si j'avais mille ans. »

Rien n'était moins probable qu'un exil en France, rien ne me destinait à une vie française. Dans mes fantasmes des après-midi moites d'été, à Téhéran, adolescente, lorsque je lisais les sagas d'Alexandre Dumas, les romans de Victor Hugo, de Balzac, de Tolstoï, de Dostoïevski ou de Dickens traduits en persan, un élan de folie, nourri par des heures de lecture, m'emportait : un jour, moi aussi, je serais écrivain et mes livres seraient traduits et lus dans des pays étrangers. Même dans mes rêves les plus osés, j'étais à mille lieues de m'imaginer écrivain de langue française. La vie et le hasard en ont décidé ainsi. Moi, je n'ai fait que me laisser guider par l'instinct. Je me souviendrai toujours de la nuit où, en 1993, à peine arrivée à Paris, sur le Pont-Neuf, enthousiaste, je m'écriai en persan : « Je serai écrivain en français. » « Apprends déjà à parler ; pour les livres, on verra après », répliqua du tac au tac ma voix intérieure, toujours un peu moqueuse.

Ce livre est le premier volume d'une histoire à suivre. Pour l'amour du ciel, qu'on ne vienne pas me demander si cette histoire est la mienne, si tel ou tel épisode a vraiment eu lieu, si j'ai vécu telle ou telle expérience, si le livre est, finalement, autobiographique.

Je ne crois pas à l'autobiographie. Nul ne se voit comme il voit les autres et comme les autres le voient. Nul ne se décrit ni ne se juge comme les autres le décrivent et le jugent.

En outre, la vérité de la fiction n'est pas celle de la réalité. Flaubert n'était pas plus Madame Bovary que Tolstoï n'était Anna Karénine, mais la phrase de Flaubert « Madame Bovary, c'est moi » possède sa vérité, même irréelle.

Je suis mon personnage et je ne le suis pas. Je ne pourrais être mon héroïne, même si je le désirais, car elle existe dans le livre et à travers votre lecture va prendre sa place dans votre imaginaire, alors que moi, l'écrivain, j'existe ici-bas, sur terre, parmi vous. Je serai morte depuis longtemps qu'elle sera toujours jeune, toujours là, entre les pages, à rêver son avenir.

Je confesse cependant que certaines de ses expériences me sont familières, mais vous me reconnaîtrez le droit de ne pas dire lesquelles.

Je vous remercie tous.

L'auteure

De la même auteure :

Iran : j'accuse !, essai, Grasset, 2018.

Comment lutter efficacement contre l'idéologie islamiste, essai, Grasset, 2016.

Les putes voilées n'iront jamais au paradis !, Grasset, 2016.

Big Daddy, roman, Grasset, 2015.

La Dernière Séance. Voyage au bout de l'inconscient, roman, Fayard, 2013.

Ne négociez pas avec le régime iranien, essai, Flammarion, 2009.

La Muette, roman, Flammarion, 2008 ; J'ai lu, 2011.

À mon corps défendant, l'Occident, essai, Flammarion, 2007.

Comment peut-on être français ?, roman, Flammarion, 2006 ; J'ai lu, 2007.

Que pense Allah de l'Europe ?, essai, Gallimard, 2004 ; Folio, 2006.

Autoportrait de l'autre, roman, S. Wespieser, 2004 ; Folio, 2009.

Bas les voiles !, essai, Gallimard, 2003 ; Folio, 2006.

Je viens d'ailleurs, roman, Autrement, 2002 ; Folio, 2005.

Composition réalisée par MAURY IMPRIMEUR

Achevé d'imprimer en août 2021 en France par
La Nouvelle Imprimerie Laballery
N° d'impression : 107182
Dépôt légal 1re publication : juin 2015
Édition 05 – septembre 2021
LIBRAIRIE GÉNÉRALE FRANÇAISE
21, rue du Montparnasse – 75298 Paris Cedex 06